U0110097

道旁的智慧

——敬文東詩學論集

認識大陸作家系列

敬文東 著

豐益橋的夏天

敬文東訪談錄（2009 年 5 月 9 日，北京梅所屯村。）

張後：這個訪談好像和題目無關，但正是這樣一個汗流浹背的季節，詩人兼北京著名的美食設計家刀（本名楊展華），指引我找到你的博客，我發現上邊登載的詩歌，大都是上世紀八九十年代的，進入到新世紀以來的很少，我納悶和好奇的是，為什麼會這樣？我也曾有一些朋友和你差不多，停止詩歌寫作長達十年，但後來一旦他們的境遇和心境得到改善，不約而同的又回歸到詩歌上來了，難道你自願放棄詩歌寫作了嗎？

敬文東：我和你說的那些詩人朋友的情況完全不同，只是這個事情說來話長。1980 年秋天，我上初中一年級的第一個學期。那時有一首流行歌曲，叫《八十年代的新一輩》，鼓勵我等為「四個現代化」努力學習。那首歌我至今會唱。我算得上正宗的八十年代新一輩，因為那一年我不足十二歲。北島、劉小楓那些比我年長十多歲的人是八十年代的老一輩，李澤厚、高爾泰那些比我大三十歲左右的人是更老的一輩。我受惠於以上兩代人，我一直對他們心存感激之情。八十年代是一個全民支持讀書、仰慕讀書的時代，至今我依然認為，在共和國整整一個甲子的歷史上，八十年代是罕見的黃金時代。

我們的班主任充任我們的物理老師。他姓趙，諱治林，剛剛從川北一所師範學校畢業，也就是二十四五歲的樣子，但他那個年齡的人在八十年代開初處，往往都是些經歷豐富的人。因為我小學升初中的成績是第一名，所以趙老師對我非常好，我們至今還有很密切的往來。因為我們的師生關係，他同我父母之間交情很深。現在

想來，這樣的事情真是令人感慨良多。那時的老師和今天的老師一樣，也是「勢利眼」。只不過那時的老師偏愛學習成績好的學生，現在的老師寵幸有錢人或有權人的後代。我不知道哪一種「勢利眼」更好或者更壞，但我寧願選擇趙老師的「勢利眼」，這倒不僅僅是因為我從他那裏得到了太多的關愛，而是因為他對知識的授受懷有一種發自本能上的熱情。那年秋天，初中的第一個學期，從趙老師那裏，我讀到了一本跟愛因斯坦有關的薄薄的小冊子，按現在的出版規模，恐怕連「書」都稱不上。那本書是誰寫的，是哪家出版社出的，我早已忘記，但它給我帶來的激動卻讓我至今記憶良深。書上的兩句話把我震暈了：「上帝創世以後，牛頓讓世界清晰，愛因斯坦卻讓世界重新變得模糊。」（大意如此）從那時起，愛因斯坦一直是我心中的偶像。在為期六年的中學時代，我斷斷續續讀完了商務印書館出版的三卷本《愛因斯坦文集》。第一卷是純粹的科學論文，我完全無力讀懂，但每一頁都翻過，因為我實在是太熱愛愛因斯坦。那些奇形怪狀的公式惹人遐想。二十多年後，我讀到過李澤厚先生的一篇文章，聽他稱愛因斯坦為千年偉人時，我加深了對李先生由來已久的敬意。因為對愛因斯坦的膜拜，使我把成為物理學家當做了那時的頭號理想。事實上，我的物理成績確實相當不錯，這讓那種理想變得更加熾熱起來。

也是在初中的第一個學期，我的語文老師向我推薦過一本發黃的新詩選。記憶中，那應該是「文革」前的選本。我的語文老師來自作為大都市的重慶。她的丰采在我們那個偏僻的川北小鎮上顯得十分打眼。她姓龔，諱亞華，是我漫長的求學旅途中少數幾位讓我崇敬的老師。我們至今還經常聯繫，她的一對兒女也是我的朋友。從她給我推薦的選本上，我讀到了艾青的《我愛這土地》，當時有一種想哭的念頭。那一年我不滿 12 歲。今天想來，我覺得自己很幸運，能遇到那麼好的老師，能得到他們不求任何回報的偏愛，以至於能通過他們，同時接觸到科學和詩學方面的偉大人物，想成為一個詩人在那時也就是自然而然的事情。科學論文在那時當然寫不出，但

胡謅一些貌似詩歌的句子，卻是很簡單也很讓人激動的事情。我當時這樣看待物理學家和詩人之間的關係：把物理學家當職業，把寫詩當業餘愛好。在那時，「學好數理化，走遍天下都不怕」，是莘莘學子們共同供養的信條。因此，文科即為「瘟科」就是絕好的對仗。既當物理學家又當詩人的自我設計和自我安排，確實是我那時的全部熱情之所在。在四川大學上學時，我被國家招生制度安排學習生物學，但我對這門偉大的學科竟然毫無興趣，於是天天寫詩、抽空去物理系和數學系旁聽功課，以至於被我的同學視作不務正業。但不到一學期，我就意識到，物理學家的夢想此生是絕對不可能的事情，但成為一個詩人也許還值得一試。我上大學那個時期，成都是詩歌的聖地，那些現在聽來如雷貫耳的名字經常在眼前晃蕩，他們寫下的分行文字讓我激動不已，甚至夜不能寐。但我那時十分羞澀（直到今天，羞澀仍然是我的內心常態），跟大多數年長我十歲左右的「第三代詩人」中的各路豪傑都沒有任何聯繫，寫詩純屬個人地下行為，只遠遠打量他們並偷取他們的技藝。多年後，我很榮幸地認識了他們中的不少人，和其中一些還成了朋友。當我告訴他們我那時站在一邊偷偷仰慕他們的情景時，他們禁不住哈哈大笑。我理解他們的驕傲，我發自肺腑地為他們的大笑而欣慰。在大學的收官階段，為成為一個詩人計，我覺得有必要首先系統瞭解中國古典詩歌，於是跟川大中文系一位導師聯繫，希望能成為他的入室弟子。當他知道我的來歷和生物學背景後，當面表達了對我的不信任。我至今記得他嘴角露出的幾絲不屑。這位如今名聲很大的禪宗研究者對我說，古代文學很難，你可以去考中國現當代文學專業的研究生。現在想來，他對我的不屑是正確的。我聽取了他的建議，最後修習了這個被學界普遍認為膚淺之極的專業。

第一次對自己成為詩人感到沒有信心，大約是在碩士階段，時在 1992 年至 1995 年，儘管那幾年我寫了不少詩，儘管那時我還憋著一口成為詩人的長氣。我隱約覺得，幾年前的物理學家之夢破滅後，現在該輪到詩人之夢破滅了。人貴有自知之明啊，從那以後，

我一直知趣地把重心放在讀書和所謂的學術研究上面，詩歌寫作被降低到業餘愛好的地位上。因此，我和你說的那些放棄詩歌寫作多年後，又重新撿起詩歌寫作的人完全不同，因為我從來就不是詩人，至少我自己從來沒有把自己當做詩人。和物理學家一樣，詩人在我心目中有著極為崇高的位置，我不能濫竽充數去玷污這個名號，也不願意詩人這個名號因為我的冒認而蒙羞。一般來說，作為一個渺小主義無可奈何的崇奉者，我對自己的個人生活很滿意，對自己曾經做出的人生選擇並無過多悔恨，如果要說遺憾的話，那就是我沒能成為一個物理學家，沒能成為一個詩人。生活就是一部潰敗史、妥協史、激情的消逝史，我或許應該平靜地接受生活與命運的安排，儘管直到今天我還在偷偷摸摸地寫詩。

和很多朋友一樣，我對季節、年齡也很敏感。2008 年 12 月，我滿 40 歲。當我的朋友和家人為我過生日時（我平時基本上拒絕過生日），我確實嚇了一大跳。40 歲，這是我上中學時做夢都想不到的年齡，沒想到這麼快就降臨到我頭上，根本就不問我同意還是不同意，而我身邊確實已經有一些熟識的朋友匆匆離去了。我在心中悼念他們，為他們，也為被時光打敗的自己感傷和惆悵。一過四十歲，做的夢都和以前不一樣，當年的萬丈豪情和高遠理想早已成為灰土，想來真是不可思議。孔子說，四十而不惑。我現在卻是疑惑越來越多，不知道來這個世界究竟要幹什麼，幹這些事情又有何意義。我之所以熱愛詩歌和科學——這是我崇敬加斯東·巴什拉（Gaston Bachelard）的重要原因——就是因為這兩樣東西值得追求，它們能幫助我把空白的日子有趣地填滿。生活總是充滿遺憾和無奈。如果有來世，我祈求上天能給我一個彌補此生遺憾的機會。這樣的祈求是不是有些過分？公然向造物主提要求是不是太狂妄？我不知道，但我請求它老人家原諒。

張後：這幾年你似乎完全沉浸到學術領域裏去了，你對當今詩壇不再有所關注了嗎？談談你所瞭解的詩壇現狀如何？

敬文東：其實，自 1992 年起，因為上膚淺的中國現當代文學專業的研究生，我就開始沉浸到所謂的學術研究領域裏了。儘管有一

種被蹂躪、被脅迫的感覺，但總體上並不覺得屈辱，反而心懷感激。「樂不思蜀」、「反認他鄉做故鄉」其實是正常之極的心態，不值得從道德─倫理的角度大動干戈。但即便如此，我的創作夢至今未曾完全破滅。人就是這樣，對於一件想擁有卻最終錯失的東西總是懷有非份之想，創作夢還存留一些餘緒是無可奈何的事情。我想，你肯定願意同情這種處境。

我對人文學術有自己的理解，可能這種理解在今天還有些不合時宜，但我不準備為此感到慚愧。我不相信學術僅僅是書齋產物，也不相信學術僅僅是純粹的邏輯演算，我更願意相信學術關乎真實的生活，關乎個人情懷，關乎個人經驗甚至命運。我尊重書本，也勉強算一個書蟲，但我尊重的是同生活、同個人情懷、經驗與命運互相印證的那種書本；或者說，這是我一貫的閱讀方法。這樣說是不是有一點王婆賣瓜的嫌疑？但我確實不相信有超越於具體人生之上的人文書本。康德（Immanuel Kant）和維特根斯坦（Ludwig Wittgenstein）的書我是這樣理解的，孔子和魯迅的書我是這樣理解的，對我認識的少數幾個甲骨文字也是這麼理解的。我知道，我這樣做註定要受到打擊。報應來得不早不遲。三年前，在一次所謂的學術會議期間，一家著名學術刊物的編輯很坦蕩、很豪放地對我說，你的文章不合乎學術規範化。我也很直率地告訴他（只是沒有像他那樣富有搖滾精神）：自我進入所謂的人文學術那一天起，就沒有將所謂的規範化放在眼裏。你是不是覺得我這樣說純粹是為了給自己壯膽？我不這樣認為，因為我有自己的規矩，我從來不曾想到要越過自己定下的規矩。規範化是個什麼玩意？不就是行規麼？不就是外行們聽不懂的黑話麼？由於科學主義大肆盛行，人文學術研究者其實非常自卑，很樂於要向科學化靠攏。說穿了，所謂規範化，就是要為人文學術求得表面上的科學性。我斗膽對此嗤之以鼻，同時也覺得規範化確實很有幾分古裏古怪的幽默感，因為它始終在為成為它不可能成為的東西而努力。作為一個勉強知道也能運用幾條科學定理的人，我根本就不相信人文學術會是科學。為人文學術尋求科學外衣的做法是愚蠢之極

的行為。我當然有自己的學術問題要解決,我自然也有我的學術追求,儘管這在學術得道者們看來完全是微不足道的東西。我對自己從事的學術研究很謹慎,只有在我確信自己面對的學術問題值得我去面對時,我才會全身心地投入。這些問題不說也罷,因為它很沒意思。我只想說,當學術規範化和真實的、噁心的問題發生衝突時,我寧願犧牲規範化,犧牲那些頗具幾分搞笑性質的行規。我對自己的評價是:我勉強還算一個守規矩的人,還有自己的學術道德,最起碼沒有像某些赫赫有名的學術大腕那樣去抄襲,並且捉姦都捉到了床上還死不認錯。這也是無聊的話題,不准抄襲和不准偷盜不是一樣性質的問題麼,有什麼值得誇耀的?

因為學業的關係,我曾經做過一點微不足道的詩歌批評,想想都是十年前的事情了,現在偶爾也當當票友,而在我有限的朋友裏邊也是詩人、詩歌批評家居多。我不敢說多麼瞭解詩壇現狀,但我對當今詩壇有一點膚淺的觀察卻是真實的,至少我那些朋友們給我透露了不少消息,好的壞的都有。人生苦短,我只關心值得關心的詩人,就像我只關注值得關注的朋友,只是值得關心的詩人在數量上,隨閱讀面的擴大在不斷增多。我願意斗膽標榜自己從來不是一個狹隘的人,我也確實在時時提醒自己決不能成為一個狹隘的人。雖然我可能有自己的詩歌口味,但我不同意如下獨裁說法和皇帝口吻:只有合乎自己口味的詩作和詩人,才是好的作品和好的詩人。對於任何藝術作品來說,從來只有兩種:好的或者壞的。只是判斷好作品或者壞作品的標準,要依靠一個判斷者的個人才能。但個人才能是一個神秘的問題,此處姑置不論。我有一個也許不準確的觀察:許多上個世紀六十年代後期出生的詩人被批評界嚴重忽略了,當然其中一些也被嚴重高估了。這一批詩人中有不少人是出類拔萃的,詩歌批評對不起他們。和詩歌寫作比起來,懂行和夠格的詩歌批評家和批評文本實在太少太少。除了批評才能的缺失外,另一個原因很可能是,和其他行當一樣,詩歌也幫會化了,詩歌的既得利益者們(他們往往是「前輩」,現在正忙著「奔六」、數錢和收集頭

銜與榮譽），不屑於面對更年輕的一輩；而更晚一點出生的詩人或批評家，卻正在思謀著如何打倒六十年代後期出生的詩人。中國詩歌中的弒父、弒兄情結和尊老而不愛幼的傳統同時並存，這無論對詩歌寫作還是詩歌批評，都是極大的傷害。在此，我不得不說，批評更可能是個倫理—道德問題。除此之外，我理解的批評是一種再創造，它不負責指導詩歌寫作，也不僅僅負責解讀詩歌作品。作為一種特殊的工作，詩歌批評和詩歌寫作是平行關係，兩者在互相對視中讓自己頓悟並趁機提升自己。這才是所謂「雙贏」的理想局面。我心目中批評家的典範是本雅明（Walter Benjamin）和巴什拉。一個優秀的批評家必須具有自己的哲學體系，僅僅懂得一些鑒賞知識是遠遠不夠的。我們今天有不少很好的詩歌作品，但沒有多少夠格的詩學體系。在我對當今詩壇的觀察中，這種情形最令我吃驚。儘管有很多人被認作批評家，那些批評家也確實在意氣風發地忙於指點江山的勾當，但是很顯然，那純屬誤認和沒有自知之明。作為一個資深的詩歌愛好者或者詩歌票友，我覺得批評家的基本道德是：不關心爛詩和爛詩人，應該任他（它）們自生自滅，其他的詩歌現象，就讓媒體去炒作吧，與真實的詩歌批評沒有關係。

　　張後：我讀過錢理群寫過的一本書《與魯迅相遇》，我從你博客上的文章中感覺出來你對魯迅的研究也頗有心得。看來研究魯迅的人，一直沒有斷過，現在可不可以稱作這是一門「魯學」？有人說魯迅的早逝有幸與不幸的一面，你對魯迅的歷史位置是怎樣看的？如果他仍活在當今會怎樣表現他的刀筆功夫？

　　敬文東：錢理群先生是真正的魯迅專家，我不過是對魯迅有點體會和感想而已。同許多魯迅研究者不一樣，錢先生對魯迅是真誠的。我曾當面向他請教過。儘管我不贊同他的大多數觀點，但我相信，他相信自己說出的那些同魯迅有關的話。如你所知，我不是魯迅專家。事實上，自從我涉足人文學術以來，從來沒有成為任何專家的癡心妄想，當然最終也沒有機會成為任何行當的專家。在這個專家橫行的時代，我知道這是在自尋死路。對此，在一本即將出版

的自選集的序言裏，我斗膽申明過：「我似乎從來就不是一個遵照營業執照劃定的範圍進行學術經營的人，我就是願意在賣羊肉時偶爾越界去賣淫。但你管得著嗎？」不過，這種故意破罐破摔的行徑不值得額外申說，因為這純屬個人不良愛好。

我寫魯迅那本書完全出於意外，那是鍾鳴約我寫的。上世紀最後幾年，鍾鳴是多家出版社和多個作者之間熱情的月下老人。關於魯迅他一個字沒弄，卻把我成功地拉下了水，因為直到今天，我對他的寫作才能都十分迷信。完成關於魯迅的那本書，差不多已經有十年了。十年間，這本書一共有三個版本，最近出了個臺灣版。我的想法是，既然已經把它炮弄出來了，無論質量高低，都應該儘量多地為自己換點酒錢和煙錢。像我這樣一個毫無外援的書桌愛好者，這點小想法不應該受到責備吧？當然，作為一個正宗的窮人，我也不怕把自己的這點潛意識弄到桌面上讓別人觀看。儘管我對魯迅的看法和絕大多數「魯學家」很不一樣，但我仍然和他們一樣相信，要想理解 20 世紀的中國，魯迅是繞不過去的，他是我們解剖20 世紀中國難得的標本。從很早開始，我就一直把自己當學徒看，寫魯迅和寫其他書或文章一樣，也是一個學習的過程。和通常的學生相比，我可能是一個比較挑剔的學生。即便是我崇敬的人物，我也希望自己有能力看出他的弱點。依我看，這是學習的本義，也是促使自己進步的有效途徑。不是說我看出了他們的弱點，我就比他們更聰明。我應該還沒有傻到這種程度吧？

今天的「魯學界」所做的工作，與其說是在弘揚魯迅，遠不如說是在成功地消滅魯迅。在他們筆下，魯迅偉大和完美得實在令人厭惡。但這種局面的得來和魯迅無關。我對「魯學界」有一點十分膚淺的瞭解，所以我不喜歡那個「界」。大多數研究者和研究論著除了封他們（它們）為「瞎胡鬧」、「瞎扯淡」外，我不知道應該怎樣給他們（它們）命名。當然，「魯學界」如此囂張和跋扈，跟長期以來的政黨意識形態有關。對此，我沒什麼好說的，畢竟願意跟著權力跑是中國人的古老天性。政治是一門學問，它叫政治學；但政黨

意識形態不是學問，它僅僅是一種實用主義式的操作策略而已。學術研究沒有必要清除政治學，但有必要遠離通行的政黨政策。政策是關乎國計民生的操作指南，學術研究完全沒有必要去企及那樣的高度。在寫那本書時，我不斷提醒自己，一定不能充當政策的傳聲筒，要最大可能地獨立於各種稀奇古怪的權力。作為一個普通人、一個普通的研究者，我能做的只有這麼多。

　　魯迅是一個複雜的人物，遠不是教科書和「魯學界」理解的那麼簡單。除了錢理群、汪暉、王富仁、孫郁、王曉明等少數幾個人，我甚至認為「魯學界」中的絕大部分不配研究魯迅。也許我提到的那幾個人本來就不屬於通常所說的「魯學界」？魯迅有缺點，有偉大的一面，也有不那麼偉大的一面，但他註定是中國現代史上的大人物。他給我們最大的啟示或許是個人的獨立——其他的重大啟示現在暫時不論——但我不認為這個啟示是成功的。比如說，一位「魯迅研究會」的頭面人物，在該會改選落選後（也有人說他本來就到了退休年齡），還死死握著「魯研會」的公章不願交出。公章是命根子啊，類似於男人胯下的陽物和帝王案頭的傳國玉璽，是不能輕易拱手相送的東西。這種讀了一輩子魯迅，卻如此迷戀權力的變態分子，正好能說明魯迅的啟示遭到了怎樣的慘敗。我對魯迅的定位是：他是一個偉大的失敗者，他是現代中國體驗失敗最深的人物，也是在描寫失敗感方面最傑出的人物。這是他的文字至今仍能強烈感染我們的最大原因。但更無奈的失敗還在於：失敗的魯迅死後還在繼續失敗，他的著述甚至沒有能力教育他的崇拜者。至於魯迅死得早究竟是他的幸運還是不幸，徵之於當代史，我覺得答案不難給出。在此，我願意引用兩個人的話，來暗示那個不難給出的答案。一個是魯迅對他的共產黨朋友說的：如果你們成功，第一個要殺的人肯定是我。——當然，聽者一方對此表示了明確的反對。另一個是毛澤東在「反右」時說的：如果魯迅今天還活著，他要麼顧全大局，要麼去他該去的地方。——當然，毛澤東願意相信魯迅是顧全大局的。很好玩，不是麼？

張後：我問你一個無聊的問題，你說學院派和草根一族究竟有什麼樣的鴻溝？每每看見他們在網上掐得你死我活，就很不舒服，他們的立場一定是對立的嗎？有沒有一個緩衝地帶存在呢？

敬文東：我上網一般是收、發郵件，除了去幾家信得過的學術性、思想性或藝術性網站外，其他地方基本不去，也幾乎從不在網上跟帖、留言。我沒有那個閒工夫，再說，我在網上說的話頂多只能算是放屁，毫無意義，因為網上根本就沒有民主這頭怪獸存在。我覺得活在今天不讀報、不看新聞，完全不影響我的個人生活。什麼是個人生活？老婆孩子熱炕頭而已。那些形勢一片大好的說辭我以為還是少聽為妙、不聽最妙。因此，你說的那種情況我沒有在網上看到過。我雖然是學院中人，但也有不少朋友是非學院中人，他們對對方的總體看法我倒是不陌生，你說的那些情形我也有耳聞，只是從未深究過。

一般說來，非學院中人十分討厭學院中人引經據典過多的不良習氣。好的說法是挾洋人、古人以自重，不好的說法是「裝 X」。學院中人呢，卻又認為非學院中人匪氣過重，說話不嚴謹，好情緒化，同樣有「裝 X」之嫌，只不過要從相反的方向去理解「裝 X」。應該說，他們指斥對方的那些情形都是存在的。這種相互攻擊的情形雖然很普遍，其實無關緊要。在當下中國，有一個很有趣的現象倒是值得關注：無論爭論的是多麼嚴肅甚至重大的問題，最後總會經由情緒過度變形而成為人身攻擊。似乎我們直到今天，還沒有能力營造出一個就事論事的輿論環境。其實，只要我們瞭解古代史，這根本就算不上什麼新鮮事。我經常聽一些同胞沾沾自喜地說，我們是一個正在崛起的大國，連美國都對我們懼怕得不得了。作為一個中國人，我很願意相信這是真的。但理性告訴我，這的確是假的。連最應該有理性的知識份子都沒有成為有理性的現代人，面對重大問題最後都要落實到人身攻擊上去，這會是一個現代國家的做派麼？我們最多不過是一個暴發戶而已。一個暴發戶在中國可能會受到追捧，但在有教養的人那裏，是最沒有檔次的。我不喜歡爭論，倒不

是因為我覺得爭論沒用，而是我信不過當下中國的所有爭論。真理愈辯愈不明，直到最終丟失了真理、根本不在乎真理。

學院當中存在著有見識的知識份子，非學院中也有有見識的知識份子。這是毫無疑問的事情。但有一個大背景我們不能忽略：在迄今為止五千多年的中國歷史上，國朝才是知識份子潰敗得最為徹底的時代。儘管學院和非學院中都有有見識、有良知的人，但考慮到大背景的存在，我們就沒有任何理由樂觀。因此，在他們爭論時是否有一個緩衝地帶反而不重要，重要的是，知識份子該怎樣培植自己獨立於權力的意識、能力和道德觀念。有一位很有名的經濟學家說，自行車帶來的污染比汽車帶來的更大；另一位經濟學家說，中國沒有窮人，只有待富者；還有一位學者說，上訪的人中至少有一大半患有精神病症，應該入院治療。聽到諸如此類學院專家們的言論，網路群眾憤怒了，討伐之聲和辱罵聲不絕如縷。但不知網路群眾——也就是你所說的「草根」——考慮過沒有，在今天能通過四拼五搏、七拼八湊成為專家的人，肯定有他的過人之處，他們怎麼會不知道自己在說什麼呢？儘管說這些話的人大多都是你我一樣的平民後代，根本不是貴族，但人家有志於為自己的後代提供貴族身份——這恐怕才是問題的七寸之所在。他們在說這樣的話之前，肯定有過周密的算計，甚至把群眾們的憤怒和討伐之聲都計算進去了。周密算計之後還要冒犯群眾，那是因為群眾可以冒犯、值得冒犯，那是因為冒犯「屁民」之後得到的賞賜，遠遠大於討伐之聲帶來的壞處。冒犯群眾是利潤的源泉之一。馬克思引用過托·約·登寧的話：「一旦有適當的利潤，資本就會膽大起來。如果有 10% 的利潤，它就保證到處被使用；有 20% 的利潤，它就活躍起來；有 50% 的利潤，它就鋌而走險；為了 100% 的利潤，它敢踐踏一切人間法律；有 300% 的利潤，它就敢犯任何罪行，甚至冒絞首的危險。」那些精明之極的人生生意人，難道還不懂這些常識？「屁民」或網路群眾對此確實犯有失察之罪，他們顯然低估了人生生意人的智慧和膽量。就此而言，緩衝地帶要麼根本不重要，要麼根本就不存在。

只有當正義、公正成為一個社會的所有人（當然首先包括知識份子）信奉的頭號價值時，緩衝地帶才會出現、才能化為現實。你說，我們什麼時候才會擁有這樣的文化飛地？至少我對這片大陸的現身，懷有不由自主的悲觀情緒。

張後：你搞過金庸研究，我們可以談談這個問題。其實，我們都知道讀金庸梁羽生古龍等等的武俠小說時，它就是一首首詩歌（即成人童話），大可不必將武俠小說中的人物和生活現實化，那是自欺欺人的，就像詩人寫詩，千萬不要把詩歌和生活相混淆，那會走火入魔的，你說是嗎？

敬文東：好，反正是漫談，就順著你的話題說吧。不過，「研究金庸」中的「研究」二字顯得有些誇張。我不是金庸專家。新武俠小說中，我也只通讀過金庸的作品，梁羽生、古龍的只讀過一點點，不是很喜歡。「研究」金庸，是我上博士一年級時做過的一項工作，前後不到一年時間。時在 1996 年秋天到 1997 年夏天。當時的目的，是想通過金庸的作品，陳述我的中國文化觀。就此目的而言，金庸和他的小說不過是一個幌子、一件道具。但作為一個普通讀者，我確實很喜歡金庸的作品，至少它能給我提供一個逃避之地。某些勇敢的人生游擊隊戰士會諷刺說，你的逃避顯然是懦夫行為。我得含笑（而不是像余秋雨那樣「含淚」）勸告他：我看你也得給自己尋找一個逃避之處，這才是自己把自己當人看，何必一天到晚把自己搞得跟鬥士一樣橫眉冷對、勃起如鐵呢，老子可是早就說過，「飄風不終朝，驟雨不終日」。承認這一點我不認為有多難為情。但我還是既不願意高估金庸，也不願意像一些文學高潔之士那樣痛貶金庸。金庸怎麼樣其實跟我們毫無關係，追捧和痛貶都是多餘的。他的作品不就是迷魂湯麼？喝下去就得了。而我只願意將他當道具。作為一個膚淺專業的修習者，我有權將所有著作當道具。難道弱者就不能矯情和撒嬌？撒嬌是我輩弱者唯一的特權。

以我粗淺的生活經驗，恐怕只有傻瓜才會將武俠小說中的人物和生活現實化，但有意思的是，一些過於聰明的詩人確實在犯這樣

的低級錯誤，類似於足球運動中的烏龍球。較為明顯的一個病症是：首先在詩歌裏大肆鼓吹崇高，緊接著把自己崇高化，以至於接下來他以為自己真的很崇高，然後把所有人假想為低俗之徒，最後成功地把自己弄成了眾人皆醉他獨醒的屈大夫。儘管在讀者看來，他跟崇高一點實質性的關係都沒有，反倒天天在向奸商和對他略表關懷的官員示好、獻媚。每當我看到這樣的詩人哥們的如此行徑時，就忍不住想笑。我有一個很膚淺的經驗，一個沒有幽默感的人註定枯燥乏味；一個沒有自嘲能力的人最有可能成為自大狂。許多在詩歌裏自己為自己三上「勸進表」，最後得以自我稱王的傢伙，跟許多在詩歌裏不斷自我崇高化的傢伙一樣，都分不清抒情主人公之身份同生活主人公之身份的區別。他們的毀滅指日可待。

詩人是什麼？凡夫俗子而已，和我們身邊每一個討生活的人沒多大區別，頂多是革命分工不同——詩人名號的高貴不在於詩人的身份，而在於他的文字中透出的尊貴資訊。劉少奇以國家主席之尊，能對掏糞工人說這樣的話，我們的詩人能不能也假裝承認這一點？詩人當然可以說，我和賣菜的人不同；但賣菜的可不可以說我和寫詩的人不同？我們歡迎詩人像上帝那樣為我們思考，以便為我們提供精美的精神食糧（這是詩人名號之尊貴的由來），但為詩人的生命安全考慮，我們也願意善意地希望他能像普通人那樣生活，以免自我爆炸。我們可不會因為想要精神食糧，眼睜睜看著一些人為我們犧牲。作為群眾，我們還沒有卑鄙和殘忍到那個程度。自戀是人的天性，無論是人格自戀還是職業自戀，都可以得到原諒。但天性之所以是天性，它的根本涵義在於抑制而不在於過度提倡。艾略特（Thomas Stearns Eliot）的「逃避自我說」，或許就含有這個意思在內。沒有多少情形比「自己高尚而別人庸俗」更糟糕的了。較好的情形或真實的情形是：我們都是有缺陷的人，我們都在努力超越自己。人格的完善是一個學習的過程，詩歌是讓我們人格完善的通道之一，並不是只有詩歌才是人類的太陽。我們至少有十個太陽。面對它們，后羿的神箭註定無能為力，何況后羿從來就不是詩歌的守

護神。詩人、詩歌把自己定義為超人、太陽,至少哲學和神學將會提出嚴重的抗議。我敬重詩人的名號,但我還是覺得詩人和詩歌都應該更謙虛一點。過分驕傲和狂妄一樣,都會遭到天譴。

和意在譴責的詩歌相比,我更喜歡讚美詩。因為後者在今天更加難得,因為誠實的讚美詩在今天是可遇不可求的事物,因為誠實的讚美詩需要更多的善意、理解、寬容和詩人的個人才能與強大的心性。

張後:讀了你的《詩歌肖像》,你說:「詩歌,不過是愚人節的一個禮物罷了」,仔細想想,也有一定的道理,詩到底是什麼呢?沒有人可以說得清楚,有人說詩歌就是生活的雞肋,也有人說詩歌就是一個桃花源。誰知道詩歌到底是什麼呢?你從幾歲開始寫詩的?你為什麼寫詩?

敬文東:你說的那篇文章是我 1997 年寫的,都 12 年了,謝謝你還記得它。儘管那確實不算一篇好文章,甚至不值得你去記住,但「詩歌是愚人節的禮物」這個觀點,直到今天我仍然認為至少有小一半是成立的。說詩歌是愚人節的禮物,和說詩歌是桃花源是同一個意思。詩歌是安慰,它讓我們能夠暫時逃避凡俗的、沒有詩意的甚至是難堪和難熬的生活。我不是詩人,只是一個詩歌愛好者,頂多算一個業餘詩人。所以,在談到我的詩歌時,你一定得記住,這是假冒了詩歌之名的詩歌。我胡謅出第一首詩時在 1980 年 10 月,記憶中是寫落葉的,我至今還記得那些很搞笑的句子。我之所以寫詩,是因為詩歌可以表達我的苦悶,最終讓我短暫地逃避苦悶,也就是進入到桃花源並自己愚弄自己、自己欺騙自己的意思。

我生於 1968 年冬天。父母是川北一個小鎮上的國家工作人員,天天緊跟北京城裏的毛主席忙於偉大的革命事業,根本沒時間理睬我們這些小兔崽子。因此,我在不到兩歲時,就被送往幾十華里外的爺爺奶奶家,由爺爺奶奶撫養。我在農村度過了一個幸福的、無法無天的、整個夏天都泡在河水裏的童年。那時的河流絕無污染,到處都是魚、鱉和烏龜,只要我們願意,隨時都可以將它們抓在手裏。現在回想起來,那一定是我此生最快樂、最沒有憂慮的時光。

但好日子總是傾向於稍縱即逝。1977 年暑假，我八歲半，因為整天呆在河水裏，終於報應性地渾身浮腫。整天拖著一個肥胖的身體四處晃蕩，樣子很滑稽，飽受鄉人的嘲笑，自己還覺得很快樂。爺爺為我身體的異樣感到大惑不解，終於把我帶到公社醫院進行檢查。幾個庸醫會診後，異口同聲斷定我被馬蜂集體性地嚴重傷害，類似於遭到了輪奸。庸醫們哪裡知道，整個夏天，我都無緣接見或拜謁任何一隻馬蜂。在回家的公路上，迎面碰到烈日下去公社買鹽的一個農民，他大聲喊，你那不是腎炎麼？爺爺一聽孫子的腎臟出了問題，以後很可能沒有生孩子的本事，嚇得發抖，連忙給父母打電話——按他老人家的本意，他不想打擾我父母緊跟北京城裏的華主席繼續從事革命工作。第二天，我在隨爺爺上長途汽車趕往縣城醫院之前，獨自去公共廁所小便。就是在那個爛廁所裏，我親眼目睹了我的小雞雞慢慢浮腫的全過程。我在臭氣熏天的廁所裏嚇得哇哇大哭……在屁股被縣醫院的青黴素蹂躪了半個月後，我的病終於好了。父母繼續去革命，我則重新回到爺爺奶奶的院子。回去的當天，積習難改，好了傷疤忘了痛，馬上又下水瞎泡。傍晚時分，我發現被水泡了大半天的身體有些異樣，醫院的經驗告訴我，可能腎炎又復發了。結果越想越是這樣，我在院子裏大哭大叫：「我要死了！我要死了！」那時，我已經上小學四年級，語文課本裏滿是革命英雄如何視死如歸的說教，所以，「死」是一個很熟悉的詞。但那天的哭喊讓我第一次把它跟自己聯繫在一起。很多年後，我才有能力意識到，那是一個重要的經驗。

從那時起，我休學半年，在父母的工作地繼續治療。父母照例忙於革命事業，早出晚歸，我只得一個人待在家中。那時沒有電視機，甚至沒有半導體，同齡的孩子都上學。為解決寂寞，只得一個人在家中自言自語，胡亂編造一些自戀之極的故事情節，把自己打扮成天下最不幸的人，遭到了包括父母、爺爺、奶奶在內的全人類的拋棄。在捏造的高潮處，不禁痛哭失聲。但每一個故事的結局，無非都是成功地報了仇、雪了恨，把拋棄我的人打得潰不成軍，很

是解氣。每當這個拖延了很久的關頭如期到來時，不禁大笑起來。整整三、四個月，我天天處於這種大喜大悲的情景之中，父母卻一直蒙在鼓裏。等我病癒回爺爺奶奶家繼續上學時，因為離學校較遠，那時的農村又人煙稀少，為度過那段孤寂的路途，我故伎重演，繼續自言自語、手舞足蹈地編撰一些莫須有的情節。直到今天，當我一個人走在熙熙攘攘的大街上時，仍然有這個習慣，只不過把自言自語改作了默無聲息，腦子裏卻始終在翻江倒海。

　　我相信，童年的這段經歷給了我一種憂鬱的氣質；我從來就不是一個樂觀的人，長時間視樂觀為膚淺，也許就導源於此。這種偶然得來的氣質，讓我很自然地親近詩歌，尤其是親近詩歌的哀傷性能。我寫詩，無論質量如何低級，對我都能起到桃花源和自我愚弄的作用，最後總是能夠通過對哀傷的逃避與對哀傷的遮罩，將自己短暫地拯救出來。我最後沒有成為一個詩人，除了才能問題，不想過於將自己陷入自戀境地可能也是一個重要原因。儘管我更願意看到真誠的讚美詩、誠實描寫快樂的詩，但要讓我私下給詩歌下定義，那詩歌就一定是關於哀傷的一種形式。也許是我心中憂鬱太盛，以至於到了自己都討厭自己的地步，所以想儘量少寫詩歌，以免加重自己的黑暗心理，以免暗示、加重「生活毫無意義」的觀念。誰知道情況究竟是不是這樣的呢？要是你今天不問，我真的還想不到這些。但我知道，即使是這樣的答案也可能是虛偽的、不真實的，所以還是打住吧。

　　張後：近些年來，新詩面臨普遍質疑，甚至有人說它是全盤錯誤的。對這個問題，你怎麼看？新詩究竟有什麼問題值得人們如此地眾說紛紜？

　　敬文東：這個問題確實值得申說。的確，如你所說，近些年來，否定新詩的人多了起來，其中不乏公眾眼裏的重量級人物。季羨林、韓寒一老一少，對新詩做出了在他們看來堪稱毀滅性的打擊。這種臆想中的打擊對於新詩其實無關緊要。不懂行的人除了製造笑柄，說什麼都沒關係，聯想到季老多年前「中國文化可以拯救西方社會」的豪言，我們就更沒有必要深究他的言論有什麼重要性。胡適當著

蔣總統的面，對中央研究院的同仁說，「總統老了，難免說一些糊塗話，我們要原諒他。」對季老的言論，我們實在應該擁有胡適對蔣總統的胸襟，不要去計較。他們手中並沒有掌握足以毀滅新詩的任何武器，更遑論原子彈。倒是寫了大半個世紀以上新詩，並且頗有成就的鄭敏先生對新詩的否定值得重視。鄭先生貶低新詩的參照系是中國古典詩歌。如果我沒有謬解真經，鄭先生的意思大致是，新詩沒有古詩那樣深遠的傳統；新詩的成就沒有古詩那麼大。因此新詩是失敗的。這兩種貌似堂皇的理由，實際上都不足以構成貶低新詩的證據，也無法成為新詩成敗的尺規。古詩並不是從一開始就擁有深遠的傳統，畢竟傳統首先是一個時間概念，然後才是一個詩學概念；說新詩的成就沒有古詩大，我們要問的是，成就大小的標準在哪裡？鄭先生到了古稀之年，才知道新詩比不上古詩，是不是太晚了一點？對此，新詩有必要向鄭先生道歉，承認當年對鄭先生的蠱惑是錯誤的，是不應該的。

　　新詩的出現有它的必然性。隨著「天下」格局和「天干地支」的計時方式被徹底打破，可以用固定格式（比如律詩、絕句和詞）進行書寫的情感、可以用有限辭彙進行吸納與包裹的經驗被強行修改，和天下格局、天干地支相匹配的格律化、古風化的情感與經驗，也開始大幅度隱退；而新的經驗和面對新經驗產生的新的靈魂反應，卻開始大規模出現，古詩被其他形式的詩歌樣態所替代就是必然的事情，除非古詩能表達新的情感方式和經驗——至少「詩界革命」已經證明古詩並不具備這樣的能力。這個堅定的邏輯，拒絕一切跟這個邏輯叫板的所有小心思。至於古詩被代替後，該出現何種形態的詩歌，它叫什麼名字，它擁有怎樣的體型，一概和古詩無關。新出現的詩歌品類呼籲古詩不要管別人的事情，只要守住自己的貞潔就行——作為中國古詩的熱烈崇拜者，我這樣說絲毫沒有冒犯古詩的任何念頭。新出現的詩歌品類唯一關心的事情，是如何完美表達「世界」、「世紀」格局中出現的新事物，以及由新事物生產出來的新經驗和靈魂上的新顫動。古詩必須被代替是一回事，新出現的詩歌品類擁有何種腰身是另一回

事，至於新出現的詩歌品類在不長的經歷中，遭遇了哪些失敗，取得了何種樣態的經驗與教訓，則又是一回事。這是三個不同層次、不同等級的問題，有互相聯繫的一面，但更多的是相互獨立。鄭先生的立論有意混淆了這三個問題相互之間的區別，季老和韓青年的囈語，則構成了對那個堅定邏輯的冒犯，都沒有必要深究。

　　大半個世紀以前，聞一多先生在考察中國古典詩歌時，說過一句很有見地的話：宋代以後的中國古詩都是多餘的。聞先生一定是覺得宋以後的中國古詩不過是守成而已，不過是在重複前代，總體上說沒什麼創建，沒有為古詩增添新內容，所以是多餘的。但宋以後的古詩在唐詩、宋詞開創的偉大傳統上繼續滑行，確實有它的合理性。畢竟天下格局和天干地支的計時方式沒有被打破，前人發明的表達情感的格式完全可以應對局面，宋以後的詩歌沒有理由也沒有必要突破唐詩、宋詞開創的傳統，對於必然要表達的情感而言，它又的確不是多餘的。在中國文化發展史上，1840 年以前來到中國的所有異域文明，無一不被強大的華夏文明所消化，最終成為華夏文明的一部分。這是「天下」和「天干地支」的偉大勝利，也是天下一統格局最終沒被打破的根本原因。擁有如此心性和胸襟的華夏文明，支持元、明、清三代的詩人只需要守成，不需要奢侈的開疆拓土。

　　「世界」和「世紀」取代「天下」和「甲子」（即天干地支），意味著田園牧歌式的情感經驗體系的解體，代之而起的，是一種現代型的、複雜的情感經驗體系。現代詩歌（或稱新詩）的第一大特點就是它的複雜性，這種複雜性的標誌之一就是分析性。分析性是新詩的頭號特徵。只有分析性才能應對世界、世紀格局中複雜的新經驗。和古詩相比，現代詩要複雜得多。古詩的複雜和新詩的複雜不是一個概念。對於今天的人來說，《離騷》的複雜主要是訓詁意義上的複雜，並不是它傳達出的情感體驗有多麼晦澀；在中國古典傳統所本有的語境中，理解《離騷》根本就不會有障礙。《傍晚穿過廣場》、《中國雜技：硬椅子》、《在愛德格‧斯諾墓前》、《一個鐘錶匠人的回憶》……諸如此類充滿極度分析色彩的作品，不存在訓詁學上的任何複雜性，

但它們具有情感考古學和倫理考古學上的複雜性。就複雜性來說，它們遠非《離騷》可以相比。這是因為它們面對的世界在不斷急劇地變化，如果它們不在分析性中加大複雜性，就無法應對外部世界的風雲變幻，它們就可能成為不及物的、虛偽的作品。無論是古詩還是新詩，必須要擺脫虛偽帶來的污染，這是詩歌的本來要求。

新詩的參照系不是古詩，古詩的偉大成就不能構成評判新詩成就大小的標準，就像新詩無法成為古詩成就大小的標準一樣。即使新詩比古詩複雜，也絲毫不能證明古詩因簡單而成就低劣，只因為古詩面對的情景不需要它過分複雜，或者古詩有權將複雜的情景處理得簡單，在玲瓏剔透中表達自己的心理反應。如果古詩複雜了，倒更可能成為虛偽的作品。同樣的道理，古詩深遠的傳統也無法反襯新詩沒有自己的傳統，因而是低級的或者失敗的。我們不能要求一個剛剛起步的孩子擁有深厚的閱歷。傳統是一個生成性的概念，它意味著發展、壯大，它不是一種束縛性的力量，更不能成為一種以為有了它就可以包打天下的力量。

在承認新詩必須代替古詩的前提下，反思新詩的成敗才是必須的事情。反思的目的不是要取消新詩。反思是一項建設性的工作：如何讓新詩越來越成熟、如何讓新詩擁有一個更加光明的未來，才是反思的目的之所在。至於有些天真的詩歌理論家熱衷於為新詩制定標準，是大可不必的事情。也許這樣的標準從來就不存在。我們無法給人一個標準，無法給人一個完整、周全的定義，但這根本不妨礙我們打心眼裏地清楚，哪一種人才能算真正意義上的人。新詩也這樣。從表面上看，現在各種寫法都有自己的擁護者，但並不妨礙我們知道什麼是好詩，至少我不會把分行、押韻的東西都當作詩歌來看待。作為一個讀者，我很感激有志於制定詩歌標準的理論家們的熱情，但我還是懇請他們放過我這樣的新詩欣賞者，讓我在內心裏自己給自己制定詩歌標準。

新詩面臨的另一個問題是嚴重惡化的詩歌教育。中國的文學教育從小學到博士都是徹底失敗的；在文學的所有分支中，詩歌的教

育最為失敗。許多屍居大學講席的詩歌理論家,一輩子幹的都是「毀」人不倦的事情,專業的、懂行的詩歌教育者和理論家寥若晨星,而社會上鼓噪詩歌的發源地居然是大小媒體——不負責人的媒體批評代替了專業的詩歌批評,媒體在左右公眾對新詩的態度。如果不加大新詩方面的教育,純正的理論家和批評家不佔領詩歌陣地,我們一代又一代的讀者將會喪失審美的敏感性。以我看,這種局面才最有可能造就新詩的失敗。

張後:詩人都是一些偏執狂,很難有理性的思考,我忘記這是誰說過的話了,但誰說的不重要,重要的,是詩人真的那麼偏執狂嗎?近年不斷有詩人用自戕的方式「殉詩」,實際上這完全出於人生理解的意義不同而造成的,普通生命自行解決,以此達到「永恆」之境的不是更多嗎?據說每年跳長江大橋的有幾十人甚至上百人。為何單單用眼睛瞄準幾個寫詩的呢?詩人和普通生命有沒有根本的不同?生而不畏,死焉何懼呢?你怎麼看待詩人一次又一次的自殺現象?

敬文東:詩人是不是都是一些偏執狂,我不敢說,因為我的大多數詩人朋友心智都很正常;但我也聽說和見過一些有偏執狂傾向的詩人。很多論者通過統計法或者歸納法得出詩人都是不正常人的結論,但我通過同樣的方法,也可以得出另一個完全不同的結論:只有正常的心智才能支持一個人成為詩人,或者說,只有正常的心智才能成就一個大詩人,比如杜甫、歌德、但丁、泰戈爾。在更大的程度上,詩人的公眾形象是詩人和公眾合謀的結果。詩人喜歡公眾這樣看待自己,為的是得到公眾的原諒甚至羨慕;公眾喜歡這樣看待詩人,為的是給自己討厭詩人或進入這種詩人境界尋找藉口。不是文學在模仿生活,而是生活在模仿文學,詩人的公眾形象往往是公眾用於模仿的藍本。這個問題不用多說,因為不是詩人的人群中偏執狂更多,你到精神病院看看,裏邊究竟有幾個是詩人?詩人是偏執狂的說法本身就是一個被虛構出來的東西,它不是事實。你的問話暗示得很對,詩人的生命和普通人的生命沒有高低之分,詩人自殺和普通人自殺沒什麼兩樣,都是至為不幸的事情。我現在越來越忌諱談論死,因為談論這等

重大的問題是不祥的，就像葉芝（William Butler Yeats）說見解是不祥的一樣。我現在已經到了說話必須避諱的年齡，再也不敢輕狂和放肆是沒法子的事情。今天既然被你挾持，我就斗膽談一下自殺吧。

首先我要說，死不是永恆，通過自殺求得永恆更是一件虛妄的事情，至少也可以存疑，因為沒有一個活人知道死亡之後是什麼樣子。我們之所以狂妄地將死當作永恆，是好奇心使然，是對虛無的心理性抵抗，倒也不值得責怪，只是我們不能美化自殺。我寧願相信，西方人的名言「自殺證明人可以和上帝平起平坐，因為上帝沒有能力自殺」，是關於自殺最慘痛的自我反諷、自我解嘲。基督教視自殺為罪孽是一種深刻的人道主義，至少也是人道關懷。儘管在這個醜陋的世界上，每個人或多或少都有自殺的衝動，而且這種衝動並不是宗教能夠完全根除的，但有了宗教關懷，人們可能會更加重視生命。

關於自殺，我相信卡繆（Albert Camus）的一個觀點：從來沒有為形而上學問題自殺的人，只有為具體事情而自殺的不幸之士。我見到過的第一位自殺者是一個初中二年級的男學生。他姓張，和我同校，但比我高一個年級。我們多次在一起打過籃球。他長得高大、英俊，讓我等醜類十分羨慕。他的父親是我們學校敲鐘的工人。突然有一天，聽說他上吊自殺了，這讓我震驚不已。我至今還記得，聽到那個消息時，正是上晚自習的前幾分鐘，我們還在汗流浹背地打籃球。一個十三四歲的孩子有什麼形而上學問題？後來我知道，他自殺，是因為他父親臨近退休，準備把「頂班」的美差給他姐姐而不是給他（在共和國歷史上，子女可以頂替有公職而退休的父母的職業，謂之為「頂班」）。他覺得不公平，一時氣憤，做出了悲慘的選擇。他死後幾天，我曾經路過他家窗前，目睹了他姐姐和他父母對著他的照片痛哭不已的場面。那時，我覺得暈眩。自殺是一件悲慘絕倫的事情，無論是對於詩人還是對於其他人。有一個很錯誤的看法：詩人比常人更願意思考死亡；自海德格爾（Martin Heidegger）以後，「向死而生」往往被認為指的就是詩人的事情。我不同意這樣的看法。儘管我不相信死亡是最大的平均主義者，但我們絕對不能抬高詩人自殺的價值。說一個

詩人自殺是為了提高他的詩歌聲譽,在我看來是邪惡之詞。海子因為自殺名聲大振,王小波因為意外死亡贏得了許多莫名其妙的追捧者,但這跟海子、王小波有關係麼?我們不要再去侮辱死者。他們的死已經是悲慘的事情,但凡我們稍存善心,就不應該這樣看待問題。

回到你的問題上來。我建議我們都要熱愛生命,無論他是詩人、政客、小販還是學生或其他被凌辱者。實際上,這個世界上的所有人,都是被凌辱者,只不過有時候是我凌辱你,有時候是你凌辱我而已。我們都是被時間凌辱的人。凌辱者有自己的生存法則,被凌辱者也有。反正死亡是註定的事情,那就管他媽的,還是先想想怎樣才能看到更多的人間風景,到時候才有更多的故事向寂寞的先行者講述,從而解除自己的寂寞。在此,我願意做一個推理:如果死亡是永恆,那就一定有無窮的、有待填滿的無聊時間。因此,我們幹嘛不相信「好死不如賴活」的說教是正確的說教呢?

張後:我很喜歡讀你的那篇《我喜歡》(豐益橋筆記之五),當我讀到:「我喜歡曾經痛罵過我的小學女老師,只因為她的女兒長得甚合孤意」時,我忍俊不禁,笑了,我也有此番相似的經歷,這也是你初戀的開始吧?談談怎麼樣,兒時的朦朧戀情,最終有沒有含苞開放?

敬文東:哈哈,對不起,哥們,這個問題恕我不能瞎講。我不能主動交代我的個人隱私,等我晚年時一個人去回憶吧。你引用我的那句話裏的那位姑娘,其實一點都不討我喜歡,當然她也不喜歡我。也就是說,我們沒有任何關係。多年之後之所以寫到她母親和她,是回憶使然,並無深意。要是這篇訪談可以不發表,我倒是願意談談我從小到大的戀愛史。好吧,等你什麼時候有空,搞瓶五糧液──我認為它是世界上最好的美酒──我們邊喝邊一起交流心得,一起懷舊,一起控訴辜負我們美好青春的那些姑娘,直到在臆想中成功地做到讓她們追悔莫及,你看怎麼樣?

張後:本來是想輕鬆點,沒想到你不願意輕鬆。那好,我問一個不輕鬆的問題:到底什麼是知識份子?這個問題現在還重要嗎?

艾未未算不算知識份子？我看了近期的《南方週末》（2009年5月7日）上的一篇文章，感覺出艾未未在國外（1983-1993）沒正經念書，整天竟「遊手好閒，惹事生非」？你怎麼看艾未未擱置他的藝術工作，跑去四川搞「公民調查」？有人說他不務正業，「狗拿耗子，多管閒事」，你怎麼看？

敬文東：我對艾未未先生所做的工作非常佩服。中國絕對需要這樣的知識份子。說他「狗拿耗子，多管閒事」的人，我不知道是出於什麼心理。反正我不認為這是一個正常人該說的話⋯⋯

張後：但你對這樣的事情好像不太熱心，你在這裏說的和你平時做的好像很矛盾⋯⋯

敬文東：你的觀察很準確，我幾乎不參與任何公益活動，儘管我十分佩服、崇敬艾未未那類人物。這是有原因的。我自知個人能力十分渺小，不足以改變任何局面。我對很多事情都很消極，當然你說我懦弱和軟骨頭也行，我不反對。我對自己要求不高：盡可能做一個稍有良心的人、向善的人、不太俗氣的人就行。讀幾本自己熱愛的書，寫一點自己喜歡寫的東西，至於成功、失敗，不是我考慮的事情。我不相信自己會成功。我是個失敗主義者。對這個混亂的世界，我沒什麼好說的。我之所以還做一些自己認為有趣的事情，是因為沒事可做比有事做更難以忍受。我決定不問做一件事有何意義。其實，有什麼意義呢？我只問自己喜不喜歡做某事。我理解那些喜歡當官、發財的人對當官發財所懷有的巨大渴望，但我看不出這有什麼趣。我喜歡錢，但我不會專門為錢活著；一個人只要存有當官的想法，就註定是要拿尊嚴和人格做交易。當然，我們這些不渴望當官的人也沒有人格和尊嚴，人格和尊嚴在今天根本就不存在。不是我們不想要這兩樣東西，而是這個社會從來沒有給我們提供這些東西。我自知不是勇敢的人，那些偉大的事情，讓那些人品更好也更勇敢的人去做吧，我樂於在一旁為他們鼓掌。

張後：好，我要問你最後一個問題。這個問題同你個人有關，同詩歌有關：有人稱你為最安靜的詩人，對於你自己寫過的詩歌，哪一首你比較喜歡？談談這首詩的創作過程如何？

敬文東：首先，我不是詩人，也不是「最」安靜的人。的確，多年前，有一個朋友寫文章表揚我是最安靜的人。但他和我都知道，這是他對一個朋友的善意褒揚，我估計連他都不相信自己的判斷。朋友對朋友麼，總是喜歡善意地誇大其詞，就像你對你的女朋友說，你是世界上最美麗的姑娘。你愛說，她呢，也愛聽。事情基本上就是這樣的。

說到安靜，那倒的確是我追求的境界之一。我說過，我是個比較羞澀的人，除了在朋友面前，除了我現在教書匠的職業要求，一貫不喜歡誇誇其談。我不覺得自己有多少見解值得用大嗓門向不熟悉的人宣教，而面對熟悉的朋友，即使我再一次說我說過無數遍的話，我認為他們也有義務傾聽我的控訴，有義務當做第一次來聽，因為我對他們也是這麼做的。我的耳朵就曾遭到過這些傢伙一遍又一遍的轟炸，但我仍然如沐春風。另一個原因是，我想有更多獨處的機會，讀書、思考、胡亂塗鴉、隨手撕掉或者抹去自己的胡亂塗鴉，想幹什麼就幹什麼，而且還可以不負責任。這是我最快樂的時刻。一個可以不負責任的時刻就是快樂的時刻，我想你肯定同意我的看法。如果你同意，那足證吾道不孤，也證明我們每一個人最想幹的事情就是不負責任，因為我們事實上要負太多的責任、正在負著太多的責任。

至於說我喜歡的自己的詩，還是那句話，我的詩是業餘的詩，我在向你談起它們時，你可千萬不要上升到真正的詩。但我就不準備講創作詩歌的經歷了，雖然它們的出生確實有點經歷。錢鍾書先生早就告誡我們，一個人在創作時想像力貧乏得要命，回憶創作時想像力又充足得令人難以忍受。他老人家不想上當，也請你批准我不要上當，不要丟人現眼好不好？以我看，喝酒比談這個問題有趣多了，要不我們喝酒去？刀哥最近為他的飯店又發明了幾道新菜，很有創意，我建議現在就去為新菜鼓掌。這麼樣？

目 次

詩歌：在生活與虛構之間

一、排除幾種謬見：詩歌不是……

　　前蘇聯作家愛倫堡（Ehrenburg）有一本名叫《人・歲月・生活》的小書，記載著一件十分有趣的詩人軼事。說的是在一次詩歌飛行集會上，當面對一張責難自己的詩「不能給人溫暖，不能給人激動，不能感染人」的條子時，馬雅可夫斯基（Vladimir Mayakovsky）機智地回答：「我不是爐子，不是大海，也不是鼠疫。」[1]不排除這機智中有「脫口秀」和「腦筋急轉彎」的遊戲成份，作為一個有資格成為嚴肅問題的回答，我們似乎沒有理由僅以「遊戲」去看待它。吾師袁忠岳先生曾歎息說，詩是什麼這個問題堪稱千古之迷[2]。對馬雅可夫斯基的回答不妨作如是解：要回答詩是什麼，有必要從詩不是什麼開始。這當然是一種近乎於愚公移山的笨辦法，因為我們可以隨便說，詩不是高山，詩不是女人，詩不是小便，詩不是「掛羊頭和賣狗肉」……排除法的不可行之處就在於要排除的對象幾乎是無限的；但排除法的可行之處恰恰又在於，總有幾種關於「什麼是什麼」的流行見解。從經驗上說，排除法的精髓，就在於它並無必要排除那無限的待排除物。

　　時至今日，正宗的文學理論（文藝學）教程仍然把文學（詩歌）的認識功能與教化功能放在十分重要的、顯赫的位置，曾經有一度時間，它們甚至成了最主要的功能[3]；而另一方面，又有了一些矯枉

---

[1]　愛倫堡《人・歲月・生活》，王金陵譯，花城出版社，1998年，第104頁。
[2]　參閱袁忠岳《心理場、形式場、語言場》，《詩刊》1992年第11期。
[3]　這一點在1949年以來，一直是中國大陸文藝理論教程中的核心部分，最著名的或許是以群先生主編的《文學概論》一書，幾乎通行中國大陸所有的中文系，有著極大的影響。

過正的看法，彷彿詩歌（文學）僅僅是純粹的語言操作，或乾脆宣稱詩就是某種哲學。這差不多都是廢話，儘管它們都是些有影響的、精緻的、堂皇的、有似驚嘆號一樣的廢話。

詩歌不是知識

認為詩就是知識或某種知識，無非是想在詩和認識論之間架起一座看似有理並且牢固的橋樑。「衣帶漸寬終不悔，為伊消得人憔悴。」我們彷彿看見了在這方面進行艱苦努力的同志們的憂心如焚。但這種橋樑歸根到底是虛設的。孔子曾主張，詩可以「邇之事父，遠之事君」，還可以「多識於鳥獸草木之名」[4]。現代詩學把詩歌的認識功能進一步擴大化了：不僅可以「事父」、「事君」、記住一些「鳥獸草木之名」，據說還可以通過詩歌尋找到認識物質世界特別是精神世界的特殊知識──儘管這種理論常常以隱蔽的、匿名的面孔出現[5]。現代知識論主張，知識是一些斷言、一些命題，「這些命題是關於某些材料的（date），或者說，由某些材料可以分析出一定的命題，而這些命題是對那些材料的解釋。」[6]簡單地說，知識是對事物可實證、可操作的研究，是向自然世界的挺進、逼近並迫使自然界講出自身真相的方式。知識本身並不關乎靈魂，儘管對於渴望知識、擁有知識、使用知識、發展知識的人而言，在他們對知識所採取的種種行動過程中，有著人類靈魂的深層參與。但我們恐怕還不能輕易下結論說，有靈魂的參與就等同於直接關乎靈魂。人之所以在不斷使知識增長的過程中還需要詩歌，並不是把詩歌當作一種認知工具，一種生成發展知識的手段，而在於對靈魂本身進行直接詠歎。「靈祗待之以致饗，幽微藉之以禱告，動天地，感鬼神，莫近於詩，」[7]這是

4　《論語‧陽貨》。

5　參閱臧棣《詩歌是一種特殊的知識》，《中國詩歌：90 年代備忘錄》，人民文學出版社，1999 年。

6　趙汀陽《一個或所有問題》，江西教育出版社，1998 年，第 7 頁。

7　鍾嶸《詩品‧序》。

一方面；詩歌寫作「是從語言出發朝向心靈的探尋，是對詩人的靈魂和人類良心的拯救，」[8]這又是一方面。雖然詩歌誠如孔子所說，的確有認識的功能，但正如我們總不能說我們製造了一個碗，它可以用來在殺人時盛血（假如我們願意），就忘了碗一開始就是為吃飯而製造的吧？

關於靈魂的所有語言（或泛語言）表達，都不可能構成客觀知識[9]。靈魂從來都不是知識論和認識論的領域[10]，這一點老康德體悟甚深[11]。詩歌不可能給我們帶來知識，我們也不能指望和想像能夠生活在詩歌構成的知識空間中。我們能根據「白髮三千丈」，就認為這世上曾經存在過一個有三千丈白髮的老道[12]？李白的意思只是說，人生的怨愁也有這麼長。這是對人類靈魂某一方面在某一種方式上的測度。儘管我們喜歡說「認識靈魂」這樣的話，可任何一個知識學論者或許都明白，認識靈魂的此「認識」與認識事物的彼「認識」，並不是同一個「認識」，僅僅是語言的無能使然，或者僅僅是「此」與「彼」看起來有些相似；我們常常說有關乎靈魂的知識，可任何一個神智健全的人或許都清楚，關於「靈魂」的知識和關於「事物」的知識並不是同一個「知識」，僅僅是語言的習慣罷了，或者是它們看起來有些相像。關於靈魂，我們只能詠歎、感慨、探測與呈現，它們只是某種（些）狀態；詩歌要探測出的是靈魂是「這

8　民刊《傾向》「編者前記」（1988 年，上海）。

9　卡爾‧波譜爾（Karl Popper）曾區分過主觀知識和客觀知識：「主觀意義的知識由以某些方式、或者相信某些事物的人、或者說某些話的傾向構成。」我的知識由我的傾向構成，客觀知識則專指科學知識（參閱波譜爾《通過知識獲得解放》，范景中等譯，中央美術學院出版社，1998 年，第 418 頁）。

10　比如佛洛伊德（Sigmund Freud）想從純知識的角度為解剖、分析心靈找到可行的方案，最後情況之下居然找到性欲上去，很為時人詬病和笑話，甚至被不少人當作「江湖騙子」，就是明證。

11　參閱康德《判斷力批判》，宋白華譯，商務印書館，1988 年，第 39-79 頁。

12　當然也有人可能會拿陳寅恪先生的詩史互證、以詩證史來反駁此處的看法。但陳先生的方法與此處所說的情況極為不同，何況陳先生的觀點還遭到過錢鍾書等人的批駁。

樣的」，而且要問為什麼「是這樣的」。它們很可能是一些問題，但不能構成知識學上的判斷；知識不但首先是一些問題，而且是一些可以找到正確答案——在相當多的時候這個答案是唯一的——並運用答案去解決新問題的可實證、可操作的判斷。

在一個由知識構成並推動的技術時代，知識擁有強大的霸權或許是合理的。在這個時代裏，人們往往極其容易把關乎靈魂的詩歌（還有其他藝術）肢解為某種認識論工具，這並不僅僅是習慣使然，平心而論，也是知識霸權的慣性使然。長期以來，我們的詩學理論有一個極大的毛病：在過度講究學術規範化的同時，把詩學理論本身也當作了一門純粹的技術和知識。理由很簡單，既然詩歌關乎靈魂，而關乎靈魂的詩歌本身並不是知識，那麼，「研究」詩歌的詩學理論難道首先要關心的是句法、辭彙而不是詩歌本身要關心的靈魂，就一定有道理嗎？為了誰也講不清的學術規範化[13]，就一定得犧牲靈魂，或一定要把靈魂「發展」成一門「有用」的知識？這同樣是知識霸權在作祟。批評家們認為，詩歌的句法、辭彙可以成為研究工作的客觀對象，所以可以像對待事物那樣去研究、去解剖、去認識。但詩歌從來就不僅僅是一種純粹的語言操作，它的語言技術操作在更大程度上，要受制於靈魂那「莫須有」似的需要。而需要，誠如我們所知，才是任何語言技術操作可能被生成的最充足的理由。一種成熟的詩學理論必須要研究詩歌技術（這的確是知識），但更要探究詩歌技術與靈魂的關係以及何以會出現這樣的「技術」（這恐怕就不僅僅是知識或仰仗純粹的知識就能說得清楚的了）。詩學——假如它真的存在——要想瞭解詩歌，如果僅僅關心可見的和可「認識」的詩歌技術、語言操作，不去探究它們和被詩歌測度的靈魂之間的互動關係，這樣的「詩學」充其量只是某種純粹的知識，與真正的詩歌關係不大——這或許是詩學批評長期以來遭受詩人詬

---

[13] 關於對學術規範化的評論，請參閱敬文東《對一個小時代的記錄》，《山花》2000 年第 1 期（但寫於 1998 年 10 月，與寫作本文時間相仿）。

病的重要緣由之一。詩學理論與批評的宗旨並不全在求「真」上，首先在於探測靈魂的深度上；靈魂的深度或許從來就不是什麼數字和尺寸（即知識）問題，而是有關靈魂存在狀態的「現象學」問題。

詩歌不是教化工具

詩教差不多是中國傳統詩學最大的傳統之一。孔子稱詩「可以群」[14]，就是指詩的教化作用，也就是孔安國所謂的「群居相切磋」。《禮記》有「志之所至，詩亦至焉；詩之所至，禮亦至焉；禮之所至，樂亦至焉」的說教[15]，早就把詩歌的教化作用直接與儒家的核心內容之一——禮——聯繫在一起，達到了嚇人的高度。中西方皆有「寓教於樂」的詩學大旨，彷彿詩歌只是關於道德的教科書。不用說，在不同歷史階段，「寓教於樂」的內容、方式以及要達到的「教」的最終歸宿肯定會各不一樣。我們至今還能聽見來自詩歌界內外詬病詩歌的一種聲音：詩如今已喪失陶冶情操的功能了！他們當然說得很高明、很具學理規範化，但差不多就是這種口氣。問題只在於：詩當真是教化工具、是關於德育的教科書麼？

如果一定要說詩是某種工具，那也是一種挖掘靈魂、探測靈魂深度的工具。詩歌顯示給人們的，從來都主要是並且首先是關乎靈魂的內容。我們在閱讀、欣賞詩歌時，如果有可能從中獲得某種愉悅，那是因為讀者的靈魂與詩歌挖掘出的靈魂狀態在深度上、在期待視野中有某種相契之處。更重要的，使讀者震驚的，不是（或不主要是）它對我們靈魂的淨化作用，而是它向我們顯示了我們從前不曾知道的靈魂的其他方面的狀態，是靈魂應有的深度或可能的深度以及它何以會是這個樣子。詩人不是先知，不是佈道者，他只是靈魂的窺探者，不管他是出於善或者惡的意願去窺測，也不管他窺測出的結果是善還是惡。

---

[14] 《論語·陽貨》。
[15] 《禮記·孔子閒居》。

詩歌從來就不應該是一個倫理學問題。如果我們承認人性中既有惡的一面，又有善的一面，那麼，詩人拼力展現靈魂這兩個主要方面，我們判斷一首詩的優劣就不能看它是寫了善或者惡，而是看它對善或者惡的窺測有多深和怎樣在展現這種深度。詩歌展示靈魂的善，並不在教育人為善，展現惡，也不在教唆人為惡，它只是讓人驚詫我們靈魂中的晦暗部分是可以和如何得到呈現的。人們為善、為惡並不是道學家想像的那樣，可能會取決於詩（或其他文學藝術）在某方面的宣諭。在更大程度上，人們的為善為惡往往取決於眼前的利益以及利害關係[16]。難道不是麼？

「詩如其人」本身不是庸俗說法，但詩學有可能將它處理得過於庸俗：不是過寬就是過窄。過寬是指人們常常把詩歌與詩人的整個人生聯繫在一起。從極端處說，詩人只是在寫詩的時候才是一個詩人，其他時候他什麼樣的人都可能是，但獨獨不能也不會是詩人。過窄是指人們常常認為善良之輩寫出的詩一定是善良的詩，惡毒之人寫出的詩一定是不道德的詩。這都是誤解。詩人有倫理道德問題，但詩歌的大義不在倫理道德，或者說，詩歌的倫理學意義只是我們強加上去的，何況這世上真有簡單得可以用純粹善惡觀念來區分、來分類的人麼？

詩歌的目的不在教育人，不在陶冶人的情操。如果我們承認人與人之間，或一類人與另一類人之間並無必然的道德高下之分，我們就應該承認，詩人並沒有能力、資格和身份去教育別人或讓別人棄惡從善，詩歌不能越過自身的界限，去充當道德法庭的審判長，當然，它也不屑於充當聽眾。

詩不是「到語言不止」

「批評世紀」的興起，儘管流派繁多，各執己見，莫衷一是，但有一個共同趨勢：對文本的極度重視。由於所謂「語言轉向」，致

---

[16] 《史記‧貨殖列傳》：「天下攘攘，皆為利往；天下熙熙，皆為利來。」說的就是這個意思。俗語所謂「人為財死，鳥為食亡」也是這個意思。

使人們把語言看成一切，以為一切詩學問題（包括文本問題）都可以從語言上得到說明。韓東曾經抱怨過，他的「詩到語言為止」的主張遭到了普遍誤解，以為詩只是一種語言操作。在當代中國，重視詩歌文本和重視語言，除了詩歌自身的要求外，更重要的是一種策略——為了把詩歌從認識論與倫理學的廣泛泥潭中解放出來。這一點，只要我們想一下文革中的各種詩歌理念就相當清楚了。如果我們一定要死豬不怕開水燙地說詩僅僅是語言操作，如果不是出於無知，就是出於過於滑頭和別有用心。

不管怎麼說，語言首先是出於人的需要，它並不是人本身；從語言的維度去定義人是十分有限的。沒有語言就沒有人，這個斷言也許有理，可沒有勞動、沒有吃飯、沒有穿衣、沒有繁殖不照樣沒有人嗎？我們為什麼不說勞動、吃飯、穿衣、繁殖就是人呢？如果要稍微正確一點地說那就只能是：人在語言中行動，詩歌就是在這種行動中完成對人的靈魂的窺測。

模仿趙汀陽《一個或所有問題》的語氣，我們可以問：詩歌最後只不過是語言形式問題嗎？如果我們說詩歌和語言有些關係，這還可以理解；但假如我們拍著腦門保證，所有詩歌問題都能還原為、折合為語言問題，則無疑是一種貌似有理的胡說。我們可以承認語言本身仍然是一種行動，但它只是各種屬人的行動中的一種，它只有在配合其他行動時才有意義。各種行動，包括靈魂最細微的顫動，都可望在語言中被說出，但語言要說出的仍然是各種「顫動」，而不僅僅是語言本身。海德格爾（Martin Heidegger）嘮嘮叨叨論述過的「語言說」命題，如果不是瞎說，至少也是故弄玄虛，造鬼嚇人兼嚇自己——難道世上真有不涉及事件、內容的純粹的「語言說」[17]？哲學家們那種種荒唐的深刻（或者深刻的荒唐），實際上正是精製的作秀。羅蘭・巴爾特（Roland Barthes）

---

[17] 有關「語言說」的語言本質論論述，請參閱海道德格爾《通往語言的途中》，孫周興譯，商務印書館，1997年，第3頁。

曾深刻表達過自己的疑惑：瘋狂的「從來都不是詞語（它們充其量是有點兒變態），而是句法，難道主語不是在句子的層次上尋找自己的位置——卻又無處可尋——或只能找到語言強加於它的虛假位置？」[18]巴爾特為什麼偏偏要把「主語」給提出來？「主語」難道不正是和海德格爾唱對臺戲似地指人嗎？或者進一步說，瘋狂句子中的「主語」難道不正是人那時刻變動、轉換、不安的靈魂嗎？

新批評的主將、詩人 T.S.艾略特【(T. S. Eliot) 他最知道詩歌是不是只是語言！】曾明確說過，他長期磨練技藝的目標，是要寫出一種本質是詩而不徒具詩貌的詩。他說，詩要透徹到我們看之不見詩，而見著詩欲呈現的東西，詩要透徹到我們在閱讀時心不在詩，而在詩之指向——躍出詩外，一如貝多芬晚年的作品「躍出音樂之外」[19]。「指向」、「躍出詩外」云云，也許就是指詩歌意欲呈現的東西。此處把它理解為我們一直在嘮叨的對靈魂的窺測，大約不會完全是空穴來風。語言框架了靈魂，但詩的指向並不在語言，莊子「得意忘言」的教誨確實是有道理的。韓東「詩到語言為止」的主張如果要成立，就應該本己地隱含著用語言「窺測靈魂」的意思；韓東所謂的「遍普誤會」云云，正可以從這裏得到理解。

海德格爾說得好，人只有在行動中（而不是在理論認識中），才能領會自己的存在和自己的靈魂。詩對靈魂的窺測，同樣是在行動中得到展現的。語境（context）一詞很好地表達了語言對詩歌的霸權，卻並不能說明真正的詩學問題。語境這個概念要想成立，必須要和「事境」相連。人的行動首先不是語言，而是一串串事情或事件交織成的網路（即「事境」）。事件中包涵著人的靈魂因素，或者說，事件本身就是靈魂的載體，詩（人）也只有從事件中，以事件為仲介才能去窺

[18] 羅蘭・巴爾特《一個解構主義文本》，汪耀進譯，上海人民出版社，1997 年，第 10 頁。

[19] 參閱 F.O.Mattiessen's The Achievement of T.S.Eliot，New York，Oxford University Press，1958，P90.

測靈魂的深度。靈魂本身是個黑箱，無法直接探測。語境與事境相連，語境表達事境進而呈現靈魂的狀態或「面目」。

詩不是哲學和神學

　　自 20 世紀 80 年代以來，海德格爾對中國詩學的影響之大顯而易見：且不說那些顯赫一時的辭彙諸如「存在」、「此在」、「命名」、「光」、「澄明」……大量出現在詩人和批評家筆下（誤讀的成分當然在所難免），只須指出「語言是存在的家」的著名論斷，為中國許多青春噴發的詩人以多麼巨大的影響就行了。海德格爾對西方哲學的最大貢獻，按照趙汀陽的看法，就是在「知識或信仰」的結構之外，「發現」了「知識或歌唱」的新血色素[20]。這一點集中體現在他晚期的哲學運思方式中：他給了哲學詩性的語言外殼和詩化的思維方式。中國的許多詩人則從反面給了詩歌一個哲學的思維形象。一時間，認為詩歌可以成為哲學，甚至就是某種哲學，以「詩歌哲學」命名和包裝的各種名目遍地開花，也就可以理解了。

　　詩歌不可能是哲學。雖然按照通常的理解，哲學也要解決關乎靈魂的問題，但哲學最大的任務是要為文化提供一種可操作性的設計方案，它最大的目的，是要現實地解決文化的整體佈局問題[21]。詩歌的本性是測度靈魂，是呈現它所測度的過程和測度出的狀態，並沒有設計和提供答案的義務。如果它設計，詩歌就可能成為哲學，因為靈魂本身是無法被設計的；如果它提供答案，詩歌就有可能成為神學，因為神學才可能並且天然就要去關心歸宿問題。曾經有一度時間，「尋找家園」、「終極關懷」成了詩歌的同義語。這就是界限不清、越俎代庖的壞習慣在詩歌中的流毒。詩歌可能會成為文化的一部分，甚至無意之中也會為文化的遠景設計提供某種啟發，也能為某些人（比如詩人本人）找到靈魂的最終依託，但這些都不能構

---

[20]　參閱趙汀陽《一個或所有問題》，第 130 頁。
[21]　這個觀點是趙汀陽提出的，參閱趙汀陽《一個或所有問題》，第 1-30 頁。

成詩歌的本來目的。從比喻的方式說，詩只是靈魂的探測器，它報告靈魂的深度，它是關於靈魂的記錄報告，是關於靈魂的「現象學」，而不是治療儀，不是治療方案或者治療方案的設計。詩歌甚至不負責提供關於靈魂的「真理」，也不涉及信仰，它只是對靈魂的狀況有興趣的人對自身靈魂的某種揣度。

把詩歌看作哲學與神學，並不比把詩歌歸結到認識論和倫理學更高明。只有從根子上剪斷詩歌通往哲學與神學的無聊企圖，詩歌才有望守住自己的陣地：這就如同一個詩人，只有當他在寫詩時摒除了去當無聊政客與商奸的企圖，他才有可能成為真正的詩人，儘管詩人的身份，有時也的確可能為他成為一個政客、商人提供傳媒上與「提升學」上的方便，但這差不多往往都是歪打正著的。

二、詩就是面對生活……

說詩歌是探測靈魂的手段，只是為了說明「詩歌不是什麼」的權宜之計，雖然並不算錯，但的確過於空洞了一些，而且很不完備。它需要一個十分重要的仲介——這就是由人的各種行動、與人相伴的各種事件組成的生活（即事境）。靈魂是一個黑箱，無法直接被窺測，當然，那些能將生活直接與靈魂合一的純粹之人，那些號稱擁有和掌握了各種心靈電子顯微鏡及其操作方法的巫師除外。行動、與人相關的事件已本己地牽扯到靈魂的方方面面：因為從來就沒有毫無心靈目的、心靈效應的屬人的事件與行動（瘋子除外）。生活本己地包涵著、溶解著靈魂的種種要素。靈魂在為生活提供依據，而生活在塑造和修改著人的靈魂狀態。詩歌要想達到探測靈魂的目的，首先要面對的是生活，是活生生的、也許還有幾分卑俗成分的生活。詩歌就是面對生活。

有兩種生活值得考慮。一種是手邊的生活，這就是海德格爾所謂「沉淪」式的日常生活，它包括了我們一切形下的、種種內容與質地的生活。它是我們每個人的常態生活。所謂現代化有一個重要

特徵就是世俗化，這一點對西方十分明顯，對中國則有它自己的特殊性：它把本身就很世俗卻又要宣稱神聖的那種假神聖推倒後，人們開始真實地生活起來，儘管這樣的生活充滿著低級、凡庸、罪惡、屈辱⋯⋯但對於我們中的絕大多數人，似乎已沒有能力或興趣再回到神聖中去──那超越於日常生活之上的神聖中去，不管是真神聖還是假神聖。日常生活在今天，即使不是唯一的生活，起碼也是最主要的生活。它是一座難以逾越的高山：我們首先不要假定有很高的生活，而是考慮我們手邊的日常生活。

另一種是所謂精神生活。這裏的精神生活是指和超驗的拯救有關的精神活動，是想以神聖來映襯日常凡庸生活的不盡如人意，是一種為烏托邦俯首貼耳、甘效犬馬之勞的生活方式。它剔除了日常生活中所包納的凡庸內容。這種生活的擁有者、擁護者認為，烏托邦絕非哲學家們所謂的騙局，更多地表現為一種尋求烏托邦的勇氣；一種「明知道無望還要拼命努力」（陳東東）的獻身精神；一種「我不能要求詩歌為我做什麼，我只能朝它走去」（西川）的真誠態度[22]。烏托邦當然表達了靈魂的某種渴求狀態，它的前提是要有一個比日常生活更高、更大的東西，雖然它很可能是虛幻的東西。烏托邦的極力鼓吹者之一西川認為：詩歌說到底與人類幸福有關，心靈中那巨大的晦暗的海洋需要啟示之光的明耀，而偽哲學，以及其他看似荒誕的模糊的無法詮釋的東西，有可能蘊含著所謂真正的哲學所放棄了的啟示之光。這啟示之光如果不能造就先知，那麼它所造就的思想者（偽先知）也足以刺激我們撞開自然之門和生命之門。所以，西川說，如果我們承認有比我們的肉體、我們的生活方式更大的東西，我們就是有慧根的人[23]。沒有必要比較兩種生活的高下，也許我們永遠都難以拿出令人滿意的答案；但我們有必要從詩歌的角度對它們做出辨析，或者，要看它們會為詩歌帶來什麼。

---

[22] 民刊《傾向》「編者前記」（1988 年，上海）。
[23] 參閱西川《生存處境與寫作處境》，《學術思想評論》，遼寧大學出版社，1997年，第 190 頁。

　　面對日常生活，人們發現這樣的玩意往往很缺乏「詩意」，很令人失望。但它恰恰是真實的生活，是任誰也無法超越的高山。我們的靈魂在面對這種生活時，難道真應該如某些詩人、詩學認為的那樣要無動於衷嗎？西方自中世紀以來的詩學有一個重要傳統：要求詩歌歌吟神、上帝或可以代替上帝的東西比如愛情、自然（形上化的愛情、自然），在超驗中試圖掙脫經驗世界對人生自由的羈絆。但隨著神的解體，詩人發現，他們面對的種種形下生活再也不能視而不見了。中國傳統詩學深受儒家傳統影響，包涵著一個十分重要的取向：入世。入世本身就意味著面對凡庸的日常生活，直接歌吟凡庸的生活本身，它充滿了人間煙火味。沒有必要為中、西詩學今天甚至將來是否殊途同歸尋找理由或者卜卦，但詩歌處理日常生活題材的確已經成為潮流。這種可稱之為日常生活詩學的潮流，主要要關注的，是人在日常生活之流面前，靈魂在如何或應該如何應答的狀態。這種直面凡庸日常生活的詩歌，包含著大量在傳統詩學看來是「非詩」的材料。但正是「非詩」的材料中包含了、呈現了靈魂的種種狀態與面貌。詩人借助和直面生活中大量的非詩材料，經過詩歌處理，試圖從靈魂角度來詮釋時代及個人的生存際遇。但首先是這些材料已本己地包含了人的靈魂深層參與的因素。這或許正是卡夫卡（Franz Kafka）不無幽默地說到的「辦公室的詩意」的緣由。也正如孫文波辯護的，一代詩人有一代詩人的任務，我們這一代詩人的任務，就是要在拒絕「詩意」的詞語中找到並給予它們「詩意」[24]。

　　詩歌直接處理日常生活是難的，因為它要面對的首先是有關詩歌聖潔的傳統神話；而詩歌面對精神生活，情況很可能就不同了，因為它本身就是聖潔的，很符合一般人（包括詩人）對詩歌「潔癖」的嗜好。但精神生活的外形是除了少數過這種生活的人外誰也看不見或者很難看見的，詩歌是在直接面對靈魂的時候才有可能直接面

---

[24] 孫文波《解釋：生活的背景》，《學術思想評論》，遼寧大學出版社，1997 年，第 211 頁。

對這種生活本身。這毋寧意味著，作為仲介的生活與靈魂直接重合了。它的生活事件是匿名的、隱蔽的、有待命名的和內省的。比如西川寫《造訪》，並不是真有一次外觀行動上對神祇的訪問，只是內心冥想式的精神造訪。這種詩歌幾乎把所有卑俗的生活事件拋在了詩歌之外，或僅僅只作為一個龐大的映襯和背景，以凸現自身的合理性、必要性。

三、詩就是「研究」生活……

詩歌直面日常生活，是借助於有形的日常生活事件來探測靈魂；直面精神生活，則是在內省中使無形的生活事件與靈魂直接合一。前者很可能面臨的是陳述上的艱難，後者則很可能是歌唱（抒情）上的艱難。

那些想從直面日常生活的詩歌中純粹去發現純潔的人註定會失望，因為日常生活本身是既現實又談不上純潔的。人面對現實生活十分艱難，如果詩歌在面對日常生活顯得過份容易，肯定值得懷疑。人在日常生活中的主要角色是個行動者而不是個說話者，何況說話本身就不可避免地是行動的一個片段。所以，純粹的抒情對於日常生活無論如何都顯得過於容易了一些。詩歌要想從生活事件並通過生活事件窺測靈魂，就要直面人的行動——直面生活就是直面行動；所謂直面行動，實際上就是分析和研究人的日常生活。

人是敘事的自行展開，敘事狀態是人生活的常態。只是敘事才真正配得上人的日常生活。直面日常生活的詩歌實際上是把挑造出來的生活事件再一次陳述出來，它永遠都是第二度的，但以最初的面貌出現。它挑選出來的不是任意一個事件，而是某一個事件，是與詩人所欲測度的靈魂的某種狀態相關聯、最好是相匹配的事件。這意味著必須要對生活有所研究，要在生活面前做一個「世故者」，而不是純情少年。王國維說：「客觀之詩人不可不多閱世，閱世愈深，則材料愈豐富，愈變化，《水滸傳》、《紅樓夢》之作者是也。主觀之詩人不必

多閱世，閱世愈淺，則性情愈真，李後主是也」。²⁵這種看法非常成問題。生活始終在修改人和人的觀念，人想簡單、天真，並不比人想成為上帝更容易。詩歌研究日常生活，已經是這個極度世俗化時代的一大任務。還有什麼比成為一個「世故者」能更好地研究生活？

　　並不是在所謂的人生轉折關頭、歷史的轉彎處，人才面臨決策和思考，人生中這些被突然挑選出來的片刻，只是生活的一次調皮、搗鬼和咳嗽。它們很可能是重大的，但對生活而言，又是極不重要的——除非我們隨時都處於這些可用驚嘆號來標識的瞬間。它們不是生活的常態。人可以推翻一切，比如朝代、上帝、天道、哲學觀念……卻無法推翻日常生活。沒有任何理由貶低看似凡庸的日常生活，誇大看似悲壯有力、慷慨激昂的轉捩點。中國詩歌一大主要毛病，就是對日常凡庸生活的「研究」極度不夠，在面對活生生的日常生活之流時，我們往往什麼也說不出來，因為據說那玩意很沒有詩意。所有重大的哲學、哲理、價值與活著的全部資訊、理由，其實都包涵在生活之流中，它關乎我們的靈魂，它就是我們靈魂中看得見的部分，如果我們對此沒有研究與分析上的力度，我們也許永遠不會見著它的蹤跡。

　　陳述（敘述）的艱難就在這裏：我們應該選擇什麼行動用來陳述？又該怎樣去陳述？研究日常生活要解決的就是這兩個問題。但詩歌的陳述歸根到底是一種偽陳述，它不可能也無必要把一個事件的完整狀態全部說出來。它的目的僅僅是以這樣的標準去挑選意欲陳述的事件的片段：我們究竟要窺測靈魂的什麼狀態？

　　精神生活的本質在於歌詠或抒情。但抒情本身也是艱難的，因為它離我們的日常生活距離太遠。抒情是一個高於日常生活的假想物。抒情是需要勇氣的，它必須要有足夠的對抗日常生活的能力才能完成。抒情對許多當代詩人來說往往會曇花一現，理由正在這裏。沒有必要比較陳述與抒情誰更高明，它們僅僅是詩人自身的選擇使然，它們都是對生活進行研究的產物，只不過抒情主要針對純粹的精神世界。

---

²⁵　王國維《人間詞話》。

研究生活並不能給人帶來知識，它的目的只在測度人的靈魂狀態，從生活事件中揣測心靈的深度。研究生活的目的也不在張揚善和摒除惡。詩歌研究生活的目的僅在於呈現善惡的本來面目，但它最應該呈現的是不善不惡、有善有惡的靈魂狀態，因為善惡只是極端化的說法，用於生活就很成問題。這就約等於說，研究生活主要面對的就是這種中間狀態。詩歌沒有批判生活的義務。它只是關於靈魂某種狀態以及為何有這種狀態、其生活依據是什麼等等問題的書記員。時代、生活與靈魂是不可分離的，孫文波說，從 20 世紀 60 年代開始，詩歌的功能便有了比較大的改變，只有少數詩人，像希臘人埃利蒂斯（Odysseus Elytis）還固執地恪守著古老的規則，充當著民族代言人的角色，而更多的詩人，包括像布羅茨基（Josef Brodsky）這樣的流亡詩人，都將自己的身份定在了記錄者與見證者的位置上[26]。「記錄者」云云，實際上指的正是對靈魂於外部日常生活的反映的記錄上。

只有生活才是詩歌的宗教。誰又能指示出生活的目標在何處呢？「主啊，你往何處去？」波蘭那部著名小說的題目，不正說明即使是深信上帝者也不知道要往哪裡邁進嗎？但生活的目標又的確無處不在，正是這些現實的、具體的、世俗的目標（而不是所謂的終極目標），構成了詩歌研究的對象，它們也同時構成了我們的慾望。慾望是靈魂得以存在的主要理由，甚至可以說生活就是慾望，它同樣是非善非惡、有善有惡的中間狀態。慾望是詩歌的宗教，但詩歌不是崇拜慾望，而是分析、研究慾望，藉以達到研究生活與靈魂的目的。我們如果不暸解慾望，我們也許永遠不會暸解人與生活。

詩歌就是學習生活。茨威格（Stefan Zweig）記載了一件關於歌德（J.W.von Goethe）的軼事。前者用佩服的口吻說，歌德在生活面前，永遠覺得自己是個小學生，直到後來才敢於說出那句神秘的話：

---

[26] 孫文波《詩人與時代生活》，民刊《現代漢詩》，1994 年秋冬卷，第 122 頁。

「我已學習過生活，主啊，限我的時日吧。」[27]我想說，歌德說出了詩歌想說出的話。

四、詩就是給靈魂一種形式……

詩歌的最終生成，毫無疑問，要落實在語言上。語言是詩歌的外衣，對詩歌而言，它的意義僅在於它是靈魂狀態的某種看得見的形式——詩歌就是把靈魂翻譯成語言，詩歌就是框架靈魂某種狀態以及何以會有這種狀態的語言形式。

孫文波說，詩人的存在，「不光是目睹了人類精神生活在物質生活作用下發生的變化，更主要的是他仔仔細細地記錄了這種變化，並將它放在人類思維能夠達到的對真理認識的範疇中去辨識，為它做出結論性的判定。」[28]孫文波很可能太誇張了一點。詩人並無能力、詩歌並無義務去作「結論性判定」。有關於靈魂的真理嗎？靈魂或許有真相，但療救靈魂的處方才稱得上真理，因為真理就是解決問題。假如從這個角度去理解真理，詩歌就是無能的。這個世上的真理太多了，但它們大多數被證明是胡說八道的、是虛擬的。我們最好不要從真理的角度去理解詩歌，我們要尊重詩歌自身的謙遜。詩歌的任務僅僅是把孫文波所說的那種變化記錄下來，也就是把生活事件、生活形式中包含的靈魂要素——靈魂對這種變化的應答——翻譯成語言形式。這就是那種叫做詩歌的器具。這裏邊無可奈何地包涵了同義反覆，但它恰好是詩歌的辯證法，為詩歌所歡迎。

關於生活事件，柏樺的話可謂意味深長：「事件是任意的，它可以是一段生活經歷，一個愛情插曲，一支心愛的圓珠筆由於損壞而用膠布纏起來，一付新眼鏡所帶來的喜悅，等等。總之，事件可以是大的，可以是小的，可以是道德的，可以是引發道德的，可以是情感的，也

---

[27] 茨威格《與魔鬼作鬥爭》，徐暢譯，西苑出版社，1998 年，第 10 頁。
[28] 孫文波《詩人與時代生活》，民刊《現代漢詩》，1994 年秋冬卷，第 121 頁。

可以是荒誕的，這些由事件組成的生活之流就是詩歌之流，也是一首詩的核心，一首詩成功的秘密。就我而言，我每一首詩都是由感受引發的，而這感受又必須落到一個實處，這實處就是每一具體的詩都應具有具體的事件……為此，它們（事件）試圖解釋了生活，解釋了某種人格，也解釋了時光流逝的特定意義。」[29]生活事件中早已本己地溶解了靈魂的各種要素，生活事件是靈魂諸要素、諸狀態的形式；詩歌面向生活、研究生活，就是為了測度生活形式中的靈魂要素，它的真正目的是想把生活形式轉換為語言形式。生活形式在靈魂狀態與語言形式之間，仍然是一種必不可少的仲介。就這一點而言，無論我們把生活形式放在什麼樣的高度，都不過分。

詩歌語言形式的真正動力來源於靈魂的龐大需求：靈魂渴望向某類人說出自己的話，是它選擇了那些一心想測度靈魂狀態的人成為詩人。需求從來都是任何一種形式生成和完美的最大理由。歸根到底，只有靈魂在找到了一種可以框架自己的形式時，靈魂才成為可承納的、可「瞭解」的「事物」，否則，靈魂就會從我們身邊逃遁得無形無蹤，我們對靈魂也將不會有任何瞭解。

如果說生活形式是靈魂的被動形式，因為生活事件是必須的，它是靈魂的唯一必然要求，那麼，詩歌作為一種語言形式，則是靈魂的主動形式，因為詩歌只是靈魂在眾多人造形式中挑選出來的可能形式。詩歌框架靈魂並不是靈魂唯一的必然後果，它只是偶然產物。極端地看，與其說靈魂選擇了詩歌作為自己的可能形式，不如說，詩歌要得以存在，主動選擇了靈魂，它像蛔蟲之於人一樣地需要靈魂並依附於對靈魂的描述，最終使靈魂與之無法分割。這或許就是英國詩人奧登（H.Auden）在那首題作《Muse des beaux Arts》的詩中說過的——

　　關於苦難他們從來不會錯
　　舊時代的大師們：他們多麼理解

---

[29] 柏樺《詩歌中的事件》，《今天》，1992 年第 1 期，第 120 頁。

它的人類處境：它是怎樣發生的

當別人在進餐或打開一扇窗或僅僅在黯然行走

怎樣在年長者可敬地，熱情地等待

奇跡般的誕生之時，總是必定有

不特別想它發生的孩子，在

樹林邊緣的一個水地上滑冰

他們從不忘記

甚至可怕的殉難也必須走完它的行程

無論如何也得在一個角落，零亂的某處

那裏狗繼續過它們狗的生活，而拷問者的馬，

在一棵樹上擦著它無辜的臀部。

　　詩歌絕不僅僅是一種語言形式，它包涵的靈魂內容始終使語言只處於某種受動狀態，儘管語言有著自身龐大的自述性——即「話在說人」（蘭波語）的那種自述性[30]。中國的詩歌理論界一直錯誤估計了這種自述性的力量，以為有了它，詩歌就可以自動完成。這種錯誤的來源之一在於：大小理論家及准理論家，始終願意把詩歌看成是被靈魂操縱的必然形式，而不是將它理解為可能形式。能夠表達靈魂狀態的形式遠不只詩歌，還有許多別的形式。如果我們忽略了這一看似簡單的問題，就會犯下諸如不加限定地理解「詩到語言為止」那樣的低極錯誤。

　　當我們以正確的方式來理解詩歌對於靈魂的作用，對於生活形式的作用，我們或許就能正確理解詩歌的真正效用：它是為了揭示靈魂深度以及何以有這種深度的「精神現象學」（但不是黑格爾意義上的），而且它還是為了從生活形式出發，通過揭示我們的生存狀況

---

[30] 所謂「語言的自述性」就是指它能自動地述說自己、表達自己，在極端的意義上，它還能將詩人的寫作引向這個詞應該去的地方。詩人生下了它，但它也催生著詩人，約束著詩人（參閱敬文東《論新詩現代主義的內在邏輯與技術構成》，《山東師大學報》，1995 年第 2 期）。

與生存處境，來完成這種特殊精神現象學的建構。從這個意義上說，詩歌不僅是靈魂的一種形式，更是對現實生存境遇從靈魂角度的揭示和描述。正如靈魂是看不見摸不著的，詩歌又不能僅僅被視作純語言操作，那麼，詩歌真正要面對的就只能是上述二者之間的仲介——生活形式。詩歌的真正目的是將重心放在生活形式（生存狀況，生存境遇）上，來達到給予靈魂狀態一個形式的目的。沒有這一點，或忘記這一點，我們始終會把詩歌理解為空中樓閣，或者把詩歌看作是可有可無的東西。而這兩種可能至今都還存在著。

1998 年 9 月，上海。

追尋詩歌的內部真相

一、事境與情景

　　事境是包圍著我們的全部生活事件的總和，它本身就構成了一個巨大的場域。它對各種型號的人都充滿了誘惑。我們一出生，就既被事境包圍，又主動加入到事境之中，並構造出某種對我們來說十分有效而且有著明確目的的事境。千百年來，人在不斷增加，奇怪的是，事境的性質並沒有因此改換門庭。這裏的事境無疑是指現象學水平上的生活內容，它既包括我們與他人摩擦、碰撞然後生產出的事件，也包括我們與事物之間的各種交道。它首先是原生態的吃、喝、拉、撒、對話、交流、交易甚至搏鬥，是現象學水平上的生活內容之總稱，也基本上相當於詩人臧棣所謂真正值得我們為之傾注如潮心血的那個「生活的表面」，而不是「生活的深度」。[1] 的確，從來就不存在不帶任何心靈目的的動作、表情、神態直到生活事件，但我們仍然可以把事境首先僅僅看作純粹的現象。凡生活過的人都不難理解，這中間最值得考慮的合理性因素就在於：生活首先是為了生活而生活，絕不是為了高於生活本身的任何附加值。臧棣所謂「生活的深度」，至少需要一種價值賦予或者價值挖掘才能得以現身。它一開始是作為我們在事境中的奢侈品，最後才作為我們的必需品。相對於事境本身，生活的深度是一個後置性問題。這裏有一個「公式」值得充分考慮：價值賦予的力道越大，生活的深度也就越甚。「司空見慣渾閒事，斷盡蘇州刺史腸。」（劉禹錫《贈李司空

---

[1] 臧棣訪談錄《假如我們真的不知道我們在寫些什麼》，《中國詩歌評論》第二輯，人民文學出版社，2000 年，第 267 頁。

妓》)從價值賦予的角度看，生活的深度是天然有著意義需求的人強
行賦予事境的品貌，並不是事境隨身攜帶出來的固有特性。肝腸寸
斷的蘇州刺史在司空見慣的事境面前，之所以有如此誇張的失態，
很可能就是在使用價值挖掘器試圖偷挖出「生活的深度」時出了問
題。正如西川非常睿智地寫到過的：

> 從前我寫作偶然的詩歌
> 寫雪的氣味
> 寫釘子的反光
> 寫破門而入的思想之沙
>
> 而生活說：不！
>
> 現在我要寫出事物的必然
> 寫手變黑的原因
> 寫精神的反面
> 寫割尾巴的刀子和叫喊
>
> 而詩歌說：不！
> （西川《札記》）

　　在詩歌與生活（事境）之間，始終存在著某種相互對抗的關係；
其後有可能得到的和解，需要心靈更多的付出和靈魂更猛烈的投
入，以及某種為詩人所特有的平衡術——歸根到底，從事境內容到
詩歌的生成必須經過多重轉換。
　　事境只有在語境中，才可能得到較為準確的說明和完好的儲存
（這當然只是一種理想狀況）。我贊同梅洛——龐蒂（Maurece
Merleau-Ponty）的口號：語詞是世界的血肉；但我更贊同讓—保爾·
薩特（Jean-Paul Sartre）的教誨：語詞只是掠過事物表面的陣風，它

只是吹拂了事物，並沒有改變事物——這和語言拜物教信徒的虛妄看法不幸正好相左。作為一種會說話的動物的創造物，事境當然得有語言的深層參與。在「生活的表面」（即事境）中，語言的首要功能就是描述。事境對語言的基本要求就是它就事「說」事的能力。在此，並不存在高於事境本來涵義的價值賦予。極端地說，純粹的事境首先需要語言的描述功能；語言在此僅僅充當了將事情說清楚的英雄角色。在這種情況下，事境和語境有可能是同一的，儘管這種同一性僅僅存在於語言網路之中。勒內‧貝爾熱（Rainer Berger）在《從鏡子到後歷史》一文裏有如下陳述：「如果說語詞歷來應該是物的指稱，以至二者長期以來一直混淆不清，那麼我們今天正在發現，語詞現在是，而且始終是鑄造工具：正如語言學家所充分證明的，語詞之所以是工具，是因為語詞從一開始就始終是器械和機制。這種器械和機制以一致同意的指號和符號為出發點，其功能在於必須建立一個社會的成員相互溝通所需的工具。」[2]對於原生態的事境，語詞的首要任務恐怕也正在這裏。臧棣在一首詩中，很輕鬆地借助語言的描述功能，描摹了事境的一個小側面，語境看上去確實和事境同一了：

> ……一個人的總結聽上去像針對
> 另一個人的忠告。我知道這樣說
> 有點過分。而我憋在心裏的話
> 似乎更過分，就像腹語：
> 沒有我作引擎，她將如何回家。
> （臧棣《愛情發條》）

　　語言拜物教信徒很可能忘了，任何一種語境都只有存在著對象化的事境時才更可能有效。事境有它自身的向心力，它有能力讓所有人都行

2　參見雅克‧施蘭格（Jacque Seagram）等《哲學家的假面具》，徐友漁等譯，社會科學文獻出版社，1999 年，第 91 頁。

走在事境之中，既不輕易允許他們超重，從而被事境吞沒（像卡繆號召
的那樣首先思考自殺與否的人，畢竟少之又少），也不輕易同意他們失
重飛升（即便是在神學時代或信仰天命的時代，人們也不是首先想到有
上帝或天老爺才活下去的）。語境是對事境的語言表達。事境只有在語
境中才能顯示它內部的各種關係並為我們所把握；但語境恐怕永遠不能
直接替代事境，事境在語境中的真實，也許永遠只能是語境的「真實」。
很顯然，語境的真實並不必然等同於事境的真實。就事境的本義來說，
它是現象學層次上的，並沒有多少價值論維度上的意義可言。此時，對
事境的語境框架，只需要仰仗語言的描述功能就足夠了。在事境身上的
一切附加值都被懸置的理想狀況下，我們可以把如此這般的語境大而化
之地看成是和事境相同的結構，我們也可以把語言的描述功能催生出
的該種語境稱作同一性語境。同一性語境是事境對語言框架的首要呼
喚，是事境對語詞提出的最基本的要求。

雖然語詞的確如薩特所說，並未改變事物（或事境），但我們有
理由認為，語詞至少能改變我們對事境（或事物）的看法。儘管事
境是原生態的、現象學的，在語言中，卻可以顯透出諸種不同的意
義（價值）。事境宛若無言的土地，價值就是建築在它之上的各種房
屋；房屋的大小、形狀、內部設置……則因人的價值癖好而定，儘
管這一切能且只能在語言中生成。這樣一種面對事境生成的語境，
依靠的將不再是語言的描述功能，而是隱喻功能。在此時，語境和
事境的關係並不必然就是同一的，在更多的情況下，倒有了斷裂的
表情。我們不妨把依靠語言的隱喻功能生成的語境稱之為意義語
境。但丁（Dante）在《致斯加拉大親王書》中，聲稱語詞有字面義
（即描述功能）、寓言義、道德義和神秘義，並將後三者全部裝配在
一個名叫隱喻的容器中[3]。按照但丁牌另類神學的看法，意義語境的
生成，必須要依靠語言的隱喻功能。順便說一句，人作為一種價值

---

[3]　參閱 Lionel Trilling ed.，Literary Criticism：A Introductory Reader，New York，
1970，p80-81.

動物，隱喻的出現是必然的——也誠如但丁所說。為事境賦予意義，是人的本能。20 世紀 90 年代名聲大噪的詩人西渡，在《悼念約瑟夫‧布羅茨基》中準確地說明了這一問題：

> 猶如電視天線從虛無中
> 搜索著電波，在螢幕上
> 呼喚出活躍的圖像，我們
> 在詞語中搜索，命令它
> 在意義的空白處開出
> 異乎尋常的花朵……

在了無意義的現象學層次上的事境中尋找意義（或者強行賦予該種性質的事境以意義），一如西渡所言，的確是一種強制性行為。與蜜雪兒‧福科（Michael Foucault）說歷史是斷裂的幾乎相類，意義語境和真實的、活生生的事境的斷裂也差不多是必然的，或者說，它和事境的聯接正是以斷裂為形式來獲得的。相對於真實的事境，意義語境只是某種虛構（是某種，不是隨便哪一種）；凡生活過五天以上的人都會知道，人是天然需要價值虛構的。從這個意義上，我們可以斷言：詩歌天然就應該站在虛構一邊。在這裏，詩歌顯然起發明的作用。它具有一種不能預見但可以描述的結局。這種結局表明了某種價值的變化，也表明了人對事境的超逸企圖。詩歌依靠意義語境製造出一個個虛構的世界，儘管這些因人而異、因時而異、因地而異的眾多世界，很可能在有些人那裏距離事境太過遙遠，顯得過於飄渺難尋，但對這些世界的製造者，依然是有效的、重要的。

自 20 世紀 80 年代以來，漢語詩歌所構造的諸多語境，都有某種掙脫事境引力以求失重飛升的慾望。這種慾望是如此強烈，以致在今天的許多人眼裏，既顯得幼稚可笑，又讓人感慨唏噓。在今天，我們寧願相信，這種慾望已經不那麼真實可信了。追求一種不真實的東西，不用說，既讓人鼓舞，也讓人感傷，尤其是考慮到已經有許多人為此

付出了沉重代價。在這方面，最值得一提的案例是海子和李亞偉[4]。海子試圖通過語言的某種神秘力量，進入到大詩的境地、元素的境地，直接在元素的層次上進行歌詠（海子：「黑夜降臨，火回到一萬年前的火／來自秘密傳遞的火，他又是在白白的燃燒／火回到火，黑夜回到黑夜，永恆回到永恆／黑夜從大地上升起，遮住了天空。」）[5]；李亞偉試圖通過語言營造的狂歡化功效，使自己可以進到無所羈絆、隨意施溺灌腸、大喊大叫的絕對自由境地（李亞偉：「我有時文雅，有時目不識丁／有時因浪漫而沉默，有時／我騎著一匹害群之馬在天邊來回賓士，在文明社會忽東忽西／從天上看下去，就像是在一個漆黑的論點上出爾反爾／伏在地面看過去，又像是在一個美麗的疑點上大出大落。」）[6]。沒有必要反對他們的詩歌追求，以及他們由此展示的令人驚歎的詩歌才華，也沒有必要反對他們分泌出的詩歌樣態。只是他們不同程度地誤解或者誇大了事境和詩歌語境之間的關係，過分凸顯、放縱了語言超常的隱喻能力，卻是不能不指出的危險。

漢語詩歌在 20 世紀 80 年代之所以有海子、李亞偉的出現，排除其他種種可能因素（比如時代的、年齡上的等等徵候），語言的自述功能就是值得考慮的原因。雖然語言歸根結底是人造的（至於它怎樣被創造了出來至今仍是一個大秘密），但語言這種人造物和其他的人造物區別很大：它有自我完成、自我實現的要求和能力（即自述性），它能由此牽引人走向某種徹底脫離了事境內容的虛幻境地。儘管我們在大多數時候通過和語詞商量，也能控制它的走向，但並不是每一個人在每一個時刻都有可能成功。語言的自述性從功能的角度看，可以

4 應該說，在這一點上，整個 80 年代的漢語先鋒詩歌（也許除朦朧詩外）都有著同樣的性質，無論是「整體主義」的文化詩，還是「史詩運動」尋找本民族的文化之根的現代大賦，無論是「非非主義」的語言烏托邦，還是「莽漢主義」的大喊大叫，大多都對事境採取了一種否定態度。雖然他們的思路不一，目的不一，程度不一，但試圖超越眼前事境以活在純粹虛幻的精神（意義語境）之中，則有著相當的一致性。只不過海子、李亞偉是其中走得較遠的人罷了。
5 參閱海子《詩學：一份提綱》，《海子詩全編》，上海三聯書店，1997 年，第 889-913 頁。
6 參閱李亞偉《流浪中的「莽漢主義」》，民刊《創世紀》，1993 年第 1 期。

當作語言的隱喻功能的派生產物。語言在創生初始，就有朝向意義語境自為努力、自我運動的勢能（《聖經》：「太初有言。」）。這種勢能相對於事境無疑是增加了的勢能：它依靠隱喻功能，不斷將處於水平面的事境中人的肉體以精神的名義向上超升。在勢能無窮大的地方，我們無以名之，姑且把它稱作天堂、至境、極樂世界。語言的自述性是語言內部的力比多，它有不斷自我膨脹的天然能力，也有強制使用它的人順從自述性自身的本己力量。當一個詩人一任該種力比多的控制放縱自己的詩情，大有可能出現海子淒美的「天堂」詩句：「太陽向著赤道飛去　飛去　身體不在了／赤道向著太陽飛去　飛去　頭不在了。」（海子《太陽·詩劇》）在這一刻，很顯然，也很讓我們傷感：事境和意義語境之間的斷裂呈現出了最大的態勢。

無論我們怎樣善意地設想語境與事境的同一性，都有一個不可變更的事實：語言和事物之間只存在一種幻真性。如果一個詩人僅僅聽任語言自述功能的牽引，就很有可能錯誤地理解了（或誇大了）事境的真實內容，由此，語境對事境的存儲功能也會得到大幅度的修改。這種極端的詩歌語境有可能徹底喪失了對象化的事境成分。20 世紀 80 年代漢語詩歌的普遍語境已經顯示了這一危險。

我們很可能既無法用事境內容去證明詩人的成就，也不能把詩人的工作僅僅看作是對事境內容的機械反應和生理反應。但在詩人和事境之間，無疑有一種互探的關係。所謂互探關係，借用勒內·笛卡爾（René Descartes）的話說就是：詩人戴著面具進入事境並能動地參與對事境的修建。1619 年，笛卡爾在《開場白》裏這樣寫道：

> 「上場的演員們為了不讓觀眾看到他們臉紅，都戴上一副面具（persona）。像他們一樣，我在登上這個世界舞臺時，也戴著假面具出場。」

不過，詩人戴著面具進入事境，卻不是為了躲避讀者，在更大的程度上，倒是為了和事境捉迷藏：在現象學的事境之外，尋找一

種虛構的可能性空間（即本文所說的意義語境）。就是在這種捉迷藏式的、尋找式的互探關係中，詩人和事境的關係變得異常曖昧、含混和複雜。事境和詩人的互探關係的幾乎所有秘密，差不多都可以從那副面具中找到相關答案。對於詩人，毫無疑問，這個面具就是語言以及由語言的隱喻功能（特別是自述性）構成的意義語境。

在風起雲湧的 80 年代，海子和李亞偉是非常打眼的詩人，最主要的原因就是他們極端的形而上學衝動。他們賦予了自己身處的事境以某種虛幻的價值。我願意把這個價值組成的空間（即意義語境）稱作情景。如果說事境由人的行動導致的生活事件組成，情景就是事境在意義語境的框架中生成的闡釋性空間，是通過各種幽暗的門洞從而達成的語義結構。儘管生活事件本身也有語言的參與，但原生態的事境中的語言一般都是就事「說」事的。海子和李亞偉願意在事境與情景之間設置遙遠的距離，我們且不去管它，問題是，在事境和情景之間只可能有這樣的關係嗎？

儘管人的確需要在詩歌中獲得情景，以獲取對價值的消費，儘管現實確實一如約翰‧墨菲（John Murphy）所言「只是一種長久不衰的解釋」，但是，虛構的世界（即意義語境，即情景）必須要限定在有效的範圍內；勢能不可趨向於無窮大。這不僅僅是因為它不可能達到無窮大，更是因為高蹈和靈魂遠遊的時代很可能已經過去了。事境的引力越來越大；並不是我們掙脫引力的能力越強，我們就越有力量。在情景和事境之間，並不存在這種正比關係。詩歌的確對事境有發明作用，但是，80 年代的普遍事境已經消失了，有眼睛和心靈的人不難感知這一點，因為一種新的速度已經給予了事境的整體。正如埃里克‧梅舒朗頗為感傷地說到過的：「發明是一種天賦──就像古羅馬的占卜官用他的棍子的一端在天空劃一個圓圈，在這個圓圈裏，時間所帶來的一切──飛鳥和雲彩──將提供解釋和估量時間的材料。」[7]

---

[7] 參見雅克‧施蘭格等《哲學家的假面具》，徐友漁等譯，第 138 頁。

二、描述與闡釋

20世紀80年代的漢語詩歌無論從表面上看多麼紛紜複雜，其實大多時候都是在青春與力比多的指引下對事境進行的遠距離的價值賦予（即虛構），是一種古老的形而上學衝動在作祟。從海子、李亞偉等人身上，我們看見了，他們為了達到這一目的，為了構築「別處」的「生活」，紛紛使用了一種遠距離的修辭方式。事境是以近乎虛擬的形態進入詩歌語境空間的：事境只是一個幌子。他們之所以不得不這樣做，是因為他們飛在空中。青春時期的力比多有它自身的邏輯。青春時期的力比多和語言的自述性在80年代很自然地結盟了。

在20世紀80年代的漢語詩歌所營造出的諸多情景中，我們看到了很多沒有方向感的詩歌語言流向。其中最主要的樣態看似流向了兩個極端：一個走向了絕對的神靈的神秘境界，幾乎完全漠視具體的事境內容（比如海子）；一個走向了絕對自由，但又似乎只是行走在具體的事境內容之中（比如李亞偉）。但歸根結底，它們都是形而上學的，是語言的自述性和青春的力比多在特定時期上下其手的產物。無論海子還是李亞偉，他們在詩歌營造出的意義語境中，都表達了事境的「應是」（在語言的隱喻功能的指引下），而不是事境的「所是」（在語言的描述性功能的幫助下）。按照康德（Kant）和黑格爾（G.W.F. Hegel）的看法，「應是」不可能絕對轉換為真實的事境要素，但它也許可以指導事境的可能流向。這種「可能性」之所以有化作「現實性」的希望，僅僅是人對價值的消費本能使然。

康德把「應是」衝動看作人類根深蒂固的形而上學衝動。這個願望的實現——更多的事實業已表明——只能存在於人創造的各種意義語境之中，而不是同一性語境之中（維特根斯坦：人的語言的界限就是人的世界的界限）。語言除了描述性地指稱事物，更重要的任務之一就是對事境（即人的生活事件）進行價值授權。落實到20世紀80年代的漢語詩歌，我們滿可以將這種形而上學衝動（價值賦

予）看作對事境的闡釋。當然，我願意善意地說，海子和李亞偉對自身事境的闡釋有在事境面前防衛過當的嫌疑。他們誇大了事境對我們構成的傷害，也誇大了事境的了無意義因此必須賦予事境以某種更高的價值，從而在這種心理作用的暗示下，走上了語言自述性早已預設好了的「應是」之路。他們在虛妄之中，似乎已經掙脫了事境的強大引力而失重飛行，也似乎走入了一個全新的世界。但這個世界似乎永遠只是語言的世界，距離真實事境的實存世界太過遙遠。在全新世界和真實事境之間，有一種相互撲空的尷尬表情。

應該說，這種樣態的詩歌對事境的「闡釋」並非沒有力量，因為它喊出了一代詩人的心聲，也揭示出了 80 年代中國現實事境的某些真相。何況 80 年代的普遍事境也給了它們（詩歌）對之進行如此闡釋的允諾。80 年代允許他們（詩人）飛在空中，也允許他們使用遠距離的修辭。如果我們現在打開 80 年代漢語詩歌的詞典，我們會看到許許多多在今天已經顯得十分陌生、十分抽象的形而上學化辭彙：神，上帝，高處，獅子，老虎，玫瑰，寶劍，麥地……

遠距離的修辭方式既是意義語境必須借助的仲介，也是將事境提升為趨近於無限高度的情景的腳手架，既是詩歌滿足人類價值消費的可能方式之一，也是闡釋的詩學得以生成的最方便的工具。它在把事境提升為虛構的情景的過程中，也揮霍掉了事境中豐富的、凡庸的細節，或者豐富而凡庸的細節已經被形而上學化了（想想海子的「麥地」、「麥子」意象也許就不難明白）。遠距離的修辭看重的是事境的「整體」，它是對整體事境採取的某種大而化之的、簡單化的情緒，是對整體事境的情緒化反應。遠距離的修辭表明了：80 年代的情景化詩人，意義語境的愛好者，價值虛構的出產商兼收藏家，尚不具備詳細觀察事境細部、細節、側面的能力——畢竟遠距離的高蹈的天鵝比起俯首貼耳於土地的老黃牛，既優美又容易得多；超越、飛升、逃脫事境引力的心理渴望，幾乎是青春期的本能。闡釋的詩學仰仗著遠距離的修辭方式，走向了對事境的過度闡釋，也把價值虛構推向了可能存在著的極端程度。

　　遠距離的修辭方式無疑表明了：80 年代的詩歌太看重語言的自述性，允許語言帶領詩人沿著語言自身的路向前邁進。這種自述性恰好可以被看作是語言中最具活力的部分，可以看作是語言的青春部分。語言也有自己的力比多。語言的自述性一旦與 80 年代青春詩人的力比多合謀，對事境的過度闡釋也就是最可能出現的情形了。它為 80 年代的闡釋詩學提供了忽視、忽略事境細節的技術和心理支援，也使闡釋詩學不大可能懂得法國元帥德·薩克森（Marshal de Saxe）對細節的禮讚：「雖然那些關注細節的人被視為凡夫俗子，但在我看來，這種成分是必不可少的，因為這是基礎。不懂得它的原理，就不可能建起一座大廈或建立一種方法。僅僅喜愛建築學是不夠的，人們還應該懂得石工技術。」[8] 闡釋的詩學由於在心理上顯得過於年輕、過於青春，所以它幾乎忘記了，「細節」本身早就是神學的重要範疇：在上帝眼中，再大的東西也大不過一個細節，再小的東西也要受到他老人家某種意願的支配——整部《聖經》到處都在這樣訓誡他的子民。闡釋的詩學過於仰仗語言的隱喻功能和自述性，忘記了事境中的磚、石、泥、瓦；闡釋的詩學在極大滿足了人的價值消費之外，也令人遺憾地放棄了、掏空了事境的細部。剩下的很有可能只是一具空殼似的事境的「整體」。

　　語言的隱喻功能和自述性天然葆有一種浪漫主義情懷，它嚮往高處的位置，也嚮往別處的生活，嚮往逃脫對事境的貼近式陳述。本雅明（Walter Benjamin）說得好：「浪漫主義的核心是救世主義。」但在 20 世紀 80 年代漢語詩歌形成的語境中，更應該說成是「自救」；自救是 80 年代的闡釋詩學最核心的部分。它充分表達了整整一代詩人在嚴酷事境面前的整體性焦慮。

　　但語言的青春部分隨著 80 年代末那場理想主義運動的破產和詩人們的青春一道破產了。事境再一次發揮了自身引力的巨大作用；遠距離的修辭學很快失效，詩人和詩歌一起把眼光、筆觸投向

---

[8]　參閱蜜雪兒·福科《規訓與懲罰》，劉北成等譯，三聯書店，1999 年，第 158 頁。

了事境本身[9]。體察到事境通過意義語境（而不是同一性語境）的橋
樑到達情景的秘訣的更成熟的中國詩人，誕生在 20 世紀 90 年代。
西川直面事境中原生態的惡，並以此為詩歌的起點[10]；王家新開始
清理事境中錯綜複雜的、被充分意識形態化了（Ideologized）的細
節[11]；蕭開愚開始摒除「上帝」、「神」等不及物的遠距離語詞……
就是標誌性「事件」[12]。臧棣則在詩中以如下句式，描述性地製造
出了有著濃厚同一性語境色彩的詩歌語義空間，彷彿刻意要向 80 年
代防衛過當的闡釋詩學告別：

> 天氣也許有助於判斷
> 某些跡象，但不適合
> 推進內部的審判……
> （臧棣《夏天的車站》）

　　和歌德說知識淵博是一回事，判斷力又是一回事類似，一個成
熟的詩人面對事境也像「天氣」一樣，只擁有判斷事境細節（「跡象」）
的謹慎能力，卻既無法也無能力從遠距離的修辭方式的維度進行「內
部審判」。孫文波更是直截了當地說：「我承認我的作品都是與我的
生存處境相關的。我更多地是描寫著我經歷過的一切，是在現實的
基礎上完成作品，也就是說從生活出發進行創作；對於我來說，生
活，永遠是寫作的前提和背景。」「我關心的是：出現在我眼前的一

---

[9] 當然，這個轉變並不是突然來臨的，有一個較為漫長的過程。歐陽江河與孫
　文波對該過程有過深入的論述，參閱歐陽江河《89 後國內詩歌寫作》（參見
　歐陽江河《誰去誰留》，湖南文藝出版社，1997 年），孫文波《詩人與時代生
　活》（民刊《現代漢詩》，1999 年秋冬合卷）、《解釋：生活的背景》（《學術思
　想評論》，遼寧大學出版社，1997 年）等文。

[10] 參閱西川《生存處境與創作處境》，《學術思想評論》，遼寧大學出版社，1997
　年，第 187-9 頁。

[11] 參閱王家新《闡釋之外：當代詩學的一種話語分析》，王家新《遊動懸崖》，
　湖南文藝出版社，1997 年，第 249-263 頁。

[12] 參閱蕭開愚《90 年代詩歌：抱負、特徵和資料》，《學術思想評論》，遼寧大
　學出版社，1997 年，第 224 頁。

切，究竟離『真實』有多遠。我從不小看寫作中『真實』一詞的分量。」[13]這種口氣聽上去好像是說，詩歌在此時試圖動用一種貼近事境的語境來框架生活事件，對具體的事境細節投入更多的熱情和淚水。闡釋的成分已經大為減少，抒情溶解在半遮半掩的敘述之中。詩歌生成的語境一直在貼近具體的事境，它是高於事境之上僅僅一公尺的情景。我們幾乎可以把這種詩歌形態稱之為描述性的詩學：

人民就是——
做饅頭生意的河北人；
村頭小賣部的胖大嫂；
裁縫店的高素珍，
開黑「面的」的王中茂。
村委會的電工。
人民就是申光偉、王家新和我。
（孫文波《上苑短歌集》）

我在細雨中走著，一次
又一次，穿過馬路，來回於
電影廠和教堂之間。少女
小夥子和老人搖頭說：
「抱歉，我不知道。」在地圖裏
我們也查不到那個公園。

當我一瘸一拐地，繞著圈，
走到雕像前，街燈亮了。
有些模糊和誇張，好像他

[13] 孫文波《上苑札記：一份與詩歌有關的問題提綱》，民刊《陣地》第 8 卷（2001 年 3 月，河南平頂山），第 2 頁、第 7 頁。

揮動著一把笨重的鐵鏈。
我看不清他的臉，在人流
和夜色中，他還是那麼坦然。
（蕭開愚《在徐家匯》）

　　這裏邊有微弱的闡釋，有微弱的價值賦予，也有微弱的情景，但更多的似乎只是描述。和 80 年代的詩歌闡釋學不一樣，它在更大程度上僅僅是詩歌的現象學，是以描述為基礎的詩學；但它歸根到底訴說的是人在如此這般的事境面前的靈魂現象學。它描述了靈魂在事境面前的狀態，似乎不大在乎這種狀態顯透出的價值涵義（即情景）。

　　但是，真的存在著一種詞源學意義上的描述的詩學嗎？這種理想的境地其實是不可能的。想當年，胡塞爾（Edmund Husserl）強行用括弧懸置各種現象身上經年累月沉積而來的附加值，以求得現象學還原，但老胡的本意卻是為了更好地完成本質還原，為事境（或事物）找到某種更合常理的附加值。90 年代的漢語詩歌也一樣，它以描述為基礎，而不是以描述為目的；它的目的僅僅在於：在理解了事境內部的各種關係後，給予事境以理解性的價值賦予。在此，同一性語境和有限度的意義語境（即有限度的情景，「一公尺高的情景」）打成一片，並且使前者成為後者的可能基礎，使詩人不但是「建築學」的愛好者，也懂得「石工技術」；不像 80 年代的闡釋詩學，在它的極端處，同一性語境和詩歌中的意義語境完全斷裂，事境和情景幾乎互不相識，「建築學」和「石工技術」幾乎沒有直接關係。呼應著這一狀態的生成，新的修辭形式開始出現，它就是臧棣所謂「出自比例的比喻」。這個比例是情景、語境、事境三者之間的修正比。90 年代的成熟詩人始終在致力於把這個比喻限定在有效的範圍內。這無疑是一種近距離的修辭方式，是在人生之路的旁邊獲得卻又作用於事境的修辭學。它有效地抑制住了古老的形而上學衝動（儘管它可能還是形而上學或者是帶有形而上學的色彩），讓「應是」和「所是」始終親密無間地待在一起，讓「所是」理所當然地成為「應是」的可靠地基。價

值賦予、闡釋學也被限定在類似於慈禧太后「上畏天命，下懼清議」的有效範圍內。80 年代的詩歌詞典也由此得到更新。

90 年代的成熟詩人普遍採取了一種內斂的激情，不再把一瀉千里的浪漫和恃才傲物看作對付事境的好方法。闡釋詩學的「自救」也為 90 年代較為成熟的詩學的「承擔」所取代。在 80 年代，即使絕望也是一種遠距離的、形而上學的絕望（比如海子說「我走到了人類的盡頭。」）。這裏顯然有某種終極性的東西。隨著一代詩人的成長，隨著一代詩人對事境的醉心介入，他們得知說出那種形而上學的斷言既容易，又不大可靠；近距離的修辭學、事境中的凡庸細節有時反而顯得異常艱難。90 年代更成熟的詩人知道了，世上並沒有什麼終極性；即使有，那終極性也只能是現實性。語言自身的青春部分，它的力比多，也在基於對這種艱難的體察中得到了較好的抑制。90 年代的優秀詩人啟動了語言自身包納的蒼老部分和暗啞嗓音，但首先是事境的強大引力給予了他們「承擔」蒼老和暗啞的心理能力。正如臧棣打開小周天般的頓悟：「生活的深度，其實絲毫不值得我們去研究，只有生活的表面，才值得我們真正為之傾注如潮的心血。」[14]

三、獨白與對話

20 世紀 80 年代的漢語詩歌總是顯得嗓門奇大（也許只有少量詩人除外），幾乎人人都真理在握，都以為掌握了對事境的絕對闡釋權，以為自己在詩歌中創造出的情景對於事境來說是正確的、必然的、無可辯駁的[15]。這種面對事境的詩歌心態既是高音量的原因，也是高音量的結果。高音量在某種程度上，是以忽視、犧牲事境的具體內容（即

---

[14] 臧棣訪談錄《假如我們真的不知道我們在寫些什麼》，《中國詩歌評論》第二輯，人民文學出版社，第 267 頁。

[15] 對於詩歌中聲音的高低與情景的成色之間的關係，我在詩歌批評專著《指引與注視》（未出版）中有詳細論述，此處不再贅言。補注：本書已由中國文史出版社 2001 年 12 月出版——敬文東，2002 年 4 月。

「細節」）為代價換取而來的戰利品。卡萊爾（Thomas Carlyle）曾經不無幽默地認為，政府常常死於謊言；柯羅連科對盧那察爾斯基保證：那個叫卡萊爾的肯定不為你喜歡的人是正確的[16]。在此，我願意說，對事境具體內容的過度忽略、高度削減，也可能是詩歌在過度闡釋時製造的謊言：它也可能讓詩歌死亡。

　　高音量帶出來的可能後果之一就是獨白，但這種特殊的獨白又是穿著面對眾人發言的外衣來表現自己的。所謂獨白，就其本義來說，就是面對空無自言自語。但 80 年代熱衷於製造過高情景的漢語詩歌，卻採取了一種面對大眾講話的奇怪姿勢。無論是追求社會正義、社會良心和健康人性的朦朧詩，還是求索絕對自由的莽漢主義，無論是抓住自己的頭髮就想擺脫地心引力的非非主義的語言烏托邦，還是過度拋棄事境走向天堂和絕望的元素詩歌，它們或者直接面對大眾發言（比如江河），或者面對孤寂、寒冷的高空，向人間眾生說話（比如海子），真正的目的都在於傳達對凡庸事境的憤怒甚至仇恨。獨白的本義被 80 年代的漢語詩歌大幅度修改了。這是一種只顧自己發言卻不顧聽眾反應的獨白。多年來，我們的詩歌批評界過於誇大了朦朧詩的世俗批判精神與海子等人的神學「詛咒精神」之間的區分，卻有意無意忽略了這中間一脈相承、甚至在思維言路上都存在著的某種一致性：兩者都誇大了事境的卑污性質；更重要的是，兩者在「自救」的過程中也寄希望於「救人」：

　　　　如果海洋註定要決堤，
　　　　讓所有的苦水注入我心中；
　　　　如果陸地註定要上升，
　　　　就讓人類重新選擇生存的峰頂。
　　　　（北島《回答》）

16　參閱柯羅連科《給盧那察爾斯基的信（六封）》，林賢志等主編《宿命的召喚》，三聯書店，1998 年，第 177 頁。

　　雪山　用大雪填滿飛機場周圍的黑暗
　　雪山女神吃的是野獸穿的是鮮花
　　今夜　九十九座雪山高出天堂
　　使我徹夜難眠
　　（海子《最後一夜和第一日的獻詩》）

　　海子用隱喻性的「最後一夜」（它無疑表徵了值得詛咒的事境的末日）和「第一日」（它肯定象徵了新情景的黎明），表明他在為自己悲傷與痛苦時，同樣表達了和北島「救人」的英雄主義相類似的思維言路。情況已經比較顯豁：為了完成對事境的過度闡釋，語言的隱喻功能在朦朧詩人那裏，是以世俗語詞的深度意象化來呈現的（比如「苦水」、「陸地」、「峰頂」）；在海子那裏，則是以神聖辭彙的更高一級的抽象化（或聖化）來達成的（比如「天堂」、「女神」、「黑暗」）。獨白由此拋棄了事境中的凡庸細節。和闡釋詩學的要求相呼應，獨白同樣把面對事境產生的某種焦慮情緒賦予了整體的事境；和闡釋詩學一樣，獨白也著眼於事境的整體而不是細節，獨白在此具有了某種「宏大敘事」的品貌。從這個角度我們不妨說，獨白既令人高興地突出了詩歌的批判力量，也令人感動地加快了詩人由自救走向救人的匆匆步伐──只是「自救」與「救人」之間的跳躍，顯得有些生硬和缺乏必要的過渡。這實在是一個非常有趣的現象。

　　因此，80年代的漢語詩歌面對事境，採取或明顯或隱晦的「我控訴」語調，就沒有什麼難於理解的了。對事境的一切闡釋、價值賦予都以此為基點；語言中的仇恨部分在有些詩人那裏，甚至被發揮到了極致。經常喜歡走極端的詩人柏樺十分知趣地將自己稱作「毛澤東時代的抒情詩人」，既不是空穴來風，也有些意味深長──80年代漢語詩歌語調很隱蔽的來源之一，就是對「毛語體」的繼承。楊黎認為，廢除古文以後中國一直沒有出現成熟的、像樣的現代漢語文本，只有到了《毛澤東選集》才形成了標誌。它堪稱現代漢語的里程碑，因為它統一了新社會的口徑、約定了口氣和表達情感的

方位[17]。柏樺也有類似咳嗽[18]。考慮到當時的普遍事境，80 年代的漢語詩歌有此做法，實在是太自然不過了。

在此，獨白擁有如下幾個重要特徵。其一是只問結果不問原因，或者原因在獨白那裏是次要的。詩歌彷彿只注意闡釋性的結果，至於描述性地給出如此闡釋的原因則可以不聞不問。事境在沒有得到某種具體語境的框架時，一般說來，可以被納入到任何形式、任何性質的語境之中。80 年代的漢語詩歌儘管紛紜複雜，詩人們對事境採取的話語方式也各各不同，但建立在對事境的憤怒、不滿之上的面孔，卻有相當的一致性，不同的只是框架事境的具體詩歌語境不大一樣。誠如我們已經看到的，80 年代的漢語詩歌的確虛構出了許多不同的情景。現在想來，至少有如下幾種：人性的世界（比如北島）；比我們更高的世界（比如西川）；天堂、元素世界（比如海子）；絕對的自由世界（比如李亞偉）；文化的源頭世界（比如楊煉，早期的歐陽江河）。由此，獨白導致了自身第二個更根本、也更致命的特徵：它的絕對性。20 世紀以來高度凸現過的革命語義的決絕口吻，就這樣暗中進入了 80 年代的漢語詩歌。在 80 年代漢語詩歌營構出的普遍情景中，上述虛構世界（即對事境的反向價值賦予）都在意義語境的維度獲得了必然性，有一種不允許事境辯解的嘴臉。詩歌在高音量中七嘴八舌，卻互不往來、互不對話。

最後，獨白還有可能表徵著一種理想主義。理想主義的一貫表情是：只講結果和理想的境地，至於達到理想的途徑和原因卻可以忽略不計。因為在獨白者看來，這些東西似乎是先在的。在 80 年代的漢語詩歌那裏，事境一開始就是不友好的代名詞；如同革命就是推翻一個舊世界，如同馬克思說哲學的關鍵在於改造世界，80 年代的漢語詩歌也致力於在紙上推翻和改造舊世界，被催生出來的世界則挺立在紙張之上，挺立在虛構出來的各種膨脹和囂張性的情景之

---

[17] 參閱李亞偉《流浪途中的「莽漢主義」》，《創世紀》，1993 年第 1 期。
[18] 參閱柏樺《左邊：毛澤東時代的抒情詩人》，連載於《西藏文學》1996 年 1-4 期。

中。我對 80 年代中國詩歌的勇敢行徑充滿敬意，畢竟這是每一個剛剛睜開眼睛的時代中人的慣常舉動；但我仍然想說，僅僅這樣做是不夠的，畢竟事境並不在乎我們的憤怒情緒，它在看到我們的誇張神情時，很可能還在抿著嘴偷笑。但事境也可能為我們的勇敢行徑暗自垂淚：畢竟事境具有的卑污性質我們每一個人都脫不了干係；我們在指斥事境時，是否應該想到我們的罪過？是否仍然覺得我們的勇敢之中沒有包含哪怕一絲一毫的狂妄和自戀？

隨著 80 年代末理想主義的全面破產，慘痛的事實讓詩人們發現，事境並不是高亢的獨白、闡釋性的強行價值賦予就可以完事的。理想主義的獨白很可能高估了自己的力量，卻看輕了事境的引力作用。詩人和詩歌同時頓悟了：他們（它們）營建的情景在更大程度上，有著誇張和虛擬的面孔。在這種時刻，事境以其強大力量迫使詩歌俯身低飛，在使用一種出自比例的近距離修辭時，也把音量降低了下來；在回到成色很濃的靈魂現象學時，也對事境表示了高度的理解——不再對事境簡單地持某種否定態度，儘管事境有可能真的是無聊的、卑污的。

所謂理解事境，與一開始就對事境採取「我控訴」的態度相反，就是首先按照事境的本有思路去理解事境；首先對事境進行描述，以寬容的心態既同情事境中值得同情的部分，也指斥事境中值得指斥的部分。在描述過程中，對事境進行有限度的闡釋，對它進行有限度的價值賦予（即一公尺高的情景）。正如西川所說：「詩人並沒有從此放棄社會批評，但他們走向更深層次，對歷史、現實、文化乃至經濟作出內在的反應，試圖從靈魂的角度來詮釋時代生活與個人的存在、處境。」詩人投入生活，「並不意味著獻媚生活，更不意味著無視或邀寵於生活之惡。」[19]王家新則在詩中明確地寫道：「一個時代有一個時代的困惑，雖然會從那裏亮起不同的真理」（王家新

[19] 西川《生存處境與寫作處境》，《學術思想評論》，遼寧大學出版社，1997 年，第 194-195 頁。

《詞語》)。當一代詩人明白了這些看起來簡單，實際上需要以心血交換的道理後，當他們紛紛用這種眼光盯住了共同的事境，從前的獨白一躍而為現在的對話。

馬丁·海德格爾說，所謂「對話之談話」，就是談論同一東西，而且是出於和同一東西的歸屬性來說話的。海德格爾保證說，「這一點，乃是對話的基礎。」[20]落實到 20 世紀 90 年代以及以後的漢語詩歌，所謂對話，不僅是詩歌意義語境在努力尋求和事境之間的同一性基礎，也是力圖對事境進行理解和同情。詩歌仰仗對話，不僅不再輕易設置「天堂」一類勢能極大的虛構空間，而且詩歌還在力圖和事境互相交換內容。這種交換的結果是：詩歌的情景和事境水乳交融；事境允許情景超低空飛行，並對詩歌將事境提升到有限的高度抱以欣慰的、理解性的微笑。而理解，誠如狄爾泰（Wilhelm Dilthey）認為的，那就是再生，那就是一切都開始於一種直覺的同情運動；也相當於馬塞·雷蒙在《〈遐想〉引言》中論及盧梭時所說的個人價值和意義的存在就是「此刻」。[21]不過，對於對話式的 90 年代漢語詩歌，價值論維度上的存在是稍稍偏離了事境一公尺遠的「此刻」。

對話不僅對事境保持了高度的理解，而且也使詩人們相互之間在詩歌情景中進行了暗中的對話。但這仍然是以對事境保持理解和同情為基礎而實現的：西川在事境的惡中理解事境，臧棣拿人生道旁的具體物象來概括事境以求得「道旁的智慧」，孫文波努力凸現事境的真實性，蕭開愚在嘈雜的事境面前尋求禪學般的寂靜，王家新對事境中的卑污成分進行謹慎的責問，西渡在事境面前極度謙虛的態度，歐陽江河用玄學的外衣承載著對事境中具體物象的深入分析、陳述⋯⋯所有這一切，既可以看作是 90 年代以來漢語詩歌的先進生產者在低飛中互相交換對事境的看法，也可以看作是在互相交換生活。如果我們把 90 年代以來的許多詩人的詩作放在一起，也許

---

[20] 海德格爾《林中路》，孫周興譯，商務印書館，1997 年，第 340 頁。
[21] 參閱喬治·布萊《批評意識》，郭宏安譯，百花洲文藝出版社，1992 年，第 96 頁。

我們就能找到一幅有關 90 年代以來中國事境的傑姆遜（Fredric Jameson）所謂的那種「認識測圖」（cognitive mapping）。平心而論，這並不是不經過一代詩人的共同努力就可以輕易獲得的成果。

80 年代的獨白以對抗事境開始，以對抗不了事境終結（詩歌中純粹的理想主義的破產就是明證）；詩歌在進行高亢的、遠距離的價值賦予的同時，充分表達了對於事境的憤怒。詩歌的主人在事境中十分痛苦，也非常不愉快。憂傷、痛苦、孤獨甚至絕望，正是 80 年代漢語詩歌的情緒底色。這種種表情實際上都可以從獨白這個較小的角度得到理解：每一個人都在大喊大叫自己的痛苦和絕望，但每一個絕望者似乎都是孤立的島嶼。他們沒有互相交換生活，他們對事境近乎偏執的理解始終處於「雞犬之聲相聞，老死不相往來」的境地。在對話的時代來臨後，由於詩人們按照事境的本有思路去理解事境，一種快樂的詩學就有可能出現。

詩歌也許免不了要責斥事境，表達個體在事境面前的痛苦和失望；但詩歌理解事境，在對話之中表達在事境面前的歡樂，可能更重要，也更困難。按照臧棣的主張，這可以被看作一種成人的心態[22]。但快樂或者快樂的詩學首先是建立在對事境之中卑污成分的承擔之上。快樂的詩學誕生於詩人使用語言的描述功能儘量心平氣和地陳述事境之惡，並對之保持高度的理解和同情，誕生於詳細觀察每一個可能的事境細節之後對事境之惡的努力承擔。快樂的詩學由此並不是無原則地向事境獻媚（一如西川所言），而是說，即使存在事境之惡，我們仍然有理由快樂；而且正如湯瑪斯·阿奎拉（T. Aguilar）所謂「正因為惡存在所以上帝存在」，90 年代的漢語詩歌承認，正因為有惡在，所以必須得有快樂在。這種性質的快樂最沉重地打擊了事境中的卑污成分，其程度之強烈，遠甚於對事境的憤怒和詛咒。快樂出現在對事境的承擔之中，這可能既是詩歌

---

[22] 參閱臧棣《人怎樣通過詩歌說話》，臧棣《風吹草動》，中國工人出版社，2000年，第 1-3 頁。

的義務之一，也關乎詩人的勇氣。但它和西西弗斯承擔推動石頭的荒誕又似乎沒有多少相關性。孫文波這樣寫道：

> 我在奔跑。
> 在雨中大步奔跑。
> 你可能不相信。你對了。
> 實際上我是在我體內奔跑；大腦中。
> 我跑得相當快，從西客站到長安街只用了幾分鐘。
> 現在，我已經跑到了──上苑村。
> 我要告訴你的是：我的長安街和長安街不一樣，
> 我的西客站和西客站也不一樣。
> 這樣你應該明白我的意思。
> 如果你還不明白，我再告訴你吧：
> 我體內有很多條路很多建築。
>
> （孫文波《奔跑》）

比較孫文波從前的沉重、壓抑，我們從這首「輕鬆」、充滿歡樂的詩中看到了可喜的變化。詩歌應該為快樂而作，而不是去歌頌苦難，甚至也不是鞭撻苦難。安徒生（Hans Christian Ande）說過：「我的朋友，要善於為人們的幸福和自己的幸福去想像，而不是為了悲哀」。[23]也許事境的確足夠讓人絕望，但它同樣包含了少量的歡樂。它需要我們用理解去尋找，以對話為階梯而達到。這無疑需要更大的耐心、更多的勇氣、更堅決的進取精神。「生活的表面」比起「生活的深度」，更需要這多出了一分的勇氣、耐心和永不止歇的進取，或許這就是保羅・蒂利希（Paul Tillich）所謂「存在的勇氣」所包孕的可能涵義之一吧。

---

[23] 巴烏斯托夫斯基（Konstantin Paustovsky）《金薔薇》，戴聰譯，灕江出版社，1997 年，第 187 頁。

四、現代性與古典性

誠如有人說過的，80 年代漢語詩歌的抒情，一躍而為 90 年代漢語詩歌空間中程度濃厚的敘事，既是 90 年代以來漢語詩歌的成就，也可能是罪名。因為太多的冒牌詩人從所謂的敘事中獲得了可以招搖過市的本錢。如同王家新一針見血地指出的那樣，由於種種冒牌詩人缺乏對事境和基本歷史處境的認識，他們的敘事最多只是讓詩歌話語不斷增殖、超生並患上廣泛的口腔痢疾，卻從根本上顯示了某種意義的空洞[24]。90 年代漢語詩歌中的敘事，是詩人們為了矯正 80 年代詩歌中的獨白、防衛過當的價值賦予以及遠距離的修辭方式，採取的一種貼近事境、企圖與事境儘量相匹配的詩歌語境，從而把曾經高飛的烏托邦，拉到了與事境相距較近的位置上。應該說，這原本是漢語詩歌走向成熟的標誌性建築之一。

從語言的維度上說，敘事更多地靠近描述功能；就它生成的詩歌意義空間來說，敘事更大程度上導致了一種成色很濃的同一性語境；就詩歌寫作學的角度來說，敘事是對事境的一種分析性行為[25]。按照我不無偏狹的理解，漢語詩歌中的分析性，是 90 年代的中國詩人們動用普遍的敘事、敘述，強行賦予肉感化的漢語的一個重要特徵[26]。在描述性的敘事中分析事境，並在此基礎上進行有限度的情景授權，是漢語詩歌真正的現代性，至少也能成為現代性的標誌之一。因為它像解剖活體一樣，幾乎是在條分縷析地解讀事境的細部，而不是整體（臧棣：「宇宙共有兩層皮。／而截止到目前，他們／觸摸或揭開它的方式——／就好像它只有一層」）。細部對應了分析，整體卻對應了綜合。分

---

[24] 參閱王家新《〈回答〉的寫作及其他》，《莽原》1999 年第 4 期，第 255-261 頁。
[25] 對這個問題我曾在博士論文（《指引與注視》，未出版）中有過詳細論述，此處不贅。
[26] 這當然是值得詳細探討的問題。這裏只來得及指出一點：比如說，我們將詩歌中的敘事性引出的分析性，作為漢語詩歌現代性的標誌之一，很有可能是成立的；也可以由此回答某些論者所謂即使沒有西方詩歌的影響或參照，從漢語的根部就能自發地產生詩歌的現代主義等荒謬問題。

析需要的是冷靜（敘述也確實給肉感化的漢語賦予了冷靜），而綜合在更大程度上，僅僅是啟動了漢語中本來就大量存在著的情緒化內容。

耿占春認為，90年代漢語詩歌的敘事恰恰粉碎了敘事的統一性和講出故事的能力。儘管耿占春在這麼說話時，隱隱表達了對敘事的擔憂和不滿，但我要說的是：也許正因為「敘事的統一性」和「講出（整體）故事的能力」的缺乏，所以90年代漢語詩歌的分析性只能針對事境的局部而不是整體。這或許恰恰將肉感的漢語重視整體的癖好給相當有效地矯正過來了。整體是一個顯而易見的烏托邦，它不會被我們這些肉身凡胎的人所達到，也不值得達到。正是90年代的漢語詩歌擁有了這一至關重要的現代性，才把面對整體事境的情緒化衝動收斂起來，把80年代詩歌中過於囂張、過於膨脹的抒情降到了最佳高度。90年代漢語詩歌也才在語言描述功能的指引下，為詩歌輸入了及物的同一性語境，也為其後的價值賦予、有限度的情景授權提供了可靠的基礎。我們從孫文波、歐陽江河、蕭開愚、鍾鳴、西川、王家新、臧棣、桑克、林木等人的詩作中，看到了抒情主人公大步後退、事境細節跑步前來搶佔文本主體充當文本舞臺A角的特徵。這表明，90年代的漢語詩歌終於懂得了事境細部的強大，以致於它超過了抒情主人公的重量；事境的細部不再像80年代漢語詩歌中那樣，僅僅被當作可以任意擺弄的道具。任意擺佈事境只是我們的酒後夢囈，其神態雖然有可能惹人喜愛，但夢最後無一例外地都醒過來了。

馬斯・德・昆西（T. De Quincy）在《論〈馬克白〉中的敲門聲》裏說，馬克白夫婦想借助黑夜謀殺國王篡奪權利，突然城堡裏響起了敲門聲，這使麥氏夫婦驚恐之下只好放棄密謀了一夜的罪惡計畫。昆西解釋說，這是因為清晨的敲門聲是日常事境的象徵，它在平和之中卻有著極大的力量來限制各種極端、誇張的抒情性衝動，不管這種衝動是罪惡的還是聖潔的；因為它始終在號召人們腳踏實地地行走在事境之中——我願意說，90年代漢語詩歌之所以動用了敘事，最大限度地為渾身冒泡的抒情消腫，是因為它也聽見了專屬

於它的「敲門聲」。毫無疑問，促成 90 年代漢語詩歌從 80 年代警醒過來的「敲門聲」，只能是事境的引力作用。

但是，無論詩歌怎樣「發展」，體式如何變化，也無論它怎樣追求現代性，抒情始終是詩歌的根本。文學史家現在基本上承認，詩歌是出現得最早的文學體式。如果我們稍微具備一點文學史常識，就不難發現，詩歌發展到今天的樣式，是文體純化的結果：它的說唱功能被音樂取代，它的史詩品格被小說取代，在較長一段時間內，純抒情才是詩歌幾乎唯一的功能。現在詩歌中（無論中西）有了成色不一的敘事，但它的詩學目的卻在於：描述、陳述事境的目的依然是為了抒情的出現。無論如何，詩歌最終都表達了人在事境面前的態度，這種態度當然可以不是純理性的，但它同樣給事境賦予了某種價值。只是這種價值賦予在敘述的幫助和限制下，降到了很低的位置上：情景囿於事境的巨大引力，始終像衛星一樣在圍繞著事境旋轉。情景不是在反對絕對自由，不是不渴望遠方自為運作的天堂，而是得到了限制：情景的眼睛也許始終向上，腳卻永遠站立在地表。

夏多布里昂（Chateaubriand）在《義大利之旅》中寫道：「每一個人身上都拖著一個世界，由他所見過、愛過的一切所組成的世界，即使他看起來是在另外一個不同的世界裏旅行、生活，他仍然不停地回到他身上所拖帶著的那個世界去。」[27]在此，詩歌就是那位「拖著一個世界」的人，而這個世界就是詩歌的抒情性。它會隨時將描述性的、分析性的詩歌的現代性拖回到抒情當中去。現代心理學和幾千年的藝術實踐早已告訴我們，抒情是渴望價值消費、情景消費的詩人面對事境的本能衝動，有著亙古不變的特性。我們可以把這種抒情衝動看作詩歌的古典性（假如我們不考慮詩歌體式隨時間而來的流變）。古典性是詩歌的常量。正如我們看到的，詩歌的古典性表徵著一種超越事境的價值賦予，它在本來的意義上強調詩歌凸現抒情主人公的地

---

[27] 轉引自列維-施特勞斯（Claude Levi-Strauss）《憂鬱的熱帶》，王志明譯，三聯書店，2000 年，第 39 頁。

位，事境只是抒情主人公飛升而去的背景和理由。詩歌的古典性（即抒情衝動）不允許事境細部在文本中大於抒情主人公或抒情本身。

人在事境面前為什麼需要抒情？詩歌為什麼面對事境總是需要作出哪怕是有限度的價值賦予？這肯定基於人性骨殖深處的某種東西。正因為我們要死，所以我們渴望不死；正因為我們渺小，所以我們企求偉大；正因為我們沒有翅膀，所以我們希望飛翔……缺少什麼就追求什麼是我們的亙古遺傳；而追求和追求不得之間的永恆矛盾，則構成了抒情的永恆性。感歎、感喟、悲傷、絕望、偶爾所得帶來的狂喜……正是抒情衝動的外部表現。抒情來源於我們內心深處的宿命。我們一旦站出來生存，也就帶出了我們的宿命。雖然詩歌也許不是我們的本能，但抒情肯定是；詩歌是人造的形式，但它是在抒情衝動的驅使下被迫生成的。那些想要從詩歌中排除抒情的妄想，肯定是徒勞的，除非他們有本事槍斃了該死的宿命。我願意在這裏說，抒情才是古今中外詩歌最大的傳統，也是詩歌的根本；變化了的從來只是詩歌的形式、語言和抒情方式。

90 年代及其以後的漢語詩歌中的抒情是一種內斂的、靦腆的抒情。它和 80 年代漢語詩歌語境中構築的抒情形式大不一樣。90 年代及其以後的漢語詩歌由於理清了情景與事境的關係、闡釋與陳述的關係、對話與獨白的關係後，始終將抒情擺在了一個若隱若現的位置上，它不再張狂，也不再濃縮，而是稀釋在對事境的陳述中，宛若光斑呈現於黑夜：

> 一盒火柴，就讓我想起呼蘭
> 它的名字帶有一種刺鼻的硫磺味
> 從康金井乘火車去哈爾濱
> 我多次途經縣城，卻沒有到城裏去轉悠
> 因此，它的模樣就像受潮的火柴桿
> 在記憶中擦不出火花。
> （森子《呼蘭》）

　　森子用近在手邊的物象（火柴），通過火柴的硫磺味，描述性地回憶起了自己的故鄉。這裏邊的敘事（儘管只剩下了敘事的骨架或影子）始終在聯結著抒情。90 年代漢語詩歌的現代性就這樣在少量優秀詩人那裏，並未走向王家新所謂的「意義空洞」，也沒有拋棄詩歌的古典性，而是通過對事境的謙遜傾聽，接通了詩歌古典性的住宅電話，也聽見了詩歌古典性喜滋滋的回話；既維護了詞源學意義上的詩歌的尊嚴，也找到了有限度闡釋事境的有效方法。90 年代漢語詩歌的現代性所仰仗的敘事（敘述），並不僅僅是詩歌的技術工具，而且具有本體論的涵義。它表明，從此以後，詩歌將不再是戰術問題，不再斤斤於技術細節，而是全景式的戰略問題。我們不大可能給未來漢語詩歌的走向卜卦，但我們或許能夠猜測：無論詩歌怎樣變化，闡釋事境並將闡釋轄制在不冒犯限度的範圍內，仍然是詩歌要不斷面臨的難題。未來漢語詩歌也許仍然將沿著現代性與古典性的「合力」開闢出的道途上行進。變化的將是時間，是不斷更新的現代性（它的標誌，它的技術指標，它適應新時代事境的表達方式等等）；不變的是古典性，是永恆的抒情衝動。而古典性與現代性形成的「合力」，正如一首英國民謠所詠頌的：

　　　　請到酒價便宜的地方來，
　　　　請到盤大菜多的地方來，
　　　　請到掌櫃殷勤的地方來，
　　　　請到你家隔壁的酒店來！[28]

　　　　　　　　　　　　　　　2001 年 6 月，北京看丹橋。

---

[28]　參見《奧威爾文集》，董樂山譯，中國廣播電視出版社，1997 年，第 142 頁。

我們時代的詩歌寫作

　　在一個理想的時代，這篇短論是不可思議的。阿蘭·謝里登（Alan Sheridan）說：「在博爾赫斯的完美世界裏，唯一可能的評論也許是把某學科的著作彙集起來的手抄本。」[1]遺憾的是，這在今天無論如何已經完全不可能了。這是個碎片的時代，關於時代的真知灼見以碎片、斷章而不是以整體的形式散居各處。歌德曾以輕蔑的語氣對時人說：「誰不傾聽詩人的聲音，誰就是野蠻人。」想一想吧，歌德是多麼的幸運，他出生在一個詩歌滿懷信心的時代。那時，上帝還以慈祥的面目出現在世人面前，繆斯女神正值青春妙齡之際，詩歌呢，則有如秋天成熟的果子，自動落在牛頓——對他我們無以名之，只好將他稱作開天闢地的宇宙世人——的頭上。因此，這位宇宙詩人才說：「我們呼他為『我主上帝』。」[2]這也就是海子曾經說過的，詩在更多的時候是實體在傾訴；你也許會在詩裏聽到另一種聲音，海子說，這就是「它」——實體——的聲音。這裏用得上象牙塔裡的寫作者張愛玲的一句話來描述海子，不過得反過來用：他比時代來得更晚。實際上，對於今天的時代而言，詩人就是來得太晚、搭錯了時代之車的「怪物」，有如聖·伯夫滿懷惋惜地說波德賴爾：他是個未趕上趟的浪漫主義者，在聖·伯夫眼中，波德賴爾就是一個在浪漫主義早已完結的時代來到人間進行浪漫主義詩歌創作的好漢。

　　詩歌已經湮滅了，這是時下許多人的共同看法。[3]我不敢有其他奢望，只想在這裏唱唱反調：把散見在各處的碎片串起來，也許我們可以由此描出一張關於這個時代的「地下地圖」。能否達到這一目的，全要仰仗我的運氣了。

---

[1]　阿蘭·謝里登《求真意志》，尚志英等譯，上海人民出版社，1996年，第1頁。
[2]　H.S.塞耶編《牛頓自然哲學》，王福山等譯，上海人民出版社，1974年，第49頁。
[3]　參閱邊南、榮炯《太陽老了》，載《藝術廣角》，1990年第1期。

晚報時代／小品心態

抓住自己的頭髮就想飛離地球，白癡都知道這是「癡」人說夢、「癡」心妄想。時代和地球一樣，有它自己的週期、恒量、加速度和引力場。我們的時代呢？且聽海子的幽默吧：

> 猛獸：要知道，我們都是反王的兒子。
> 二人：我們在沙漠上就知道了。
> 猛獸：兄弟，你們聊吧，我下去練一會靶子。
> （海子《太陽·弑》）

我們的時代就這樣成了靶場。它最直接也最容易被發現的物質體現是晚報。晚報是我們時代的象徵。晚報不僅順應了這個時代，而且還部分地開創了這個時代。有人說，這是一個資訊的年代；假如此說還有幾分真實的話，晚報的出現恰可謂生逢其時：今天的資訊是明天的垃圾，明天的新聞恰好是今天的方糖，也就是掛在驢脖子上、能讓驢子忘我趕路的那截蘿蔔。在中國特殊的歷史語境中，晚報時代隨著商品大交換的來臨而來臨了。而以晚報為舞臺的則是鋪天蓋地的小品文，生、末、旦、淨、丑躬逢其會，少長咸集，恰可謂新一輪的蘭亭集會或滕王閣賦詩。

原始儒學經董仲舒、二程、朱熹的精心打磨後，原先那點微乎其微的鮮活（比如「天行健」、「知其不可而為之」、「人定勝天」等等）早已成為過眼雲煙，正所謂「把手間，檣櫓煙灰飛滅」。禁錮已久、早已心懷不滿的人們則另闢途徑。道、玄、禪的互相需要以致於「哥倆好、三桃園」似的聯手，至遲在明清之際就完成了新一輪的「桃園三結義」：以表達性靈為幌子，把一切重大嚴肅的主題通通轉化為「趣味」。嚴羽說得妙極了：「詩有別趣，非關理也。」[4] 活活為桃園三結義充當了開路先鋒。況周頤則心平氣和地呢喃：

---

[4] 嚴羽《滄浪詩話·詩辨》。

人靜簾垂，燈昏香直。窗外芙蓉，殘葉颯颯作秋聲，與砌蟲相和答。據梧冥坐，湛懷息機。……乃至萬緣俱寂，吾心忽瑩然開朗如滿月，肌骨清涼，不知斯世何世也。[5]

　　果然是老僧禪定、內心恬靜，卻了無沉重生命的大歡叫，更不用說靈魂在繁複事境面前的巨大顫慄了，有的只是輕描淡寫的小情小趣。性靈、空靈、舒捲……等等小品特徵，把發自人生骨殖深處的悲慘特質視若無物，把時代深處蘊涵的苦難骨髓置若罔聞。[6]我們從不缺少災難，也從不缺少痛苦，缺少的只是對災難和痛苦的深入審視、仔細思考與詳加咀嚼。如果考慮到傳統的慣性作用，那麼，從歷史上傳承下來的「小品心態」就是晚報時代改頭換面的典型心態。小品心態是道、玄、禪結義的結果，其特徵是將生命在繁複事境面前的一切反應僅僅轉化為小貓小狗似的趣味。──這是一種典型的嬉皮士作風，是超前了幾百年的後現代主義，假如還可以這樣比喻的話。據說中國文化是什麼「樂感文化」，「日新之謂盛德」，「天人合一」，「天行健」，「日日新」，「苟日新」，「又日新」……云云，猶言在耳。李澤厚據此認為中國沒有真正的悲劇精神。李澤厚是對的──假如我們把小品心態拉在一起拉考慮的話。

　　如果小品心態在明清之際是以反擊宋明理學的面孔而出現，今天的小品心態則是和晚報時代合謀的一個爪牙，它以文化人的參與、寫作者的主動獻身為標誌。晚報心態的特徵是：它快速地展現晚報時代中人的平面化的情感，以及與此情感相關的一切──誠如魯迅所說，它壓出了晚報時代中人的皮袍下的「小」來。一個時代註定需要某種心態，某種心態也註定需要對應某個時代。兩者的不合拍，固然是雙

---

[5]　況周頤《蕙風詞話》。

[6]　這樣說顯然有對明清小品不恭敬和不公正的地方。實際上，明清小品的出現就是為了反擊自程朱以來日漸嚴厲的理學對人性的禁錮。但本文站在今天的立場，不願意高估它的「歷史功績」，理由很簡單：今天的許多小品恰恰是繼承了明清小品的上述特徵，讓人感到在一個嚴峻的時代──比如二十世紀九十年代裏，這樣做很有些不嚴肅。

方的撲空;而一旦握手言歡、青樓夢好,則分明是皆大歡喜,「大紅燈籠高高掛」了。M.Scheler 在《死與永生》中說,世界不再是真實的有機的家園,不再是愛和冥想的對象,而是冷靜計算的對象和工作的對象。正是在這一點上,晚報心態與我們的時代有了一拍即合的地方。

面看起來,晚報心態是對「物吃人」、「商品拜物教」的逆動,實則不然。晚報心態是中國文人士大夫心態在新時期的改頭換面,一切事境甚至堪稱慘痛的事境,僅僅被當作快速處理的對象,有如晚報新聞的快速一樣,並將這一切盛在「趣」的痰盂中,卻對晚報時代的「噬心主題」(陳超語)充耳不聞。想想看,人們從「商品交流」、「情感交換」之餘買一份晚報,在公共汽車上,在餐桌邊,甚至在廁所裏,在悠閒的飯後的茶桌前展開報紙,讀一讀上面的小品文章,大多時候人們會對之報以會心一笑,然後拋到一邊,直至化成紙漿。這種種動作也許恰好反證了小品寫作者是把小品寫作當作了「茶餘飯後」,讀報人的心態與寫作者心態恰是同一個心態。晚報時代豢養了小品心態,小品心態也是聰明人選擇的晚報時代的最佳對應物。有詞為證:

> 記得當時,我愛秦淮,偶離故鄉。向梅根冶後,幾番嘯傲;杏花村裏,幾度徜徉。鳳止高梧,蟲吟小榭,也共時人較短長。今已矣!把衣冠蟬蛻,濯足滄浪。無聊且酌霞觴,喚幾個新知醉一場。共百年易過,底須愁悶?千秋事大,也費商量!江左煙霞,淮南耆舊,寫入殘編總斷腸。從今後,伴藥爐經卷,自禮空王。 　　(吳敬梓《儒林外史・篇末詞》)

不排除這種呻吟中有令人感慨的內容,但也恰好道出了晚報心態的心聲。甚至這中間的許多辭彙的各種變種正是時下晚報小品文的共同遺產。更重要的是,既然「百年易過」,當然也就無須「愁悶」,只閒情逸致地飲些朝晚霞罷了;既然頗「費商量」,當然不用去關心什麼「千秋」事業,否則「斷腸」之勢就在所難免,實在有些犯不上。清人沈復曾自述說,他父親在家宴上點了一出《慘別》,而沈復

的妻子居然不忍心觀看。「余曰：『何不快乃爾？』答曰：『觀劇原以陶情，今日之戲徒令人斷腸爾』。」[7]小小的離別，不唯在沈復筆下能令人「斷腸」，在今日的晚報上也同樣表演得淒淒慘慘切切。飯後的蒙太奇，小恩小惠的思想火花，對生活的一湯勺感悟，吃飽了撐的似的閒情逸致，頂多再來點「傷離別、離別雖然在眼前」（一首流行歌曲的唱詞）的不痛不癢的呻吟——這差不多就是與晚報時代相對應因而能適者生存的晚報心態的全部內容了。

後現代主義據說早已來到了中國。小品心態通過和晚報時代的結盟與合謀後，再加上一個平面化、能指化的後現代主義，其「三位一體」取代了「聖父、聖子、聖靈」的三位一體，似乎已成必然之勢——這就是中國傳統文化中的一小部分在新時代的借屍還魂，其「解構」能力、「顛覆」爆破的本事也由此可見。在這種情況下，詩歌也在向晚報時代靠攏；汪國真不是第一個標本，出於同樣的原因，他也決不是最後一個。

完整的、整體的歌德不會再出現了；但碎片的歌德還在真正的詩人身上安家落戶。柏樺就以略帶羞澀的口吻說：「我是歌德／不是吃飯。」（柏樺《家人》）是「歌德而不是吃飯」的人顯然是晚報時代的異數，是拒不向晚報時代投誠的「刁民」。普羅提諾（Plotinus）說：「偉大的和最後的鬥爭在等待著人的靈魂。」[8]這裏所說的靈魂，當然不是指小品心態，而是指和晚報時代作對的人以及他們身上碎片的歌德。

詩歌意志／詩歌時代

人是否能脫離自己的時代引力而飛翔，也就是說，能否抓住自己的頭髮飛離地球？不管對此設問的回答如何，卻正是晚報時代裏真正的詩人要努力做的事情。一位無名的詩人寫道：「流浪詩人是萬物的領唱者，他敢於歌頌虛無／並把萬物的歌唱縮為一句！」正是在「敢於歌

---

[7]　沈復《浮生六記》卷一。
[8]　參閱舍斯托夫（Lev Shestov）《在約伯的天平上》，董友譯，三聯書店，1988 年，第 13 頁。

頌虛無」的最成功的時刻，詩人脫離了時代的引力並向上飛升。然而，
正因為時代是晚報的時代，他們的成功相對於主流時代，不過是一次超
常、脫軌，歸根結底也只能是碎片。更重要的還在於：他們渴望的、幻
想的時代因而只能以碎片的方式呈現出來；但這些閃光的碎片，恰好是
晚報時代覆蓋下的詩歌時代。詩歌時代是晚報時代的反動，是晚報時
代淺薄空氣裏的深度，是駱一禾所謂的「世界的血」。假如說人類發展
是一個不斷由史前時代向現代化時代過渡的過程，因而時代的世俗化、
晚報化在所難免，那麼，詩歌時代則是一個逐漸從「地面」轉向「地下」、
從整體轉向碎片的過程，如同卡夫卡曾精心描繪過的地洞和地洞中人。
但是，詩歌作為人類精神，以整體形式（即與主流時代合拍從而成為地
面運動）出現也好，以碎片方式（即與主流時代疏離從而成為地下運動）
現身也罷，卻始終生生不滅。「指窮於為薪，火傳也，不知其盡也。」[9]因
此，謝林（Friedrich Wilhelm Joseph von Schelling）才說：「不管是在人
類的開端還是在人類的目的地，詩都是人的女教師。」

　　和晚報時代對應的是小品心態，與詩歌時代對應的則是詩歌意
志。詩歌意志先於詩歌文本而存在，它是詩人潛在的內心要求，獨立
於客體對象和藝術創作方法而自為存在。[10]不過，說它「自為存在」並
不是否認它有形成的原因，僅僅是指它與詩歌文本的先後關係。事實
上，詩歌意志的形成取決於詩人的世界感；而世界感則來自於人的日
常應事觀物所形成的世界態度。最重要的也許還在於：詩歌意志與小
品心態不同，前者更關心來自人生骨殖深處的精神絲縷，更關心隱藏
在時代底部的宿命特質，以及潛伏在時代和人生內部的苦難光芒。它
關心的是人，尤其是人在時代中的命運。──它「把萬物的歌唱縮為
一句」。詩歌因此成為對命運的吟唱，詩人則是命運的歌手。維特根斯
坦說：「命運是自然規律的對立面，」[11]但它不可言說。[12]在晚報時代

9　《莊子・養生主》。
10　參閱沃林格（w.worringer）《抽象與移情》，王才勇譯，遼寧人民出版社，1983
　　年，第22-40頁。
11　維特根斯坦《文化與價值》，許志強譯，清華大學出版社，1981年，第25頁。

裏，人們比以前任何時候都更嚴重地遮蔽了命運而凸現了利欲，遮蔽了苦難而凸現了商品、情感的買賣和交換。適應於晚報時代的小品心態或許永遠難以摸到這一特質。被遮蔽的事物要靠詩人和詩歌來顯露，有如海德格爾所說的給存在「去蔽」。

命運是永不衰竭的常動之物，所以詩歌不會消亡；晚報時代不大關心命運，因而詩歌時代只是碎片的時代。一位名不見經傳的女詩人寫出了晚報時代平凡人生的偉大素質：「光線是共同生活的象徵，／……光聚合在一起／神聖的事物就勝利了。」她對一位死去的老嫗懷有壓抑不住的顫慄般的情感：「通過對生命的遺忘／她將活著的榮譽保持到了老年。」（汪怡冰《光的榮譽・沉默的安慰》）這些「光」，這些「榮譽」，早已被晚報時代和小品心態上下其手給打發掉了。晚報時代在這個時候是粗線條的，而詩歌時代則從細節起航：它要從光、從榮譽開始。

還要從「活著」開始。基督教說，人活著就是為了含辛茹苦。這是對命運最簡練的概括。問題是詩人和詩歌應該如何將這一命題豐滿、渾圓、充實，使它有血有肉。「光聚合在一起／神聖的事物就勝利了。」這不是命運的勝利，倒毋寧說更是人的勝利，是人性中最高貴的那部分品質的勝利。它是對命運的沉重打擊。「她將活著的榮譽保持到了老年。」在這壓抑的訴說中，活著的苦難與艱難似乎更是不難想見——因為「活著」竟然是一種「榮譽」。是的，詩歌意志導致了詩歌時代在晚報時代的背面的生成。對於晚報時代，對於根本就不大關心更為根本的命運的小品心態，海子在百忙中也沒有忘記向它開了一槍：「你飛著，胸脯裏裝著吞下去的種子，飛著，寂寞，酸楚，甚至帶著對凡俗的仇恨。」

大多數人生都是以通俗的人生演義為方式而展開，只有極少數的人生是以經典為形式來進行；詩歌毫無疑義地屬於經典的展開部。在這裏，不獨命運被吟唱，被反擊，被鞭撻，而且命運的直接產物——它那戲弄人、奴役人的苦難本身——，更直接地被轉化為詩歌的要素。就命運和苦難而言，任何時代的人其實是同一種人；

---

[12] 維特根斯坦《邏輯哲學論》，賀紹甲譯，商務印書館，1988 年，第 82 頁。

而為命運立此存照,為苦難人生的生存作證,是詩歌的良心和使命,也是構成詩歌時代最主要的元素。誠如海子所說:「時光與日子各各不同,而詩則提供一個瞬間,讓一切人成為一切人的同時代人,無論是生者還是死者。」[13]梁曉明則在《開篇》中如是寫道:

> 在世界的觸摸下我衣飾喪盡
> 我離開故土、上天和父母
> 像一滴淚帶著它自己的女人離開眼眶
> (梁曉明《開篇‧最初》)

> 但他們是人,
> 腿短,命長,一堵牆他們就落入了歎息
> (梁曉明《開篇‧說你們》)

以經典展開部的形式展開人生演義的詩人在此感到了深深的震撼,他們與晚報時代之間的緊張關係也更加顯而易見。歐陽江河寫出了這樣的句子:「告訴那些吸水者,諸神渴了/知識在燃燒,像奇異的時裝/緊身的時代,誰赤裸得像皇帝?」(歐陽江河《最後的幻象‧書卷》)沒有擔當命運,沒有和命運相撞擊,沒有進入苦難的神髓,所謂觀察時代其實也就是過目無心,視而不見。我們說,只有擁有了強大的詩歌意志,才可能寫出歐陽江河那樣鋒芒畢露的句子。正如劉翔讚揚梁曉明的:「他一開口就落下一個白晝。」[14]對於歐陽江河,我們有必要再追加一句:「他一開口就落下一個夜晚。」是的,夜晚。那是休息和酣眠的軟床,卻是命運和苦難的演兵場。造物主想得真周到,在不休息的命運和苦難面前,他為一部分人設置了休息的黑夜,讓他們有時間舔舐傷口,以待來日再戰。難怪海

---

[13] 海子《傳說‧小引》。
[14] 參閱民刊《北回歸線》1993 年號,第 162-170 頁。

子要把夜晚稱作自己的同母兄弟，要把黑夜當作自己的口糧；而荷爾德林則稱夜晚為「神聖的黑夜」，難怪茨維塔耶娃在給里爾克的信中要神情亢奮地喊道：「為了讓高山和夜晚押韻！」

命運和苦難在上下其手。曼德爾斯塔姆寫道：「在自殺者高大嚴肅的辦公室裏／響起了電話鈴聲！」這是樸素的然而也是精妙絕倫的句子。它昭示出，命運和苦難正在召喚人們，正在追趕人們；它永遠都是現在進行時的。虔誠的約伯在久經幽閉後終於發出了痛苦的呻吟：「唯願我的煩惱稱一稱，我一切的災難放在天平裏，現今都比海沙更重。所以我的言語急躁。」[15]海子則心有靈犀地說：「磨難使句子變得短促。」[16]急不擇言既反映了命運和苦難的巨大，也反映出詩人們在晚報時代呼喚、構築自己的詩歌時代的緊張、惶惑與驚恐。這種心理流程，恰好是詩歌時代之所以是碎片的根本原因。海子幾乎是以撕心裂肺的語氣道出個中要的：「這些句子肯定早就存在於我們之間；有些則剛剛痛苦地誕生──我們硬是從胸膛中摳出這些血紅的東西。」正因為這樣，歐陽江河所說的「我試圖在寫作中面對人類的沉默」很難讓更多的詩人認同；與沉默相比，那些難以做到沉默的人毋寧就是言語急躁的約伯。

馬丁─布伯曾說：「祈禱不在時間之中，時間卻在祈禱之內；犧牲不在空間之中，空間卻在犧牲之內。」[17]布伯是對的：祈禱與犧牲最終是超越時空的，因為祈禱和犧牲是苦難與命運的永恆主題，或者說是苦難和命運的兩葉翅膀。苦難、命運根植於人性深處；祈禱和犧牲則是以反擊它們的姿勢出現。沒有了祈禱和犧牲，詩人就休想在苦難和命運中發現更深的東西，或者說，發現讓人心痛的希望、「把活著的榮譽保持到了老年」的生命特質。我也許正確地說過，所謂希望就是絕望的最後閃光；[18]但這還不夠，希望更是預言。

[15] 《聖經·舊約·約伯記》VI-2：3
[16] 海子《傳說·小引》。
[17] 馬丁·布伯《我與你》，陳維綱譯，三聯書店，1988年，第20頁。
[18] 參閱敬文東《守夜人手記》，載《大家》1997年第2期。

雅克・馬利坦深刻地指出：談到詩歌我是指「事物的內部存在與人類自身的內部存在之間的相互聯繫，這種聯繫就是一種預言。」[19]據說，拉丁文 Vates 一詞，就既指詩人，又指占卜者。希望，它表達了絕望在人面前的退卻，表達了人有可能獲得勝利的預言。這就是詩人活下去並且始終能和晚報時代、小品心態拉開距離的法寶之一。詩人，那些晚報時代的不合作者和在野黨，也終於以碎片的方式重建了自己的時代、自己眼中的世界──那也是人類生生不已的亙古的時代和世界。它發出了輝煌的、令人心碎的、心醉的聲音：

> 是的，將永遠、永遠──
> 愛的繁衍與生殖
> 比死亡的戕殘更古老
> 更勇武百倍！
> （昌耀《慈航》）

批判／精神傳記

晚報時代從各個方面滲入了我們的生活。詩歌在夾縫中以碎片的方式閃光。詩歌時代要想擁有合法的時空，批判就是不可或缺的。批判首先是一種觀察世界與時代的角度和思維方式，是與詩歌意志緊密相連的精神氣質。詩人正是攜帶著批判進入晚報時代，並因此走出晚報時代而進入詩歌時代。是批判最終使詩歌時代在晚報時代生成，儘管它以碎片的方式存在；詩歌時代也因此成為關於人間命運和苦難永恆的精神傳記。

周倫佑說得好：「深入老虎而不被老虎吃掉／進入石頭而不成為石頭／穿過燃燒的荊棘而依然故我／這需要堅忍。你必須守住自己／就像水晶守住天空的透明。」（周倫佑《石頭構圖的境況》）的確，

---

[19] 雅克・馬利坦《藝術與詩中的創造性直覺》，中譯本，三聯書店，1991 年，第 4 頁。

批判的前提是「堅忍」，是「守住自己」，是擁有「水晶人格」；是始終用變動不居的「我」去探索變動不居的晚報時代，在晚報時代強大的慣性與火力面前，回答它的提問，使它有局部敗退的可能。批判因而能重建詩歌時代的合法時空。詩歌寫作必然是「紅色寫作」。從書本轉向現實，從摹仿轉向創造，從逃避轉向介入，從水轉向血，從閱讀大師的作品轉向閱讀自己的生命、閱讀自己生命中固有的命運和苦難特質———如周倫佑所說———：只有這樣，詩歌不獨擁有了自己的時代，也健全了自己的使命。

但首先要從天空轉向大地。曾經飛翔的梁曉明如今用老練的口氣謙虛地說：「我要寫一首詩／一首超越翅膀的詩／它往下跌／不展翅飛翔。」（梁曉明《夜》）而「往下」就是泥土，就是堅實的大地，就是凡人們生息的場所。王家新則說：「一切來自泥土／在洞悉了萬物的生死之後／我再一次啟程／向著閃耀著殘雪的道路。」（王家新《詩》）是的，大地和道路，這聯體的雙胞胎。海德格爾則這樣指稱：「是詩歌作品使大地成為了大地。」但是，我們的大地不是西餐式的神性大地，而是生息著的中國人的道路，是海子所說的「地母」。在大地上，最生動、最震撼人心的就是跨越苦難、跨越命運而又始終在這兩者之間邁動的雙腳。維特根斯坦在《邏輯哲學論》一開篇就曾深沉地說過：「世界不是事物的總和，而是事實的總和。」而「事實」不獨是時間性的概念、物理性的概念，更是大地上的人，是長在大地上的腳和腿的森林。海子曾擔心地指出：由於喪失了土地，人們只找到了膚淺的慾望。海德格爾是對的：大地需要重新被發現。而慾望，在我們的時代，正可以說成是晚報時代的固有屬性；將慾望斥之為「膚淺」，明顯就是鋒芒直指的批判了。因此，要找到乾淨一點的大地，我們只有對土地首先採取批判的姿態，並試圖從中清除晚報時代中廣泛的污穢物。

批判的方式也因此成為對時代進行精神分析最主要的方法，是對時代進行認證的良策。這種精神分析的精髓僅在於：它試圖從晚報時代裏誘發出詩歌時代的精神自傳，並且通過對被忽視的插曲的

發現和事件關係的澄清而改寫它們，這樣，就會使詩歌時代的精神
自傳從晚報時代的肢體上分離出來。詩歌時代的精神傳記：晚報時
代枕邊遺落的夢囈。在小品心態「為賦新詩強說愁」的獨眼裏，那
也只不過是夢囈罷了。

歐陽江河說：「人用一隻眼睛尋找愛情／另一隻眼睛壓進槍堂。」
（歐陽江河《手槍》）愛情成了獵物，追求愛情的人（他們曾被稱作
「愛人」或「情人」）成了獵戶。手槍和愛情連在一起，正是晚報時
代的真實寫照。還有比這種批判更辛辣、比這種精神自傳更可怕的
麼？而「永遠的維納斯站在石頭裏／她的手拒絕了人類／從她的胸
脯拉出兩隻抽屜／裏面有兩粒子彈，一隻手槍。」（同上）這真是驚
心動魄的發現。而這，正是我們時代詩歌寫作所發現的精神傳記，
掩藏在晚報時代溫情脈脈的小品心態下的真實境況。維納斯曾經是
美的象徵，現在則成了軍火庫，完成了向致命的「美女蛇」的躍遷。
更讓人難以置信的是大音樂家蕭斯塔科維奇「整整一生都在等待槍
殺。」（歐陽江河《蕭斯塔科維奇》）人活著，從前是追求幸福、美
和完善，現在則是抒發慾望；而抒發慾望就得讓某些人自覺地「等
待槍殺」，並且要用「整整一生」的時間。我想說，這是對晚報時代
最有力的批判，是晚報時代覆蓋下碎片式詩歌時代裏的最強音。這
裏用得上魯迅的一句話：「地火在地下運行；」而維特根斯坦說得更
為直截了當：「但精神將環繞著灰土。」

巴爾扎克說，小說是一個民族的秘史。巴爾扎克忘記了補充一
句：詩歌更是一個民族更為隱蔽的秘史。「秘史」的首要涵義就是潛
藏的和被覆蓋的。中國是個缺少史詩的國家，要想在今天這個晚報
時代重建史詩似乎是癡人說夢。但是，我們有權利、有責任、也有
能力提供一個時代的「秘史」，一個時代碎片式的精神傳記。精神傳
記就是秘史。而所謂詩人，就是那類對人類和時代困境與困乏有著
無法擺脫的內疚心情的人，所以他們以批判的姿態面世；在今天，
晚報時代君臨天下，小品心態四處流播，命運、苦難、屈辱被拋擲
一邊已經成為時尚，樂觀地向「前」看和向「錢」看已經是心照不

宣的事實，而詩人則想對「內疚」進行反思和抒寫，對命運和苦難進行批判與吟詠，並以此為潛在的時代——這正是亙古以來同一個命運的時代——畫像，為我們提供一份活生生的秘史，這既是詩歌的光榮，也是精神傳記的潛在要求。

生命／理想

在晚報時代構築詩歌時代，最基本的起點就是閱讀自己的生命，閱讀人的生命。閱讀生命同時也是從天上轉向地面的根本要求。從天上轉向地面，其實正是人對大地的批判；閱讀自己的生命，其精義也在於批判生命，因為沒有批判性內涵的生命是不足取的，也是不足為憑的。生命是一個謎，也許永遠都是一個謎。它將作為茫茫宇宙的中心問題困繞我們，直至人類的終結。但生命並非一個不可言說的問題。迄今為止，對生命有兩種最主要的看法：一種認為生命是具體的、歷史的；另一種則認為生命是超時空、超階級的，生命大於它的時代，是一切時代的主宰和目的。它是絕對的。前者認為後者是形而上學；作為回報和以牙還牙，後者則愉快地稱前者為機械主義。

其實兩者都不完備。第一種看法最大的缺陷並不在於它的機械主義性質，而在於它可怕的邏輯：既然生命是一個具體的歷史範疇，它理所當然要受到具體時代的規範，所以，生命作為祭品、作為供奉時代的犧牲，也就獲得了合理性、可能性甚至現實性。第二種觀點最大的毛病並不在於它濃厚的形而上學特性，同樣在於它可怕的邏輯：既然生命是超越時空的，沒有歷史內容的生命也就一下子被推入了沒有存身之處的尷尬境地。對我們來說，假如事情真的如此，我們又何談在晚報時代構築有關命運和苦難的詩歌時代呢？

正如辯證法充滿喜劇色彩地認為的那樣，兩者都有可取之處。第一種看法正確地道出了生命的具體性；第二種則點明了生命的絕對性。也許，只有將生命的絕對性和具體性統一起來，才能構成生命的真正內涵：生命的具體性因為強調了歷史／時代內容，使生命的絕對性有了在現實環境中的立身之地；生命的絕對性因為高度強

調了生命的絕對價值、神聖尊嚴，使生命的具體性沒有任何理由假借時代的要求、歷史的冰冷旨意來強迫生命作為祭品，或者使生命作為薄情寡義的晚報時代用以交換的商品。如此，我們就可以得出一副生命的全息圖來：生命的絕對性的實質是，它始終包含著生命的恒向上性。恒向上性橫跨古今，與生命相始終。[20]由於有生命的具體性存在，與具體的苦難戰鬥和殺伐的對手──生命的恒向上性──也因此有了具體的對象、具體的性質，從而成為具體的、有著鮮活時代內容的恒向上性。比如說，在晚報時代，生命的恒向上性就體現為對苦難和命運深度的關心，它極力想建築自己的詩歌時代，描繪自己的精神傳記，它所殺伐的對象就是和晚報時代相對應的小品心態，當然，更是晚報時代本身。

所謂苦難，就是阻止恒向上性的完成與昇華。苦難是恒向上性所有羈絆之物的總和。恒向上性是生命的根本特徵，它首先體現為純粹的生物性的求生意志，其次才體現為渴求價值賦予的求生意志。恒向上性和苦難一樣亙古長存，和人類相始終。由於苦難在不同時代有著不同內容，作為抗體的恒向上性也因此在不同時代具有不同的面貌。海子問道：

> 你們撫摸自己頭顱的手為什麼要抬得那樣高？
> 你們的灶火為什麼總是燒得那樣熱？
> 糧食為什麼流淚？河流為什麼是腳印？
> 屋樑為什麼沒有架起？凝視為什麼永恆？
> （海子《傳說》）

這幾個問號既是對生命恒向上性的逼問，也是對苦難的逼問；有生命的恒向上性在，就有苦難的立正侍侯；當然，反過來說也一樣。──這就是所謂的道高一尺魔高一丈的真實涵義了。

---

[20] 參閱敬文東《昌耀的英雄觀以及在詩中的實現》，載《綠洲》，1993 年第 2 期。

　　恒向上性的實現就是自由的實現。自由是發自生命底部的渴求；但是，自由的實現永遠都是一種不切實際的夢想，它的完成只有階段性、具體性，卻沒有終極性。但人對自由的渴望卻永恆存在，這只要我們回憶一下歷史上許多哲學家樂此不疲地給我們開設的有關理想國、烏托邦、大同世界、上帝之城……的清單和處方就可以明白了。它表現在人的本質上是絕對自由的夢想，表現在詩歌中則是真正的浪漫精神，是構築我們的詩歌時代、精神傳記的主要法寶。真正的浪漫精神就是由於生命的恒向上性和具體的苦難相互殺伐、搏擊而渴望勝利的永恆衝動。惟有這樣，浪漫精神才算真正把人交還給了人自身，也把人的本質的完成權利交還給了人自身以及人的實踐活動，惟其如此，人也才不依靠天子大人、神仙上帝、佛陀真主；浪漫精神也才徹底宣告了人的不屈、人的尊嚴；在晚報時代，人在自身命運和苦難的襲擊下也才有了詩歌吟唱的深度。

　　福克納說：我拒絕人類末日的說法。聶魯達給出了福克納之所以這樣說的理由：那只是因為沒有不敗的孤獨和苦難。但是，我們又憑什麼相信聶魯達的斬釘截鐵呢？因為生命的恒向上性。正是它的存在，使我們在慘遭苦難、商品交換風暴的襲擊時，還有著必勝的信心；而浪漫作為一種精神趨向，始終是恒向上性和苦難與命運搏鬥的結果。有人認為搏鬥帶來的是悲劇精神，我承認他說得對；但我還想補充一點：在這一點上，悲劇精神和浪漫精神起源相同。惟其如此，浪漫精神才是一種沉重的精神氣質，而不僅僅是汪國真式的小品心態的膚淺感傷。

　　人類對絕對自由的渴望雖然歸根結底只是虛幻的，但又是不滅的。我們可以把這種重新定義過的浪漫精神的核心稱作理想。理想是詩歌時代的精神傳記的內核。它的實質是人對現時代所持的超越態度。理想誠如許多哲學家認為的那樣，是將人和動物最終區別開來的明顯標記。在此，理想有著雙重身份：對人來說，它可以被看作結果；對詩來說，它又是一個需要不斷重臨的起點。由於詩歌在骨殖深處和人的聯繫，使理想在人那裏作為結果而在詩這裏作為起

點；而起源於生命深處的浪漫精神直接轉化為詩歌的真正內涵，浪漫精神與理想在詩歌的起點處也就緊密相契與相合。

理想是自由的實質。自由在此也有雙重身份：對人來說，自由的實現只有階段性、具體性；對詩來說，它卻可以幫助人在批判性的想像中，構築這種理想的境地，也就是我嘮叨了多時的詩歌時代。在詩中，自由不僅作為人的目的，而且作為浪漫精神的目的，同時也作為詩的目的而出現。正是在這個意義上，浪漫精神與起源相同的悲劇精神才得以徹底區分開來：悲劇精神表徵的是恒向上性和苦難人生相搏殺的過程，它無力達到、體驗和構築作為結果的自由。

在我們這個晚報時代，真正的詩人選不選擇浪漫精神（即理想與自由）來構築自己詩歌時代的精神傳記和秘史，最終也許只有一種回答。

煞尾

當烏鴉高叫的時候，必定是夜鶯閉嘴之時；[21]而在小品心態、晚報時代、生命被通俗化解釋、恒向上性被極力減縮的今天，必定是詩歌轉入「地下」之時。一邊是看不見的硝煙廣被四野的商場，一邊是與之相呼應的小品心態，在此情況下，深得遊擊戰術精髓的地下詩歌的興起，不過是「敵」對雙方都能理解的戰術而已。愛因斯坦的相對論有一個驚人的預言，這個預言曾經讓已故詩人駱一禾驚愕不已：光在大質量的地方偏轉。晚報時代就是大質量的，其引力足以使所有的光回到時代的大質量本身，而地下詩歌僅僅是憑著強大的詩歌意志僥倖逃逸出來的幾束光罷了。是地下詩歌組成了詩人自身的詩歌時代，這個時代註定只是碎片式的；但它並不是海子所說的失敗，倒不如說是某種成功。

民間詩刊的興起標誌著地下詩歌的興起。曾幾何時，最純正的詩歌作品都首先是在民刊上出現的。民刊的出現，是詩人構築自己碎片式詩歌時代的有力武器，使吟唱命運的詩歌時代承續了自人類始祖那

21　參閱 Eric Thompson： T.S.Eliot，Southern Illionois University Press，1963，p32-33.

裏就點燃的詩歌之火、命運之火。民間詩刊不僅僅是刊物，更是一種特殊的觀察世界和時代的思維方式。它從一開始就和晚報時代作為主流思維方式的小品心態劃清了界限，以來源於命運本身的詩歌意志為觸角重新觀察命運。這是一個剛剛興起的晚報時代，卻又是早已興起的民間詩刊的時間段落。一大批民間詩刊為我們提供了一個純粹晚報時代中人不可能看見的另一個時代。它選擇了近乎宿命的現代浪漫精神和批判性的理想主義。這裏用得上馬克斯·韋伯的高論：如果我們不是反覆地追求不可能的東西，我們也無法實現看起來可能的東西。民間詩刊早就弄懂了這一命題。從各種意義上說，民間詩刊都一直在追求那種不可企及的、不可能的東西。但它們終有所得。最起碼它們已經貢獻出了一大批詩歌傑作。作為晚報時代的陪襯物，這批傲視王侯的傑作讓我們感到了真實的驚訝。

許久以來，人們或好心或惡意地抱怨我們時代已經沒有了詩歌的存在；「詩歌已經奄奄一息了」就是最常見的說法。雨果曾說，不是沒有美，而是缺少發現。對於好心抱怨的人，他們只需要「往下看」就行了。那裏是詩歌產卵的地方，是新的時代然而又是亙古長存的時代再次懷孕的居所。

1997 年 4 月，上海。

在火鍋與茶館的指引下

一

在四川任何一個彎彎曲曲的集鎮、高低不平的小城和繁華的都市，無論是炎熱的夏季還是哈氣成冰的冬天，外來人往往會看見令他們驚奇的一幕：在街沿上，在臨時搭建的小食鋪裏，總會有一大群人圍著一張桌子，桌子中心是一口大小正好合乎用場的鐵鍋；如果細心觀察，就會發現鍋下有著歡騰的細細火苗，正在向通常所說的「爐火純青」之勢發展。鍋內已是沸騰的湯汁，湯汁表面上隨汁液翻騰的是一種小小的，叫作朝天椒的東西，它的辛辣異常被四川人崇奉得猶若神明，卻又讓初來乍到不知內情的外省人叫苦不迭。桌上的東西就是名震天下的火鍋。火鍋四周圍坐的男男女女在吃得滿頭大汗時，往往會放慢節奏，留出嘴來以便高聲交談。這裏幾乎沒有悄悄話、私房話，甚至連情話也以大聲武氣的方式呈現。

這一幕與四川的地形有著怎樣神奇的契合啊！法國年鑒學派早期代表人物律西安・費弗爾在《大地與人類進化》中認為：「地理環境無疑構成了人類活動框架的主要部分。」土特產《漢書・地理志》也提醒我們：「凡民函五常之性，而其剛柔緩急，音聲不同，系水土風氣。」如果放眼望去，人們就會發現整個四川被群山環繞，崇山峻嶺在由四周向中間合圍的過程中，順水推舟、半推半就使地勢漸趨平緩，並留出中間一個巨大的平原：這裏古稱天府，是有名的溫柔富貴之鄉。

《隋書・地理志》為此感慨萬千。它說，巴蜀之地，「其地四塞，山川重阻」，外來的不容易進去，裏邊的不容易出來，宛若一個巨大的城堡——是雙倍的、卡夫卡意義上的城堡。河流與山脈就是這樣使四川長期與世隔絕。在四川內部，當兩個站在看似相去咫尺的不同山頭的人，正打算走到一起坐下交談時，他們往往會發現，這個小小的

目的需要花去甚至一天的工夫才能實現。於是大聲武氣的談話（高聲交談）便出現了。因為若不這樣，對方很可能根本就聽不到你的隻言片語，而聲音的大部分早已被崇山峻嶺中的精靈給收走了。費弗爾在說出地理環境在框架人的生活這個重要事實後，謝天謝地，他並沒有忘記人本身也在參與地理環境的形成。在四川盆地，人們參與創造的方式之一就是對語言的創造——我的意思不是指巴蜀人民創造了一種與眾不同的文字（古巴蜀曾經有過自己的文字，但早已消失，參閱楊雄《蜀王本紀》），而是指四川人「創造了」一種與眾不同的、可用於高聲交談的「方言」。實際上，讓人倍覺神奇的是，河流與山脈往往會成為不同方言的地理分界線（參見周振鶴等《方言與中國文化》，上海人民出版社）。《禮記‧王制》說：「五方之民，言語不通，嗜欲不同。」這就是說，地理位置是方言的外在顯現，方言則可以被「唯心主義」式地看成地理環境的內核。我們是不是也可以說地理本身就擁有某種預言性呢？也許吧，誰能明確地說出呢？

　　操一口四川方言的人們圍著火鍋，高聲交談著，根本無視臨桌人的反應。事實上，臨桌的人也如同與他們比賽一樣在同樣地高聲交談，彼此互不干擾。離開四川後的四川詩人蕭開愚發現了這一有趣現象：「最讓人吃驚的，首推四川詩人說話的音量，他們簡直在吼叫、咆哮。不管他和你在什麼場所，交談什麼內容，他沒有用衝動、熱烈、震耳欲聾的聲音說話，說明他沒有興趣把精力投入到這次談話中來。他們一旦用心，就會就任何一件事情與你辯論、爭執，使你意識到在他眼裏所有的事情都成問題，對此他們已經抱有整整一套個人見解，或者正在為就眼下談到的話題形成卓爾不群的見解高速地自我辯論著。四川詩人的第一個特點就是音響宏亮。」在上海一家簡陋的餐廳裏，蕭開愚對我說：「這很有些不文明。」情況真的這樣嗎？

　　四川的崇山峻嶺、複雜的地形，不僅孕育了「音響宏亮」、「高聲交談」，而且極其適合軍閥割據、占山為王。四川的匪是天下聞名的；反叛是四川人的一大特性。反叛者常常以吼叫著的姿態向權威、中心挑戰。《華陽國志‧蜀志》稱蜀人「多悍勇」，其實可以用「大

嗓門」來置換。當以北京為中心的「朦朧詩」在二十世紀八十年代一統天下後，四川詩人的反叛情結為開闢詩歌的第二戰場——詩歌江湖——起了重要作用：他們高聲怪叫，以破壞一切的嗓音向北京的朦朧詩施溺灌湯，一時間攪得天下大亂，使得詩歌江湖上風起雲湧、黑雲壓城。他們大嗓門式的大聲喧嘩、齊聲怪叫、高聲交談，其實正是 W・本雅明所謂的「破壞型性格」。本雅明說：「破壞型性格只知道一句格言：騰出地方；只知道一個活動：清除。這是因為他需要新鮮空氣和寬敞空間，而不是因為仇恨。」四川的地下詩人們割據一方，與北京公然對抗；而在四川內部，卻又「軍閥」林立，互不相讓，各自拼盡全力以招兵買馬，擴充地盤（比如「非非」、「莽漢」與「新傳統主義」、「整體主義」之間的交鋒），但雙方均以「破壞型」的大嗓門高聲吼叫著向對方叫陣，卻也是明明白白的。

川籍作家沙汀在一篇小說（《模範縣長》）的開頭這樣寫道：「我回故鄉已經半個月了。或者確切點說，我回到茶館裏來已經半個月了。因為自從回來以後，每天大部分時間我都在茶館消磨掉的。沒有茶館便沒有生活，這點道理在四川一個小鎮子上尤其見得正確無誤。」與火鍋流行全川一樣，茶館也是流行全川的一件尤物，深為四川人所熱愛。四川多山，最適合種茶。事實上，茶的人工栽培也以巴蜀為最早，飲茶風氣據說也起於巴蜀之地。西漢王褒《僮約》中就有了到武陽（四川彭山）買茶的描寫。茶館是四川人一個極好的去處，他們高聲交談、勾心鬥角以及調解糾紛——俗稱「吃講茶」——最後大打出手往往都發生在茶館裏。我們不妨猜測，高聲交談在這裏再一次有了很好的用場，而且還有了一個派生性的特點：滔滔不絕的雄辯。高聲交談與滔滔不絕的雄辯合二為一才是四川「方言」的全部特徵，它們的物質代表是火鍋與茶館。如同沒有四周環繞的群山、河流，就沒有四川，沒有火鍋與茶館，也就沒有四川方言的活生生物證。

高聲交談、滔滔不絕的雄辯孕育了幾乎所有的四川文人，他們身上幾乎被宿命似的打上了這些東西的烙印，比如楊雄、司馬相如、李白、蘇軾、郭沫若、巴金以及如今的李亞偉、周倫佑、鍾鳴、歐

陽江河、蕭開愚、孫文波、萬夏、翟永明、廖亦武……或許只有少
數人才有可能例外。高聲交談與滔滔不絕的雄辯在四川的地下詩歌
中表現得如此充分，以至於我們在談論四川的地下詩歌時，不由此
去考察它的革命性與毀滅性，幾乎不可能有所收穫。

二

　　威尼斯雙年展主席奧利瓦先生針對英語世界的一段話，詩人于堅
認為很適合漢語世界：「在每一個國家，南方並不是一個地理上的位
置，一般來說更不是工業發展的條件，它卻象徵著藝術創作的地方。
在那兒，個體的人通過其想像力的表現，在一個封閉的和工匠的方式
中來反抗主流文化。在這個意義上說，南方代表了典型的藝術空間，
一個反抗外部環境的個人的想像空間。」火鍋與茶館的子孫們終於在
八十年代中期揭竿而起，很可能就如奧利瓦所說，與多山、多水的南
方環境相契合。一九八四年，萬夏在四川青年詩人協會成立大會上表
演過他的《熱情奏鳴曲》：「火！火！火火！熱情！熱情！熱情和熱
情！」從頭到尾都是這麼幾句。廖亦武回憶說，萬夏「在公眾面前翻
滾、跳躍、痙攣，展覽著詩人被過分蓬勃的青春燒焦的額頭。」這無
疑是把由火鍋與茶館代表著的四川方言搬進了詩歌中。

　　一九八六年八月二十五日傍晚，李亞偉在四川一間類似於鴿籠的
小屋中寫下了充滿高音量、大嗓門的「莽漢宣言」：「搗亂、破壞以至
炸毀封閉式或假開放的文化心理結構！莽漢們老早就不喜歡那些吹牛
詩、軟綿綿的口紅詩。莽漢們本來就是以最男性的姿態誕生於中國詩
壇一片低吟淺唱的時刻。」他從屋子裏跑了出來，一路怪叫著去找他
的同夥、同伴兼同謀犯萬夏、胡冬、馬松等人。在此之前，尚在母腹
中怪叫著的「宣言」已經促生了幾份高聲怪叫著的鉛印地下詩刊：《現
代詩》、《中國當代實驗詩歌》，上面儘是這樣的句子：

　　　　我為什麼窮
　　　　我不要臉地活著

我形而上學地活著
我妍居著空氣電燈月亮和膚色和肉體
和器官和痛和負重感和什麼也不存在
（馬松《生日》）

我想乘上一艘慢船到巴黎去
去看看盧浮宮凡爾賽宮和其他雞巴宮
是否要回唐爺爺的茶壺宋奶奶的擀麵棒
（胡冬《我想乘上一艘慢船到巴黎去》）

　　火鍋店的高聲吼叫與茶館裏滔滔不絕的雄辯盡在此中了，胡言亂語、語無倫次、吃講茶式的打架鬥毆盡在此中了。如此激烈的「詩歌暴力」大約也只能是火鍋與茶館的子孫們的註冊專利，別的人是盜用不了、假冒不了的。當幾年後東北漢子郭力家寫出有著同樣性質的《特種兵》時，人們從中嗅到的是黑土地、大平原與長白山的高個子雄風，和短小而有似火藥桶的四川身材大不一樣。是的，行家們不會弄混了。

　　當這些怪叫著的詩歌傳單被怪叫著撒向全國時，也確實收穫了一些低吟著的怪叫——表示驚訝的怪叫。羅伯·格裏耶對新小說最初的命運所做的描述，很適合「莽漢們」最初的「禮遇」：「人們總是把結結巴巴登場的新作品看成怪物，即使對這種實驗著迷的人也不例外。當然，他們會表示好奇心，表示興趣，但是又有所保留。」情況還真是這樣。即使那些「表示理解」者，也對上述看似簡單的詩句「摸不著火門」——用一句四川方言來說。他們中的大多數人僅僅把這看作青春激情。誠然有這樣的成份在內，為什麼這種形式的激情只出現在莽漢們身上呢？「表示理解」者不能從四川土著說話的音量、音速上去辨識，更不會把它與群山封鎖的，適合反叛、密謀、軍閥割據的地形聯繫在一起。列維·施特勞斯曾經一針見血地指出：「地理環境的意義在於，它概括著和保證著人與宇宙、社會與超自然之間的關係，概括著和保證著活人與死人之間的關係。」

強調邏輯、學理和重視概念演算的學院腐儒們根本不明白，或許只有這樣的地形與水土才能產生這樣高談闊論著的打胡亂說。

詩歌自身卻有它的戒律：不能把這種咋咋呼呼的狂吼亂叫漫無節制地弄到底。莽漢們在這條鐵的戒律面前碰得頭破血流：要想在藝術上達到爐火純青的地步，就必須要洗去自己身上那種天然帶來的高聲交談與滔滔不絕的雄辯，但天性又是萬難被弄掉的，它在更大的程度上就等同於命運，至少也是關於命運的密碼或和命運接洽的口令。馬松、胡玉等人翻身落馬了，消失在灰色的市民洪流中。

一九九八年三月，我在成都鍾鳴那堆滿舊傢俱、書籍、詩歌檔案的房間裏談到了這一問題。我們都承認：四川人特別適合寫詩但又十分危險。這中間的關鍵就在於四川方言的高談闊論性。一方面，它允許詩人以反叛的姿態出現，並立即以大嗓門與雄辯佔據詩歌要塞，用大口徑的語言炮彈轟擊腐朽的詩學原則；另一方面，它的慣性又是詩人難以克服的，因為藝術說到底是一種低音量的「說」而不是「喊」，是簡潔的「說出」而不是囉囉嗦嗦語無倫次的「雄辯」、「詭辯」。用一句形象的話說，馬上得來的天下，不能在馬上治，而要離開馬背到地面來。

也有兩個成功者，他們差不多算得上漏網之魚了。萬夏仰仗他的藝術直覺，把大嗓門拼命降到了最低點。寫出了許多「說」的詩而不是「喊」的詩。或許他一開始音量就不太大。到了九十年代，萬夏的詩幾乎有了一種脫胎換骨的形象，但它們的雄辯特質卻一目了然。另一個堪稱成功者的是李亞偉，他是「莽漢」的忠實信徒，他不斷實踐著「莽漢主義不完全是詩歌，它更是一種莽漢行為」的準則。李亞偉對自己有一個高談闊論式的寫照：「他騎著一匹害群之馬在她的營帳外來回賓士，忽東忽西。從天上看下去，就像是在一個美妙的疑點上出爾反爾；伏在地面看過去，又像是在一個漆黑的論點上大出大入。」他上路了，並保持天然的嗓音，把茶館與火鍋當作隨身的行囊，在流浪的路上，寫下了喊叫式、雄辯式的組詩《野

馬與塵埃》、《懷舊的紅旗》等一系列優秀的「莽漢」作品。如果一定要我指出唯一一個典型的四川詩人，我說，這就是李亞偉：

> 我是一個叛變的字，出賣了文章中的同夥
> 我是一個好樣的字，打擊了寫作……
> ……
> 海笑掉了牙，海笑彎了腰
> 夥計，人民是被開除的神仙！
> 我是人民的零頭！
> （《野馬與塵埃‧自我》）

李亞偉是真正莽漢意義上的成功者：他完全保持了自己高談闊論的品性，完全是仰仗茶館與火鍋式的四川方言來進行寫作的。如同美國二十年代「迷惘的一代」「跟著美元走，哪裡有美元哪裡就有祖國」，李亞偉始終跟著火鍋與茶館，哪裡有茶館、火鍋、四川方言，哪裡就有李亞偉長滿反骨的莽漢詩歌。

三

「非非主義」集結了另一批藝術暴徒。一九八六年前後，他們在彈丸小城四川西昌的火鍋店裏討論並在茶館中宣佈了他們的詩歌準則：「感覺還原」、「意識還原」和「語言還原」。而這一切的重心全落在了語言上。撇開語言的創生過程，剩下的就是語言的累積過程了，它的直接後果就是語義的專門性、歷史性。當你試圖描述一次做愛感受、一朵花、茶館中的一個片段時，你不得不選用的語詞實際上已如釣起的螞蚱一樣，扯出的是一大串早已命定了的感覺和意識，諸如銷魂、震慄、美麗、吵鬧、春天……等等。許多詩人的確陷入了這一語言的地雷陣，被炸得人仰馬翻，甚至片甲不留。「非非」提出語言還原，就是要「搗毀語義的板結性，在非運算地使用語言時，廢除它們的確定性；在非文化地使

用語言時，最大程度地解放語言」。這顯然是咬牙切齒的、雄辯的、大聲吼叫著的胡言亂語：非文化地使用語言不就相當於說方的圓嗎？如果語言真的被還原了，感覺與意識的還原也就是不言而喻、順理成章的了，「非非」諸君也就能如願以償地走到他們渴慕已久的「前文化狀態」：猿猴剛剛變成人卻還不會說人話，只會「哞哞」亂叫的那一瞬間。

這是極端的暴力，是狂歡節那真正的時間慶典。伊哈布‧哈桑說：「在生成、變化與蘇生的慶典裏，人類在徹底解放的迷狂中，在對日常理性的『反叛』中，……發現了它們的特殊邏輯——第二次生命。」「非非」迎來的詩歌的「第二次生命」又在何處呢？這就是地下詩刊《非非》上大量出現的、讓人完全不知所所雲的「詩」：《自由方塊》、《十三級臺階》（周倫佑），《高處》（楊黎），《六八四十八》（藍馬）……我們來看看一九八八年初，何小竹坐在四川涪陵暗淡的家中寫出的組詩《太陽的陽》中的句子：

> 陽光普照大地。
> 高一、二班有個謝曉陽。
> 今天物理教師在物理課上叫我們打開上冊第23
> 頁第一節：預習：「陽離子」。
> 我舅舅在「紅陽」三號當水手。
> 農忙假，我在家幫母辦陽春。
> 陽雀喳喳叫。
> 陽萎……

據何小竹保證說，這個「陽」已經不是已有人類文化中的「陽」，而是「非非」世界那人類初始的伊甸園裏的「陽」。莽漢主義把低吟淺唱的語言變成了怪叫著的雄辯與行動，直接把茶館與火鍋引入詩中，「非非」則想把蒼老的語言（？）通過大叫著的宣言轉換成人類初始時期叫喊著的風聲和濤聲。他們大嗓門式的反叛把自己引入極

端的境地：搗毀人類最後一塊遮羞布——語言的累積性。他們宣稱「一個點是非非，一個面是非非，一種滋味還是非非，天也是非非，地也是非非，一個月亮是非非，兩個月亮更是非非，而寶石特別非非，不過桃子也同樣非非……一切皆非非，宇宙之謎被還原」。這種自欺欺人——其實並不能欺人——的理論是雄辯的，同時也是荒謬的。本世紀初年，女詩人茨維塔耶娃有兩行詩，完全可以誤讀式地被看作是對「非非」諸君的當頭棒喝：

> 別再去設宴悼念
> 你們沒有去過的伊甸園……

依靠大喊大叫的雄辯理論並不能造成好詩。在茶館與火鍋的指引下，「非非」設想了一種語言烏托邦，他們的語言還原實際就是語言的重新創生。這是無視人類文化史的狂徒行徑。龔自珍說：「史之外，無有文字焉。」這很可能就是實情。真正的詩人面對的是文化史留下的問題，是以問題作為起點並受制於問題，然後創造性地解決問題，而不是繞開問題去毀滅歷史。毀滅了歷史，也就毀滅了所有的問題，這樣的理論再雄辯也是毫無意義的。說到底，人類只能有一次創生，一種語言也只能有一次創生，剩下的任務只是尋找詞與詞之間各種可能的關係罷了。「非非」諸君本來只是普通人，卻一定要把自己弄成人類始祖甚至上帝，這就把茶館與火鍋所可能具有的功能無限擴大了，其結果也只能是藝術上的死路一條。但「非非」重視詩歌語言的探索性實驗，卻是怎麼估計也不高的，尤其是在一個很難走入語言自覺的詩歌國度——我指的是 1949 年以後的中國詩歌。

茶館與火鍋代表著的四川「方言」，促成了作為流派的「非非」的解體：他們在理論之外打架、酗酒、高聲叫喊、互相謾罵、偷情、內訌，最後終於樹倒猢猻散。一九九二年，周倫佑再次集結了一批人馬，卻不再作為流派而是作為一個詩歌圈子並恢復了《非

非》。四川「方言」的作用依然存在：周倫佑聲嘶力竭地號召他的
同仁要告別「白色寫作」而進入「紅色寫作」——描寫時代的「噁
心主題」，如果可能，最好還要去做撲火的飛蛾。周倫佑本人的詩
作充分表現了茶館中的雄辯與火鍋店內的大嗓門：《刀鋒二十首》
反骨錚錚，殺機畢露，讓人陡覺生存的嚴峻、命運的坎坷。高談
闊論的四川「方言」在這裏又一次找到了用場。如果說，作為流
派的「非非」以大嗓門的方式，僅僅在理論上有所建樹而促成了
詩人們對語言的反省，那麼，重新作為雜誌的《非非》，則依靠巴
山蜀水賦予的高談闊論找准了反叛的對象；換句話說，從反抗語
義轉為反叛黑暗：

> 刀鋒在滴血，從左手到右手
> 你體會犧牲時嘗試了屠殺
> 臆想的死使你的兩眼充滿殺機
> 　　（周倫佑《在刀鋒上完成的句法轉換》）

　　W・本雅明用悲哀的語調說：「正確理解現實的唯一真正保障
是在你到來之前已經選擇了你的立場，……有人想以現實為依據
作出選擇，但是在現實中是找不到依據的。」二十世紀八十年代
的「非非」在現實中找不到解決詩歌的辦法，只好憑籍四川「方
言」去對語言施暴；九十年代呢，卻憑藉大嗓門去搗毀現實中的
黑暗。全部出發點就是：在他們作出選擇之前，四川「方言」已
經到了他們身上、他們的血管裏，茶館與火鍋成了他們擺脫不了
的財富或包袱。不是他們選擇了它，而是它不用分說地強迫了他
們的選擇。羅蘭・巴特說：「瘋狂的從來都不是詞語而是句法：難
道主語不是在句子的層次上尋找自己的位置——卻又無處可尋—
—或只能找到語言強加於它的虛假位置？」這點中了「非非」的
要害，也把它的全部優缺點——四川「方言」帶來的革命性與自
我毀滅性點明了。

四

所謂詩歌，就是隨時準備著向一個惡時辰撲去，捉住它，撕咬它。模仿沙汀數落茶館的口氣，我們也可以說：這點道理在大嗓門的四川詩人身上尤其見得明顯。

時間過得真快。我們曾經有過這樣的日子：寫詩，為喝茶時的雄辯與火鍋桌上的高聲交談準備可炫耀的東西，或精心羅致一些別開生面的閒談。現在則變了：朋友們要死後才能再見到，而身邊的人卻又與你素不相識，或者幾乎達不到可以對話的檔次。當對話只在生意、純粹的交換之間進行時，這樣的對話只是指向交易：情感交易或貨幣交易。而情感以肉體為方式早已被貨幣定義過無數回了。詩的時代過去了，如今只剩下幾個讀詩的人和一個寫詩的人了：

> 要想富，請上路，
> 搶劫也有專業戶！
> 復員哥哥組隊伍，
> 搶了水路搶旱路，
> 搶了公路搶鐵路，
> 一路殺進城裏去，
> 刀子下面有金庫！

如今，再也沒有幾個傻冒願意隨時向那個惡時辰撲去了——在更多的時候，那些假裝的傻冒只是這樣做做樣子罷了。除了四川「方言」本身給詩歌藝術帶來的毀滅性外，它也同時讓詩人們以當初寫詩時的反叛豪情，介入了、撲入了時下的交易生活。沒必要反對交易。但當金錢開始成為詩歌的依據，金錢開始定義詩歌時，詩歌除了不是詩歌外還能怎樣？「非非」殞落了。一九九三年夏，非非詩人將非非語言引進市場經濟發展軌道，提出中國首次語言大拍賣方案。接著，他們評選中國最佳夢孩，在全國範圍內徵集夢文，尋覓

夢友（參閱柏樺《左邊》卷三）。在這種情況下，楊黎說：「非非在堅決與溫柔中解體了。」四川「方言」又一次勝利了。

「莽漢」呢？他們曾經是多麼的誇誇其談口若懸河啊！而現在，他們對什麼都難以大音量地說出自己的話，他們覺得說話是這個世上最費力氣的活計。他們體力充沛，但仍然支付不起說話所需要的成本。因此，萬夏拋棄了「莽漢」，開始低吟淺唱；馬松憑感覺在成都的各個酒吧間充當鼓手混飯，仍然把鼓聲弄得口若懸河，嗓門奇大，讓舞男舞女們熱情高漲，老闆會額外拿出錢來獎勵馬松的力氣：大嗓門再一次勝利了。胡冬白天睡覺，晚上在成都街頭閒逛，想寫詩力氣又難以為繼，但他仍然有的是使不完的勁。李亞偉一門心思想找個歌星做老婆，「邊搞邊唱，」他說。他之所以要找個歌星，是不是想在女高音中找到補充性的力氣？這就不好瞎猜了。總之，火鍋與茶館從詩歌中退出，開始指導詩人們賺錢了，其中也包含了金庫甚至刀子和搶劫。新的惡時辰，與詩歌無關的惡時辰來了。

其實，它早已來了。

1998 年 5 月，上海。

讓城市減緩速度

一

速度持續不斷的增長是所謂「進步」的一大標誌，這一點在我們時代的城市裏表現得至為顯豁——如果我們不避淺陋之嫌，就可以說，現代化的過程不僅是世俗化的過程，而且還是城市化的過程：汽車、電話……以及電子郵件（E-mail）的發明與使用、火箭的驚人能量，大大減少了空間的距離、時間的長度與致頑敵於死地的時空限制；當然，也就註定減少了交流的深度——因為它們總是快速地在表面上進行。比如說，點歌台可以為所有人祝福，一首歌可以通過電臺小姐的朱唇贈送天下，友情應該擁有的秘密已全部消失，成為公共都認可的傳情達意的方式。古人說「他鄉各異縣，輾轉不可見」（李邕《飲馬長城窟行》）。如今不同了，電話代替寫信，更縮小了友情的負擔，及至將寫信的些小勞作也給減免。「折梅逢驛使，寄與隴頭人。江南無所有，聊贈一枝春」（陸機《贈范曄》）；「不惜西京交佩解，還恐北海雁書遲」（王勃《採蓮曲》）；「雁足帛書何所寄，布帆無恙旅愁新」（蒲松齡《寄家》）……寫信人的濃濃情意、殷殷期待，收書人的驚喜感動、寤寐思服早已被繳械。「聊贈一枝春」？太慢了！

速度的高速增長，使 W・本雅明憂心忡忡，這個終其一生也沒能等來好運的人酸溜溜地說：這會使得城市人「成長起來，不需要天真夢幻的保護，如果他笨拙的雙手放在自己的夢幻上，他就把自己完全託付出去了。只有從遙遠的彼岸，從明朗的白晝裏，對夢的回憶才會招致懲罰。」遺憾的是，城市化使情形變得比本雅明所說更為嚴重：速度的增長早已把「彼岸」轉換成眼前，把「白晝」轉換成高速嬗變的黑夜，夢消失了，更不用說對夢的回憶。面對快速地做著遊戲的城市兒童，詩人海因寫道：

這和夢中發生的有著明顯的不同，
沒有模糊的背景，沒有禁忌。
可以輕輕鬆鬆地看上二十分鐘。
這就是你崇尚的那個過程嗎？
太突然，太匆忙，也許事出有因。
（《關於遊戲》）

「二十分鐘」已經夠長的了。比如說，漫長得可以超過城市愛情的完成實際所需要的時間。詩人們幾乎沒有任何理由去抱怨。愛情？多麼讓人難以啟齒的字眼！它在城市化的過程中，已快速地轉化為色情。去街頭巷尾的酒吧間、歌舞廳的包間裏尋找愛情吧，渴望愛情的傻蛋朋友們。本雅明說了：「平庸的（城市）世俗生活宣告了色情對隱私的徹底征服，因為求愛成了兩個人之間的一種無聲的卻十分正確的交易。」真是這樣的啊，一切都來得「太突然，太匆忙，也許事出有因」，整個過程卻難以超過二十分鐘：

騎上商品的駿馬，新聞記者
的屁股都是紅的，首先
他要遊山玩水，到電視機裏
抓一大把情人……
（森子《電視多動症》）

有一則流傳了較長時間的都市民諺說：「結婚是迷悟，離婚是覺悟，再婚是執迷不悟，沒有情人是廢物。」緩慢但十分有利於品嚐愛情濃度的速度，隨著城市化的到來，突然加快了，致使「求愛」（假如它存在的話）在轉瞬之間就告完成；在貨幣的指引下，「我愛你」的表白與床上鏡頭迅速重疊，真讓人既滿意又若有所失……隱私在高速增長的速度面前已不成其為隱私。速度在追殺一切，從肉體到靈魂，已是不爭的事實了。

　　人人都在歡呼資訊時代的到來，每一個細胞都已做好準備以迎接它的挑戰，等它帶來好運與福祉。這一切都是不可避免的，除了讓先人們驚歎人的偉大進步外，沒有什麼可以抱怨的。在這種情況下，從事資訊的報業有了再合適不過的生長機會。新聞被定義為超過二十四小時將不再作為新聞──它是不能過夜的商品──，也同樣是速度的表示。《費加羅報》的創始人說過：「對於我的讀者，巴黎拉丁區一個閣樓裏著火比馬德里的一場革命更重要。」與革命比起來，失火的閣樓當然是班固所鄙棄的「街談巷議」了，也就是本雅明所謂的「流言蜚語」。本雅明說：「新聞業是對文學活動、精神、精靈的背叛。無聊的閒話是真正的實質，所有的專欄都不斷地重新提出愚蠢和邪惡力量之間的關係這一不可解決的問題，其表現就是流言蜚語。」但「流言蜚語」、「街談巷議」顯然是重要的，只有它們才為速度的高度增長所要求：它們轉瞬即逝，理所當然地幾乎不留下曾經發生過的痕跡，以利於下一次和第二天報紙上「流言蜚語」的重新出現。本雅明的洞見通常不會讓人失望。與其說他在諷刺速度的增長，不如說他更在指明由此帶來的一個事實：詩歌被逼上絕路了──因為從根子上說，詩歌是反對速度的飛速增長的。詩歌是新聞業的敵人。

　　如果說我們今天只算是「走」，那麼，我們的從前只不過在「爬行」。中國古典詩歌的形式，其辭彙以及辭彙所表現的心態是適合那種「爬行」（沒有貶意）的速度的，人們在大地、田園、鄉間、荒郊漫步，詩人們可以用從容的心態來吟唱這一切。

> 蜻蛉鳴，衣裘成；
> 蟋蟀鳴，懶婦驚。
> （《〈月令注〉引裏語》）

　　從容、練達、幽默，詩歌的速度與日常生活的速度正好合拍：古代詩人不會在詩歌中遇到需要解決的速度問題。科學家居裏死於馬車僅僅幾十年後，卡繆和羅蘭·巴爾特就死於更加快速的汽車：

今天，生活在城市中的詩人們已經沒有古代詩人的那份好運道了。面對流水線、快速的點鈔機、飛動的輪盤賭……速度問題已經成為詩歌內部的首要問題，它是一個先於語言而存在於心態上的問題。羅蘭・巴爾特正確地說過：「確切地講，風格是一種萌發現象，它是一種心態的蛻變。」比如說，在城市中散步是可能的嗎？或者，詩歌會擁有一種散步的形式嗎？這該是多麼的荒唐，在寫出一首詩之前，首先要考慮的不是語言形式，而是有關速度這個內核。但速度真的和詩歌的語言形式毫無關係嗎？事情已到了這一份上：我們有必要從速度的方向上去定義今天的詩歌──而所謂詩歌，就是跟上城市的速度增長或有意減緩這種速度。跟上城市中速度的高速增長，這是許多詩人們一開始不得不去做的。詩人張曙光寫道：「一個窮光蛋，剩下的／只有時間，一路上東張西望／不知道會遇上什麼／是的，我沒有寫散步……」因為散步，尤其是詩歌的散步形式，在我們的時代，在我們苟且偷生的城市中幾乎是不可能的。我們還是來看看散步中的詩人究竟看到了什麼：

> 那些男人女人們
> 失去了往日的風度，或往日的
> 沉悶，開始在街上跑，大步地跑
> 小步地跑，飛快地跑，緩慢地跑
> 他們的鞋子進入你的視境
> 然後是襪子，然後是……
> 真是太棒了，我是說生活
> 像一部動畫片，它讓你笑
> 不停地笑，直到彎下了腰。
> （張曙光《散步》）

在這首填充著饒舌、瑣碎而又略帶機智的詩中，張曙光反諷性地、自嘲性地說出了散步與城市該是多麼的不合拍：詩歌的題目（《散

步》）與所寫道的內容形成了鮮明對比──散步是一件明顯的侈奢品，城市中的散步只有從散步的真品中竊來的一絲痕跡。

詩歌在今天還存在合理性，首先還不在於它是一種人人爭說的「精神向度」（也許它是），首先是一種心態，更重要、也更基本和低層次的，是一種對速度的對抗，是要使速度明顯減低下來的「話語方式」。耿占春說：「有時我們發現自己置於『改造世界』的道德律令中，並在那裏碰到了『改造話語方式』的啟示。這恰好體現了我們置身其中的此世界與彼世界的隱秘關係。」具體到這裏，耿占春毋寧是說，我們改變不了速度增長這麼巨大的事實，但我們可以「改變話語方式」來改變我們對事實的看法：我們可以把快速的此世界在話語形式中轉換成減速了的彼世界──我並不想曲解耿占春，因為在今天，彼世界並不在天堂，或者首先不在天堂，而在一個必須要在詩歌中減速了的話語世界中，即詩歌的散步形式中。這就是說，我們有必要在不能散步的城市裏做一次次冒險的散步，這是對我們心態的補償，也很可能就是詩歌的功用。

> 是的，我沒有寫散步，但我確實做了
> 一次散步，但我確實
> 做了一次散步。雖然效果並不理想。
> （張曙光《散步》）

我可以為這種屢屢不成功的散步加一條很不有趣但有說服力的注釋。為了這篇關於民刊《陣地》的小文，我先打電話通過耿占春探聽到編者海因的地址，然後又急切地打電話給海因，海因又通過郵政快遞給我寄來了一九九一年以降的全部《陣地》。前後不到一周時間，河南平頂山的《陣地》到了上海我的書桌，而現在我已經快寫完這篇拙文的第一節了……這是速度的勝利，是散步的失敗，至少是局部的失敗。

因為我們確實需要依靠速度的快速增長來求得進步。

二

　　在詩歌趕集運動過去後創刊的《陣地》沒有玩什麼花招，它只是實實在在地建設著一種詩歌：讓城市減速的詩歌；在追求著一種新的詩歌形式：散步的詩歌形式。一九九四年卷的編者前言說：「在真實大於抒情和幻想的今天，《陣地》的堅持者們將盡可能多地落實一些語言和聲音，將半空懸浮的事物請回大地。以不妥協的精神寫作和思考，深入詩歌的內部，展現出我們真實的生存狀態和博大的精神背景。」這表明，《陣地》的目的不再是將眼光投向超驗的彼岸，而是直面活生生的經驗現實，是在匆忙中力爭平緩地直接處理應接不暇的城市日常生活。

　　一切都還得從敘述說起。詩歌的敘述性是二十世紀九十年代的詩人們紛紛動用的一項詩歌技術，並以此把抒情的八十年代拋到了背後，而《陣地》算得上這方面的一塊「陣地」。對敘述性的發現真可謂意味深長：說到底，人生不過是敘述的自行展開，人與事是人生的全部面貌。人首先是在事件中才成其為人的。我們甚至可以說，必須要把生活的「語境」改換成「事境」。生活首先不是語言，而是一串串事情或事件，假如我們規定了事情和事件就是同一個概念的話。正如海因寫道的：「事情往往就是這樣，敘事者不在故事中／而聽眾又都是渺小的」（海因《重疊的和展開的》）。然而，真的不在故事中嗎？海因的詩句明顯是反諷性的。事實上，在一個速度高速增長的城市中，人在事件中的主角地位已被懸置：在更多的時候，並不是人在操縱事件，往往是事件在迫使著人去加入事件。對於詩人與詩歌，極而言之，語境必須要和事境相連才有意義，因為只有這樣，才算有了一種框架當今城市凡庸生活的恰當形式。與高貴的抒情比起來，敘述肯定是一種很世俗、很凡庸的形式，但它的確與凡俗的生活成正比：

　　　　偶有的一兩個走過，輕鬆地跌倒
　　　　或是被風撩起羽翼短裙，暴露出那精彩的內幕：

一聲嬌笑，一聲「討厭」，
生活又恢復了原樣。沒有人指責，
也沒有人受傷害。
這是我們城市最成功的一個下午。
（海因《閱讀》）

海子說：「抒情就是血」，「它是人的消極能力：你隨時準備歌唱，也就是說，像一枚金幣，一面是人，另一面是詩人。」但海子很可能沒有弄明白，在今天的城市中，抒情是異常困難的舉動。一般而言，對於詩歌來說，一個簡單、緩慢的社會是適於抒情的，比如農耕時代，因為它不必面對減速問題；對個人來說，在青年時代是適合抒情的，因為長滿粉刺的青春可以不接觸生活或軟或硬的細部。抒情是宏觀的，對速度是無謂的——它可慢可快，既可以像李白那樣「黃河之水天上來」，也可以像杜甫那樣「百年多病獨登臺」。也許一個人成熟的標誌很多，但我仍然可以再加一條：對細節的重視、體悟和描摹。長滿粉刺的抒情總是重視宏觀，用一個詞就可以概括出宇宙和人生，就可以打倒所有的敵人——當然，人生與生活也許更複雜一些，值得用兩個詞，但也不超過兩個詞；而成熟的人則是用十個詞去描敘一個細節，他要搞清楚細節的涵義，以便籠絡住人生、生活及其體驗，而這，正是敘述的涵義。敘述是十分在乎速度的，正是在它用十個和十個以上的詞對某一個細節的描繪中，城市生活的快速被稀釋在詩行中，像一個個慢境頭；汽車在不連續地爬行，人在慢條斯理地蠕動，彷彿在細細品味兩旁的高樓、大廈，茶杯緩慢地來來唇邊，眼淚從分泌到落下的過程盡收觀者眼底……不是說敘述只能稀釋速度而不能濃縮速度，而是說，《陣地》詩人們寧願稀釋而不願濃縮，濃縮是對快速的雙倍投降，是向膚淺的快速迫降，而稀釋則是對速度的快速增長的一次次狂歡節式的「脫冕」。

> 雞鳴。曙色。第一次飲酒。
> 解凍。春天。第一次戀愛。
> 而再後來的事情大可不必說起——
> 那發生在今天的事，那發生在靈魂裏的事
> 長時間的敲門聲，雲端的腳步聲
> 一百年前，或許曾經被到處傳頌
> （西川《造訪》）

　　一百年前到處傳頌而今天大可不必說起的事情的確不必再說起了。對抒情來說，人生的事境只有第一次，而對於敘述，人生只意味著事境的不斷變更與重複。「第一次」意味著無限，而無數次的重複恰恰表明生活是有限的，否則將不必重複。T.S.艾略特幾乎是充滿逆反腔調地說：「你說我在重複／從前說過的東西／我將再說／我將重提。」「太陽每天都是新的」到底比不上「太陽底下無新事」，也許重複才是我們有限人生的常態；同時，重複也從另一個維度證明了詩歌對速度的「稀釋」——它把所有的事境都轉化為第二度的，以使詩人與讀者可以以一種被伽達默爾輩稱作「期待視野」的心態去打量我們再度置身其中的「事境」，它因此也不再「突然」、「匆忙」，而可以被細細品味。正如我們第二次或第三次去黃山，我們很可能沒有了第一次的新奇感，但我們分明擁有了第一次不會具備的從容心態，因為所有的一切我們都曾經經歷過；第一次我們很可能要「啊呀呀——」地抒情，而第二次、第三次則注重了我們攀登、觀看黃山的心境與過程，沒有驚訝，也無所謂奇遇。

　　抒情是個小於速度增長的尤物，它是珍珠和鑽石，正因為這樣，它成不了小米和大豆——後者正是敘述。沒有珍珠與鑽石，我們頂多不美，沒有小米和大豆，我們就沒有了性命。人生是敘述的自行展開，詩歌從空中降落大地、城市，去敘述城市中的小米與大豆，或許是有道理的：只有在解決了「溫飽」問題後，我們才可望去抒寫珍珠與鑽石。《陣地》的口氣聽起來差不多就是這樣。問題是：溫飽問題何時才能真正被解決呢？

三

　　在《陣地》一九九五年卷裏，海因寫道：「我們是為文本服務的。」的確，這是一個文本的世界。我們的生活、我們的人生只有被摺倒在文本中才是可辨識的，就如同我們快速的行動，在大街、在商場、在酒吧間、在報紙叢林穿梭時的身影，只有用快速照相機拍下、沖洗後，我們的彼時彼刻才會被留下、被固定（即減速的極致）繼而被辨識一樣。這中間的橋樑就是敘述。對《陣地》來說，詩歌文本僅僅是對敘述方式的發現與使用。敘述就是對行動的不同編碼，是對同一行動或不同行動的各種編碼。「行動」一詞是個很神秘的詞。海德格爾認為，人的一切行動都本已地包含著對存在的領會，人首先是在行動中而非首先是在理論認識中領會存在。我們甚至可以說，人首先在行動中，人首先是個行動者。按早期維特根斯坦的理解，人的任何行動都可以由相應的命題標識出來。誰都知道，命題就是句子，句子總得有主謂賓各成份；誰都明白，一個句子之所以成立，不在主、賓而在謂，而謂語必須要以動詞來承擔。從這個意義上說，所謂敘述，實際上是一種動詞思維。

　　抒情卻不是這樣，它在更大的程度上是一種形容詞思維或名詞思維。這就是說，抒情看重的是人的內心主觀感受，而敘述則倚重於人在事境中的行動。因此，前者是一種狀態，有把事物懸在空中、耽於幻想的嫌疑；後者則是一個過程，它把懸在空中的事物拉回到了地面，或者把本來就在爬行的事物重新看作地面之物。由於行動的多種多樣，決定了敘述是多種多樣的，而對行動編碼方式的不同，則差不多可以使敘述方式趨向於無窮。柏樺曾經說過：「事件是任意的，它可以是一段生活經歷，一個愛情插曲，一支心愛的圓珠筆由於損壞而用膠布纏起來，一副新眼鏡所帶來的喜悅等等，總之，事件可以是大的，可以是小的，可以是道德的，可以是引發道德的，可以是情感的，也可以是荒誕的，這些由事件組成的生活之流就是詩歌之流，也是一首詩的核心，一首詩成功的秘密。」但柏樺至少

忘記了一點：詩的成功取決於敘事方式如何介入他所說的「生活之流」。《陣地》詩人的敘述方式的確是多種多樣的，比如張曙光、蕭開愚、海因、森子對現在的陳述，孫文波、翟永明對過去的陳述並經過詞語的轉換把過去轉換為今天；而劉翔、汪怡冰、梁曉明等人則完全混淆了過去與現在幾至將來的全部界限，使你對整首詩的時間頓時失卻了全部判斷力。

　　不過，敘述方式的無窮性只是理論上的推導，無窮云云從來不是人間的事情。在一個速度持續增長的年頭，詩人們的敘述仍然是為了深入地介入生活與事境；採用動詞思維面對人的行動，仍然是為了從人的行動中品味人的行動，使人的行動減下速來才有機會與能力品味行動顯透出的涵義。如果只是為了說明一件事，報紙上的新聞報導已經足夠，它甚至比所有的詩歌來得更加接近於真實。孫文波說：「並不是我因為城市化的孤獨，便特別容易感受到一些細微末節的事情，而是在一項需要我們關注人性的重要性的精神活動中，我們必須注意到能夠引起我們的靈魂顫動的那些柔情。」事件、細節、行動、事境進入詩歌並不是任意的，是經過選擇與過慮的，它仍然需要心靈、靈魂的辨識。《陣地》詩人們終於承認，僅靠敘述並不能完全成功地使速度減下來，它的目的仍然是指向精神深處，在靈魂中引起自省，在內省中達到共識、默契，才能真正完成減速。這就意味著，只有對深深觸及靈魂的事境、只有讓靈魂對之反覆品味的事件進行陳述，都市中的瘋狂速度才能減下來。而純粹地在詩歌中講故事又會怎樣呢？

> 如果講故事，依照規則
> 我們是一些小小的蟲子，悄悄地
> 爬進來又爬去。我們有時會
> 陷進事物的內部，而有時又會浮出到
> 表面之上。
> （海因《重疊的和展開的》）

就散步的詩歌文本的生成而言，敘述不僅不是目的，而且能量也極為有限；它不僅不能在詩歌中販賣一個故事就算完結，而且散步的詩歌文本並不需要一個完整的故事；歸根到底，詩歌中的陳述是一種反陳述，它徒具敘述的表面，掩蓋其下的恰恰是敘述帶來的東西——對生存的反詰、置疑和反諷。要注意的是，反諷首先不是針對時代與社會，而是針對事境中的「自我」。在一個快速發展的當今都市，我們的確沒有足夠的能力去譏諷世界，敵人與魔鬼只在我們自己身上。「啊，停一停吧，你真美麗！」喊出這句話的，不僅是浮士德，而且也可能是梅靡斯特。我相信，《浮士德》如果有續編，歌德是會給梅靡斯特機會的。

也許你選擇了沉默
或一輛計程車撞倒了你
它為什麼會在這裏？它從
哪裡來？來自地獄嗎？
你相信地獄嗎？或者
你只相信上帝？對了
你是個世俗的超現實主義者。
（張曙光《致奧哈拉》）

這才是真正的反諷：它把自我置入了一個不可捉摸的位置上。正是歸根到底的偽陳述與反諷、反詰、置疑結盟，才使事境在人的靈魂裏得以停留，人的行動在人的心靈上駐足，接受心靈的腸胃的細細品味，光怪陸離的速度世界才得以真正減速，《陣地》詩人們才有望建構一種獨特的散步式的詩歌文體。

行文至此，我想起了童年時那個孤獨的院子裏發生的事情：我們幾個小孩用草繩從院子這頭牽到那頭，並在兩個端點處各拴了一個空瓶。我們把這叫做電話。當夜幕降臨，恐懼襲來時，我們會對著自己這一端的空瓶死命地喊，就能把話「傳」到另一端。當我們

接「通」了時，我們為排出了恐懼而高興地笑了。那時我們就在行動，我們就在按照敘述學的原則展開自己的人生。但打電話這一行動並不能構成詩，構成詩的是非敘述的因素：少年的孤獨與對黑夜的恐懼。正是這些非敘述的因素卻又是至關重要的目的性因素，使對「打電話」的敘述成為一種偽陳述。但偽陳述的確減緩了我們對城市高速發展帶來的些許恐懼、孤獨和絕望。也許這一切經過《陣地》那種散步式的詩歌文本的說出，就不再令人擔心了。因為它已經得到了靈魂的認可，經過減速，還成了靈魂可承納的速度。

願馬車與汽車在詩歌中放慢速度，讓居里、卡繆不再葬身於速度，也願我們快速的時代能夠給我們一點安慰。

1998 年 5 月，上海。

城市的客人或主人

一

　　中國最為擁擠的地方要算是火車了。在這裏，你會陡然明白一個十分簡單但只有在此時此刻才至為清晰的事實：生存空間的逼窄。你甚至能惡意地理解到，馬爾薩斯的人口理論其實一點兒也不反動。與通常一樣，列車上的大部分乘客是農民，其比例與農民在中國人口中的巨大比例大致吻合。他們穿著土氣，隨身帶著棉被、勞動工具、泥土般的笑臉以及改換生存環境的夢想。有的甚至攜家帶口，挈婦將雛，渴望到城裏去開闢新的領地，那在泥土中尋找不到的夢想。如果可能，他們會馬上捨棄自己的故園，包括土地和在鄉間建立起來的各種關係──毫無疑問，城市早已是他們十分嚮往的聖地，它很可能就是知識階級嘮叨濫（爛）了的「家園」，儘管車上的農人們並不知道這個詞，或者根本就不知道這個詞在矯情文人那裏的隱喻意義。

　　有時候，車上擁擠得甚至廁所裏也擠滿乘客，混於其中的，還很可能就有詩人這種在本時代按說已十分稀罕的人種。他是從城市到鄉間去搜集「家園」的麼？也許。詩人伊沙在一首號稱後現代主義的詩中寫道：

　　　　列車正經過黃河
　　　　我正在廁所小便
　　　　我深知這不該
　　　　我應該坐在窗前
　　　　或站在車門旁邊
　　　　左手叉腰

> 右手作眉簷
> 眺望　像個偉人
> 至少像個詩人
> 想點兒河上的事情
> 或者歷史的陳賬
> 那時人們都在眺望
> 我在廁所裏
> 時間很長
> 現在這時間屬於我
> 我等了一天一夜
> 只一泡尿功夫
> 黃河已經流遠
> （伊沙《車過黃河》）

　　看來，通往鄉間那「精神家園」的旅途實在艱難，比但丁從煉獄直奔天堂好不到哪裡去——但丁至少還有維吉爾和貝爾德利齊的引領。而在中國，詩人們想撒尿的渴望壓倒了尋找「精神家園」的衝擊。實際上，大概已經沒有幾個詩人屬於鄉間了，他們與紛紛進城的農民一樣，通過各種渠道來到了城市，更不用說大多數詩人本來就生長在城市。由於這個原因，我們已經無法指望還有什麼真正意義上的鄉土詩的存在。前幾年曾經紅火過一把的「新鄉土詩」是十分可疑的：它有一種明顯的憋尿感。那些號稱在城市鋼筋混凝土中找不到「家園」的人，把鄉間、田野、土地、炊煙……誤認成家園，只不過從來就不願去居住罷了，頂多忍受一下憋尿感。有趣的是，他們與魯迅在《風波》中描繪的那個乘著烏篷船、喝著黃酒、指著岸邊爭吵著的鄉民們大發「好一派田園風光（！）」的書生毫無二致：與這個酸儒一樣，他們虛構了一個超越於鄉村真實生存的「鄉村空間」。這種矯情和對鄉間生活不可饒恕的、或至少是隔岸觀火式的誤讀，讓人們對他們的分行排泄物頓生厭惡。伊沙對此有絕好的諷刺：

> 城市最偉大的懶漢
> 做了詩歌中光榮的農夫
> （伊沙《餓死詩人》）

　　種種跡象表明，在都市裡找不到的「家園」，在鄉間也很難搜捕到。真正的鄉村牧歌或許永久性地絕跡了，因為城市已經構成了當代中國人較為主要的生存空間——至少在各種文字中就是這樣——，或者說，它構成了大多數人十分嚮往的聖地。乘著火車往城市趕的農民們表達了這一慾念，而乘著火車往鄉下趕卻又隔山打牛般大發議論的「新鄉土」詩人們，難道就不表達這一慾念了麼？

　　在《死與永生》中，M.Scheler 說：「世界不再是真實的、有機的『家園』，而是冷靜計算的對象和工作進取的對象。」作家陳染在說到城市時，也毫不含糊：「在這個沒有厚度和重量的地方，人造金屬的聲音便格外響亮。人們踮起腳尖，放輕腳步，急匆匆蜂擁在主幹街道上，卻依然被黃燦燦的金錢壓墜得步履沉重而蹣跚。在這個遺失所有夢想的荒地，一年四季彷彿都是香噴噴又淒惶惶的晚秋，人們只忙碌於從沉睡的土地上收穫或播種金幣。」這大約就是城市——在今天，城市就是世界——的真實情況了。在一個有著漫長農耕詩歌傳統的國度，可以想見，金錢、機器、交易、汽油、電燈、原子彈……之流，是很難讓詩人們發現「詩意」的了。比如說，要是讓杜牧來到今日江南，他會絕望地發現，「十年一覺揚州夢」、「閒愛孤雲靜愛僧」……中的辭彙已經無法再在詩歌中使用，它們連一丁點兒合理的成份都難再有了。

　　鄉村消失了。農耕詩歌早已過時了。五律七絕、小令套曲、排律古風……頂多作為少數幾個有「貴恙」者的仿古激情工具外，作為附庸風雅的大小官僚發佈指示、題壁留墨的利器外，已徹底過時了。正如孫文波說的：「一代詩人有一代詩人的任務，我們這一代詩人的任務是什麼？就是要在拒絕『詩意』的詞語中找到並給予它們『詩意』。」城市的絕對優勢表達了：詩人不可能再選用農耕時代詩

歌慣用的辭彙，甚至農耕時代的詩歌傳統也不再有可能成為今日詩歌的傳統。它不是「家園」。那些高喊回到古典傳統的理論家們忘記了一個最基本的事實：「傳統的現代轉換」的操作可能性在何處？人們還可以在南京、在杭州、在上海的高樓大廈裏，時裝商場中，色情銅臭內高吟什麼「悲哉秋之為氣也」、「採菊東籬下，悠然見南山」麼？面對城市，面對在農耕詩歌傳統看來毫無詩意的城市生活，新一代詩人面臨著重建傳統的責任、開闢新的詩歌辭彙的任務，這是說什麼也無法變更的事實了。且看他們怎麼個弄法吧：

> 兩隻拖鞋：
> 一隻落滿灰塵
> 一隻滿是灰塵
> （韓東《拖鞋》）

二

一九八五年三月，南京出現了一份名叫《他們》的鉛印地下詩刊，封面上是一個肌肉發達的男人手托一隻大鳥。但登載其上的詩歌與這個封面宣告的形象相去太遠：裏邊全是關於瑣碎城市人生、生活的記錄，從詩歌中，我們看不到任何肌肉發達的徵兆，而只是一些軟綿綿隨口道出的詩句。它們用口語的方式訴說著城市中隨處可見卻又被人們屢屢忘記的東西（主要是看不起的東西）：拖鞋、杯子、鑰匙、城牆、都市裡啤酒性的生日、自行車、雨衣、煙盒、城市裏匆匆的愛情、街道、旅館（不是驛站）……據編者韓東回憶，創刊號寄到昆明時，于堅和丁當興奮不已，連夜喝酒狂歡。酒後于堅寫信給韓東，說應該每人騎一輛摩托，前掛「著名詩人 XX」、「著名詩人 XXX」的大牌子周遊全國。其狂態、自信可想。

支撐這一刊物的都是一批剛剛走出大學校門、僅僅二十出頭的年輕人，比如韓東、丁當、小君、呂德安、普瑉、王寅等；也許另

一員主將于堅是個僅有的例外：他是唯一一個出生於二十世紀五十年代的人。這批生活在南方都市（南京、蘇州、昆明、福州）的年輕人顯得過於少年老成：他們把自己在城市中的主人身份讓度給別人，只把自己定位在客人、旁觀者、記錄員的身份上。M.Scheler 在《愛的秩序》中說過的話很適合「他們」諸君：現代城市人「不再將整個情感視為一種富有意義的符號語」，「而是將其視為完全盲目的事件，它們像隨意的自然演變一樣在我們身上進行」。「他們」諸君為什麼有這種城市人才有的情感呢？是他們在主動地生產著它嗎？在更大的程度上，是它主動地來到了他們身上，是它在生產著他們，而不是相反。他們不僅是客人，歸根到底，只是一群城市中的灰老鼠，出沒在街道、舞廳、商場和都市清湯寡水的情場。「活著，我寫點東西。」他們有一種特有的懶散、瑣屑和饒舌，也更多了一份城市平民智者的機智和幽默：

> 以前我曾經落魄，但年輕
> 因此而期待別的東西
> 常常把白紙細心地撕碎
> 然後裝進上衣口袋
> 在我經過的路上
> 常常有紙屑飄下
> （丁當《落魄的時候》）

這已經全然不顧是否污染街道和有什麼意義在其中了。這夥剛剛走出大學校門的年輕人少不更事卻又似乎預先性地飽經滄桑：他們沒有四川詩人那種青春激情般的大吼大叫，他們習慣於耳語——從一開始，他們就在用戰戰兢兢的口氣，輕言細語地說出他們那灰色城市平民的感受，像在說著反諷性的情話。「他們」詩歌的第一特色是音色羸弱、柔軟。于堅曾對這種音色做過一番辯解：「在中國，柔軟的東西總是位於南方，女人絲綢、植物、水和柔軟深情的詩歌。例如在南

方詩歌於八十年代出現的日常口語寫作，就是對堅硬的普通話寫作造成的當代詩歌史的某種軟化。口語寫作實際上復蘇的是以普通話為中心的當代漢語與傳統相聯繫的世俗方向，它軟化了由於過於強調意識形態的形而上思維而變得堅硬好鬥和越來越不適於表現日常人生的現時性。」這無疑是在說，除了對自己作為一個普通城市平民的日常生活進行描繪、記錄外，不存在別的任何非分奢望。

更讓人驚詫的是，「他們」諸君也鮮有北方詩人那種以為天之將降大任於自身的豪氣。顧炎武曾就南北學人之病有過一個不失好玩的判斷，他說：「『飽食終日，無所用心，難矣哉』（按：原語見《論語‧陽貨》），今日之北方學者是也。『群居終日，言不及義，好行小慧，難矣哉』（按：原語見《論語‧衛靈公》），今日之南方學者是也。」韓東們自認的客人身份，正如顧氏批評的那樣，註定了他們必須承認現實，接受現實並把自己定格在現實之中，即所謂的客隨主便。他們不相信超越，不承認除此之外還有什麼精神家園、田園牧歌。韓東說：「詩歌不是某種外在於我們的先驗存在，不是跨越千山萬嶺經過九死一生才能獲得的寶藏。它不在一個難以尋找但固定不變的地點，不在我們生存空間的任何一個永恆位置上。但它又不可能是無中生有的。」我想，說到詩是什麼時，韓東的意思會與馬雅可夫斯基一樣，回答要從詩不是什麼開始。當一張條子寫著指責馬雅可夫斯基的詩不能給人溫暖、不能使人激動、不能感染人時，馬雅可夫斯基激動地回答：「我不是爐子、不是大海、也不是鼠疫。」想想吧，想想那些充滿著憋尿感的狂妄詩篇吧，它們往往把詩搞成了爐子、大海和鼠疫。這就是家園，來居住吧，人們！但他們自己也許永遠不會住進去。

事實或許真是這樣，我們的生存環境是預先設定了的。今天，城市就是我們的故鄉。在故鄉時，我們經常滿懷惆悵、憂傷地懷念著遠方（比如鄉村），恨不得馬上離開城市；而在遠方，我們卻只能是一個隔山打牛者，又要滿懷憂傷地回望故鄉，我們寄居的城市。「啊，立陶宛，我的故鄉，您像健康一樣！」（密茨凱維支）我們經

常會想起這樣的句子。可故鄉又能給人帶來什麼呢？我們可不可以說去發現一個故鄉？或者說，去發現故鄉能稱之為故鄉的東西？這一切是已經在那裏了呢還是要重新賦予？如果已經在那裏，發現還有何意義？如果本來就沒有，發現還能稱之為發現麼？或者可以叫做發明？啊，發明一個故鄉，這該多麼的牛皮哄哄和富有詩意！但「他們」同仁很可能對此是不屑一顧的：如果一定得有一個家，那城市就是。哲學家趙汀陽說：「決定著思想和行為的觀念是『隨身存在的』，最終的、根本的觀念就是現時的決定性觀念。終極性就在現實性中，或者說，終極性就是現實性。」由此出發，我們或可理解，在排除了大聲武氣的絕對性衝動後，在排除在鄉村（或別的地方）去尋找家園後，「他們」諸君接下來要幹的僅僅是：用練達、理解的口氣，說出在城市中看見的柔軟的東西罷了。他們的辭彙是手邊的，是關於城市人日常生活的：月亮就是月亮，而且只是出沒於現代城市（而不是鄉村）的窗前、街道上空的月亮，不再是杜甫、王維、蘇軾的月亮。比如，對韓東來說，月亮之所以與我們相關，並不是因為它隱喻了、象徵了某種東西，也不是因為它的肚皮中有傳說中的嫦娥、桂樹和類似於西西弗斯的吳剛，甚至也不是因為它成了我們的對象，而僅僅出於它和我們在一起並被我們看見這麼個簡單的事實：

> 月亮
> 你在窗外
> 在空中
> 在所有屋頂之上
> 今晚特別大
> 你很高
> 高不出我的窗框
> 你很大
> 很明亮
> 臉色金黃

我們認識已經很久……

（韓東《明月降臨》）

　　看來，超越註定成為不可能，詩歌使用的辭彙僅僅是關於城市凡庸生活的辭彙，相對於用於尋找家園的大詞來說，它只能是小詞、俗詞。它反對大詞。波普（karl poper）說：「我們決不應當佯裝知道任何事情，我們決不應當使用大詞。」因為對於家園、對於高於我們城市與肉體的一切，我們很可能的確什麼也不知道。這些小詞、俗詞沒有彼此互否的成份，或很少有這種成分。有沒有事實上絕對反義的詞呢？在正確與錯誤、善良與狡詐……之間，真是我們通常想像的那麼嚴重對立的反義詞嗎？我們憑什麼可以說不「正確」的就一定是「錯誤」的、不「善良」一定是「狡詐」呢？城市生活早已在兩個看似互為反義的辭彙間弄出了巨大的中間地帶。比如，我們說一條街道不好，可它一定就壞麼？現代城市及城市生活並不僅僅是一個判斷問題，在更大的程度上，也許真的只是一個承擔、承受的問題。生活的複雜性，其善惡難辨在這種並不互否的辭彙的中間地帶獲得了生長的機會。一般而言，大詞、聖詞總是有限的，而小詞、俗詞的量卻幾乎可以接近於無窮，因為它對應的是城市生活。這一點也保證了當代詩歌在排除了農耕時代詩歌所使用的辭彙後，仍有辭彙選擇上的無限可能性。對「他們」這夥城市中的灰老鼠而言，由於他們爬行在城市中，所以幾乎每一個詞都有可能被他們吞噬。

　　正是這樣，「他們」諸君在詩歌中營造的空間只是城市中具體的空間，比如斗室、火車車廂、道路、咖啡館、公共浴室、茶館甚至廁所……它們都褪去了隱喻性質，回到了物的水平。這裏沒有超越，沒有所有你想加諸其上的一切，而時間只是現在時的，或者把過去與未來全部都轉換成現在。卡夫卡說：「人類的主罪有二，其他罪惡均由此而來：急躁和懶散。由於急躁，他們被逐出天堂；由於懶散，他們無法回去。也許只有一個主罪：懶散。由於懶散，他們被驅逐，由於懶散我們回不去。」而對於「他們」諸君，懶散和急躁使他們從根本

上就只在現時這一點、在城市具體的空間中遊動，但他們既沒有「被逐」，也沒有夢想「回去」。

目前，這群本分的城市灰鼠已人到中年，許多人仍在堅持詩歌寫作，城市在他們筆下，既不是家園，也不是地獄；對他們來說，拯救是虛設的。這或許很有道理。但它會是唯一有道理有麼？

三

與《他們》在詩歌追求上幾乎截然相反的，是同樣創辦於南方都會的《北回歸線》。杭州是《北回歸線》的大本營。這夥生存在城市裏的詩人明顯有著飛升的慾望：城市給他們帶來的是失望和壓抑，他們寧願在神、在上帝面前感到渺小，卻不願在物、在凡俗的城市面前感到柔弱。物、城市又有什麼權利這樣做呢？他們註定是不以城市為家園的一代，但他們同樣認為，鄉村也不是家園，農耕時代的詩歌傳統不會成為他們寫作的傳統。

有一個讓人哭笑不得卻又十分顯豁、昭然的事實：當代漢語詩歌寫作的母語甚至不能說是純粹的現代漢語，而是西方詩歌的漢文翻譯語。當人們儘管無奈卻又承認了這個事實時，就不難理解蕭開愚的下述說法為什麼會顯得有失偏頗：「有不少詩人在詩作中寫出『上帝』、『神』、『神祇』這類辭彙，違反了漢語文明的傳統和他們個人的真實信仰。」違反了漢語文明的傳統，這倒不假；違反了個人的真實信仰卻也未必。耿占春說：「讚美詩的聲音從何處響起？既然上帝已不復存在。但這是一個什麼樣的『事實』？我們何以安然無恙地認定它不存在？因為我們不能認識（看見）它。……但同樣我們也不能證明沒有它。……我們怎麼能夠坦然地說：在我們目力不及之處，是純粹的黑暗？」上帝真的不是漢語文明的傳統或註定進不了漢語文明麼？我們在接受西方詩歌的漢文翻譯語的同時，我們也很可能有機會把關於上帝的言說看作當今詩歌寫作傳統的一部分：退一萬步說，相同的事實（比如城市）很可能會引起不同的信仰，而信仰什麼，正如我們都知道的那樣，則完全是神秘的。

《他們》諸君會認為《北回歸線》同仁是「假洋鬼子」,後者則完全有理由說前者是因為懶散和急躁———一如卡夫說過的那樣。假如我們把上帝理解為一個超驗的、可以進行無限價值填充的 X,我們也許就有理由相信維特根斯坦的話:不可言說的東西就是最高的東西。維特根斯坦的意思是,最高的東西其實就是最真實的東西。他說:「基督教不是一種學說,我是說,它不是一種對人的靈魂已經或者將要發生的事情的議論,它是對於人的生活中實際發生的事情的描述。由於『悔罪』是一種真實的事件,因而,絕望和訴諸宗教信仰的拯救也同樣是真實的。」這也就是梁曉明表達過的:「我認為這是人類生存的最根本理由——人類精神——你認為沒有才真有的東西。」

或許蜜雪兒·福柯是對的:人並不是始於自由,而是始於界限,那不可逾越的界限。如果界限限制我們的自由,那麼對界限的冒犯就是自由的表露。《北回歸線》諸君——比如梁曉明、耿占春、葉舟、劉翔、藍藍、汪怡冰——卻力圖要穿越那個界限,到界限那邊去,如果這一點做不到,那麼他們便會想像、沉思界限的那邊:他們很可能就把「那邊」當作了家園。讓人驚訝的是,由於他們並不矯情地試圖乘上火車往鄉下趕,而只是在城市裏冥想「那邊」,他們的「家園」幾乎已經完全褪去了憋尿感,來得近乎於真實:

> 你唯一的使命,就是在此時此刻生存
> 發愁,感激,因為你只有現在
> 才算活著。過後就沒有了保證
> 頭頂上空蒼鷹已經飛走
> 雲已散開:你還是你?
> (耿占春《歌》)

問號(?)取消了問號之上的全部句子:它使上述句子具備了反諷的意味——「只有現在才算活著」麼?但「蒼鷹已經飛走」!

「你」不能成為「你」的根據，你的存在、你的合理性與合目的性不在「你」，而在另一個更高的事物，不管這個事物叫做精神家園也好，還是叫做天國也罷。正如西川所言：「如果我們承認有比我們的肉體、我們的生活方式更大的東西，我們就是有慧根的人。」但梁曉明沉痛地說：

> 但他們是人
> 腿短、命長，一堵牆他們就落入了歎息
> （梁曉明《說你們》）

「他們」？不，城市中的我們。「牆」在到處起作用，在這裏，它很可能就是福柯所謂的「界限」，在它之上就是耿占春那個凝望著我們、試圖取消某種生存環境的問號。

但《北回歸線》幾個有實力的詩人們是清醒的（比如「浪子」潘維），他們知道，理想只是現實不合人意的映襯，家園在別處也僅僅反射著我們可以在我們的生活方式周圍找到家園——如果沒有這一點，人們也就根本不用去尋找那種必然找不到的尤物了。所以，他們使用的辭彙既不全是小詞、俗詞（這與他們追求超越相適應），也不全是大詞、聖詞（這讓他們既立足耿占春所謂的「現在」，又讓他們有能力沉思福柯所謂的界限「那邊」）。他們使俗詞與聖詞、大詞與小詞相混合，彼此間失卻了界限。比如「使命」、「生存」、「發愁」、「感激」、「現在」、「活著」、「保證」、「雲」、「鷹」、「你」、「他們」、「牆」、「腿」、「命」、「歎息」……這一切僅僅能用小詞或大詞、俗詞或聖詞來判定、歸納麼？它們顯然既具超越的一面，又同時飽含著此時此地的性質：這個想飛升、飛離城市的人。

一九九六年五月，在給我的一封信中，《北回歸線》的理論發言人劉翔說，《北回歸線》的「野心」是想在中國建立一種詩歌上的理想主義傳統。不敬的是，我正好是從濟南山東師範大學成人教育學院我的辦公室出來，向廁所走去的路上閱讀這封信的。那時我有一

種強烈的憋尿感，但我還是被深深地（請原諒我的矯情）感動了。因為那時我正在和數不清的成人高考試卷、自考試卷打交道，繁瑣、無聊但又對之充滿理解——因為這就是城市中真實的生活。我深切地感到生活的卑微，但精神無論如何都應該高貴，儘管上帝、神、遠方的家園並不是唯一的去路。勒內‧夏爾（RENE CHAR）在《形式分配》中說：「成年後，我看見一架越來越光滑的梯子在分隔生與死的牆上升高、變大，這架具有無與倫比推動力的梯子就是夢……現在黑暗已逝，生活以寓意的禁慾主義的形式變為對超凡力量的征服，我們都曾隱約感受到這些超凡的力量，但由於缺乏正直的品性、果斷的判斷力和持之以恆的精神，我們對它們的表述是不全面的。」生活的確在消滅、追殺夢想，但我們要做的，也許也正是《北回歸線》同仁們在做的，僅僅是如何把俗詞與聖詞搞混面目，僅僅是如何把城市本身轉化為可居住、可承受的生存空間。如果說，《他們》一開始就承認、承受城市並以此開始詩歌，《北回歸線》則是通過詩歌運作，通過混淆詞語非此即彼的假定界限，把不可承受的城市轉化為可承受的並以此開始生活。也就是說，他們把上帝和神請到了我們的隔壁，而不是遠在天國，儘管我們很可能根本就不認識他，根本就不知道上帝就在我們眼前——因為他穿著一件凡人的衣服，說著城市俗人的小詞。但它依然是上帝。是的，我們的上帝。

四

　　火車把從城市到鄉村去尋找家園的詩人們又重新載回了城市。這一回，他們看清了鄉村的貧窮、農人的勞苦、污染的河流、砍伐殆盡的山林以及讓商業——這城市英雄——襲擊了的農村頭腦：他們沒有找到詩，更沒有找到家園。他們滿含失望地回來了，從此滅絕了幻想。他們只是城市人。要麼承認城市、忍受城市，甘當城市中的俗人；要麼不滿於城市，試圖沉思界限那邊的世界，來補充城市生活的膚淺與不足。除此之外，或許還有另外的路途，但它至今還未被發現。

　　對於「他們」，我想贈送加泰羅尼亞的諺語：「永遠要往上走，永遠不往下走」；對於「北回歸線」，我要贈送普羅旺斯諺語：「讚美海洋吧，但要留在陸地上」。兩者相加，最好的詩句在這裏：

　　通過對生命的遺忘
　　她把活著的榮譽保持到了老年
　　（汪怡冰《光的榮譽》）

1998 年 7 月，上海。

在新的書寫工具的擠壓下

一

一種新的書寫工具對另一種書寫工具的替代是呈加速度來進行的。最初，人類用結繩記事的書寫方法來記載他們看到的和想到的，而最重要的是他們想要記住的和想要說出的。那時的「句子」簡短、涵義模糊、口齒不清，與初民們沒有方向感的吐字聲韻相匹配，嘮嘮叨叨將不被允許。後來是用刀，在竹子、樹幹、獸甲上刻下自己的願望、祈禱或發自心底的所有聲音。語言在那時被認為是神聖的，容不得半點兒灰塵，它簡潔、有力、記憶深刻，在若干年後被人們重新發掘出來時，在語言的垃圾堆中浸泡得過於久遠的我們，已不大明白它們都是在說些什麼了。語言的縱慾術是我們的慣常姿勢，我們怎麼能夠懂得用刀書寫的涵義呢？這看上去是不是有些氣勢洶洶？毫無疑問，由於書寫工具的凝重感，使得書寫出來的語言也沾染上了「笨拙」的質地、古樸的光輝——它不會具有被後人們屢屢稱道的那種「流線型」。「流線型」云云是我們後起學者在總結前人的審美方面的習慣性痙攣。我們管用刀書寫出來的東西叫做格言或來自上天的啟示。格言從來都不應該只是名人名言，來自上天的啟示也不是什麼「奉天承運皇帝詔曰」，更多的是一種費力的書寫工具的產物。這表明，它們是人們在不得不說時才被迫說出的話。結繩記事和用刀書寫不理解我們今天普遍存在的語言的縱欲術，一如原始人腰間的獸皮不理解裹在我們身上的時裝。那太奢侈了，它們準會說。

再後來是造紙術的發明和與之同步的毛筆和蘸水筆的發明，書寫變得輕浮、輕飄和容易多了；嘮嘮叨叨的謠言、躲在暗處的攻擊與無關痛癢的無病呻吟，在紙張和新的書寫工具的合謀下，變得異常的輕而易舉。大部頭的廢話著作、無聊冗長的虛偽說教開始出現。

由於它們存在的年代過於久遠，以至於讓我們對此早已熟視無睹、麻木不仁。一位早已被我忘記了姓名（可憐的健忘症！就是一個詞語的縱慾時代裏典型的疾病）的詩人曾經精闢地寫道：因為是在用毛筆寫作，所以我們的史書難以入木三分。而誰又敢說情況不是這樣的？詩歌呢？啊，叩頭、作揖、鞠躬、原地匍匐前進的瘦弱的詩歌，寫遍了我們這個號稱詩國的國度！山川、江河、落日、明月、秋天、大雁、故鄉、菊花……在毛筆的運作上，全顯得輕若鴻毛。而上述三種書寫方式分別存在了以若干萬年來標示的歲月，並且在時間上呈漸次逐級遞減的嚴重態勢。

鋼筆的發明在一百多年前又替代了毛筆和蘸水筆，書寫的連續性被很快建立起來了，廢話、謠言、誹謗、惡意中傷，包括偶爾夾雜其間的真知灼見，幾乎可以和說話的速度同步，更不用說人們為此而發明的速記法了。出於這個原因，有見識的看法和連皮帶骨的思維、言說，顯得異常罕見。我們已經沒有能力說出我們特別想說的話了，即使碰巧說出，也隨時會有淹沒的危險。這導致了各種冒名頂替和來歷不明的「大師」的出現。到處都充斥著語言的垃圾工廠。鋼筆前所未有地生產了大量的「口腔痢疾」患者，臭氣熏天卻沒有任何實質內容的湯溺隨處可見。

鋼筆風光了一百多年後，目前正在一步步被聲勢浩大的電腦取代著。作為一種高度機械化、智慧化的書寫要具，電腦為書寫帶來了空前的快速，當然，也帶來了前不見古人（不敢說後不見來者）的膚淺。在語言中細細品味的慣常姿勢已宣佈失效，因為這是和電腦書寫相對立的一種惡劣習性。難怪許多敏感的思想家早就在高喊什麼「平面化」、「解構深度」、「顛覆激情」了……

死不悔改的波德賴爾說，詩是對美的記憶術；喬治·布萊，一位電腦時代的落伍者，對往昔的書寫榮光懷有不可救藥的留戀傾向，他在一個早已到來的「美麗新世界」上，還在不識時務地胡說什麼詩就是作者「以往經驗的再現」啦，同一個人經驗兩次，這個笨蛋（！）就叫詩人啦等等酒後夢囈。喬治·布萊將被電腦宣佈為自己的敵人，

至少是腦子有毛病的無醋的「維生高」。因為他不明白，電腦作為書寫工具，從根本上只對現在和一次性負責，懷舊、同一個時間和經驗重現兩次，和電腦的書寫方式無干，就如同有神經官能症的人強迫蛇和香蕉之間有共同性一樣，都純屬個人不良愛好，和時代本身對他的孜孜教誨毫無關係。因此，如果可以原諒波德賴爾——因為他畢竟是在用鋼筆和大麻書寫，對喬治‧布萊我們就只有嘲笑的份兒了。「記憶術」？見鬼去吧。電腦很可能會同意法國大革命領袖羅伯斯比爾對人民演講時說的話，來為自己在書寫上的革命性權威地位壯膽，並以此教育新一輪的書寫者：「給我鼓掌的是人民，是革命者；如果有人指責我的話，那一定是富人，是罪犯。」誰說這不是真的呢？

　　詩歌從血液到肉體都應該是一種慢速的書寫動作，它需要簡潔有力的文體形式，它反對嘮叨，也拒絕雄辯，它是懷舊的，但它同樣可以把過去重新地、再一再二再三地轉化為今天或此時此刻。這就是說，作為一種古老的書寫姿勢，與人的命運自始至終相關聯的書寫動作，詩歌更應該在象徵的意義上，用結繩記事來作為自己的書寫工具（更準確的說法是書寫「方法」），最不濟也得有刀，毛筆和鋼筆壓根就不應該是被考慮的對象。詩歌是一種和結繩記事相對應的書寫，這是一切真正詩歌的首要涵義。詩歌相對於自己身處的時代倒退著前進。詩歌的書寫排斥電腦。詩人鍾鳴親口對我說過：除了寫信和寫詩，我都可以用電腦。這就宛若契訶夫說，除了揭發信我什麼都寫；奧斯卡‧王爾德說，除了誘惑我什麼都能抵抗一樣。這究竟是什麼意思？難道寫信和寫詩還有什麼區別嗎？寫詩和寫信一樣，都是針對極少數的人說出我們必須要說出的話，它反對裝飾和矯情——當然，總統先生的公開信和「人民詩人」的「鼓點詩歌」除外。說到底，詩歌就是反向意義上的「揭發信」，也正是王爾德那原初意義上的「誘惑」。如同結繩記事一般，詩歌也是人們在不得不說時才被迫說出的話。而電腦以空前的高速製造著的語言垃圾，掏空了語言文字的五臟六腑，抽幹了它的鮮活，直至把它做成新時代的木乃伊。詩歌，它和其他所有與語言為敵

的藝術形式一樣,是以維護語言的貞節為已任的——詩歌就是語言的貞節牌坊:

> 準確的字,賦予我們的筋骨以血肉
> 點燃我們靈魂的火把
> 冥冥中它們大膽的突進,成為我
> 悲傷生命裏唯一的想像
> (趙野《字的研究》,《象罔》創刊號)

　　電腦能使用準確的字嗎?當然,難道電腦還會寫錯字嗎?在北京那間由詩人簡寧開的酒吧裏,歐陽江河機敏地說,電腦永遠不會出錯。江河的意思顯然是,電腦不會犯錯別字的「錯」,更不會犯靈魂的錯。因為電腦沒有靈魂。而一個操作電腦、把電腦當書寫工具的靈魂,至多只是原先那個靈魂(但願他有!)的一半——請原諒我的武斷。所以,歐陽江河才說,我們再也找不到詩人們的錯別字了。這真遺憾。W.H.奧登有趣地說,詩人是語言的真正丈夫,寫詩就是詩人和語言充滿愛情地做愛。奧登接著說,這種做愛不是野合。這讓我們有理由宣稱,詩人在寫錯別字時,如果他是有心的,在通常情況下,那就是因為他覺得只有這個錯別字才能正確表達和點燃他的靈魂;如果他是無心的,那就是因為他早已把一個具體事物的屬性給先在地置換了,這個錯別字已先在地重新構造了這個事物。因此,電腦是錯誤的正確了,而詩人卻是正確地錯誤了。這就是電腦與詩歌之間那種特有的辨證法和詭詐。詩歌是頑皮的。但是,在電腦時代結繩記事法還會存在麼?

　　書寫正以加速度的方式變得越來越簡單,詩歌被擠到一個陰冷、潮濕、狹小的角落,是可以理解的。當電腦,這美麗新世紀的上帝,把目光「正確」地對準一個平面一維的現在,並為此論證和叫好時,詩歌在本質上只好操起它古舊的書寫工具,緩慢地懷舊,「錯誤」地書寫——如果在這個美麗世紀裏它還想活命的話。這致使許多製造了

大量文字垃圾的人們，紛紛提起了鋼筆或乾脆操起了電腦。在他們眼中，由於詩歌的簡潔和短小，使他們覺得與他們炮製的長篇大論比起來，詩歌的書寫無疑要簡單得多。在我們這個號稱「詩國」的國度，從古及今就有一大時尚：昨天才有了錢的人，五分鐘之前才當了官的人，突然之間個個都是寫詩的好把勢──既然寫詩那麼簡單，為什麼不去輕鬆地風雅一把呢？附庸風雅總比附庸流氓要好得多──是啊，除了錢鍾書在《圍城》裏揭發的那位仁兄，恐怕還不會有多少人去附庸流氓。到今天的報紙上或官樣文章裏去尋找吧，我們究竟能找到多少在「官之餘」和「商之餘」那附庸風雅的「詩作」呢？在暗中，他們在效法善於做詩的劉邦、劉徹、曹操和陶朱公。但電腦時代的官員和富人們肯定忘了，與其說劉邦們之所以寫出好詩是因為有詩才，不如說他們在無意間非常幸運地動用了原始的、緩慢的書寫工具。

二

與此同時，紙張的制度化保證了各種文字垃圾的生產；電腦的出現，使文字的手工作坊變成了流水線，集團化垃圾生產企業的日益壯大是可以想見的。在民間詩刊《象罔》裏，主持人鍾鳴說：「人在口語書面化過程中，多少還是傷害了上帝疼愛的植物。」這是紙張制度化、集權化、集團化種下的惡果：沙漠、洪災、乾旱、水土流失、溫室效應……的出現，多多少少需要毛筆、鋼筆與電腦來負責。但它們願意麼？我們果真有那麼多的話在說出後，還值得留在紙上？這跟我們去風景點留下的拙劣的、虛幻的、速朽的「×××到此一遊」有何區別？十幾年前，坐在成都──它是《象罔》的大本營──外東九眼橋附近的望江公園裏，我寫下了一首讓我今天汗顏的「詩」：

> 你把名字刻在公園的竹竿上
> 「到──此一遊」
> 於是許多後來者
> 知道你的大名了

有一天你告訴我你終將不朽

還說終不悔

來地球這大公園一遊

這樣你東遊西蕩吃煙喝酒

你說你痛苦

想起那天一個小妞

啊哈老騙子

你真地開始寫詩蓄長髮了

有一天你被帶進了公安局

等你出來時再去看那竹竿

許多螞蟻爬在你名字的上面……

　　這該多麼像歐陽江河說的，它們「像是塗在孩子們作業本上的
／一個隨時會被撕下來揉成一團的陰暗念頭」。在所有的書寫工具
中，尤其是電腦和鋼筆，對紙張來說就意味著隨時準備撕下來並揉
成一團。聽過猴子摘包穀的故事麼？說的是一隻猴子幸運地來到一
大片玉米地裏，高興地摘下了一棒玉米夾在腋下然後又伸手去摘另
一棒……在忙碌一天後，才發現手裏只有最後一棒玉米。我們在整
天的書寫之後，遇到的情景是不是正是那隻猴子曾經遇到過的？在
書寫方面，我們始終是在按「退化論」「前進」。而毛筆時代「敬惜
字紙」的教悔，作為紙張的最後一個珍貴的神話，現在還暫時活在
我們孱弱的記憶中……但它還會活多久呢？
　　與結繩記事的書寫方法相對應的詩歌寫作，在某種程度上拯救
了紙張的制度化，當然，它本來就被紙張的制度化嚴加拒絕。這並
不單單是指詩歌無法批量生產，同時還意味著詩歌必須拒絕一大批
人，比如現代的劉邦同志和陶朱公同志。民間詩刊《象罔》的出現，
體現了這一理念。在發刊詞中，它以隱喻的方式寫道：「黃帝漫遊到
赤水的北面，登上昆侖山的高山向南眺望，返回時，遺失了玄珠，
讓天下最聰明的知去尋找不著，讓最敏銳、能洞察秋毫的離朱尋找

也找不著，讓最善辯的吃詬（詬）尋找又找不著。於是請虛無的象罔尋找，象罔找到了。黃帝說：『奇怪呀！象罔才能找到麼？』」這段話出自《莊子‧天地篇》。在莊子的語境中，像是有，罔是無；但「象罔」在我們的語境中毋寧可以被理解為一個偏正複詞：其重心在無（罔）。《象罔》的如此姿態不過是想說，只有它（《象罔》）才能找到珍貴的玄朱，也就是被我們忘記了若干年月的格言和來自上天的啟示。

　　不錯，在以電腦為書寫工具的年頭，詩歌就是一種正在逐漸被丟棄的「玄珠」——《象罔》「發刊詞」的隱喻之義正在這裏。據歐陽江河講，成都是一個腐朽的城市；「腐朽還不是墮落，腐朽比墮落要高級和有檔次一些。」在簡寧開的那間叫做「黃亭子50號」的酒吧裏，歐陽江河喝了一口紅酒，然後搖頭晃腦地說。這顆古怪的、充滿著玄念的腦袋究竟在想些什麼呢？我們又能從哪裡去尋找腐朽和墮落那湯清水白的界限？成都閒適、從容，豢養了一大批饒舌分子、口腔痢疾患者，幾乎人人都是清談家、「扯筋客（蜀語：鬥嘴）和「聊皮鬼」（蜀語：頑劣、搗蛋、不守規矩）。他們聰明、善辯，在利益的轉彎處明察秋毫，腦筋比利益轉得更快……他們分有了黃帝時代知、離朱、吃詬的品性，他們是新時代的知、離朱和吃詬……但他們還不是象罔，因為象罔從根本就排斥聰明、雄辯和對利益的明察秋毫。當《象罔》在一九八九年十月創刊時，已分明擺出了一副視聰明、雄辯和對利益的敏銳為虛無的態度——這正是「象罔」在詞源學上的本來意思——，也就從書寫詩歌的維度上把緩慢、深入骨血和「笨拙」還給了詩歌。《象罔》的出現意味著，在一個拒絕、扼殺詩歌書寫的電腦年代，還有人重新繼承了先民們結繩記事的衣缽：他們在電腦上用最簡單的排版法，排下自己寫在手稿上的笨拙詩句，然後以散頁的形式複印，誰要就複印給誰，這同樣體現了結繩記事法和電腦之間的辯證關係與詭詐，它同樣是詩歌古老的頑皮姿勢的又一次現身。這也是在電腦時代詩歌反抗紙張的制度化最簡樸的辦法。

《象罔》找到了正確的言詞，正確的語調。該怎麼說呢？語調在很多時候是實質性的、是致命的，因為語調在不少時候和書寫工具有著驚人的內在一致性；或者說，書寫工具對語調有一種轉換、修改、平移的能力。它是書寫工具最核心、最隱秘、最不可捉摸的部分。什麼樣的人選擇什麼樣的書寫工具，就如同費希特說的，選擇什麼樣的哲學，要看他是一個什麼樣的人。記住：語調就是書寫的實質。在更多的時候，語調包含著抗議、贊同、有條件的認可和拒絕……而當我們說，一種特殊的語調的到來，猶如故人的到來，我們很可能就更加正確了。一個故人的到來之所以讓我們高興，那是因為他給我們帶來了過去、故鄉和往事，帶來了相對正確的歲月，帶來了也許是我們早已忘懷的正確的情感。「有朋自遠方來，不亦樂乎？」孔子是懂得這一點的，他的語調向我們透露了這一秘密。那是一個用刀書寫的時代，所以孔子的興奮是深刻的，是濕淋淋的，猶如鋒利的「筆」（刀）剛剛在青竹上刻下的那句話一樣，正滲出青綠色的血液。孔子的語調如今正在被電腦時代的書寫者們模仿，但只要我們稍加用心，便不難發現其中的做作和矯情。與其他不少高品位的民間詩刊一樣，《象罔》給我們帶來了故鄉，帶來了被人們普遍鄙棄的史前時期的書寫方式，以它正確的語調和言詞；它表明，「復古」是可以有另一層涵義的，它尊貴、莊重，與矯情無關，與保守無關，也和某些人拒不進步的別有用心無關。

三

在北京寒冷的深夜裏，詩人孫文波、胡旭東、冷霜和我坐在北京大學一間雅致的咖啡館裏，邊喝咖啡邊閒聊。儘管我和他們是第一次見面，但談得十分投機。尤其是孫文波，從外形上看，他似乎不像一個詩人，倒更像一個飽經滄桑卻又十分碩健的農夫。因為據錢鍾書說，除了賈島，中國詩歌史上恐怕再難找出幾個胖子詩人了（《圍城》），難怪賈島作為一個和尚居然也寫出了「十年磨一劍，霜刃未曾試。今日把示君，誰有不平事」那樣兇神惡煞的句子；魯迅

也曾經寫道：嬌弱的瘦詩人把眼淚灑在秋天的殘花瓣上（《野草‧秋夜》）。這個典型的意象，把用毛筆書寫詩歌的幾乎所有特徵都給揭發出來了。真正的詩歌始終在使用著一種笨拙的書寫工具，它需要力氣，在今天這個電腦縱橫天下的時代裏尤其如此。那些隨時都準備在詩歌中哭喪的傢伙，能扛得起他們寫詩應該使用的工具麼？

　　我們聊起了四川，更主要是聊起了成都（孫文波和我都是四川土著，前者還是成都人）。孫文波說成都腐朽透頂，如今，連四川大學的女生都樂於去充當超級三陪女郎了。有一位詩人還曾經親自「深入」體驗過……這時北京的寒風刮了過來。我聽了之後，頗有些神傷。我曾經也是四川大學的學生，我瞭解成都。在孫文波這裏，與歐陽江河的看法相反，腐朽和墮落是同一個意思。它們充滿了肉感，盛產靡靡之音。成都是花間詞人曾經聚集的地方，這裏產生過中國詩詞史上第一部長短句合集。「玉樓明月長相憶，柳絲嫋娜春無力。門外草淒淒，送君聞馬嘶。畫羅金翡翠，香燭消成淚。花落子規啼，綠夢殘窗迷。」（溫庭筠《菩薩蠻》其六）「碧欄干外小中庭，雨初晴，小鶯聲。飛絮落花，時節近清明。睡起捲簾無一事，勻面了，沒心情。」（張泌《江城子》其一）……肉感和靡靡之音是它最主要的特徵。

　　《象罔》從象徵的意義上繼承了這一特質，因為作為同仁民間刊物，它推動出的首席詩人柏樺就是一位典型的肉體詩人。伊壁鳩魯說：「快樂是幸福生活的開始和目的，因為我們認為幸福生活是我們天生的最高的善，我們的一切取捨都是從快樂出發，我們的最終目的乃是得到快樂，而以感觸為標準來判斷一切的善。」儘管伊壁鳩魯的話說得並不特別漂亮、中聽，但柏樺和《象罔》的大多數詩人一樣，是明白他的意思的。對於《象罔》來說，快感是書寫詩歌的主要目的，而蕭開愚甚至公然宣稱自己是一位感官詩人。

> ……寂寞中養成揮金如土的兒子
> 這個註定要歌唱的兒子
> 但冬天的思想者拒受教育

冬天的思想者只剩下骨頭

（柏樺《教育》,《象罔‧柏樺專集》）

在《象罔》那裏，用結繩記事的書寫方法書寫詩歌本身就意味著，詩歌的書寫不是為著真理的書寫，而是為著快感的書寫。這裏沒有教育者，只有拒受教育者；這裏也沒有真理，真理只屬於在原初意義上使用結繩記事書寫法書寫的先人們，而不屬於象徵意義上的結繩記事書寫法的擁有者。快感是肉乎乎的，而真理往往顯得乾筋骨瘦。海德格爾在《藝術作品本源》裏自言自語：所謂詩歌就是將真理置入自身。什麼真理？納粹的真理嗎？海德格爾或可是讓我們見識過了。啊，多少虛構出來的冰冷的真理，教育著一大批詩人不自覺地願意扮演救世主的角色！他們為此還煞費苦心地發明了一整套號稱可以圓滿解決世界難題和人生難題的所謂終極語彙（final vocabulay）。這種種諸如此類被虛構出來的真理，在電腦的操作下，正在快速地、一次性地被生產和消費。這個世界的真理真多！這個時代的硬道理真多！要命的是，虛構的真理虛擬了一個個沖氣悲劇，表演者就是那些「把真理置入自身」的電腦書寫者們。但《象罔》在冷靜地觀察了這一切之後，斷然拒絕了它們。

《象罔》同意讓‧弗郎索瓦‧利奧塔的發現：「語言行為屬於一種普遍的競技，這並不意味著人們為了贏才玩遊戲，人們可以為了發明的快樂而玩一下」，文學寫作「不斷地發明句式、辭彙和意義，這在言語層面是促進了語言的發展，並且帶來巨大的快樂，但即這樣的快樂，大概也並非與成就感無關，這種成就感是因為至少戰勝了一個勢均力敵的對手而產生的，這個對手就是根深蒂固的語言」。但利奧塔至少忘了加上一條：對於《象罔》的書寫者們，他們在追求語言的肉感，在為語言的貞節豎起牌坊後，他們仍然是在用結繩記事的書寫法，非常簡潔地記下了自己看見的和想要記住的。

雖然這是一個可以製造太多快感的電腦時代，但真實的、沒有摻入激素的快感畢竟少得可憐；電腦的書寫法一次性地產出和「記

住」了大量的肉感，但也許只有像《象罔》這樣的書寫，才記住了和產生了像靈光一樣一閃即逝的真實的快感。「白馬非馬也」，我們也千萬不要把四川大學那位女生粘乎乎的肉感，理解為《象罔》的特殊書寫法產生出來的純粹快感，雖然前者有可能從象徵的意義上，竊取了後者的一丁點兒尊容。

四

毛筆、鋼筆、電腦一貫是虛構真理的同謀者。毛筆虛構了滅絕人性的理學，鋼筆虛構了兩次世界大戰，電腦虛構了日新月異的進步神話……一般來說，這些被虛構出來的真理非常真實地參與了我們的生活，它們與肉感（快感、腐朽、墮落）最沒有關係，同時又最有關係：一邊是為了鄙棄肉體而約束肉體（比如理學），一邊是為了放縱肉體而閹割肉體。虛構的真理製造了許許多多不同型號的英雄人物，我們管他們的表演效果叫悲劇，到底有誰說得清，我們曾經有過多少種悲劇？

《象罔》的書寫從根本上否棄了悲劇，因為這些沖氣的悲劇是矯情的。《象罔》詩人陸憶敏在一首描寫承德避暑山莊的詩作（《避暑山莊的紅色建築》）中表達了這一意思。這個意思是：所有的王朝——它們也曾叫做真理——都遠去了，只有紅磚黑瓦的建築物是中性的、真實的，與它比起來，王朝具有了來歷不明和虛似的面目。陸憶敏是正確的。悲劇是人類歷史上最大的矯情。它以某些腦子裏長有「貴恙」的人物虛構的真理為藍本，把「幾近」真實的妻離子散、家破人亡的悲劇，給予了在真理面前碰壁的喜劇性的人們。有多少悲劇在今天看來是多麼的荒唐！只要我們不虛構什麼真理，悲劇是完全可以避免的；如果我們一定要虛構，那悲劇就只能是可笑的。《象罔》從來不寫悲劇，即使是王寅，甚至是柏樺，在寫到略帶悲劇意味的事物、事件時，也寧願以反諷、調笑的語調說話，在《象罔》那裏，悲劇不過是個笑話，頂多是個較大的、更為誇張的笑話而已。

矯情是我們最根深蒂固的惡習，這表徵著虛假、偽飾、濫情、令人厭惡的假正經和給平靜的生活製造波瀾，矯情厭惡平靜，掀起

各式各樣的人工波瀾是它天然的、最大的癖好，悲劇只是它最重要
的表徵之一罷了。也許我們可以說，在人類歷史上，恐怕只有結繩
記事的書寫法沒有給我們虛構什麼沖氣悲劇，至少沒有那麼打眼——
——這麼說並不只是基於資料難覓、人們難窺那個遠古時代的真相，
很可能事實就是這樣。那時的人民只知道簡樸地生活，不需要虛構
的真理來給自己在走黑道時壯膽。《象罔》及《象罔》式的寫作，從
根子上認為，悲劇是不可能的，是虛構的。柏樺有一首詩題作《蘇
州一年紀事》，把人民簡樸、平靜、對生活飽含深情的場景給記流水
賬似的書寫了下來。其實，生活本身就是一部流水賬。這首詩無異
於一個宣言：生活自動呈現，不需要虛構的真理壯膽，它自己會完
成自己，而真理、悲劇不相信生活有這樣的能耐，它們痛恨流水賬，
它們願意給流水賬虛構意義，並最終否決流水賬。它們與生活為敵，
給生活下絆子、施蒙汗藥，生活的偶爾感冒、咳嗽、大便不通，完
全是它們的作孽，而不是生活自身出了毛病。生活從來不會出毛病。
喊生活病了的只是些惟恐生活不病的生活醫生，不管它叫革命也
好，天分十重人分十等也好，還是叫聖戰也罷，進步也罷，都最終
難逃「思想作案」——假如那也叫思想或它們確實有過思想——的
指控。可笑的是，話多高明的生活醫生不去檢討問題是否出在自己
的處方上，反而變本加厲，頂多只認為自己的處方所示的劑量不夠。
得使猛藥才行。生活醫生常常這樣說。

　　而電腦作為書寫要具，正在製造著關於進步的神話和關於進步
的真理，這個真理目前正在拖著我們往象徵著進步的方向趕路。進
步在什麼地方？只管走吧！除此之外，電腦還有一個巨大的功能：
製造虛擬的肉感。這是電腦製造的另一種真理。我母校那些自願充
當超級三陪小姐的女生們，有一部分就是電腦的特殊功能生產出來
的。至少電腦為他們提供了方便，使她們從這一次寬衣解帶到下一
次寬衣解帶之間的時間間距可以縮小到極限。每一次寬衣解帶都是
一次性的，第二次也不是對上一次的重複——它們之間沒有任何關
係——，這正是電腦作為「書寫」工具給出的教誨。

實際上，電腦正是從「解放」了我們肉體的維度上指引我們「前進」的。但電腦不願承認，和虛構的真理是矯情的一樣，它製造出的快感同樣是矯情的，因為它給快感摻了水、加了人工激素，使快感發生了質變。這是一種墮落意義上的快感——「笨拙」的孫文波確實是對的。

正是從這裏，《象罔》的詩歌書寫顯示了自己的意義：由於它是在使用結繩記事的書寫方法，使它有可能尋找到早已被我們忘記或早已顯得陌生、來歷不明的那種真實的快感。這就是《象罔》營建的語言中的肉感。這種肉感才應該是歐陽江河所謂的比墮落高出好幾個檔次的「腐朽」。它與我們的真實生活和我們應該擁有的真實生活密切相關。它是我們不得不擁有，又太難擁有的東西，它需要一種笨拙的、吃力的書寫工具的參與。嬌弱的、善於哭泣的瘦詩人大概做不到這一點。

更重要的是，《象罔》的詩歌書寫在拼力發掘真實的快感過程中，其實也就在抵擋真理的出現，拒絕悲劇的生成，堵住矯情的現身，也是為了保證我們日常生活的健康流逝。當然，《象罔》並沒有拯救我們的意思。我想說，一切偉大的理想，即使是最偉大的救人、渡人的理想，一開始都是出於相對渺小的私心。這就是說，如果「我」必須要做一件奉獻的事業，那僅僅是因為「我」不這樣做，就會感到內心極其痛苦，「我」這樣做了，就會好受些。所以，拯救別人（如果有拯救的話）從來都是後續行為，它具有順帶、順便的性質。這毋寧是在說，拯救自己的時候，無意之間也順帶拯救了別人，在給自己書寫快感時，也順便給了別人快感。但這是矯情的真理、悲劇和電腦生產的那麼多的肉感打死也不同意的。《象罔》是誠實的，因為它同意，當然，我也但願它像一個碩健的農夫舉起笨拙的開山大鋤那樣，有這個能力同意。

1999 年 2 月，上海。

117

晚報的出口處與銀行的入口處

一

　　下午三點過後，都市裡最熱鬧的地方要數售報亭了。本市的晚報準時到達這裏，人們遞上鈔票，便可換來各種各樣的小道消息、緋聞、廣告、醜聞以及謠言。晚報是都市人的眼睛、鬧鐘和食品。人們通過晚報窺探世界——沒有晚報，世界就是不存在的；紙上的、虛擬的世界比真實的世界更真實一萬倍。最簡明的證據是，晚報使人可以免受街頭圍觀有可能帶來的擔驚受怕，並且依靠新聞特寫的簡潔描述把街頭圍觀的真實性給取消掉。瓦特・本雅明（Walter Benjamin）說：「如果報紙的意圖是使讀者把它提供的資訊吸收為自身經驗的一部分，那麼它是達不到它的目的的。但它的意圖卻恰恰相反，而且這個意圖實現了，這個意圖是：把發生的事情從能夠影響讀者經驗的範圍裏分離出來並孤立起來。」另外，人們還以晚報來計量一天的時間——晚報前與晚報後；用晚報來填充腸胃——哦，偉大的麵粉、小米、南瓜和土豆！現在它們僅僅成了對晚報的摹仿：人們要在晚報的廣告欄裏才知道這些東西何處有售，忘記了它們曾經長在土裏，直彷彿它們從來都長在紙上。都市裡有土地嗎？沒有，但它有晚報。

　　下午三點過後，專欄作家們又開始販賣眼淚、靈感、驚呼、哲理、故鄉、熱點直到小情小趣的智慧了。但願他們能有一個好價錢。本雅明認為，波德賴爾（Charles Baudelaire）最明白這夥專欄作家的真實情況：「他們像遊手好閒之徒一樣逛進市場，似乎只為四處瞧瞧，實際上卻是想找一個買主。」這指的是波德賴爾曾經寫過的一首詩：

　　　　為一雙鞋她賣掉了靈魂
　　　　但在卑鄙者身旁，我扮出

偽善的小丑般的高傲，老天爺取笑

為當作家我販買我的思想。

　　獲得一個好價錢後，專欄作家們去了銀行。在「晚報前」他們
寫作、販買，「晚報後」則是他們面對存單、利息的時候。本雅明
對妓女有一個絕妙的說法：融商品與售貨員為一體的人。專欄作家
不同於妓女（請原諒我的粗鄙），因為他們除商品與售貨員之外，
還兼任自己的會計與出納。他們明白應該怎樣在這四者之間進行定
量分配。

　　在「晚報後」這段時間裏，另一處繁忙之地是銀行。一天的販
賣、價值交換與討價還價和爾詐我虞之後，商品成了鈔票。會計出
納們為保證在萬物俱寂的夜間也能使財富增長，紛紛把一天的所得
瞄準了利息這個靶心。哎，利息，睡眠中財富的增長，讓窮光蛋們
滋生理想、奮發向上、忘我工作的動力，在號稱偉大的人類進步過
程中起到了支點和杠桿的作用。專欄作家們對此心有靈犀：「我們為
利息歌唱，它是人間最偉大的發明之一，專欄作家的一大任務就是
歌頌利息，因為沒有它，我們的勞動所得就會貶值，就會被商人們
巧取豪奪。」（《成都晚報》1998.3.9）

　　不應該忽視連接晚報出口與銀行入口的廣告彩橋。廣告的發明
比紙張的發明晚了若干年，但紙張直接承載了廣告，廣告也增加了
紙張的威力。這讓我想起了一件往事。小時候，每當我亂扔亂撕紙
張時，無知的奶奶嚇得驚慌失措：「孔夫子會咒你的！」在一個愚昧
的農村老婦心中，孔夫子成了保證紙張威嚴的神秘忌禁。紙張是神
聖的。隨著造紙業與高度污染的到來，隨著被隨看隨扔的晚報的出
現，紙張不再神聖了。所幸的是，廣告在某種程度上也維護了紙張
的尊嚴。聖伯夫（Saint-Beuve）曾經悲哀地說：「廣告的字體在報紙
上越來越大，它的吸引力占了上風；它構成了一座磁山使羅盤的指
針偏離了方向。」但聖伯夫錯了！如同「魚兒離不開水呀花兒離不
開秧」，正是廣告使人們離不開報紙，使人們對報紙有了很大程度的

依賴性，從而將尊嚴還給了紙張。沒有廣告，我們就無法交換勞動——包括專欄作家們的靈感、智慧和眼淚，也無法盡可能多地生產利息。廣告不但要部分地生產利息，它也要分享利息。

攤開每一份晚報，尋找專欄作家們的版面，不難發現廣告與「哲理」同在，「眼淚」與利息齊飛。晚報與廣告、銀行的結盟，催生了都市中的新人種——專欄作家；催生了都市里的新污染——垃圾性質的小品文。小品文是我們這個時代的主人、A角以及頭面人物，也是聚光燈追捕的獵物。它令人欣喜地佔據了要塞，把報紙、紙報當作了自己的後花園或舞蹈前臺。因此，詩歌的無用性就更突出了。儘管美國詩人斯蒂文斯（Wallace Stevens）晚年曾寫過這樣一則札記：「金錢是一種詩歌」（money is one kind of poem），但反過來說就大謬不然了，雖然老斯蒂文斯的確喜歡玩弄這種把戲。詩歌無法帶來利息，所以也就無法分享這個創造了太多利息的時代，無法進入晚報與銀行。詩歌的無用性與詩人的無用性是連在一起的。最有趣的是，最無用的人居然也有能力、有臉面拒絕最有用的金錢。A·龐德（Azra Pound）曾寫信告誡他的一位年輕朋友：「從對上帝的愛出發，考慮一下有一次我對你說過的事情：任何為了錢而寫的東西都一文不值；唯一有價值的是那對抗市場的創作。沒有比錢更有毒的東西了。如果有人收到了一張巨額匯款單，他馬上會想到自己做了某件事情，但是很快他的血管裏流的就不是血了，而是墨水。」不過，又該怎樣去區分隱喻意義上的「血」和「墨水」呢？那就是利息。

其實，詩歌是可以與利息連為一體的。如今的上海，許多公共汽車的背殼上都印有一行為某傢俱工廠做廣告的詩句：「人詩意地棲居」。荷爾德林（Freidrich Holderlin）就這樣永垂不朽了。可以肯定，在瘋癲中度過了漫長歲月的荷爾德林萬萬不會想到，自己能以這種方式走向市場。哎，市場，它太懂得詩歌了，它太明白詩歌的「價值」了。沒有任何熱愛詩歌的人比詩歌的「仇人」——市場——更理解詩歌的了！但它最終消滅了詩歌。許多年前，當通俗詩人席慕蓉的《七里香》一詩面世時，許多商家把它用作自己產品的廣告詞，

精明的出版商馬上把席氏推向了市場。這是市場、利息、紙張對詩歌成功徵用的戰例。詩歌也可以創造利息啊，商人們喊道。出版商到處尋找可資利用的詩歌，但終於未能打到多少獵物。而當詩歌的口頭傳統轉為紙上操作的傳統後，出版社卻沒有給多少真正的詩歌準備過足夠的紙張。出版社的目的之一和晚報與廣告一樣在於利息的創造，目的之二在於促使詩歌與紙張分離，在於催成詩歌向古老的口頭傳統「回歸」，因為詩歌畢竟不能如廣告一樣可以維護紙張的尊嚴。不得好死的本雅明（他的確沒有得到好死）就此評論道：「撇開出版業的墮落史就不可能寫出一部成功的資訊史。」壞心腸的 A・龐德則以幸災樂禍的口氣說：「美國所有古老的有名的出版社的破產都是上帝熱愛人類的標誌。沒有任何一個例證表明，它們哪一次曾幫助過在世的作家或文學。」

詩歌的無用性促成詩歌走向了「地下」。地下詩歌對晚報、廣告、利息與銀行採取了不合作的態度，也擁有了晚報等不曾擁有的切入世界的眼光。下午三點過後，一個個看似無所事事的人自言自語地走向了售報亭，為的是買到一張晚報。他們攤開報紙，看著垃圾般的小品文，試圖從中找到一丁點「無用」的詩意，以供地下詩刊選用——既然它已註定上不了晚報。然後，他們又從晚報的出口走出來，到達銀行的入口，卻並不走進去，因為他們沒有多少鈔票，也生產不出利息，他們只是本雅明所說的那種「拾垃圾者」。很快，他們轉過街角不見了。他們有一個共同的名字：地下詩人；他們願意借用亞里斯多德（Aristotle）在《政治學》中描述寡頭政治的話來描述自己：「我保證做人民的敵人，盡力向他們提出有害的勸告。」

他們和晚報、銀行一起，相互拋棄了對方。

二

奧・帕斯（Octavio Paz）在總結 20 世紀初西方的現代主義運動時意味深長地說：「在浪漫主義偉大的野戰之後，詩歌收兵了：在地下作戰，在陵寢中密謀。不過，正如人們所見，這收縮是一個勝利：

昨天那些可惡的詩人今天無一例外地變成了神聖的楷模。」但這番意味深長的話不能用於如今的中國。假如用最刻毒的話來描述今天中國詩歌的狀況，那麼物理學大師馬克思・普朗克（Max Planck）八十年前曾經說過的話就是最貼切的，不過得將他話中的「科學真理」置換為「地下詩歌」：「科學真理並不能通過使其對手信服與使其看到理性之光而取得勝利，而只能由於其對手死亡而新的一代成長起來，並熟悉這一真理而取得勝利。」但中國的地下詩人們仍然有可能不同意這種說法：因為銀行、晚報根本不會塑造出熱愛詩歌的「新的一代」。

買了晚報、對銀行抱以冷笑之後，在街角消失了的詩人們出現在詩歌江湖上。他們被語言追殺，也同時追殺著語言，將一首首詩歌挑在肩頭，宛若古代的俠客別在腰間的寶劍和掛在寶劍上的一串串人頭。接著是長久的流浪，把流浪當作了尋找「詩意」和詩篇的手段。他們還年輕，憑著熱血與衝動，無視「生活的經濟學已達到極限」（柏樺）這樣尷尬的事實，試圖在流浪中有把詩歌塑造成神聖雕像的機會。這夥自稱「第三代人」的傢伙，為此付出了數不清的幻想的精液。

> 第三代詩人靠老婆養活，
> 為人類寫作因而問心無愧。
> （周倫佑《第三代詩人》）

在流浪途中，他們成長為油印機的一代：自己想辦法把紙張與詩歌結合起來——他們自己辦刊，自己把自己出版出來。《現代詩內部交流資料》、《次森林》、《日日新》、《大學生詩報》、《中國當代實驗詩歌》、《非非》、《他們》、《漢詩：20世紀編年史》、《巴蜀現代詩群》、《北回歸線》、《傾向》、《倖存者》、《反對》……數不清的油印刊物成為他們的新生兒或遺留物。與熱火朝天的銀行與晚報操作一樣，它們卷起了另一場風暴。這是衝鋒著的青春，是詩歌的行刑隊，那些自命不凡的刊物成了那些煞有介事的詩人們手中的飛行傳單。

一時間神州上下到處都是飄揚的、在晚報和鈔票看來毫無用處的、寫滿了分行文字的紙張。不知道我那早已故去的祖母看到這番景致，會不會驚慌失措地對他們喊：「孔夫子要咒你們嘞？」

但銀行和晚報對它們投出了不屑一顧的神情，因為消遣才是被銀行與晚報極力鼓勵的生活常態。帕斯對此有過精闢的分析：「不是那種為了沉浸在神秘而又飄忽不定的幻境而遠離世界的消遣，而是那種總是失態的、陷入平庸而又不明智的日常動盪中的消遣。」──這種消遣可以由銀行與晚報來定義、解釋和說明。而這些不願進行日常消遣、消失在街角卻又出沒於詩歌江湖上的俠客們，已顧不上背後那些眾多不屑一顧的嘴臉，他們要去尋找一種新奇的聲音，他們堅信，這種聲音如今已被垃圾性質的小品文給堵住了來路。但那是什麼樣的聲音呢？詩人們並不清楚。李亞偉同志的話表明了被追尋的聲音的晦暗性：「那聲音的內容其實很簡單，就是要我到那邊去，我弄不懂它來自何方，所以在世上轉來轉去。那聲音斷斷續續，若有若無，只有在詩歌中偶爾能夠聽到。」也就是說，在銀行和晚報中肯定是聽不到的。

古印度的曼摩吒（Mammata）在他的《詩光》中如是祈禱：「願詩人的語言勝利！它的創造不受主宰力量的規律限制，只由歡樂構成，不依靠其他，具有九種美味。」但「主宰力量的規律」早不是上帝、真主、梵天或真如了，而是晚報和銀行張開的血盆大口。正如詩人孫文波說的：「即使你告訴他過去人們多次說過的話：詩是人類精神構成的最主要的器官，它曾經在人類文化形成的過程中起到過至關重要的作用，他也不會聽的。他更懂得的是財富才是生活等級構成的必須品，沒有財富就不會有自由自在的生活。真是這樣的啊！在今天這個時代，需要才有價值。」銀行和晚報需要詩麼？不需要。詩人如果不想向它們妥協，那就得開闢另一條路向。可能的方式已經找到了：到詩歌江湖上撒野。

有兩種撒野方式值得考慮：其一是不管三七二十一，對一切通通來它一腳「急剎車」。青春的衝鋒隊，手握詩歌傳單、自製的詩刊

和不合作態度的詩人們「駕駛詩句、女人以及駕駛自己的性命，因為年輕和車技不高而累累發出尖嘯、帶起塵埃一腳剎住」(李亞偉《急剎車》)。真得好好感謝急剎車啊！那尖嘯、那塵埃，不就是這些年輕的地下詩人們想要聽到的聲音嗎？還有一種撒野方式，那就是朗誦，其實也就是分行的尖叫。但帶血的尖叫不同於專欄作家們呻吟式的驚呼，雖然這看起來往往是一回事。朗誦與驚呼不同，因為前者是一種魔鬼的力量使然，後者則是一種消遣的良民之所以為良民的特徵，它可以創造和分享利息。哈樂德‧布魯姆 (Harold Bloom) 在《影響的焦慮》中這樣來定義魔鬼：「使一個詩人成為詩人的力量是魔鬼的力量，因為那是一種分佈和分配的力量【這也是『魔鬼』(daeomai) 一詞的原始意義】。它分佈我們的命運，分配我們的天賦，並在取走我們的命運和天賦而留下的空缺裏塞進它的私貨。」具體說來，地下詩人們在流浪途中，拔走了銀行和晚報，而把帶血的尖叫填充了進去。他們很可能要把這聲聲尖叫當作反抗，但它們算得上反抗麼？

　　──這就是吵吵鬧鬧的 80 年代。急剎車和朗誦最後彙集在一場波瀾壯闊的廣場詩學運動中，隨著那場詩學運動的徹底破產，80 年代過去了。曾經被一代詩人嘲笑、蔑視或有意視而不見的晚報、銀行與利息依然巋然長存，它們的入口處和出口處依然人頭攢動，廣告一邊維護紙張的尊嚴一邊促成詩歌與紙張的分離，這情形也照舊存在著。但另一方面，詩人們自己出版自己、強迫詩歌與紙張成為一體的信念，並未隨急剎車和朗誦的消失而消失。詩人們在流浪途中轉了一圈後又回到了原處，此情此景，讓人想起了魯迅關於那只蒼蠅自以為長途飛行而最終停在同樣的碗邊的著名比喻，面對拒不接見他們的銀行與晚報，詩人們意欲如何？意下如何？

三

　　青春真是個可怕的東西，米蘭‧昆德拉 (Milan Kundera) 感歎道：「它是由穿著高統靴和化妝服的孩子在上面踩著的一個舞臺，他

們在舞臺上做作地說著他們記熟的話，說著他們狂熱相信而又一知半解的話。歷史也是一個可怕的東西：它經常為青春提供一個遊樂場——年輕的尼祿，年輕的拿破崙，一大群狂熱的孩子，他們假裝的幼稚的姿態會突然真的變作一個災難的現實。」對那夥仗著青春熱血而在詩歌江湖上撒野的「第三代詩人」，周倫佑用詩「描繪」了他們：

　　一群斯文的暴徒　在詞語的專政之下
　　孤立得太久　終於在這一年揭竿而起
　　佔據不利的位置　往溫柔敦厚的詩人臉上
　　撒一泡尿　使分行排列的中國
　　陷入持久的混亂　這便是第三代詩人

　　情形恰如丹尼爾・貝爾（Daniel Bell）所說：「真正的問題都出現在『革命的第二天』」——那些牛皮烘烘的第三代詩人又從詩歌江湖重新返回來了。下午三點，都市的售報亭旁邊，銀行的大門口，在攢動的人頭中，我發現了那些在公眾場所消失已久的「斯文的暴徒」們。但銀行仍然吝嗇它的金錢，拒絕站在詩歌的無用性這一邊。金錢再次表現出它一慣的、十足的小人風度。一大批新的地下詩刊出現了：《反對》、《90 年代》、《發現》、《象罔》、《現代漢歌》、《騷動》、《陣地》、《南方詩志》、《南方評論》、《小雜誌》……仍然是自己出版自己，仍然是強迫紙張與分行文字聯姻，但不再將它們四處散發，刊物不再作為傳單而只作為精神的載體：流浪轉為蟄居，流浪中的跑馬觀花轉為在都市中的仔細觀察，抒情的中國也由此轉為敘述的中國。詩人海因就此如是發言：「當今詩歌寫作中敘事文本的出現，決不是簡單的語言形式的更新，而是詩人自我實驗、自我戰勝的艱苦磨礪；它不僅關係到詩人在當今時代的價值定位，同時也是詩人研究生活，尋求真實生存圖景的探索與冒險……」詩人不再充當反抗者——他們反抗不了銀行、晚報、利息和廣告，不再充當

代言人──晚報和銀行不需要他們代言，它們有自己的語言，而只是充當時代的書記員、記錄者和觀察者。

年輕的時候，我們總是以絕對的口氣肯定許多事物，比如完美的春天，整體的青春，無邪（？）的童年，希望與將來⋯⋯因為那時我們對一切都充滿了渴望，總以為生活就在別處，我們只要走過去就行了，認為世界就是我的世界。這種盲目的自信以及由此而來的衝鋒的青春騷動挽救了我們，因為如果沒有它，我們就會在絕望中墮落下去，就會一生下來就站在晚報與銀行的門口從不離去。這種天然的自信是一種本能，是讓我們活下去的偉大的匿名力量、在野力量。而現在，我們對所有意欲肯定的東西都持謹慎的態度，用一些未置可否的詞，諸如也許、大概、差不多、可能⋯⋯來指稱我們的目標。發明這些詞的人一定是些飽經滄桑的人，或者是對生活有著透徹瞭解、觀察與頓悟的人，在我看來，他們幾乎就是偉大的人。而現在，我們只有對意欲否定之物才能做出斬釘截鐵的判斷，我們在拒絕時是以肯定的口氣出現的。但悲哀卻在於，否定了一些事物，並不能給我們帶來絕然可以肯定的東西。這就意味著，我們無法用絕然選擇的方法來選擇意欲肯定之物，這很可能有違邏輯，但它是真實的，是由我們的觀察、由我們矛盾百出的人生經歷證實了的。與生活的複雜性比起來，單純猶如童年的邏輯又算得了什麼？而有時候，可笑的邏輯根本無法丈量我們天天面對的銀行與晚報，無法丈量它們的出口與入口，因為它們遵循利息的準則、小品文的規律。

在這種情況下，孫文波的說法就是有道理的了：詩人的存在，「不光是目睹了人類精神生活在物質生活作用下發生的變化，更主要的是他仔仔細細記錄了這種變化，並將它放在人類思維能夠達到的對真理認識的範疇中去辨識，為它作出結論性的判定。」結論性的判定是否一定能做出暫且不去管它，但「記錄」並將「記錄」上升到真理則是詩人的天職。耿占春承認：「但我仍然有著生存的意義感：一種渺小的、私人性的、經驗性的、瞬間即逝的、又重現於另一些時刻的意義感。」他說，這是他寫作與思想的一個隱秘之源。

我們不妨把「隱秘」就直接曲解為「地下」算了。那是一種暗中的力量。回到晚報、銀行的出口與入口處的詩人們並沒有放棄社會批評，但他們走向了更深層次，對於歷史、現實、文化乃至經濟在平心靜氣中作出了內在的反應，試圖從靈魂的角度來評論時代生活與個人的存在處境──誠如西川所言。這就意味著，如果說青年時代的詩人是以流浪、衝鋒的青春、詩歌傳單來背對並蔑視銀行與晚報，詩歌以自製刊物的形式被弄成了「地下詩歌」，那麼，如今的情況卻是，他們面對銀行與晚報這個不爭的事實，在靈魂深處去解釋晚報與銀行，從而把詩歌弄成了靈魂深處的「匿名詩歌」，而20世紀90年代出現的一大批地下詩刊就是「匿名詩歌」的物質載體。也就是說，他們投入生活卻不是去諂媚生活，也不是無視或邀寵於晚報和銀行之惡。

在龐大的現實面前，靈魂或許並沒有足夠的力量抵制自己去向晚報與銀行諂媚。於是有人找到了「偽哲學」，希望偽哲學能夠給我們帶來希望之光、啟示之光甚至先知的聲音。這一切的要點在於：必須要承認這個世上還有比晚報與銀行更大更高的東西，而這，或許就是靈魂深處的匿名的詩歌了。喬治‧奧威爾（George Orwell）在《評享利‧米勒的〈北回歸線〉》中說：「如果你因為對醜惡有思想準備而加強了自己，你最後就會發現，生命並非毫無價值，而是頗值得一活的。」我想，對中國的詩人們來說，那個在奧威爾那裏被稱作「思想準備」的東西，同樣可以置換為「匿名詩歌」。

那麼這樣吧，我可以為那些在下午三點過後遊蕩在晚報與銀行門口的詩人們指出另一條去路。如果你認為這個時代配不上你，你就在這個時代渾渾噩噩地過下去吧，像個真正的晚報愛好者和利息發掘者一樣。是的，不要對它們作出思考。如果你改不了這種病態的癖好，就思考吧，但不要把它說出來。要知道，你的思考一旦被你說出，你就是對這個時代做出了你的貢獻，儘管是讓晚報與銀行很瞧不起的貢獻，你還是願意這個時代在隨便某一點上能配得上你。對一個時代，對晚報與銀行最徹底的拒絕是拒不對它發言，這才是真正的地下詩

歌，真正的匿名詩歌。而如果你的確想發言，沒關係，那就發言吧，這只能說明，你說出它，不過是讓你的身體好受一些——既然它既不會對晚報與銀行產生影響，又不會給你帶來利息。

我們遲早有一天會需要詩歌考古學嗎？

四

羅伯特・貝德納里克（Robert Bednarik）說：「在考古學所研究的過去所發生的所有事件中，有百分之九十九點九九以上沒有任何種類的證據倖存超過一秒鐘。在仍然不可計數的留存下來的事例中，只有百分之一的百萬分之一這樣一個微小的比例有證據留存下來。其中，只有無窮小的一部分被考古學發掘了出來，而其中更小的一部分得到了正確的解釋。」就人的記憶來說，這已經是足夠糟糕的事情了。比如，在一萬年後，當人們回顧這二十年裏發生的詩歌事件，他們會怎樣去辨識？他們會理解廣告、銀行、晚報在極力阻止紙張與分行文字的聯姻嗎？如果他們覺得這一點是無法想像的，那麼，他們一定會認為這二十年中國大地上不存在詩歌。地下詩歌、匿名詩歌在一個以晚報為特徵的傳播時代，其存在的確可能難以超過「一秒鐘」，那麼，詩歌考古學也是最終建立不起來的。一萬年之後的人也會由此放棄對我們時代精神狀況的考古發掘。當他們的考古學告訴他們我們時代只有廣告、銀行、和晚報時，他們一定要大吃一驚的。不過，關於我們這個時代沒有詩歌的言論早已存在了，又何須一萬年之後——這就是銀行的算盤聲、晚報的廣告聲常常念叨的話。

帕斯在總結西方現代主義的始末時說：「現代詩人們是在黑暗中開始的，後來成了諷刺的目標和嘲弄的對象，最終在賠禮道歉和表示尊敬的公開活動中無一例外地被奉若神明。」帕斯說的是 T.S.艾略特（T.S.Eliot）、W.葉芝（William Butler Yeats）……而不是中國的鍾鳴、海子和黃翔。從目前來看，至少在可以預計的將來，這夥中國詩人將看不到有這種可能性的絲毫跡象。

啊，下午三點，人們熙熙攘攘來到了售報亭、銀行，從此時間
又被分成晚報前與晚報後；土豆、小米、南瓜、麵粉在晚報的廣告
欄裏，一天的收入在銀行中收存。我看到人群中的商人、政客、專
欄作家，遲早要成為商人、政客、專欄作家的無數孩子，以及像過
街老鼠樣落寞獨行的地下詩人：

> 從銀行臺階上走下來的那個女人一臉矜持
> 肩上挎著黑提包。她有如此
> 漂亮的容貌，肉感、美麗的大腿、
> 身體內部隱秘的性慾，
> 通過赤日炎炎的大街，傳到我腳下。
> （龐培《在銀行門口》）

是的，和龐培一樣，我也能從人群中一眼將站在銀行門口的詩
人認出，因為他們太具有反諷的神情了，如此打眼、孤傲，又有點
像個小偷。

1998 年 5 月，上海。

讓蒙面人說話或屏風中的聲音

一、當代詩人散文寫作釋義

　　1997 年 7 月，上海東方出版中心一次性地推出了九本散文集，合稱為「詩人隨筆文叢」，入選者都是當代中國頗有成就的詩人。它們是于堅的《棕皮手記》、西川的《讓蒙面人說話》、王小妮的《手執一支黃花》、陳東東的《詞的變奏》、鍾鳴的《徒步者隨錄》、徐敬亞的《不原諒歷史》、翟永明的《紙上的建築》、海男的《屏風中的聲音》、王家新的《夜鶯在它自己的時代》。我們似乎有必要把這次「推出」和「集結」看作一個「事件」：因為它至少把當代詩人散文寫作給擺明瞭。

　　詩人散文寫作首先是詩人的寫作。在我們的時代，「詩人的寫作」作為一個命題或問題並不是自明的。詩人從來就是（也應該是）以獨特的寫作方式來構築自己眼中的世界，也以此表達詩人對事實世界的看法。自己眼中的世界未必一定得與事實世界相重合，雖然它們之間確實有說不清、道不明的關係；當詩人十分宿命地發現，在事實世界通常並不能找到「自己眼中的世界」時，他會將目光轉向內心然後再向世界萬物注視，以期在事實世界打上自己世界的烙印和私人圖章。它既如海子所說的是「痛苦一刀砍下來，詩就短了」，也是魯迅曾經挖苦過的揪著自己的頭髮就想飛離地球。或許魯迅的看法也有值得商榷的地方。誰能拍著自己的胸口保證：詩人一定不能在事實世界找到自己眼中的世界呢？人只能在事實世界上活下去麼？事實世界（即純客觀的現存世界、實存世界）是否只是構成世界和世界方式的唯一可能性？

　　對此作出肯定答復的是老黑格爾的宿命腔調：凡是存在的都是合理的；凡是合理的呢，那當然都是存在的了。但老黑格爾的論斷

131

顯然刪除了我們進入其他世界和世界方式的可能性，從邏輯上說，也強調了我們只能用一種方式來說話的現實性。事實世界終歸是一個事實，它存在著，它就在我們眼前，我們隨手就能撈起一大把可以代表事實世界的什物；它不需要想像力，它在我們的想像力之外、在我們的願望之外或健康或病態地活著，直到可以預計的將來。事實世界說：詩歌寫作是我的叛逆，它想讓人脫離我的控制，讓人背叛爛熟的生活以及生活的古老掌故。在事實世界的哺育複兼威脅下，一大批孝子賢孫成長起來了。除了躲在地下、甚至潛藏在某些角落的詩歌寫作外，我們時代的其他寫作幾乎始終圍繞這一軸線展開。與此相呼應的是一位「著名」小說家大大咧咧的宣言：我沒有什麼別的企圖，我只想端一碗原汁原味的生活給你看。生活被擺出來是對的，問題是，「原汁原味」就一定能讓我們獲得超越純粹事實生活之上的啟示嗎？

我們曾經歡呼過從「神本」到「人本」的偉大勝利，現代西方哲學與商業精神也反覆教導我們，從神本到人本的過渡堪稱人類進步史上的一次偉大壯舉，正如我在一首詩中所描述的那樣：「人與神的戰爭總以人的勝利而結束。」但反過來，從神到人，不也隱隱約約透露了人類失敗的若干小道消息麼？——「歲月潰爛，勝利只是一段躺在往事中的枯木。」（拙作）在這種境況下，人只能按照老黑格爾曾經論證過的那樣，「勝利」地在唯一可能的世界上活著，夢想、幻想最終只能是癡心妄想，就更不用說在凡俗事物身上打上私人的印記和圖章了。但每一個神都有一個人間的出生地：至於這個神是喚作基督、佛陀，還是被稱為真主、太上老君，其實都是人間幻想的產物——它表明人的想像力、不屈的願望曾經沸騰於我們凡俗的、渴望被救助的甚至是無望的生活，當然，也提升了我們的生活。如同泥土引領種子上升，它引導我們仰望星空，引導我們向別樣的世界和可能性出發。據說，這一切在今天都是有待「解構」的什物；其實，我們凡俗的、世故的、勢利的人生經歷早已判處了這種可能性的長久流放，又何需後現代主義的「文明棍」和哨棒？

　　或許還有另一類人、另一類寫作存在。在他們的作品中，混合著諸種不同的世界。就平庸的方面說，他們也重複了事實世界；就超人的智慧而言，則有自己眼中的世界（即不同於事實世界的自己的世界）；他們面對物、觀察物，讓蒙面人說話、讓屏風中的聲音被破譯，但又決不被物和人間細節所淹沒；他們冷靜、客觀地面對原生態的生活與變動不居的事物，卻又不被它們所嚇倒，反而試圖與之和解甚至超越它們……在一個沒有引領者的時代，要做到這一點其難度可想而知。但正如《沙恭達羅》所言：在真正的判決來臨之前，善良人的善良願望就是唯一的法則。在這種寫作中，不同的世界或許並不僅僅是相互對立的，更多的倒可能是友好、和平地相處。在不同世界的不同維度中，生活展現出不同於事實世界的生活，因為它參考了、引用了寫作者自己的幻想以及自己的願望。一種成熟的寫作，必定得有幾重世界並存；幾重世界的並存、對話，在我們的時代，既是對成熟寫作的最低要求，同時也可能是對它的最高評價。

　　詩人散文寫作的另一個意思是：它是散文寫作。這同樣不是一個不證自明的問題。顧准先生在艱難的歲月裏曾經說過一句沉痛的話：詩的時代結束了，接下來的是散文的時代。隨著各種散文選本、晚報小品文的大量流播，散文時代真正來臨了（這樣說或許有歪曲顧准先生本義之嫌）；詩歌曾經發自生命和命運底部的聲音與光芒，也掩蓋在大量對小花小草、小貓小狗、小恩小惠的哼哼唧唧之下，甚至連運行在地下的「地火」都算不上——魯迅說，地火終有一天要噴出來。我們至今還沒有看到被埋葬、被潛藏的高品質的詩歌聲音有奔突出來的可能。這是時代的浮躁還是詩歌的悲哀？抑或命運真已改變了一貫猙獰的嘴臉，以致於讓我們有機會自我撫摸複兼哼哼唧唧？詩人散文寫作由於和詩人的身份、詩人意欲構建的世界有著天然的裙帶關係，使它最終能成為詩歌寫作的又一種文體形式：與詩歌寫作一樣，它也在重建自己眼中的世界，也試圖進入自己的、儘量不與事實世界完全重合的另一重世界。它是詩歌寫作剩下的、未能在詩歌寫作中說出而又必須要說出的對於世界和生活的意見。

它是一種意見的徵候，是對同一首大詩的不同分享，是對燃燒著的同一元素的同一次呼吸或均勻或不均勻的分有，它呼吸著前人和將來的人命定要共同呼吸的那一次呼吸。

因此，我們不妨說，詩人散文寫作在今天這個被顧准先生不幸而言中的散文時代的出現幾乎就有其必然性了，也同時有它自身的內涵。首先，與詩歌寫作一樣，它也試圖在散文中重構自己的世界，並以此為準的將自己與其他諸種散文寫作區分開來；其次，它說出了在詩歌寫作中很難說出的話，通過散文形式建立了詩歌寫作餘下的、來不及建立的話語空間，這種話語空間是對詩歌話語空間的有效補充；因此，第三，雖然詩歌寫作與詩人散文寫作在本質上是一回事，但由於文體形式的不同，它品嚐了詩歌寫作不能或不屑品嚐的更為凡俗的辭彙，並給它們注入了新的用法和新的語義。它從凡俗的辭彙中發現了光芒、奇跡以及可以接受、可以被無意義的人生所承納的洞見。

二、我／我：詩人散文寫作的特徵之一

中國古代正宗散文寫作的主要目的用一句口號就可以標識出來：文以載道──當然是「載」儒家的聖人之「道」。所謂唐宋八大家，所謂「桐城謬種」和「選學妖孽」，都無不儘然。古代正宗散文寫作幾乎從來都不是寫作者本人有話要說，它號稱代聖人立言、代道立言。個人在寫作中即使不消失、不被淹沒，起碼也被擠到了一個極其狹小的圈子中難以轉身、難以施展手腳。至遲從孔孟以後，古代正宗散文寫作幾乎從不以「我」來指稱事物，即使有那麼一點跡象（比如范仲淹的《岳陽樓記》），「我」也是虛擬的、是被聖人之言灌注的；猶如柏拉圖（Plato）說詩人在創作高峰來臨時有神靈附體，在不信神但信天理的古代正宗散文寫作中，「我」只是聖人的靈魂附體，是天理與道的兜頭一灌。它真正要做的唯一一件事情也許是：以賓格的「我」對聖人之言、聖人之道洗耳恭聽，並把自己聽到的再轉贈他想像中意欲轉贈的人。文章的美的標準完全攫在對道的言說的正確與

否、好壞與否的「隻手」中；它的操作程式是：首先代聖人立言，如果立言正確，當然就是善的（即「好」），也當然就是美的。真、善、美據說就這樣被統一了起來。或許正因為如此，實在對此有些看不過去的項世安才揭發說：「大抵說詩者皆經生，……故多不能得作詩者之意也。」（項世安《項氏家說》卷四）經生們把《詩經》中的情事都敢往「後妃之德」上面引，更何況對付載道的正宗散文了。經生，這些古代正宗散文的寫作者們，在美和藝術面前——按老項的暗示——，差不多快要變作盲人了。項世安作為彼輩中人，他的揭發或許正是所謂切膚之痛所致。一貫喜歡熱嘲冷諷的錢鍾書在評價戴震時，也不忘給東原先生描了一筆（稱開了一槍也不算錯）：「經生不通藝事也。」（錢鍾書《管錐編》）當詩人于堅在《棕皮手記》中說：「過去時代的詩歌，其結構是單向選擇的、封閉的、垂直的、判斷式的，」我認為這種說法也適合於古代正宗散文寫作。

中國古代散文寫作的另一種方式是所謂抒發「性靈」的小品寫作。它曾大盛於明清兩代。小品寫作的目的，是想從「載道」那封閉的天窗上打開一個通氣的小閥門。寫作者們（比如公安三袁）試圖從凡俗生活中找到令他們欣喜的禪趣、意趣、理趣、情趣和樂趣，據說，盎然的生命、甚至配得上「偉大」二字的自由生命也就存在於這些趣味當中了，古代正宗散文寫作忘掉的、被後人重新揀拾起來的「樂感文化」也就因此在趣味中被顯現出來了。小品寫作者在面對世界時可以暫時忘掉聖人之言，甚至可以對聖人之道進行有限度地挖苦，明人衛泳就曾大逆不道地說過：「真英雄豪傑，能把臂入林，借一個紅粉知己，將白日消磨，」「須知色有桃源，絕勝尋真絕欲；」還說什麼「緣色以為好，可以樂天、可以忘憂、可以盡年，」而且號召我們要「誠意如好好色」。（衛泳《閱容篇》）諸如此類的乖張言論對「文以載道」的拋棄、對聖人之言的決絕是相當明顯的。但不能拋棄和忘掉的是「小品心態」。小品心態是小品寫作的內驅力和中場發動機，其涵義是：它固然也以主格的「我」對世界發言，但一切重大的人生底蘊在這裏幾乎完全被審美式的小小趣味所取

代，發自生命底部的苦難光芒、命運特質被趣味消解、消融、消滅和繳械。形象地說，小品心態固然要以「我」為出發點面對世界和萬物，但它面對的只是世界萬物顯示出的表像，更深的東西——比如命運本身、叔本華（Arthur Schopenhauer）所謂「痛苦的意志」——幾乎不會被觸及到。即使偶爾觸及到更深的東西，也會拼卻老命將它拉向被消解的大化境地（比如張岱的《陶庵夢憶》），無論這種境地叫「天人合一」，還是叫「參天地贊化育」，無論它叫「天地有大美而不言」還是叫「悠然見南山」，其實都是同一個意思。它是掩耳盜鈴戰術的新版本：因為它傾向於將一個巨大的敵人想像為不存在或者可以輕易地被打發掉。小品心態傳統給時下的懶漢散文寫作提供了面對事實世界的重要武器（當然不是唯一的武器）：當它與晚報副刊結盟後，小品心態獲得了前所未有的表演空間，為小花小草、小貓小狗、小恩小惠身上蘊涵的所謂人生小哲理、小感情、小美感……一句話，為命運表面的小感悟痛苦流涕，最起碼也是熱淚盈眶。時下小品寫作者們有如魯迅在《野草》中描述過的那位見花流淚的「瘦的詩人」，把如雨的淚水灑在花瓣上，無意間也附帶上了不那麼具有美感的鼻涕……

在某些人眼裏堪稱「大氣」和「大器」的應該是以余秋雨為代表的文化散文寫作。余秋雨的《文化苦旅》、《山居筆記》曾經風靡一時，有好事者甚至把余氏看作中國 20 世紀最後一位散文大家。比起晚報副刊上的小品寫作，余秋雨輩的文化散文當然要高明得多、厚實得多。文化散文寫作的內在涵義是：以一個學者（當然這中間也不乏冒牌學者、半罐水學者）的身份，對自己寄居的文化和傳統進行充滿感情的回憶、反思和反芻，對上下五千年的中國傳統與文化說一些自己想說的話，無論是吹捧，還是貶低或批判。它以「我」為出發點，以身受的方式指點文化與傳統，最後達到以「我們」如何看待文化和傳統而結束。文化散文寫作在以「我」為出發點繞了一大圈再回復到結論性的「我們」時，也順帶表明了它與古代正宗散文寫作有血緣關係：依然是載道，不過，這已經是「載」文化與

傳統應該如何被看待這個「道」。文化散文寫作最嚇人的，是寫作和寫作者的學者身份有互探關係。現在，人們已經稍微看清楚了一點，余秋雨等人的文化散文有一個極其明顯的套路：以某時某刻的文化中的「我」對文化與傳統的某種感慨為出發點，然後鉤沉索隱式地來一通上下五千年的比畫、文史哲的交叉引用和分析，最後得出「我們」的結論。如果上述描述還有幾分道理，我們就可以抖出進一步的看法：文化散文除了寫作模式上的正——反——合之外，它首先是明顯使用了一種按捺不住的、甚至是劍拔弩張的寫作態度（儘管在大多數時候這種態度是內斂的），繼而終不免過早虛脫得只剩下深沉的感慨和歎息（余秋雨就經常說：「我不禁要深深地感歎……」）。原因或許主要在於：它試圖以個人化的寫作方式代「我們」——即此時此刻的民族——立言。這顯然不是一種謙遜的態度。寫作者顯然過高估計了自己應該擔負的責任。實際上，個人只是對同一個大時代的分有，個人的思索或許只可能是對同一個大傳統的思索的分有，以「我」出發而上達「我們」，即是說，以個人的分有企圖上升到全體人對時代和文化的整一思考，這中間的確有著太多的差價，也需要太多的仲介。要完成、彌補、甚至「消解」這一差距，並不是寫作者的個人才華與能力的問題；就這一差距而言，它完全有可能看不起個人的才華和能力。凡是試圖從「分有」而上達全體的人，終不免要歸於失敗。時下的文化散文寫作大約還在、還要、還會進行，但也早已流露出它窮途末路的尾巴。解決這一問題的最好方法或許是：對自己試圖展現的對象有一種謙遜的態度。說到底，寫作的偉大品德始終是謙遜中的克制。

當代詩人散文寫作首先是以主格的「我」為開始，也以主格的「我」為結束。梭羅（Henry David Thoreau）在《瓦爾登湖》裏說：「無論什麼書都是第一人稱在發言，我們卻常常把這點給忘記了。」隱士梭羅說，這一致命的忘記真值得我們遺憾。梭羅的看法很對當代詩人散文寫作的胃口。詩人們從「我」到「我」的寫作方式（即我／我關係），既避免了古代正宗散文寫作中「我」有可能被徹底刪

刈的危險，又避免了當代文化散文寫作中把「我」傲慢地上升為「我們」的危險。另一方面，由於「我」深入的對象、「我」最後獲得的結論的不同，也使當代詩人散文寫作與時下的小品寫作區別開來。詩人散文寫作面對的不是海德格爾（Martin Heidegger）的「澄明」世界，而是一個神秘的世界、晦暗的世界；世界的神秘感，世界上萬事萬物顯透出的本己的神秘，為詩人散文寫作提供了令它驚訝的素質：只有神秘的東西才值得抒寫，也只有對世界以神秘視之，才能讓寫作者在對象面前保持必要的謙遜感，世界也才可能成為寫作不可窮盡的對象。一清二楚的世界只對狂徒和傻瓜有效。

一切神秘中最大的神秘是命運。古希臘人正確地稱命運之神才是「萬神之神」。世界是命運的世界，這是潛藏在詩人們內心深處的共同出發點；正是在此基礎上，世界對詩人散文寫作顯出了它的神秘感。詩人散文寫作的目的之一，就是要從破譯命運世界出發建構自己眼中的世界。一位詩人在散文中這樣寫道：

> 乞丐穿好夾克一定不會冷了。他把討錢的鐵盒蓋好，開始時搓著兩隻手，他的手上有厚厚的一層黑。他像揭老繭一樣一點一點地把它們揭下來。這時，他抬起了頭。我迎到了那目光，我再一次感到我看見的是完全正常平靜的人的目光。我不想他覺得我在注意他。我向地上問：馬蹄多少錢一斤？地上人說：兩塊。然後就走了。（王小妮《目擊者手記》）

這是人（即乞丐）與命運的直接面對。雖然人可以用平靜的、和解的目光打量世界和命運，然而必須要說出它（在這裏當然就是王小妮的任務了）。命運是不可知的，從最嚴格的意義上說，人甚至對明天早上都不能做出肯定的判斷。維特根斯坦（Ludwing Wittgenstain）在《文化與價值》中聲稱：即使一切科學問題都被解決了，我們的生命問題依然還沒有觸及到。因而維氏說，的確有不可知的東西，但它不可言說。當代詩人散文寫作在謙遜中卻顯示出了極大的倔強：他們

說，要讓蒙面人說話；要傾聽屏風中被掩藏的聲音。里爾克（Rainer
Maria Rilke）的決心道出了這夥人的心聲：「我們無休止地採集不可
見的東西之蜜，並把它儲藏在無形而巨大的蜂巢中。」由於詩人散文
寫作與詩人身份有著血緣上的深深連帶，使他們在世界的神秘面前感
到了本己的神秘，也由此使自身的神秘與世界的神秘達到了一種類似
於「異質同構」的關係：詩人散文寫作試圖以神秘對付神秘。在這種
謙卑、克制的寫作中，有如梁宗岱在《詩與真》中曾經描述過的那樣，
萬物躍動的「靈魂與我們的靈魂偶然地相遇，兩個相同的命運，在一
剎那間，互相點頭，默契和微笑」。詩人就這樣試圖通過散文寫作承
接命運的不可知之流。那龐大的、不可窮盡的神秘，誠如泰戈爾
（Ranbindranath Tagore）用充滿神秘的口吻說起過的：

　　「你無窮的賜予只傾入我小小的手裏。時代過去了，你還在傾
注，而我的手裏還有餘量待充滿。」

三、詩歌／散文：詩人散文寫作的特徵之二

　　當代詩人散文寫作和詩人的身份有著先在的血緣關係，因此，它
和詩歌寫作肯定存在著某種值得追究的互探關係。但詩人散文寫作不
是詩歌寫作的茶餘飯後。于堅強調說，他的散文不是什麼副產品；寫
作也不存在主副之分（于堅《棕皮手記》）。詩人通過詩歌寫作構造自
己眼中的世界，也通過自己的散文寫作完成這一任務。兩者的共同前
提是：把世界看成一個神秘的命運化的世界。詩人散文寫作和詩歌寫作
一起，分有了這個原初的意念，在不同的寫作形式中面對共同的問題。
　　就是在這個關節點上，詩人散文寫作和詩歌寫作開始了一種可以
稱之為「互探性」的對話關係。梭羅在《瓦爾登湖》中說：「當一個人
把他想像的事實提煉為他的理論之時，我預見到，一切人最終都要在
這樣的基礎上建築起他們的生活來。」當詩人從最初的面對事實世界
轉向自身的生活並面對生活時，由於原初意念的作用，他們本己的生
活也無不打上神秘的命運烙印。當我們說詩歌寫作更有可能面對命運

本身、直抵命運核心、在命運這個巨大的元素中直接抒寫命運時，詩人散文寫作因了散文文體的獨特性與靈活性，使它更有可能面對打上了命運烙印的生活本身，也就是梭羅所謂「建築」起來的「生活」。如此，詩歌寫作中原教旨主義式地對命運的描摹和轉述，在詩人散文寫作中則被稀釋為活生生的生活事境。詩歌寫作是命運元素本身，在大多數情況下，它要依靠稀釋了命運神秘感的生活細節來為之做注，就像茨維塔耶娃為了降低詩歌中直接陳述命運的快疾速度以減少對她本人的傷害，而不時地要寫寫散文一樣。詩人的散文是詩歌的注釋，但這不是一般的注釋：它是和正文有著同等重要性的注釋。從根子上說，詩歌是不居中的恒居之物，是催生散文寫作中生活之流的原動力；而詩人散文寫作則是長居中的不居之物，它是對詩歌寫作的分有。兩者之間的互探、對話要求它們有這樣的關係。而對話，當然就不能分出高下、主次；對話就是一方在另一方的注視下——且必須在另一方的注視下——，才能體現本有的特徵。這全部的意思僅僅是：詩歌是宗旨，散文是行動，是不斷引用、說明詩歌的行動，它面對生活中的一切，甚至面對生活中俗不可耐之物，但由於它本己的引用和說明特徵，可以使俗不可耐的細節和事物擁有掩飾不住的神秘光暈。

　　詩歌寫作可以繞開事實世界直抵命運展示的那一重詩人眼中的世界；作為互補之物，當詩人重新回返事實世界時，又以散文寫作來面對當下、手邊的事實世界。詩人依靠散文寫作在兩個世界之間來回穿梭，他們的文本混合了不同的世界並讓它們同時存在。在《夜鶯在它自己的時代》中，王家新說：「我們不是詩人。詩人是那種一開始就帶來一種命運的人，是使夜的眼睛變綠而他自己消失的人。的確，詩人在我們之中，而我們除了進入寫作就無法與他重逢。」或許正是這樣，我們可以從心理學的角度說，人沒有足夠的能力長久注視命運，也不能恒長地面對俗不可耐的、難以忍受的生活，因為前者需要詩人心理上與命運異質同構式的恒長燃燒，後者則需要詩人以純粹凡人的、吃喝拉撒睡式的方式完成生活的常舉。詩人可以消失，但必須面對命運；人可以成為詩人，但必須要進入寫作。

這都讓人神往，但也未必不讓人難以忍受。在詩人的命運和凡人的世俗生活之間，這種緊張心理的釋放和緩解途徑，就體現於寫作者在兩個世界的來回穿梭中：當他們難以忍受凡俗人生、無意義人生、即梭羅所謂「人可是大錯底下的勞動啊」那種荒唐人生，他們可以以不同的心情，通過語言的迷宮——歸根結底是通過語言的荒蕪路徑——回返命運、回返王家新所謂的能「使我們消失的力量」當中尋求答案，尋求我們的人生的本己證明：

Inde genus durum sumus ,experiensque laborum, Et documenta damus qua simus origine nati

（從此人成為堅硬物種而歷盡辛苦給我們證明我們是什麼來歷）

而當他們難以承受這種證明帶來的心理緊張感，他們可以帶著彼時彼刻尋求到的證明和暫時的答案回返事實世界，並將事實世界點化為神秘的、可以接受的、可以生存下去的、還有些許意義的自己的世界。僅從詩人散文寫作與詩歌寫作的互探、對話關係來看，從寫作者在兩個世界的不斷穿梭的行動本身來看，我同意蘭波（Arthur Rimbaud）「生活在別處」的論斷：生活既不在命運本身，也不在事實世界的凡俗生活之中，而是在兩者的不斷往復運動和對話的關聯域當中。而「行動」本身就是一個十分神秘的辭彙。海德格爾提醒過我們，人的一切行動都本己地包含著人對存在的領會，人首先是在行動中而非在理論認識中領會存在。我們甚至可以加以發揮說，詩人在散文寫作和詩歌寫作之間的不斷穿行，就是在不斷地領悟命運和存在而釋放自身內心緊張感的「行動」。行動是具體的、活生生的，它就在詩人散文寫作與詩歌寫作的不斷對話與互補之中。對話與互補昭示了行動的一切：既是行動的宣言，也是對行動的總結；既是行動的楔子和自序，也是行動的尾聲與後記。

在詩人散文寫作中，這一行動既要由主格的「我」來承擔其開端，又要以主格的「我」來承擔其結末。它是一個由「我」到「我」

不斷深入、進入和撲入的過程。當我們說，詩歌結束的時候，並不是指散文就來臨了，而是指在純粹個人的體察和領悟中，應該有一個直接面對生活、面對事實世界卻又要它分有詩歌世界的命運特質的行動著的散文寫作。從散文寫作到詩歌寫作，再由詩歌寫作回復散文寫作，只是個人的行動，是詩人個人的內心需要。它不指望以此行動來為誰作指南、作導言，它只將這一行動呈現出來，讓有智慧、有這種心理需求的同類去體驗、去參考。一個行動永遠只是、也只能是另一個或另一組行動的參考物而不是其他更高的東西。

詩人散文寫作與詩歌寫作的互探關係的表現之一是：以寫詩的方式寫散文。作為成熟的詩人散文寫作，它要把在詩中看到和體察到的東西拿到散文中使用，並借此「只眼」觀察凡俗的生活，讓凡俗的生活被點化、被浸淫。詩人散文寫作從不回避凡俗生活，更不懼怕凡俗生活中俗不可耐的部分，它一開始就把矛頭指向了人間生活具體的、一磚一瓦式的細節和局部。這也跟它從不將「我」狂妄地躍遷為「我們」的寫作態度相呼應。凡俗的生活在詩人散文寫作的觀察下，以神秘的、令人感動的、甚至讓人心醉地姿勢進入散文寫作之中，這就是為什麼海男可以以詩人的身份面對散文中凡俗的土豆，于堅可以以詩人的呼吸說出能指的而不是隱喻意義上的烏鴉，鍾鳴可以一改詩人有意為之的「粗礪」筆觸而細緻入微地、甚至看起來令人乏味地描述老鼠、叩頭蟲、蟾蜍和在大多數眼中僅僅以散文表現出的毫無「詩意」的徒步者的根本原因。在這裏，誠如歐陽江河在詩中所說：「局部是最多的／比全體還多出一個。」整體被局部取代。詩歌描寫命運的整體、描寫那能使我們消失的力量的全部，所謂從一滴水中可以看出整個宇宙；而詩人散文寫作則依靠于堅所謂的「撫摸」去面對局部的、凡俗的人間細節。但是，由於二者之間的互探、互補和對話關係，我們始終不要忘了，詩人散文寫作始終處於描寫命運整體的詩歌寫作的籠罩之下；在此情況下，比全體還多出一個的局部與部分才可望成立。因此，所謂以寫詩的方式寫散文，從根子上說，是散文寫作分有了詩歌寫作面對命運而帶出的結果所致。

詩人散文寫作與詩歌寫作的互探關係還有一個極為明顯的外在表現：散文中夾雜著詩句甚至詩歌段落。如果說，其他身份的人在進行散文寫作時也要夾雜一些分行排列的文字（比如余秋雨和晚報鼓勵下的小品文），原因之一是想讓文章變得豐富因而能使文章更美，詩人散文寫作的如此行動，卻更直白地表明了詩人散文寫作和詩歌寫作的裙帶關係：如果其他形式的散文寫作中引入詩句、詩段更多只存在一個引用得合不合適、恰不恰當這樣的技術問題，對詩人散文寫作而言，更要緊的則是它在何種程度上幫助散文寫作分有了詩歌寫作面對的命運整體，在怎樣的程度上使散文寫作和詩歌寫作之間達到一種有效的互探、互補和對話關係。這是一個更跡近於本體論的深層問題，它並非不重視技術、技巧，而是說，在更大的比例上，它已經不只是技巧、技術。詩人散文寫作通過對詩行或詩段的引入，得以使散文寫作保證了自己已經將不居而又常居的詩歌寫作化作了本己的行動；散文寫作因為分有了詩歌面對的事物因而終於和詩歌聯為一體。詩人將自己的詩行引入散文寫作也許更能說明問題：因為這能充分顯示詩人的散文寫作在骨子裏和詩歌寫作的互探關係；它是詩人自己的詩，因而散文寫作能成為詩人詩歌寫作的一部分。如果仔細觀察我們就不難發現，詩人散文寫作中有不少篇什是引用了詩人自己的詩行的。從詩人散文寫作與詩歌寫作的互探關係中，我們不難窺測出寫作者這樣做的重大命意；而從這一現象中，我們也能得出詩人散文寫作與詩歌寫作之間存在著互探關係以及互探關係的真正內涵。

四、說／聽：詩人散文寫作的特徵之三

詩人散文寫作在營造出的自己的世界上充斥著各種不同的聲音。在此，聲音本身就表徵著對世界、命運和神秘事物的看法。聲音問題和說與聽有著深深的內在關係。任何寫作都是無聲的「說」，同時也是無聲地「聽」，因為說帶出了它天然需要的聽眾。在寫作中，

說塑造了聽眾和聽眾的聽。詩人散文寫作在「說」的同時，也預設了聽眾和聽眾的「聽」。

古代正宗散文寫作（它往往也是詩人的寫作）因為目的是代聖人立言、代道立言，它的聲音難免不是祈使式的、命令式的；此時此刻，作者已不再是他自己，而是聖人和道，要不就是聖人與道附體的靈物。它在對大眾說話，它假想中的聽眾是集體的，它遵從的說與聽的範式是：我（道、聖人）／他們關係。這種散文寫作營構出的聖化世界時時刻刻都想和事實世界相重合，當然，它之所以「說」的目的也正在這裏。當代文化散文寫作的准的是從「我」對中國傳統、文化的看法、觀察和反省出發，說出「我們」的態度與心願。它的句式是逼問式的、反詰式的。它試圖通過「我」上達「我們」並向「我們」說話；它假想中的聽眾是集體的，它遵從的說與聽的範式是：我／我們關係。從古至今，小品心態推動下的小品寫作，其目的是想在凡俗的世界上發現小智慧、小感悟，並試圖讓它得到眾人的分享，小品寫作營造的世界是從事實世界抽出的、竊取的那部分世界；它的聲音是七嘴八舌的，在看似的平緩中蘊涵著只有「我」才能有如此發現的傲慢。它將把小品寫作營造的世界送到眾人面前讓眾人分享，決定了它的語氣是乞求式的、怕被拒絕式的。它遵從的說與聽的範式是：我／你們關係。

較為成熟的當代詩人散文寫作和上述種種有著明顯區別。它自知只能從「我」出發營造自己的世界；它知道詩人散文寫作只是對詩歌寫作的一次行動式演義，它更知道這個世界並不需要導師，它只聽從命運的召喚，並把這種召喚說出來，而且只說給自己聽。它是自言自語式的、獨白式的；它遵從的說與聽的範式是：我／我關係。在當代詩人散文寫作中，我／我關係有很多變種，有很多不同的承載方式。這裏只抽取其中最常見的我／物關係。我／物關係已經擺明瞭：寫作者通過散文寫作向物說話並使之傾聽。在這裏，物不是抽象的，而是具體的、活生生的。物就是寫作者本人。比如海男筆下的土豆、博物館、酒吧，于堅所謂的雲南高原、雨水、視窗，鍾鳴描述的各種各樣

奇怪的動物……當然還有王小妮眼中的乞丐、馬蹄和兩塊錢。物在寫作者那裏，既是物本身，更是寫作者本身的一部分。他們要靠它養育，靠它支撐，靠它的乳汁行動。這時，命運的苦難特質有望隱退，籠罩在事物身上的只是神秘性，它讓寫作者驚詫，也讓寫作者只能驚訝地面對它，而不敢狂妄地自稱對它有所發現，更不用說在它身上尋找智慧了。寫作者只能以拉家常的口吻向它說話。詩人散文寫作的語調體現在我／物關係中，是海男所謂感恩式的，而不是掠奪式的，更不是仇恨式的。我與物、我與曾經壓榨我剝奪我的物、我與曾經代表苦難和仇恨的物和平相處。因此，詩人散文寫作可望在凡俗的事物中窺視到被粗心的人曾經遺棄的事物，並通過和詩歌寫作有著互探關係的散文寫作說出自己的話。在這裏，物既是傾聽者又是訴說者。寫作者說出了物想要說出的話。或許正是這樣，我／物關係的重新建立，導致了詩人散文寫作中看似庸常卻又掩飾不住的與事實世界不相重合的自己的世界的出現：

> 酒吧是一種建築結構，是一座放滿音廂、窗格、花朵、美酒的居室。直到如今，它的幽靜而富麗的幻想吸引著愛情，博愛和思念的人們。春天，等到又一個春天到來的時候，那座酒吧等待著我們，就像世界敞開的居室。（海男《酒吧》）

是生活中真實的酒吧嗎？當然。僅僅是生活中實存的酒吧嗎？當然也不。究竟是作者在向酒吧說話，還是酒吧在向人們發出邀請和召喚？在此，我／物關係表明了：物是我的物，我是物的我，是物的一個朋友或者情人。面向物，就是面向我；對物說話，就是對我自己說話。在這種情況下，向眾人佈道、向集體發表演說已顯得過於狂妄而且不可能；更有甚者，我在面對物時，更能顯示出我謙卑式的渺小。這是感恩式口氣的本來意思。于堅為什麼不歌唱玫瑰，只拜倒在雲南米線、黃果樹流動的瀑布甚或只是泡沫面前？西川為什麼只鍾情於荒蕪偏僻的小道？海男為什麼要伏在葡萄、博物館甚至漂泊中的沙漠、

駱駝、旅人面前低聲說話呢？在這裏，人低於物，但物並不欺壓人。物也沒有如同有的人常常說的那樣異化人。物成了寫作者心中的半神，因為物給他們提供了瓊漿以及友好、和平相處的契機。

在《棕皮手記》中，于堅說，所謂知道，就是要「知」的是「道」，「知」本身是不「知」「道」的，因而知道規定了一種有方向、有目的的「知」。在物／我關係面前，于堅聲稱，要恢復不知道的力量。我想，這是當代詩人散文寫作在有意無意中共同明瞭的寫作心態。詩人散文寫作和詩人身份的血緣關係，使之註定要抒寫命運；在它眼中，命運完全可能外化在事物之上。但詩人們早已明白了，命運是不可知的，是神秘的，因而人對它不可能有什麼真正的發現，按于堅的話說，我們是不會「知」命運之「道」的。因此，我／物關係的又一重含義是，它要求詩人散文寫作在面對物時，除了海男所謂的感恩式語氣，更多地要使用陳述式語氣：既然我們不能知命運之道，我們就不能狂妄地宣稱我們發現了命運；既然我們不能對命運有所發現、有所斬獲，我們就只能如實描寫籠罩在事物身上的那一縷神秘感。

當代詩人散文寫作遵從的說與聽的範式之二是：我／虛無關係。對當代詩人散文寫作者來說，神是不存在的，拯救和救贖更不知從何說起。在面對具體的事物而感到了自身的渺小外，寫作者們更感到了虛無的巨大能量。命運的本質特徵不是死亡，而是虛無，它能讓人的獲救、「終極關懷」最終成為不可能。在我們的時代，虛無就是最大的命運。當詩人在詩歌寫作中面對過這一切之後，作為對它的回應和折射，註定要來到詩人的散文寫作中。虛無來到了散文寫作者身上，讓他開口說話，讓他在茫茫虛空中對虛無說話，並讓虛無傾聽。這是根本上的獨白：虛無其實是聽不見訴說的。此時，他寫作，不是為了讓自己聽，更不是為了讓大眾聽；他的語氣既不是痛苦的，更不可能是祈使的、命令式的。寫作者面對的只是虛無，他固執地向空無一物的虛無說話，卻總以為它能聽見。當海男在散文中精闢地說「空間是地獄的形式」時，我想，我要說的正是這個意思。

我／我關係也好，我／虛無關係也罷，都使寫作者越過事實世界走向了自己的世界；即使是看似要向事實世界投誠、與事實世界重合的于堅也不例外。在當代詩人散文寫作中，無論是于堅、鍾鳴、海男還是西川、龐培、翟永明，這兩重說與聽的範式總是混合的、難以分辨清楚的。這兩種說與聽的範式始終想連袂完成一個宏偉的願望：在寫作者自己的世界上，讓始終高於我們、讓我們感恩戴德的物、讓真正需要我們有勇氣面對的虛無開口說話。它既是使西川所謂的蒙面人發言，也是讓我們聽見海男所謂躲在屏風中的聲音。在這個意義上，我們可以說，詩人散文寫作中的聲音，是通過物、虛無和寫作者這個「我」之間的相互訴說、相互傾聽來完成的。它不是其他形式的散文寫作那樣，總是單向度的說與聽；它不是一方在說，也不是一方在聽，而是都在說，同時也都在聽，即使面對虛無也不例外。

從這個意義上，我們也可以斗膽說，詩人散文寫作真正分有、分享、承擔了詩歌寫作要真正面對的命運——從此，命運不再是靜止的，而是通過散文寫作的運行化為了行動，命運不再是壓榨人、奴役人的，而是可以親和、可以與之交談和擁抱的親人；當然，命運也不再是要求拯救的什物，而且寫作者也不必完成他力不能及的自救和被拯救的任務。

五、謙遜／敬畏：詩人散文寫作的特徵之四

詩人散文寫作是謙遜的寫作，它陳述物，與虛無對話，但不提問，不反駁，甚至不企圖發現什麼。泰戈爾曾經教導我們：「當我們大為謙卑的時候，就是我們最接近於偉大的時候。」海男說：「當我開始寫作的時候，一個驚恐的聲音，它從我生活的外部環境的街道上傳來。它每隔一個時期都沒法抑制住自己的聲音響起來，好像是火葬場機器的轟鳴聲。」海男說，「這就是極限，沒有一種極限像人的軀體這樣不可以不折斷、不屈從、不失敗，不可以在火焰顫動的火爐中還能夠包括一個圓圈，伸展得越來越遠的圓圈。」詩人散文寫作明白自

己在與物、在與虛無面對面時，在與沾染了命運特質的事件相遇時，遲早會遇到一個向下彎曲的極限；它明白任何與之對抗的企圖都是註定不能得逞的。這不是無奈，而是在誠實地注視下呈現出來的事實。狂妄的寫作要麼是試圖宣教、頒佈，要麼是渴望發現、尋找；總以為自己的寫作可以為某一類人提供生活的目的，或指明未來的方向。對這一類寫作，報應總會有的。鍾鳴在他的散文寫作中暗中警告過這一類人、這一類寫作：「一個清靜的和尚，傷害僅僅是嘴唇稍顯大些的樹皮動物是不道德的。現在也沒有人明白，樹林的滅絕，水土流失，北方人睡火炕半夜燒了屁股，都是樹皮動物對人類的報復。」瘋狂的寫作，會讓許多珍貴的事物消失、消隱、消退；而妄圖宣傳某種教義、頒佈某種關於生活與關於世界的法令的人，註定會受到報復，也會被燒焦了屁股。因為他們也傷害了有如樹皮動物一樣的命運。難道現在被報復、屁股被燒糊了的寫作者還少了？詩人龐培寫道：

> 在那兒你眺望到的似乎只有麻雀那麼大的小鎮全貌，它的河道、工廠、民房、舊碼頭；你看到靠河的木房子在河床邊裸露出枯白彎曲的舊木樁，像一根根老人的腿骨。你說不出話來，那風景中，那從鎮上的工廠煙膛飄出的煙霧裏有某種永久的死寂，但表面平和靜止的東西——那是江南舊日的甜美嗎——你無以言表。（龐培《鄉村肖像》）

當代詩人散文寫作的謙遜首先表現在它的敬畏感上。它再也不敢對命運、對宇宙、對萬事萬物進行狂吼濫嚎，它體察到了在永恆的虛無、亙古不變而又變動不居的事物面前的渺小，這就勢必要迫使寫作者與物、與虛無進行雙向的說與聽時始終保持一種謙卑感，只敢用一種輕微的、怕擦傷事物的、偶爾帶上一點驚訝的聲音說出自己的觀察，甚至有如龐培說的那樣「你說不出話來」、「你無以言表」。巴斯卡（Blaise Pascal）說：「這無窮空間永恆的靜使我竦栗。」這或許是能讓當代詩人散文寫作接受並開始行動的前提。

　　謙遜和敬畏決定了當代詩人散文寫作中的時間向度。一般說來，詩人散文寫作中的時間是隱匿的、潛藏的、掩蓋在事物表皮之下的。但它又是均勻流動的。這很投時間老人的脾氣：它老早就在等待著這麼一群心平氣和的寫作者來客觀公允地把時間自身包納在內。因為歸根結底，時間總是在均勻流動；所謂的不均勻，是人們的性急和狂傲所致。在古代正宗散文寫作中，時間是靜止的：聖人並不因時間的流動而成為非聖人或更聖的人，道也不會在時光的消失中改變自身的重量。在當代文化散文寫作中，時間向度是從現在出發而回復過去：不回到過去就無法洞穿所謂的歷史與傳統，「我們」的視線也就會被阻擋在被稱作囚牢的現在當中。小品寫作呢，其時間向度是從現在出發而面向未來：「我想要……」「如果……那麼」等句式指示出的結果只能在未來或明天，它提供了膚淺的智慧和令人心醉得準備虛脫的希望。而當代詩人散文寫作的時間向度只是現在：從現在出發，然後再回到現在。歐陽江河曾經表述過：詩人要做的只是選定哪一個時間段為「現在」，然後由此開始或結束寫作──無論是詩歌寫作還是詩人的散文寫作。這正是當代詩人散文寫作中的時間之謎。它可以把過去的某一刻定為現在，也可以把未來的某一瞬定為現在，因為沒有任何一刻能恒常地、永久地充當現在。當作為現在的時間被確立時，詩人散文寫作也就本己地具有了可操作性：它忽而回到過去（比如鍾鳴、王小妮），忽而又潛向與現在垂直的高空俯視時間和現在本身（比如海男、西川），忽而又沖到時間的終點再回過頭來打量被寫作者稱為現在的那一刻（比如王家新、于堅），而它的最終指歸總是在此時此刻的當下。對當代詩人散文寫作而言，不存在關於過去的歷史，因為時光的均勻流逝，讓他們的寫作總是會以一種回憶錄的口吻來描述一切。這看上去當然很矛盾，卻又正是詩人散文寫作的謙遜之所在：因為對現在的把握總是不確定的。現在是由一切不確定的可能性構成的：它孕育一切又拋棄一切，它出生一切又殺死一切，它哺育一切卻又把它們全體給遺忘掉，只餘下被挑選出來的少數，以證明現在確實是存

在的。而詩人散文寫作只能誠實地、如實地面對它、描述它、承認它，而不是試圖改變它、反抗它和否定它。

謙遜感和敬畏感還決定了當代詩人散文寫作要處理的是發生在現在的問題。誠如歐陽江河所言，詩人散文寫作和羅蘭·巴爾特（Roland Barthes）所謂的秋天狀態極其相似。在萬物成熟的季節，寫作者面對的決不是命運的有與無、是與非這樣的問題，而是累累的果實。那存在的萬物和萬物表面沾染的命運之光都現實地存在著，寫作者要面對的只是自己如何承受這累累果實，如何以驚訝的方式面對這存在著的豐收；它要解決的只是如何把事實世界中的累累果實轉化到自己眼中的世界上來。有與無、是與非是本體論問題，它以對豐收、果實的懷疑或抽象為前提；在萬物的存在面前考慮萬物是否存在，幾乎沒有比這更搞笑的話題了。而謙遜的詩人散文寫作固然也要營造自己的世界，但它首先不是懷疑而是驚詫地相信，在此基礎上，將事實世界引進到自己的世界之中，並在兩個世界的交集處以近乎完美的寫作呈現這一切：

> 天完全黑下來。水泥預製件上的菜沒了，茶館打烊，羊湯店掛上排門，廠裏的鍋爐熄火，糖果廠鎖緊庫房門——四周又恢復了那白晝彷彿從未來臨過的，遠為深沉古老的萬籟俱寂——整個鄉村，整個大地，就像慢慢爬進琥珀的蟲子——被夜空中皎潔的嚴寒——驟然封存。（龐培《鄉村肖像》）

現在的確是由不確定的可能性構成的。此時此刻的夜在此時此刻一點一滴地來臨了。累累的果實和來臨的豐收並不恒常地屬於我們。一切都在此時此刻中消失，在此時此刻的夜中隱遁、被「驟然封存」。或許只有滿懷敬畏和謙遜的寫作才能面對它們：渴望不朽，卻沒有不朽；渴望恒常的事物，然而它又令人掃興的不存在……這就是現在，此時此刻的詩人散文寫作中呈現出來的自己的世界，自己的時空。它沒有企望，沒有奢求，甚至沒有幻想，它只是面對這

一切，敘述這一切，並內在地把不確定性引進自己的寫作當中。你必須要承受它，如果你還希望活著。鍾鳴有趣地說：

> 風景皇帝眼裏的豹子和圖畫動物便恢復過來。而城裏的人，也確信不疑地斷言了皇帝最遲到達的時間。(鍾鳴《春秋來信》)

好笑嗎？然而並不。「確信不疑」在此有著明顯的反諷意味。「最遲到達的時間」正是時間的終點，如果我們站在這個終點去觀察那個「確信不疑」的斷定的話，一切都會昭然若揭：「最遲到達的時間」正是不確定的時間，是希望中的時間；而拿不確定的時間做參照，能確定出我們所由出發的「確定不疑」的現在嗎？愛因斯坦和他的相對論都會說，這不是真的。的確不是真的。詩人散文寫作的謙遜也再一次體現在這裏：我們就是要忍受這不可知的不確定，要敬畏這種不確定，並且還要對它保持驚詫和信任，直到我們寫作的終結。它再一次向我們表明，不確定性拒絕青春的有與無、是與非這一類發問。它不允許發問，因為卡夫卡說了，這樣的發問毫無意義；它只同意寫作者從現在出發滿懷敬畏地回到不確定上來。──在成熟的季節裏，展開自己有幸碰到的不確定而心懷感激，並使自己謙遜地消失在這種感激和不確定之中。

六、詞／物：詩人散文寫作的特徵之五

在中國當代的文學寫作領域內，首先提出語言問題的無疑是詩人。這個事實是稍知「新時期」以來文學進程常識的人都知道的。由於詩人散文寫作和詩人身份有著難以割裂的血緣關係，當代詩人散文寫作也由此把語言提到了前所未有的高度。鍾鳴、西川曾不斷在寫作中滿懷感恩地歌頌自己的母語：對語言，他們有說不完的情分。維特根斯坦說：「人總感到不可遏制地要衝破語言的界限，……我們可說的一切都先天必然地要成為無意義的。但儘管如此，我們

總還是力圖衝破語言的界限。」對當代詩人散文寫作來說，那「界限」就在於它們極想深入卻又屢屢感到難以深入的世界。真實的世界，即事實世界背後的世界總是隱匿的、神秘的、從不主動言說的，它是一個蒙面人，或者僅僅是屏風中傳出的難以聽見的聲音。甚至是被凍結的聲音。它是不確定的，但它始終存在，需要寫作者自身的語言去捕捉。從這個維度來看梅洛·龐蒂（Maurece Merleau-Panty）的名言「語詞是世界的血肉」，我們就能將之理解為：語言是寫作者自己眼中的世界的血肉，或者說，事實世界在寫作者的語言中變作了寫作者自身的血肉，也因而組成了自己的世界。

當代詩人散文寫作為了和詩歌寫作的互探關係相適應，也得有一套自己的辭彙表。王家新對此頗有疑問：「是否存在著個人辭彙、個人的詩學詞典？」我們說，它是存在的。不過，辭彙表的存在又並非是沒有條件的。由於良好的敬天畏命的特性，詩人散文寫作不僅要面對事物本身，更要面對事物因了命運而打上的神秘性。因此，它的專門辭彙表一方面必須是具象的，以期和自己的謙遜品格相適應，與它要表達的具體的、活生生的事物相適應；另一方面，它更要使自己的專門辭彙表有一種神秘性。在這裏，具象性和神秘性必須要統一起來。只有神秘性、以純粹隱喻的方式出現的辭彙是傲慢的。因為純粹隱喻性的神秘辭彙具有極大的模糊特徵，它針對的是事物的全體，它一出現就能打倒一大片，細節被忽略了，細節上沾染的神秘光芒被刪刈了，剩下的只是一個隱隱約約的整體輪廓。如果辭彙只有具象性，只以純客觀的方式出現，則又是貧乏的。它固然能很好地呈現細節，呈現事物的條紋，它固然是謙遜的，但又刪刈了細節和條紋上必須要沾染的神秘性，而這種神秘性正是詩人散文寫作要構建自己的世界的主要語言方略。事實上，當代詩人散文寫作既不願面對模糊的整體輪廓，又不願被純粹庸常的人間細節所淹沒。

人類究竟需不需要貘猥出現呢？一當貘猥降臨，就意味著人類的金屬物質頃刻之間就會蕩然無存。而一個沒有金屬的世

界，也就是一個沒有工具的世界。問題是，有了銅鐵金屬，人類固然要加速毀滅，但沒有金屬，人類就不滅亡了嗎？（鍾鳴《吃鐵的動物》）

我已記不清我說過哪些大話，可我當然記得我做過的一個夢：一間鐵路扳道房——我的家。一張桌子、一把椅子、一張木板床。門外是鐵道，鐵道那邊是一條無聲的大河在流淌，大河那邊是一座青山。有一座更高的山聳立在那青山背後；它雄偉的金黃色山體燦爛、神秘、耀眼，其直插雲霄的山峰我無法望見。（西川《關於母親時代的洪水》）

在所有食物中，恐怕只有土豆是最具世界性的……它是土地的延伸，就好像是俄羅斯與土豆的延長，凡‧高與土豆的中心之地一樣，它最大的特點就是使我們看見、品嚐這種植物長出的元素就禁不住回憶、想像。此外，土豆伴隨有土豆史的人類千百年來，它從未衰退過，它的歷史太堅實。（海男《土豆與幻想》）

　　以上是隨手從幾位詩人的散文集子中抽取出的片段。從中我們可以看到如下一些辭彙：獷猥、金屬、工具、桌子、椅子、木板床、鐵道、河流、青山、更高的青山、土豆……這或許稱得上具體的、具象的辭彙了。按照維特根斯坦的觀點，這些辭彙都能在事實世界找到可對應的圖像（即實物），它們是可以被看見、被品嚐的。但是，這些充滿細節的具體辭彙，因為與人類、夢、歷史、回憶、想像、無法望見……等辭彙搭配在一起，便已本己地沾染了一層朦朧感、神秘感，這層神秘感有可能使上述冷冰冰的、毫無詩意、毫無深度的辭彙呈現出與之相反的含義。這些具象的辭彙使細節在神秘感的召喚下列隊集合，共同走向了散文寫作者自己眼中的世界。

　　于堅說：「寫作就是對詞的傷害和治療。你不可能消滅一個詞，但你可能治療它，傷害它，傷害讀者對它的知道。」于堅的意思是：要

讓寫作者的辭彙表中擁有一些讓讀者意想不到的、讓讀者不可能預先
「知」其要表達什麼「道」的辭彙。但是，並沒有什麼專門只供當代
詩人散文寫作的辭彙，有的只是大家都在使用的公共辭彙。寫作者的
任務是從變動不居而又常居的詩歌寫作中，借來「仙氣」使行動中的
散文寫作裏的辭彙打上詩性的烙印。使詩歌的神秘感具體地分有到散
文寫作中的細節上去。如此，在讀者預料不到的地方，詩人散文寫作才
稱得上走到了公共辭彙的人跡罕至之處──王家新的疑問是有道理的。

　　當代詩人散文寫作既想描寫局部又不想被細節淹沒，既要神秘
感又不至於模糊難辨，這就勢必要求詩人散文寫作的專有辭彙表有
著相當的準確性和精確性。很難設想，描寫細節的辭彙如果不精確
又如何能將細節準確地呈現出來。這些辭彙應該是被嚴格挑選的、
被詩人散文寫作的本有特徵取消了其他辭彙後剩下的辭彙。精確性
是詩人散文寫作追求的目標：因為它始終要謙遜地面對、承擔、呈
現事物。正如于堅所說，必須要對辭彙進行治療；而傷害某一個詞
從前的含義，其實也是對它的治療。而治療的大方向就是朝著精確
性的層次邁進。一方面，有了精確性，寫作才能呼喚出潛藏在屏風
中的聲音，才能準確地喊出蒙面人的名字。另一方面，也只有在此
基礎上，由於詞與詞之間的相互擠壓，同時使被挑選出的詞擁有了、
分有了神秘性，才會使屏風中的聲音傳出另一個世界的言辭，才能
使蒙面人說出讓寫作者驚訝、讓寫作者震驚甚至威懾寫作者、讓寫
作者倍感渺小的消息。因此，只有辭彙擁有了這種特徵，才能構建
出超越事實世界的另一重世界；事實世界才會吐露它的秘密，說出
隱瞞了許久終於說出的話、不得不說出的話。

　　詞與物始終是困繞詩人散文寫作、同時又讓詩人散文寫作倍感
迷醉的問題。它贊成海德格爾的話：「存在是只有在語言之中把自己
送到人那裏的。從這個意義上說，語言是存在對人的禮物。但這種
禮物具有極特殊的性質，一般說來，禮物和贈送者當然是不同的，
但謂之語言的存在禮物則不然。給人贈送語言的存在，不是存在於
語言之外的什麼不可名狀的實體。語言被送到人那裏的意思就是：

有存在。……語言是存在的家。」當代詩人散文寫作的主要任務，也就是要讓詞與物在達到契合之時，給寫作者找到可以讓自己安住的居所；或許只有平靜地面對物，用唯一的工具——辭彙——去把捉和我們息息相關的物，寫作者才能把捉到自己的存在，把捉到自己的去向：那由現在出發的去向。

面對變動不居之物，辭彙表必須是動態的，它在取消公共辭彙而打上自己私人印記的時候，也在對自身進行取消。詩人散文寫作的辭彙表是不斷變動的辭彙表。人不能兩次踏進同一條河流，寫作者也不可能兩次面對同一個詞，更不可能讓同一個詞兩次面對同一件事物。寫作者在詞語中死亡，但也在品嚐辭彙的同時再生；他把昨天化作灰燼，只尋找今天的辭彙，以便讓今天的蒙面人說話，讓今天的屏風中再次傳出可聽的、可把握的聲音。那是不再被凍結的聲音。

七、煞尾

當一個時代對詩歌保持沉默、冷漠的表情以致於讓詩歌走入「地下」時，作為一種寫作策略，詩人散文寫作則將詩歌寫作的本有內涵化作行動而出現在地上。它是對事實世界中人的冷漠、嘲笑開的一次飽含善意的玩笑，是在不露聲色中向他們進行的詩歌啟蒙。西川說：「詩歌教導了死者和下一代。」如今，則是散文在起這樣的作用。

詩人散文寫作是詩歌寫作邁向沸騰的生活的橋樑。通過散文寫作，詩歌寫作有可能包納進生活的原始性，從最初的直面整體命運，到稍稍轉向生活的細節。但細節之所以能充滿光芒，是閃光的蜜而不僅僅是折射了陽光的露，原因還得到詩歌寫作中去尋找。

詩人散文寫作會不會有一個極限？它能達到目的嗎？它會不會在達到自身的目的之前，就耗空了內在活力從而道渴而死？契訶夫曾經描繪過一個小孩，他想儘快穿過草原回家去。一開始他哭泣，因為草原看上去無窮無盡；後來他迷上了這種漫遊，把穿行草原的目的給忘記了。當他走出草原時，他又一次哭了：沒有草原他該怎

麼辦呢？我們的詩人散文寫作會不會把自己的目的忘掉，像那個小男孩一樣？更重要的是，詩人散文寫作會走出這種尷尬的境地嗎？

為此，海男令人迷醉地寫道：「在路上，在這個世界上的每一條路上……」

1997 年 10 月 20-26 日，上海。

對一個口吃者的精神分析

一、口吃者的肖像

　　一道弧形的裂口，一條柔軟、鮮紅的舌頭，兩排潔白、呈弧形分佈的牙齒⋯⋯這些美妙、溫婉、珍貴的東西共同構成了人的嘴巴。嘴巴是人類最重要的器官之一，它是精神和肉體之所以能夠得以存在的最重要的通道：經由它，我們不僅能獲得肉身必需的能量（它也是陽光進入我們身體必需的間接渠道），而且還可以說出我們必需要說出的話。「當人還是動物的時候，就已經有了語言」——這是 J.G.赫爾德（Johann Gottfried Herder）的名言。嘴巴在使動物之人躍遷為人類之人的過程中起了重大作用：那些本來沒有方向感的各種聲音，在嘴巴的辛勤勞作下，終於獲得了有效的控制和放縱，從而使動物的無意義鳴叫變成了人的語言。但造物的玩笑有時也會開到嘴巴頭上，口吃、失語症、多嘴多舌、口腔痾疾患者、啞巴⋯⋯就是造物主的意志偶爾體現在人嘴上的敗筆。嘴巴上的所有疾病，都會引起表達方面的困難，不言而喻，也會給表達者帶來表達上的特殊方式。這種種迥異於常人的特殊方式，完全有理由被視作表達者的特殊風格。風格的形成有時或者對有些人來說，並不如羅蘭・巴爾特（Roland Barthes）所認為的那樣，僅僅是一種「心境蛻變」的結果，很可能首先出自一種純生理上的緣由。出於這個原因，假如我們說，一個特別想、特別渴望表達的詩人，不幸患有嘴巴上的某種疾病，那麼，他的表達風格難道會與此毫無關係嗎？

　　沒有嘴巴和說不出話的痛苦，詩人昌耀在 1984 年一首題為《人物習作》的短詩中，已經表達得淋漓盡致了：

小孩子對著自己即將完成的水彩習作不知所措：畫中吉普塞
少年的鼻子太長以致擠掉了嘴巴應有的空間。小孩子憤怒極
了，請示媽媽如何處置。媽媽讓他去找爸爸。爸爸盯著兒子
塗鴉之作冥想了很久很久，最終也決定不了嘴巴和鼻子究竟
何者更重要，就什麼也沒說而只搖了搖頭。那時畫稿中的吉
普塞少年很想訴說一下自己的心願，無奈沒有嘴巴，也只好
隨著搖了搖頭。[1]

嘴巴和鼻子誰更重要呢？這的確是個可以稱作「to be or not to be」
式的大問題。在這裏，詩中作畫的小孩子充當了造物主的角色；他偶
然的筆誤造成了畫中流浪的吉普塞少年在表達上的艱難，甚至是缺失。

我們不妨把詩中的「爸爸」直接「誤讀」成昌耀算了，因為我們
完全有理由說，詩人昌耀從小孩子無意失誤畫出的人像上，認出了他
自己。詩評家唐曉渡對昌耀的描述，在這裏完全可以作為參證。唐曉
渡談了三個關於昌耀的細節，第一個是昌耀遞名片給他，結結巴巴地
說：「這個……給你……自己做的；」另一個是昌耀在青海請他喝酒，
昌耀同樣是結結巴巴地說：「中國紅……我不懂，也不知道好不好……」
第三個是唐曉渡和昌耀相約去拉薩，在格爾木時昌耀突然病了，臨告
別時，昌耀有些遺憾地說：「真沒想到會是這個樣子……很遺憾……對
不起……你們走吧。」[2]昌耀是個口吃者，這是很顯然的事實了。

但昌耀不是個天生的口吃者，他的口吃是偶然的筆誤造成的結
果，是造物主向他開的一個惡劣的玩笑──昌耀的口吃是被逼成為
的。自從因兩首小詩惹禍，在長達二十多年的流放、勞教、勞改期
間，作為一個異類，他的嘴被長期剝奪了：除了必需的進食，語言

---

[1]　昌耀喜歡不拘形式地寫詩，也不在乎是否分行，他說：「我所稱之的隨筆，是有
　　著詩的餘味、旨遠而辭文自由成章的一種。無妨看作詩。」「在我極為有限的篇
　　目裏，分行文字的比重也是日漸縮小的趨勢。」(《昌耀近作》，《人民文學》，1998
　　年第 6 期，第 18 頁。)《人物習作》在昌耀自己也是被看作不分行的詩被收入
　　其詩集的(參見昌耀《命運之書》，青海人民出版社，1994 年，第 199 頁)。

[2]　唐曉度《行者昌耀》，《作家》，1999 年第 1 期，第 92-93 頁。

上的交流被認為是額外的。據說,在青海廣袤無垠的土地上,孤獨的昌耀甚至渴望有一隻狼過來和他交談。J.G.赫爾德說,大自然用她那雙善塑的手,充滿母愛地為其作品——人——添上了最後一筆,這一筆是一個偉大的箴言:「不要獨自一人享受,而要用聲音表達出你的感受!」[3]在嘴被剝奪了之後,那渴望被表達的聲音又能從何處發出來呢?這一點倒可以請人間的上帝來回答!

歲月的最大能力之一,不是讓人去誇誇其談,而是學會主動沉默;在某些人眼裏,沉默不獨是一種品質,更重要的是,沉默也是他們的「本能」。當表達的慾望無可奈何地來到時,擁有這種沉默本能的人開口說話了:這就是口吃。口吃者的訴說要麼是字字帶血,要麼就是驚天地、泣鬼神:他要說出他蘊藏了許久的特別想說的;更值得注意的是,他要以全部力量才能說出這些話。「我不語,但信沉默是一杯獨富滋補的飲料。」(昌耀《在古原騎車旅行》)而這杯「獨富滋補的飲料」,不也正是慫恿人說出他想說出的話的那杯營養品嗎?沉默:口吃者的再生之母,他的動力源,這是再真實不過的了。

不必把詩人的長期災難,僅僅看作詩人獨有的災難,因為災難實則是所有人的緣分——想想布萊希特(Bertold Brecht)的詩句吧:「想想這黑暗和嚴寒,/這個山谷,響徹著悲慘的回聲;」(布萊希特《三分錢歌劇》)更不必把災難美化為成就一個詩人最大的助力(它也許是),因為這肯定和詩歌的本來面目相去甚遠——聽聽艾呂亞(Paul Eluard)撕心裂肺的悲鳴:我怎麼會熱愛痛苦,我比所有人更熱愛幸福!然而,是災難讓昌耀成為一個口吃者,是災難的後遺症讓昌耀自始至終,都在口吃的氛圍內進行寫作,卻仍然是正確的。這是災難的遺留性問題。它讓昌耀在更多的時候不是去說,而是去體會,去觀察。想像一下口吃者的行走吧,由於他在更多的時候只能對自己吞吞吐吐說話,他的步態往往是緩慢的、笨拙的,[4]但他的觀察是細緻的。在

---

3 J.G.赫爾德《論語言的起源》,姚小平譯,商務印書館,1998年,第3頁。

4 這個隱喻性的說法當然不是空穴來風。沈健、伊甸在關於昌耀的印象記裏說:「望著昌耀有些笨拙地倒茶、搬凳子的動作,我們失望而煩惱地慨歎著。」

行走途中,當他看見那些足以讓他衝動的人、物、事的當口,就如同
波德賴爾(Charles Baudelaire)在《理查‧瓦格納〈湯豪澤〉在巴黎》
一文所說的,《湯豪澤》的序曲一開始,「任何覺醒的肉體都開始戰慄。
任何發育得很好的頭腦自身,都帶著天堂和地獄這兩種無限並在這兩
種無限之一的任何形象中突然認出了自己的那一半」,昌耀也從人、
物、事中,認出了他自己。但他說出的句子是不連貫的,因為他嘴巴
的反應跟不上他本來已夠慢的觀察;這時觀察本身就不得不無可奈何
地停下來,等待著嘴巴那艱難的吐詞了。

> 在你名片的左上角才有了如許頭銜:
> ——詩人。男子漢。平頭百姓。托缽苦行僧。
> 在你的禪杖寫著四個大字:
> 行萬里路。
> 你自命逃避殘忍。
> 而逃避殘忍實即體驗殘忍。
> (昌耀《僧人》)

「行萬里路」的「托缽苦行僧」是一個口吃者的真實形象,也
是一個口吃者詩人無可躲避的命運。而當他說,命運就是一種「猙
獰之美」的時候(昌耀《罎的結構》),昌耀為自己的口吃者詩人形
象找到了一個絕妙的象徵:口吃本身就與「猙獰之美」有著驚人的
內在一致性。口吃就是一種命運,口吃給昌耀帶來了巨大的啟示,
這啟示首先是對人生的體驗。命運其實就是人生的展開部,是陷入
到時間虛空中一個個連貫而又脫節的動作,它意味著堅忍、承受並
以感恩的態度接納它,呵護它,肩負它。這啟示告訴了昌耀,「逃避」
是不存在的。只要你還活著,擔待命運的「猙獰之美」,就是天然的
義務。是的,不是平等、自由、博愛,而是對命運「猙獰之美」的

(沈健、伊甸《象叫的水手》,《詩歌報》,1986 年 11 月 6 日。)

擔待，才是眾生的天賦「人權」。不過，這一點還不能被理解為基督教給人規定的天然罪感，同時，天然罪感云云，也不是昌耀的本義。沒有任何人有權力把人定為「原罪」，除了命運本身。當我們無力改變所有非人的命運惡作劇時，這義務本身顯示出了它的真實涵義，「猙獰之美」也露出了它的本相。所以昌耀才結結巴巴地，說出了一個樸素而拗口的真理：

> 人生困窘如在一不知首尾的長廊行進，
> 前後都見血跡。仁者之歎不獨於這血的事實，
> 尤在無可畏避的血的義務。
> （昌耀《仁者》）

有些拗口，不是嗎？而這意味著，口吃在表述上總是落後於他人的，對他自身的觀察與體驗來說，也往往是後置性的；但口吃者表現出的「慢一拍」，往往會從語氣上帶出堅定不移的神態，因為他的緩慢、遲鈍，給了他的思慮以足夠成熟的時間。這使口吃者關於命運的種種言說，有了相當的可信度。這一點，上引的幾行詩句已經表達得明明白白了。所以，當昌耀以「血」來度量命運、來標識人生之路時，我們除了表示信服外，無話可說。

口吃者昌耀走了多少路，我們可以不必這樣發問了；但他至今還活著，將來必定還會活著。今天我要在這裏說，關於這一點也不應該有任何疑問了。幾年前，昌耀為自己畫了一幅像：「但是我還活著，在慣於以『據說』設疑從而提出判斷的人那裏，事實或許可以輕率地抹去，但『昌耀還活著』也確乎荒誕不經，幾可看作是對於命運的嘲弄。」[5]這是不是意味著，口吃者的壽命往往會比其他的人更長久呢？我只想說，如果是這樣，那只是因為造物主在自己的筆誤之後，同時也補償性地給了詩人以慢節奏的能力。

---

[5] 參見昌耀《〈命運之書〉·自序》。

二、縮小自己

　　赤腳大仙、面對老婆的隨意謾罵而決不頂嘴、被憤怒的夫人多次往頭上澆洗腳水卻面不改色，大有江姐面對渣滓洞的竹籤之風的好丈夫蘇格拉底（Socrates），漫步行走在雅典的街頭，面帶微笑，向每一個人、每一件事物，貢獻出自己真實的無知。若干的歲月紛紛嫁風娶塵，如金聖歎所謂的「幾萬萬年皆如水逝、雲捲、風弛、電擊」那樣，都遠去了；蘇格拉底在雅典街頭到處宣講的學說，也遭到了無數後人的詬病，但蘇格拉底至死也沒有改變過的論證宇宙和人生的方法，卻相當完好地保留了下來，在愈來愈誇張、愈來愈傲慢的時代生活中，也越來越顯示出它的分量。這種方法就是無限縮小自己的方法。它顯示的是一種在宇宙萬物面前無限謙遜和敬畏的力量。「和人生相比，宇宙星辰又算得了什麼！」雪萊（Percy Bysshe Shelley）這句足以讓蘇格拉底輩聞風喪膽的浪漫主義宣言，在若干年後被中國人借鑒、推演為「與天鬥，其樂無窮；與地鬥，其樂無窮；與人鬥，其樂無窮」的政治口號。[6]而在「朦朧詩」以來的中國新詩中，「除了我，還有誰能……」（比如楊煉）「我是太陽（或其他）……」（比如舒婷）等句式受到了廣泛的贊許，它們被認為是「表現自我」的真正體現。[7]其實，這豈只是表現自我，簡直就是自我膨脹、自我爆炸。它是詩歌中的法西斯主義。

---

[6]　這當然也可以出自無神論的儒家，儒家的天道觀認為「天行健，君子當自強不息」這為儒家提供了剛健和樂觀的人生性格，要麼是「人定勝天」（荀子），要麼是「知其不可而為之」（孔子）。這裏將它處理為對雪萊的繼承，並非全無道理：想想產生這種性格的中國當代語境也許就明白了。

[7]　這些句式在「今天派」詩人那裏是普遍的句式。應該說，在那時是有其進步性的，但它的霸道、狂妄自大卻是其致命邏輯。這一點引起人們的警醒，只是近期以來的事情。從這裏我們也可以看出昌耀傑出的詩人稟性。不過，我覺得還是生活教育了他，是生活過早地讓他成了一個口吃者，也使他避免了選擇那些霸道句式對詩歌帶來的可能傷害。

　　昌耀是懂得縮小自己以進入世界和人生的少數幾個當代中國詩人之一。他懂得一個弱者的真正力量。他行走的緩慢姿態，觀察有時不得不坐等心靈的反應、心靈的反應不得不等待笨拙的嘴巴那遲緩的表達速度以達成三者的同步，使他有了足夠的時間和耐心縮小自己。昌耀的縮小自己意味著，他能以仰視的目光看待一切，也能以感恩的語氣，說出自己的觀察和心靈對所有觀察的反應。口吃的人註定沒有幽默感（因為幽默需要一種流暢的言說），但口吃者往往能準確說出自己對世界和宇宙人生、命運的友好態度；感恩則意味著承擔、堅韌和忍受。即使在最絕望的關頭，昌耀也最大限度地洗掉了自己的憤怒，改用理解的語氣說話：

> 你對自己說：不要難過，從阿諛者聽到的
> 僅是死亡，而從悲歌聽到生的兆頭。
> （昌耀《僧人》）

> 我想，我就是萬物，死過了，但還活著。
> 奧妙的宇宙啊，你永遠有理。
> （昌耀《蘋果樹》）

　　昌耀糾正了許久以來人們（比如「表現自我」的提倡者）的錯誤看法：有理的從來就不應該是人。人是唯一有意識的動物，正因為該動物有意識，倒往往能做出違背自身自然發展的事情來，許許多多的災難其實都可以從這個維度得到理解。讓一個人在被迫的狀態下成為口吃者，也是違背自身自然發展的結果。毋庸置疑，昌耀正是從這一點，窺見了宇宙和人生的根本悲劇。

　　縮小自己使昌耀看待萬物的眼光自然就要低些。這導致了兩個結果。一方面，他在仰視宏大的事物時，的確看到了它們那偉大的一面，但他往往看不到它們那無邊無際、一望無垠的偉大的整體，卻更容易看到偉大事物身上渺小的灰塵，如同到了大人國的格力

佛，爬在皇后美妙的酥胸上，看不到乳房的美麗和整體，卻看到了
乳房上像陷阱一樣的眾多毛孔。口吃者昌耀的慢動作，給他帶來了
銳利的目光，這是當今中國詩歌少有的冷靜目光。在描寫宏大事物
的組詩《青藏高原的形體》等詩作中，詩人告訴我們的，除了它宏
大的背景與神性的光輝外，更多和更重要的是它細小的塵埃，以及
它對人的殘酷奴役。奴役是有力量者的天然愛好，但昌耀斷然拋棄
了它，並給了它一個特殊的辭彙：「敗北」——奴役不可能最終勝利。
勝利的只是縮小了自己的人（昌耀《慈航》）。

　　另一個結果是，低矮的目光更能使詩人看清細小的事物，並對細小
事物的倔強、堅固的韌性，飽以深深的敬佩和同情。這就是說，他看到
了細小事物中的宏大部分。這就有些格力佛漫遊小人國的情景了。昌耀
的詩作《小人國裏的大故事》說的就是這個意思。但我寧願舉一首詩人
早年的作品來說明問題。在詩人身處災難的 1962 年（正是這些按照災
難的邏輯排列的年頭，使昌耀成了一個口吃者，也使他很早就被迫學會
了縮小自己），昌耀對一隻常常被人忽略的蜘蛛表達了深深的敬意：

　　啊，真渴望有一隻雄鷹或雪豹與我為伍。
　　在銹蝕的岩壁但有一隻小得可憐的蜘蛛
　　與我一同默享這大自然賜予的
　　快慰。
　　（昌耀《峨日朵雪峰之側》）

　　作為渺小的生靈，蜘蛛比「宏大」的雄鷹和雪豹，更能理解一個
罪人的「快慰」。縮小自己是口吃者昌耀進入世界與人生最一般的方
式：從偉大中看見渺小，從細微處見出宏大，是這種蘇格拉底式伎倆
的真正精髓。昌耀是不是瞭解蘇格拉底這一設疑，和他是從自己的人
生苦難中得來的這個「葵花寶典」比起來，[8]難道還值得一問嗎？

---

[8]　「葵花寶典」是金庸的長篇小說《笑傲江湖》中武林人士人人爭奪的一部武

三、土地，山

　　一個經驗上的小常識可以告訴我們，口吃的人只有在萬不得已的情況下才會開口說話。當我們看到一個口吃者在表達的當口那上下艱難蠕動的喉結時，有恨不得用力推它一把的念頭。錢鍾書先生在《圍城》裏寫到那位叫做韓學愈的口吃教授時，有一個精彩的描述：他說話時的一字一頓，好像是在用全部人格擔保。這種表達上的艱難，幾乎是必然性地要帶來音勢上的爆破力。昌耀的詩作底蘊深厚、粗獷、有力，跟他的音勢有極大的關係；除此之外，也跟他長期生活的青海那廣袤、險峻的土地與山川有極大關聯。在說到詩歌的內在張力時，昌耀舉過一首撒拉族民歌《格登格》作為例證。這首民歌說的是一位男子自敘對其臥病不起的情妹的探視，每一句歌詞末尾都綴以一聲悠長的襯詞「格──登──格」。昌耀據此讚歎說：「其韻味有似古樂舞《踏謠娘》中的疊句：『踏謠，和來！踏謠娘苦，和來！』幽婉而具深情，有千鈞之力。」[9] 昌耀實際上想說的是，生活在青海的詩人，青海的土地上產生的詩歌，也都應該具備《格登格》那種內蘊。但他也許更明白：《格登格》實際上就是一種歌謠中的口吃。一個口吃的詩人形象是青海那廣袤山川的最佳縮寫。

　　當無限縮小自己的昌耀，以感恩的姿態面對宇宙和人生的時候，他首先把三維的自己變作了一個二維的平面，這個平面首先和土地的地表相重合。他是用爆破式的音勢，來對土地說話的。在所有的自然事物中，只有土地離我們最近，它不但能承載我們的身軀與養活我們，更能幫助我們承載自己的苦難，並把人造的苦難以及命運深處天然帶出來的苦難，化作土地自身的血肉。背叛土地的人註定是些要自我爆炸的人，許多膽豪氣壯的人兒們，已經讓我們看到了太多的實

術秘笈，此處作借喻用。
[9] 參閱昌耀《命運之書》，第 316 頁。

例。但我們還是聽一聽昌耀在結結巴巴中那少有的流暢吧——也只有在說到土地，表達對土地的愛情時，昌耀才會戰勝口吃：

> 不錯，這是赭黃色的土地，
> 有如象牙般的堅實，緻密和華貴，
> 經得起最沉重的愛情的磨礪。
> ……這是象牙般可雕的
> 土地啊！
> （昌耀《這是赭黃色的土地》）

最好是不要把這些句子僅僅理解為對土地的抒情（它誠然是抒情），而是理解為和土地相重合。只有把自己理解為土地甚至塵埃本身，才是最徹底的謙遜，最徹底地縮小自己。德意志的短命天才畢希納（Georg Buchner）在致他未婚妻的信中，幾乎是語無倫次地說：「人啊，自然一些吧！你本來是用灰塵、沙子和泥土製造出來的，你還想成為比灰塵、沙子和泥土更多的東西嗎？」[10]昌耀在說出自己就是泥土、土地的時候，已經完全戰勝了口吃。是的，口吃和對口吃本身的戰勝，這構成了昌耀在表達時的真正音勢。不明白這一點，我們也許永遠不能進入昌耀的精神領域，也會永遠不明白口吃之於詩人昌耀的意義：

> 我是這土地的兒子，
> 我懂得每一方言的情感細節。
> （昌耀《凶年逸詩》）

……土地是一個事實，但山的存在更是一個事實。山是土地的突出部分，是土地從自己身上挑選出來的、供人瞻仰和攀登的部分。山的存

---

[10] 轉引自劉小楓《沉重的肉身》，上海人民出版社，1998 年，第 33 頁。

在，證明了這個世界的確還有宏大的東西。假如說昌耀對待土地是以自己與之相重合的姿態來體現，對待山，他則採取了一種傾心聆聽和仰視的姿態。山是供我們仰視的，這就是土地要突出自己的本義——因為土地相當清楚，踩在自己身上的人群中，有太多膽豪氣壯的傢伙。山是為了警醒這些人才被土地挑選出來的。馬克斯・韋伯說（Max Weber），在一個世俗的、無神論的金錢時代，人們只記住了「前方」，卻忘記了「上方」。很顯然，昌耀參透了山的隱秘之言。在他的許多詩作中，都對山表達了這種感情。他理解了高山對我們的涵義。在組詩《青藏高原的形體》裏，昌耀只把自己比作了青藏高原下邊的一粒微塵。

無論是對土地還是對高山，昌耀的音勢都是雄壯的，有如《格登格》的高亢。在大多數時候，昌耀的表達是遲緩的、結結巴巴的，只有在極少數的時刻，他幾乎是完全戰勝了口吃。這就意味著，他是在感恩的情緒最濃烈的時候，語言裏挾著情緒的巨大衝動，突破了造物主在他嘴巴上留下的敗筆。這一切，我們都可以理解為詩人在無限縮小自己時，天然帶出來的後果。那些高傲得甚至不屑於去死的人，是沒有、也不會有這種能力的。

四、苦難

從昌耀的全部詩作中，我們不難獲得這樣一個有趣的結論：他認識所有飽經滄桑的人。在詩人緩慢的行走和結結巴巴的訴說中，昌耀依靠對自己的無限縮小，不僅觀察了土地、高山，不僅對它們表達了自己的感恩之情，順帶看出了它們身上那殘忍的一面，同時還把物理意義上的土地和高山，轉化為象徵意義上的事物。昌耀時而把這殘忍稱作「命運」（比如《一滴英雄淚》），時而又把它喚作「猙獰之美」（比如《㠭的結構》），但一個更重要、也更貼切的辭彙，昌耀是不會輕易說出的：這就是能讓人飽經滄桑的苦難。

對於所有的人，苦難從來就不應該只是一個外部事實，它源於一切事物最核心的部分。只不過我們中的絕大多數人並不知道罷

了。昌耀在人造的苦難（即外部的苦難）面前，被迫變成了一個口吃者，由此而來的沉默使他比其他人更有幸獲得了不斷縮小自己的機會；在他不斷縮小自己之後，他有能力進入到這個世界和萬物最核心的部分，也就是說，他摸到了苦難寄居的真實溫床。當看到居然有人抖抖擻擻侵入自己的領地時，不用說，正在專心致志給人類找茬子的苦難禁不住大吃了一驚⋯⋯

　　但昌耀並不是從一開始就達成這一高度的。在他寫出輝煌的短詩《斯人》之前，他始終還在人造的苦難腳邊跋涉。人造的苦難給他的打擊和印象實在是太深了。人造的苦難是那些不知道縮小自己，只知道膨脹自己的假冒巨人們，因為設立了一個虛擬的宏大前景，而強加給他的同類的「禮物」。人造的苦難不僅要逼迫人成為口吃患者，而且最終的目標是要逼迫人自我縮小：在假冒的巨人面前萎縮。應該說，《斯人》（作於 1985 年）之前的昌耀，他的全部詩作要麼以粗獷、豪壯的面貌，有如《格登格》的一詠三歎表達了對苦難的不妥協態度，猶如蝸牛拼盡全力把家背在自己的背上；要麼是對被迫的自我縮小完全地不予承認，卻又不得不承受。[11] 自覺承認縮小自己的必要性、必然性，並由此獲得意想不到的詩學後果，是在昌耀寫出短詩《斯人》之後。《斯人》是昌耀詩歌寫作一個里程碑式的作品，它可以把昌耀的創作標識為「斯人前」和「斯人後」。這首詩很短，全引如下：

靜極──誰的歎噓？

密西西比河此刻風雨，在那邊攀沿而走。
地球這壁一人無語獨坐。

---

[11] 關於這一點，我曾經在一篇關於昌耀的專文中有較為詳細的論述，此處不再多言。這裏只指出一點，在昌耀那裏，對於外部的苦難，詩人是持抗擊態度的，這構成了昌耀詩歌中濃郁的悲壯（悲劇）色彩，抒情主人公的英雄觀顯而易見（參閱敬文東《昌耀的英雄觀及在詩中的實現》，《綠洲》，1993 年第2 期，第 151-156 頁。這一點在昌耀晚近的詩歌寫作裏，有了巨大的變化。

人不過是巨大的寂靜和宏大的宇宙空間裏懸掛著的一粒微塵。美國詩人斯蒂文斯（Wallace Stenens）寫過一句頗有趣的詩：「我在田納西州放了一隻罐子。」斯蒂文斯的意思其實很簡單，僅僅是想從修辭的角度，給人一個大與小的強烈對比印象。《斯人》是不一樣的，它的目的是想以內省的姿態，說出一個基本事實：在宇宙萬物面前，人是天然渺小的；在宇宙萬物面前，人是無話可說的；在宇宙萬物面前，無話可說的渺小之人和宇宙萬物同在。他是它身上的一根看不見的血線。

以內省的姿態來縮小自己，在昌耀那裏獲得了自覺的態勢。更為重要的是，苦難不再被理解為人造的，而是被理解為事物（包括人）的核心部分；尤為顯眼的是，昌耀對本質上的苦難（內在的苦難，即事物深處的屬性）不僅不再採取一種對抗、搏擊的態度，而且是採取了一種臣服的態度。苦難代替上帝站在了高山之巔，與地面重合的是人，是人對它的臣服。現在我們明白了，土地之所以要選擇自己的某些部分突出為山，昌耀在山的面前不僅要以感恩的姿態說話，更要看出山對人的奴役，完全是口吃者心目中那種特殊的象徵形式的結果。苦難是事物最核心的部分，它不僅在奴役人，它也是人的糧食，是變紫變黑的光線。對於糧食和光線，我們就是想拒絕，但我們又從哪裡去尋找能這樣做的必需的能量呢？

> 據信上帝僅為愛護人類才使人生絕少甜蜜，
> 但心路阻礙無疑是施虐最為殘酷的一種。
>
> （昌耀《有感而發》）

說得夠清楚了。當昌耀從對抗人造的苦難，轉變為與內在的苦難和平相處，並對之飽以高度的理解，這使得昌耀也從被迫縮小自己轉變為主動地縮小自己，也使得他從外觀走向了靈視和內省。當然，這和儒家的「返身而誠」、「反求諸己」沒有什麼干係，因為在昌耀那裏，自我是一個可以並且必須要有待縮小而不是擴張的什物。

　　用感恩的姿態擁抱苦難！這是昌耀詩歌寫作的內涵之一。他的
內省方式和無限縮小自己的方式互相聯手，使他對死亡也能持一個
寬容、理解和臣服的態度。不用說，死亡是一切內在苦難中最大的
苦難，它矗立在高山之巔，與地表相平行的人僅僅只能仰視它，這
是苦難突出自己的典型伎倆。叔本華、雅斯貝爾斯之流曾經認為，
學習哲學就是學習死亡。他們之所以僅僅把哲學的功能定在這個檔
次上，不過是因為他們的腦海中，還殘留著長生的美夢。昌耀和他
們決然不同；與昌耀比起來，他們無疑是「巨人」。在傑作《時間客
店》裏，昌耀窺破了時間那不動聲色、永遠都在開始的老臉孔。時
間的這種秉性無疑是在說：死亡儘管處在高山之巔，但是處在地面
上的人，註定會去攀登並最後達到它。海明威讓他筆下的那只豹子
死在山頂，的確不是一個輕易就能到來的自然事實，在昌耀那裏，
它是一個需要代價才能獲得的戰利品。把死亡當作時間客店裏人自
身產下的孩子，這是昌耀在內省中結結巴巴說出的結論。這孩子就
是生命的獎賞。拿破崙說，看一個人是怎樣的，要看他怎麼死。拿
破崙顯然是個「巨人」，因為他很可能把死亡當成了一個外部事實，
並且可以通過寶劍來定義。這和昌耀的理解相當地不同，昌耀的建
議是：我們要做死亡勳章的獲得者。這樣，外在的土地和高山已經
完全轉換為形上的、內在的、象徵的土地和高山，因為它們顯透的
是苦難和人生之間的互動關係。這也是一個口吃者無限縮小自己的
自然結果，有如秋天的蘋果自動落在牛頓的頭上：

　　　死是一種壓力。
　　　死是一種張望
　　　死是一種義務
　　　死是一種默契
　　　（昌耀《懸棺與隨想》）

五、口吃的形而上學

1990 年歲首，口吃者昌耀寫出了一首題名為《紫金冠》的短詩：

> 我不能描摹出的一種完美是紫金冠。
> 我喜悅。如果有神啟而我不假思索道出的
> 正是紫金冠。我行走在狼荒之地的第七天
> 仆臥津渡而首先看到的希望之星是紫金
> 當熱夜以漫長的痙攣觸毆我九歲的生命力
> 我在昏熱中向壁承飲到的那股沁涼是紫金冠。
> 當白晝透出花環，當不戰而勝，與劍柄垂直
> 而婀娜相交的月桂投影正是不凋的紫金冠。
> 我不學而能的人性覺醒是紫金冠。
> 我無慮被人劫掠的秘藏只有紫金冠。
> 不可窮盡的高峻或冷寂惟有紫金冠。

　　這首精短的小詩，把一個口吃詩人的言說方式全部暴露了。「紫金冠」不可描摹，但詩人又太想描摹，因而只好結結巴巴地進行描摹。這就引出了一個頗為有趣的話題：在「斯人」之前的創作歲月裏，詩人只是（或主要是）被人造的苦難壓迫而禁止說話所以口吃，在「斯人」後，卻是因為在內省中，明顯感到了自己在生命、萬物面前的茫然無解才口吃。前者是被迫的、外在的，後者雖然也帶有被迫的性質，但它更多的是自願的、內在的。一個傑出的詩人，如果不瞭解、不擁有口吃的精神，對任何事、物，都能毫不困難地神侃一通，是很可疑的——他的詩作要麼充滿了水貨，要麼就來路不明。在這裏，我們終於有機會接觸到口吃的精神或稱口吃的形而上學這個問題了。

　　口吃的形而上學，就是在把自己無限縮小之後，面對一切大於自己的事物（當然，所有事物都會大於他），想說卻又無從說起的那

種結結巴巴的音勢。這就不僅僅是嘴巴上的毛病了，而是精神上的。在「斯人」前，昌耀的口吃有跡可尋，因為那差不多全是生理上的毛病帶出來的詩學後果，在《劃呀，劃呀，父親們》、《二十四部燈》、《巨靈》……等長詩短構中，在它們幾乎所有的句式裏，我們看到了一張笨拙的、艱難蠕動的嘴。但這還不是口吃的形而上學。在「斯人」後，昌耀明白了一個相當簡單的道理，這個道理在他的一篇短小的詩論中，被正確地表達了出來：「最恒久的審美愉悅又總是顯示為一種悲壯的美感，即便是在以開朗的樂觀精神參與創造的作品那裏也終難抹盡其樂觀亮色之後透出的對宿命的黯然神傷。其實，『樂觀』就是以承認了『不樂觀』為前提的，只是聊以『樂觀』處之罷了。」[12]有趣的是，昌耀對此採取了一種感恩的態度。理由相當簡單：因為你只能這樣，因為這才是真實的境況。

「只能這樣」使昌耀在「斯人」後的全部創作，把口吃的線索給隱匿了起來，因為這已經是一種口吃的形而上學了。口吃的形而上學意味著：你不得不在大於你的事物（比如生命深處的苦難與宿命）面前，無限縮小自己，你不得不用一張渺小的嘴巴說出它，卻又狗咬烏龜無從下口。口吃的形而上學使得昌耀晚近的作品遊弋、飄忽、鬆散、舉棋不定，上引的《紫金冠》就是一個明顯的例證。就是在這種種特質中，我們看到了一個口吃者的精神肖像。這精神肖像最明顯地體現在語言上，畢竟口吃（無論哪種口吃）最終都是指一種語言行為。

在昌耀那裏，語言首先被理解為一種哭的功能──他用「語言哭」代替了海德格爾的「語言說」。早在 1981 年的《劃呀，劃呀，父親們》裏，昌耀就寫道：「我們都是哭著降臨到這個多彩的寰宇。／後天的笑，才是一瞥投給母親的慰安。」在 16 年後的詩作《語言》中，詩人說：「……隨後，會有這方土地承受哭泣。是無名氏的哭泣。是情有所自的語言的哭泣。」J.G.赫爾德說得真好，在人還是動物的時候，就有了語言。這種語言，不言而喻，也包括了漫無邊際的哭

---

[12] 昌耀《詩的禮贊》，《當代文藝思潮》，1987 年第 2 期。

（聲）。哭泣是語言內部最黑暗的部分。昌耀的意思其實很簡單：面對生命深處內在的苦難，人在聽從了它的本己命令並自我縮小後，如果實在是什麼也不想說，更揪心的是，什麼也不能說，那麼，哭本身不就是一種特殊的「說」嗎？哭不是一種生理而是一種精神行為，儘管它以生理的面目出現。在另一篇短文裏，昌耀居然明火執仗地稱詩就是「最初的啼哭」，[13]也就是可以理解的了。

在口吃的形而上學中，語言其次被理解為「善」。這就觸及到了希望。史鐵生的短篇小說《命若琴弦》用理解、同情的口吻，描寫了一個殘疾人的天堂，這個對殘疾人來說絕對不可或缺的天堂僅僅是：希望。在有的時候對有些人來說，希望是他們活下去的唯一糧食，不管這個希望是不是一個騙局。昌耀明白這一點，他更明白生命本身的悲劇性。但他的口吃帶來的天然音勢，使他有機會和能力將悲劇更多地定格在悲壯上。最偉大的「善」，能用語言表達出來的最輝煌的善，就是愛。善是語言最基本的內核。愛、悲壯是二而一的東西，它們共同構成了「語言善」的基本品質。這實際上意味著，語言的本質之一就是「語言善」；「語言善」承擔了所有來自命運與生命的苦難和宿命，它將以感恩的姿態來悲壯地承擔它的全部後果。

「語言哭」和「語言善」來自於口吃的形而上學對語言不無偏狹的、固執的理解。無論是「語言哭」還是「語言善」，都把口吃者面對生命、苦難、宿命欲說無言的結結巴巴給全部兜了出來。這是一種相當吃力的言說姿勢，它導致了昌耀在詩歌句式上的雕刻結果：每一句詩都好象是在大理石上刻下的一道笨拙的裂痕。

這一道道裂痕就是口吃的形而上學眼裏語言的第三種姿態：「語言記住」。語言當然有記憶的功能，但對一個口吃者，他的「記住」不同於普通人的「記住」：它是以全部力量，在達到了高山之巔的痛苦甚至死亡後的一種悲壯行為。語言就是記住悲壯或者是悲壯地記

---

[13] 昌耀《自我採訪錄》，參見《命運之書》，第 322 頁。

住。這種雕刻般的「記住」將在千百年之後形成化石，供無數達成了烏托邦那美滿生活的人們瞻仰。

而口吃的形而上學，在它形成的初始過程中，就已經借助口吃者詩人的嘴，艱難地說出了希望，這希望，按艾萊娜‧西克蘇（Helene Cixous）的話說，就是僅剩幾點肉星的骨頭，它是供後人瞻仰的化石中最明亮的部分，也是烏托邦在所有的生活形式中挑選、過濾出來以組成烏托邦的部分。但願人們能理解那雕刻般的效果：

前方灶頭
有我的黃銅茶炊
（昌耀《在山谷：鄉途》）

1999 年 1 月，上海。

我們的時代，我們的生活

一、變與死

　　1984 年，寫出長詩《懸棺》[1]的歐陽江河，作為詩人的地位已經開始確立，儘管這首被戲稱為「現代大賦」[2]的長詩，在歐陽江河的詩歌系譜中的重要性已日趨些微[3]。隨著對詩歌本身和時代血脈的深入體認，歐陽江河的詩歌達到了鋒芒畢露的程度，以致於被孫文波稱作是那種「拓展了詩歌寫作的形式方法，但他佔有這種形式方法，只讓人閱讀和接受，卻拒絕追隨」的重要詩人[4]。孫文波準確地點明暸歐陽江河詩歌的重要特徵，並把他的成功定義為修辭的勝利。孫文波是對的：歐陽江河找到了能使自己的詩歌寫作成為一個統一整體的關鍵字，這恰恰發生在《懸棺》之後較為久遠的時間段裏。

　　歌德曾經寫道：「當你還沒有懂得這：／變與死／你就只不過是／黑暗大地上模糊不清的過客。」事情的另一面是，一個成熟的詩人，在面對抒寫對象採取「變與死」態度的同時，得有一個一以貫之的常居之物。自古希臘人提出「萬物皆流，無物常駐」後，沒有哪一個時

---

[1] 此詩最早刊於民刊《現代詩內部交流資料》，1985 年，成都。

[2] 「現代大賦」的說法起源很早，誰最先使用，已經不可考。蕭開愚曾說：「四川詩的特徵還是鋪張，有司馬相如開創的賦的遺風，」「孫文波、翟永明、歐陽江河、鍾鳴……他們的詩多少都帶一點賦的遺風。」（蕭開愚《南方詩》，《花城》，1997 年第 5 期）

[3] 劉翔說：「《懸棺》……現在看來……遠不如當時認為的那麼重要了。楊煉晚期詩風的影響，『整體主義』的迷霧、語言的誤區，使我們漸漸對那樣的詩不太感興趣了，儘管，從當時仍流傳下來的作品中來看，它仍然是卓越的。」（劉翔《在歷史語境中的當代中國詩歌》，民刊《北回歸線》，第 3 期，1993 年，杭州）

[4] 孫文波《修辭的勝利》，民刊《現代漢詩》，總第 13、14 合卷，北京，1994 年。

代，像今天這般對這句話的脾胃：一切都處於快速的變與死中，我們面對更多的是正在消失的東西，一切都是不確定的、不可靠的。在這種情況下，找到一個既在「變與死」，又能常動而恒居的東西就是關鍵中的關鍵。這中間的訣竅僅僅在於，要在這個急劇變更的時代裏，找到自己的立足點，儘管那個點很可能只是些漂浮的島嶼。

歐陽江河曾經說過，詩人只是虛擬的，他面對的僅僅是紙張和筆。這等於是說，漂動的立足點最終只能由語言來承擔、完成。「記住：我們是一群由詞語造成的亡靈，」歐陽江河說。這個漂浮的立足點，將直接轉化為王家新精當地說出的詩人「個人詩學詞典」中的一個個關鍵字。關鍵字必須同時符合兩個特徵：它是發散式的、可擴張的、可被分有的，由它能相應地引出一大批相關詞，當然，這批相關詞分有了關鍵字的本有特徵；這個詞必須要有統攝一大批相關詞的能力。關鍵字的出現，它在如何的變與死（表徵是：分有了關鍵字的本有特徵的那批相關詞），又在如何地保持恒常（即統攝能力），並不是由詩人單方面決定的，在通常情況下，取決於詩人面對的時代——它是時代和詩人互動、互否的雙向結果。詩意的說法在這裏：這個詞早已存在了，是它主動撲在了某一個詩人身上。是的，是某一個，而不是隨便哪一個。

二、火

歐陽江河個人詩學詞典的關鍵字之一是火[5]。火在歐陽江河詩歌中出現頻率之高，的確令人咋舌[6]。在江河的心目中，或許完全是無

---

[5] 「火」是最主要的關鍵字，另外我還可以列舉「覆蓋」一詞。西川列舉了另外一些，比如彎曲、死亡等（參閱西川《讓蒙面人說話》，東方出版中心，1997 年，第 193 頁）。

[6] 本文在寫作時所採用的歐陽江河的詩作主要來源於歐陽江河的詩集《透過玻璃的語言》（改革出版社，1997 年）、萬夏主編的《後朦朧詩全編》（四川教育出版社，1993 年）以及民刊《現代漢詩》（北京）、《非非》（四川西昌）、《傾向》（上海）、《聲音》（廣州）和在海外出版的《今天》雜誌。以下引用歐陽

意識地把火與世界的創生本源聯繫在一起了：關鍵字在「變與死」中又保持了恒居的品格，與人們通常所理解的本源的意思有相通、接近處。中國古代曾有這樣的說法：「燧人上觀辰星（即『心宿』星），下察五木以為火也，」[7]由此把心宿星命名為「大火」，從此開始了「火紀時焉」的曆法時期[8]。中國先民以火命名曆法、計算時日，的確有著意味深長的性質；眾所周知，曆法在中國歷史上的重要性幾乎是無與倫比的，它往往和人的命運、種族的命運、王朝的命運相聯繫（想想「黃道吉日」的說法，或許就知道個中大義了）。這多少透露出火可以創生世界的些微資訊。即使到了北宋，畫家米芾還有「火宋米芾」的私人印章，並就此議論道：「正人端士，名字皆正。至於所紀歲時，亦莫不正。前有水宋，故有火宋別之。」[9]火也因此具有了倫理學上的特徵。

而對火創生世界說得最清楚的，莫過於愛菲索（Ephesos）人赫拉克利特（Heracleitus）了。「這個世界……它過去、現在、未來永遠是一團永恆的活火，它在一定的分寸上燃燒，在一定的分寸上熄滅。」赫拉克利特說，「一切轉化為火，火又轉化為一切。」[10]連時間距我們已經很近的馬克思‧舍勒（Max Scheler），在《同情的性質和形成》中也驚奇地說：「一切事物只是火焰的界限，事物的存在全靠火焰。」但歐陽江河並沒有在火的創生層面上傾注過多的熱情，不過，指出這一點還是很有意思的：就是這種若隱若現的熱情，使關鍵字（火）擁有了相當大的統攝作用。順便插一句，從鍾鳴和西川的有關描述中，我們會發現，歐陽江河其實一點也不缺乏形而上學的頭腦[11]。作為一個詩人，他的形而上學的比重也許還算是太多了。

江河的詩句，只標明詩題，不注出處。
[7] 《屍子》上。
[8] 《左傳》襄公九年。
[9] 俞樾《茶香室叢鈔》。
[10] 《赫拉克裏特著作殘編》（D30、D90），《西方哲學著作原著選讀》上，商務印書館，1985年，第21頁。
[11] 西川說：「歐陽江河是一位極具哲學頭腦的人。這不是說他受到過全面的哲

組成歐陽江河詩歌文本的眾多辭彙，大都分有了火的這種本有特徵。我們能在他的詩歌書寫中，輕易發現兩組相反相成的語詞，其中的一組是：光（芒）、燈、美（人）、愛（情）、豐收、透明、燃（焚）燒、空中、高處、天堂、烏托邦……這組在音勢上逐漸升級的語詞，展現的多是火的肯定性部分（即光明部分），它是對美、善、真理、幸福、歡樂，一句話，是對輕柔、易碎、入口化渣的那部分美好事物與人性的認同（說讚美很可能是言重了一些），也是對與之相反的堅硬部分的拒斥。在《哈姆雷特》裏，歐陽江河寫道：

> 他（哈姆雷特——引者）來到舞臺當中，燈光一齊亮了。
> 他內心的黑暗對我們始終是一個謎。
> ……
> 光迫使他為自己的孤立辯護
> 尤其是那種受到器官催促的美。

「燈光」、「美」在這裏以肯定性的面孔出現，它拒斥的是黑暗，儘管黑暗僅僅是一個謎；也以肯定的語氣說出了孤立的合法性：在眾多的事物及其品質當中，美、燈光總是孤立的。有關這一點，馬克思・繆勒（Max Muller）在《宗教起源和發展》裏講得非常清楚：「關於火有那麼多事情可講！」而第一件可講的事情就是：「火是兩塊木片之子。」馬克思・繆勒大約忘記了說，它也僅僅是、最多只能是兩塊。在《草莓》裏，歐陽江河詭異的、然而也是相當準確地道出了一個堪稱真理的「命題」：「兩個人的孤獨只是孤獨的一半。」假如這是真實的，那麼，這樣的公式只能限於「2」，不可能無限推廣到 3、4、5 直到 n。加斯東・巴什拉（Gaston Bachelard）曾經指出，愛情僅是一種可以傳遞的火，火僅是一種使人驚訝的愛情[12]。

學訓練……而是說他生了一個擅長思辯的頭腦。」（西川《讓蒙面人說話》，第 192 頁）
[12] 巴什拉《火的精神分析》，杜小真等譯，三聯書店，1992 年，第 28 頁。

還有一種類似於傳說和神話的說法是，火藏在女人的陰道裏，男人想要取得火種，必得和女人做愛[13]。這或許是關於火與愛情搭界的最具詩意的描述了。正是兩個人的愛情，互相用秘密的、除兩人以外誰也不允許知道的方式傳遞著火種，使孤獨減少到它的極限——「一半」。這是一種既拒斥孤獨，又為孤獨辯護的特殊方法。它是歐陽江河詭詐詩風的典型表達。作為火的輝煌物證，在江河的詩歌譜系中，那就是玻璃以及玻璃身上所分有的火的肯定性部分：

> 火焰的呼吸，火焰的心臟。
> 所謂玻璃就是水在火裏改變態度，
> 就是兩種精神相遇，
> 兩次毀滅進入同一次永生。
> （歐陽江河《玻璃工廠》）

布萊德·維熱奈爾在《論火與鹽》中，記載了一則埃及傳說：埃及人把火看成是一頭迷人的、貪得無厭的動物，它吞食一切，當它拼命吃飽以後，再也沒有什麼東西可以餵飽肚子時，就把自己吞下，因為火要發熱，要運動，就不可能不要食物和空氣。火在吞下自己時會繼續存在下去，這就如同玻璃，兩次毀滅得到一次交叉點上的永生。歐陽江河在這裏，無意間將火的肯定性部分發揮到了極致：永生。這是對精神的高度首肯。可它僅僅是對精神的首肯嗎？

有了火，你就不能說一無所有。假如說愛、豐收、美、燈、光、白天、早晨……這些辭彙，還處於互相平行的地位，它們在層次、程度、成色上並無高下，那麼，這一切肯定性辭彙彙聚起來，就是想尋找到處於「高處」的「烏托邦」，讓「永生」成為可被呵護的、穩定的和安全的。但是，我們又能「到哪裡去打聽關於烏托邦的／神秘消息」呢？（歐陽江河《咖啡館》）歐陽江河在雄辯地談論愛情、

---

[13] 參閱巴什拉《火的精神分析》，第 42-43 頁。

美、燈光……等等準備性辭彙時，之所以能做到雄辯，僅僅是因為
這些辭彙還未能觸及到我們時代最致命的問題。這個時代最致命的
問題在哪裡？對此，歐陽江河自有說法：「貨幣如樓梯……／知識在
底層」，「交易變得昂貴，以此酬答小人物的一生。／增長的紙，虛
幻的高度，將財富和統轄／限寫在暈眩的中心。」（歐陽江河《咖啡
館》）在這種情況下，談論「支撐一個正在崩潰的信仰世界談何容
易」。（同上）很顯然，T.S.愛略特（T.S.Eliot）描述過的「空心人」，
再一次大面積的、像流行感冒一樣地湧現。

　　所以，在談論烏托邦時，歐陽江河就不那麼雄辯了，而是小心
翼翼，生怕出錯以引起眾多空心人的咳嗽。烏托邦是不可能達到的，
也許它真的不適合我們這個時代？是啊，這是一個快餐館、咖啡館、
紙幣、硬幣和市場經濟的時代，一切都需要以貨幣來定義和丈量，
不被如此丈量的東西，只能是聊齋中的畫皮或桃花源裏的蘆葦。歐
陽江河比許多人更清楚這一點：「幽暗的火，幾乎不是火」（歐陽江
河《冷血的冬天》）；而且「將有難眠之夜從你耳中奪去那微弱的／
傳遞到命名的火炬」（歐陽江河《秋天》）；儘管「他（烏托邦——引
者）說過的話被我們一再重複／他公開的器官被我們一再借用」，儘
管「他不來，女子三千終生不孕。／像隔壁的房子無人居住。」（歐
陽江河《我們：〈烏托邦〉第一章》）但我們仍然不需要烏托邦，也
永遠不可能有烏托邦了。有了火，你就不能說一無所有，但有了火，
你也不能說家財萬貫、富可敵國。因此，我們時代賦予火的肯定性
辭彙的最後權利，就只是拒絕和堅持了：

> 並無必要囤積，並無必要
> 豐收。那些被風吹落的果子
> 那些陽光燃紅的魚群，撞在頭上的
> 眾鳥，足夠我們一生。
> （歐陽江河《拒絕》）

事物堅持了最初的淚水，

就像鳥在一片純光中堅持了陰影。

以黑暗的方式收回光芒，然後奉獻。

（歐陽江河《玻璃工廠》）

「豐收」、「陽光」、「燃紅」等等肯定性的辭彙，被並置在互相對抗之中，陽光與黑暗也被並置在一起，而且還必須通過黑暗迎取光芒：豐收從反面進入肯定，就更把要否定的東西給拒斥了；同樣，在並不能完全拒絕時，以敵人為打擊敵人的武器，就是唯一的、最後的路數。為我的論述作證的是，許多年過去了，歐陽江河仍然未能寫出《烏托邦》的第二章，卻寫出了類似於《咖啡館》、《計劃經濟時期的愛情》的一大堆作品，這難道不值得深思嗎？

三、火的正反性

加斯東‧巴什拉說，火是一位守護神，又是一位令人望而生畏的神，它既好又壞，它能夠自我否定，因此，火是一種普遍解釋的原則[14]。火的否定性從一開始，就注入了歐陽江河詩歌的骨髓中，主要表徵之一就是一組代表關鍵字的否定性部分的辭彙：黑暗、夜晚、死亡……這種被一個關鍵字統攝起來的既肯定又否定的現象，被鍾鳴機智地稱作「一種對偶式拓展的音勢」[15]。巴什拉是對的。他說，火是一種普遍解釋的原則。普遍解釋的原則來源於時代與詩人的雙向互動、互否、互相認證，甚至搏鬥。關鍵字否定性部分的生成，是基於烏托邦為參照而出現的：在本時代，烏托邦既被人們迫切需要，又被人們爭相遺棄，轉而追逐世俗的、勢利的、實惠的凡俗人生。這樣一個時代是被徹底否棄的，因為它不符合（？）詩

---

[14] 參閱巴什拉《火的精神分析》，第9頁。

[15] 鍾鳴《籠子裏的鳥兒和外面的俄爾甫斯》，《今天》，1992年第3期。

人的內心需要。也許諾伐利（Novalis）在《塞易斯的門徒們》裏的
表述，能讓歐陽江河點頭稱是：「外面只不過是燃燒存在的殘餘物。」
因為歐陽江河自己就說過：「一個車站像高處滾動的石頭落到腳下
／我已無力把你的座位推回到空中。」（《早晨醒來》）是「無力」，
而不是不想回到「空中」，回到火的肯定性中。

　　「一群食客提著鳥籠似的家庭沿街走來，／餐館孤懸在與口語
平行的高度上」，而在餐館之內，「食客成群，圍住性別可疑的主婦，
／裙子像火焰迴旋」（歐陽江河《快餐館》）。在此，火的否定性的出
現已無可置疑，「像」火焰而並不「是」火焰，這等於是說，時代本
身已將火的肯定性拋棄殆盡了。是的，訴說烏托邦需要一種特殊的
語言，它不能使用口語。時代已經給火的肯定性輸入了另外的內容。
值得注意的是，歐陽江河僅僅依靠一個修辭性的說法，就道明瞭這
一點；他之所以能夠這樣，大大半是關鍵字的統攝能力所致。在一
個被本雅明（Walter Bbejamin）稱作複製的時代裏，「紙是耳光！詞
是鉛彈！光線是絞索！」（歐陽江河《閱覽室》）並且「光亮即遺忘。」
（歐陽江河《遺忘》）火在口語的運作下，終於露出了它的猙獰面孔，
它那可以毀滅一切的「普遍解釋的原則」。其後果之一是：「上班時
你混在人群中去見頂頭上司，這表明，／日出是一種集體影像。」
（歐陽江河《關於市場經濟的虛構筆記》）

　　黑暗是可怕的。外部的黑暗可怕，內心的黑暗更為可怕。當外
部的黑暗已不成問題，內心的黑暗卻在暗中準備著並早已成為問
題。除了人本性上的黑暗外，艱難的時代生活給人性本有的黑暗再
一次添磚加瓦，就是最值得考慮的了。「水的心臟潑向火的眸子／它
為上天的瘋狂流遍淚水／並為光亮塑造可敲打的黑暗。」（歐陽江河
《最刺骨的火焰是海水》）黑暗是為光亮準備的！光亮作為火的肯定
性，始終不是黑暗的對手。說得最明白的話在這裏：

　　　我曾經是光的沉溺者，星象的透露者
　　　憎恨黑暗怒斥黑暗，但是現在

讓我在黑暗中獨自待上片刻

（歐陽江河《讓我在黑暗中獨自待上片刻》）

　　黑暗是無法戰勝的，尤其是內心的黑暗。米蘭·昆德拉（Milan Kundera）說，如果人能掌握從遙遠的地方控制他人生命的工具，人類在五秒鐘之內就會全部完蛋（昆德拉《為了告別的聚會》）。這是不是事實呢？就只有我們的內心才能回答了。「是否穿過廣場之前必須穿過內心的黑暗？／現在黑暗中最黑的兩個世界合為一體……」（歐陽江河《傍晚穿過廣場》）內心的黑暗和時代的黑暗，從來都是同盟軍，這決定了穿過內心的黑暗肯定不能見到光明，從火的否定性走出，也無法通達它的肯定性。這是一束無法回逆的光線。

　　歐陽江河抓住了一個平庸時代的癥結。他把黑暗的來源定義為時代深處本有的黑暗實質，與人性內部的黑暗基調的合和。有一個明顯的例子還可以說明這一點，被我們一向大聲讚美的勞動，也被歐陽江河說成：「整個玻璃工廠是一個巨大的眼珠／勞動是其中最黑的部分。」（歐陽江河《玻璃工廠》）而玻璃，曾經是歐陽江河作為火的肯定性的輝煌物證來加以陳述的。如果不瞭解這一點，我們就不能瞭解「最黑」的真實意思，也無法理解否定性的真實涵義。

　　死亡是當代詩學急待解決的一個難題。伊壁鳩魯（Epikur）有一句名言：「最可怕的災難——死——和我們毫不相干。因為只要我們在，死就不在；只要死在，我們就不在。」這是兩千年前典型的洋阿Q口吻。莊子也曾用這種口吻說過：「死，無君於上，無臣於下；亦無四時之事，從然以天地為春秋，雖南面王樂，不能過也。」[16]他們的言論開啟了死亡不可言說的先河。問題的另一面是，仍然有那麼多人在有鼻子有眼地論涉死亡。生活在西元 500 年前的克羅拉（A.Von.Kroton）醫師就說過：「人之所以消亡，是因為他不能將開

---

[16] 《莊子·大宗師》。

端與終結合而為一。」[17]死亡在通常意義上，就是向一個不可預期的、不可知的惡時辰撲去。歐陽江河反覆陳述死亡與時代的本有特徵有著密切的聯繫，恰恰道明瞭，火的否定性的最高形式就是死亡。和克羅拉相似，在江河的詩歌譜系裏，死亡是必須要得到陳述的。他曾經指出，亡靈是無法命名的集體現象，亡靈沒有國籍和電話號碼。但亡靈自有其時代性[18]：它首先根植於詩人面對的合法時代。而死亡的過門和預科部則是饑餓。

在一個吃厭了山珍海味、嚮往「紅米飯，南瓜湯」的年代，發現饑餓確實存在著，這是意味深長的。《快餐館》說的就是這個意思。這的確是一個饑餓的速食式的時代；饑餓的人，最終是指向假設的人和不存在的人，在我們的時代原來是可能的、現實的。不存在的人究竟是什麼呢？它註定和死亡相恒等嗎？在一首悼念龐德的詩作裏，歐陽江河模擬老龐德的口氣說：「我死了，你們還活著，」「我祝福過的每一個蘋果，／都長成秋天，結出更多的蘋果和饑餓。」（歐陽江河《公開的獨白》）食物本身就包含著饑餓的品性。饑餓與口糧一起挽手進入了我們的生存空間，它是一個無法拒絕的，不能被掃地出門的、被「抓將起來甩將出去」的客人，出於這樣的原因，它成了我們真正的主人。

死亡是真實存在的，它和我們相關，伊壁鳩魯的名言被充分證明是詭辯，莊子的話不過是在自欺欺人。只不過，在江河這裏，它是指雖生猶死的那種「死」。這種死唯一的參照是超越塵世凡俗人生的烏托邦——火的否定性的最高形式，要以它的肯定性的最高形式來定義。生活給了人活下去的形式，但生活也可能是一種死亡的形式。這就是莊子說的：誰如果能把空無當作自己的腦袋，把活著看作是自己的脊樑，將死亡看作本人的小屁股，誰就是我老莊的朋友[19]。在一頓不涉及烏托邦、不涉及信仰，僅僅涉及空心菜、捲心菜、生啤酒、香

[17] H.Diels 編《前蘇格拉底著作殘編》第 1 卷，倫敦，1952 年，第 225 頁。
[18] 歐陽江河《89 後國內詩歌寫作》，《花城》，1994 年第 5 期。
[19] 《莊子·大宗師》。

腸和饑餓的晚餐後，一根手工磨成的象牙牙籤在稀疏的牙齒之間，在食物的日食深處漫不經心地攪動，在這時，讓人驚詫的畫面出現了：「晚間新聞在深夜又重播了一遍，／其中有一則訃告：死者在第二次死去。」「我已替亡靈付帳。／不會再有早晨了，也不會再有／夜晚。」（歐陽江河《晚餐》）究竟誰是亡靈？是死去的人還是我們？歐陽江河在一篇精彩的文章中說，我們是一群由詞語造成的亡靈[20]。是的，是我們這些活著的、在一千元一桌的餐桌旁狼吞虎嚥卻又忍受著饑餓的人才是亡靈。在一家歌劇院內，僅存的幾個活人「聽到了天使的合唱隊」，而「我」卻聽到了歌劇——那關於天使合唱隊的歌劇——本身的死亡（歐陽江河《歌劇》）。很顯然，天使僅僅是一個並不存在的活人，大多數人不過是和「我」一樣，只聽到了（？）自己死亡的腳步聲。在此，「我」是可以由「我們」來置換的。「我」就是「我們」：精神上的極端饑餓是和死亡密切相關的。

　　據說，羅馬國家博物館懸掛著一副古老的圖案，畫中是一個正在死去的人（daying man），三分之二的面積則為 GNOTHISANTON（認識你自己）所佔據。memento mori（記住：你將死去），特拉普修道院後來作為問候語的這個可怕的警戒，終於演化為古老的告戒：認識你自己。「記住：你將死去」和「認識你自己」是同一個意思。在現時代，在僅僅維持著最後一口氣的火炬的照耀下，人們在咖啡館、在電梯、在國際航班、在傍晚的廣場，僅僅為生存苟延殘喘，對正在到來的死亡和已經完成的死亡——這都和我們有關——熟視無睹，毫無興趣。難怪偉大的卡夫卡才會激動地說：「認識你自己，並不意味著：觀察你自己。觀察你自己是蛇的語言。其含義是：使你自己成為你的行為的主人。但其實你現在已經是了，已經是你的行為的主人。於是這句話便意味著：曲解你自己！摧毀你自己！這是某種惡——只有當人們把腰彎得很低時，才能聽見它的善，是這麼說的：『為了還你本來面目』」。「記

20　歐陽江河《89後國內詩歌寫作》，《花城》，1994 年第 5 期。

住：你將死去」和「認識你自己」，誠如卡夫卡所言，在今天或許
是永不可能的另一種烏托邦。

記錄我們時代面臨的最大問題的地方莫過於圖書館，那裏充斥
著所有對庸俗生活的記錄並且不乏讚美之辭。可是，又有幾個人真
正看懂了圖書館中的記錄，又會有幾個人置身其中讀那本關於死亡
的書呢？而火的否定性，時代給予這個詞的最高否定形式卻存於其
中，因為那是──

　　　　一本沙之書，亡靈之書，眾書之書
　　　　一本所有的書在其中被取消的書。
　　　　（歐陽江河《閱覽室》）

關鍵字既具否定性又具肯定性的雙重特徵，並不是先後到達歐
陽江河身上的。米哈伊爾・巴赫金（Mikhail Bakhtin）在《馬克思主
義與語言哲學》中精闢地說過：「心理經驗是有機體和外部環境之間
接觸的符號表達……是意義使一個詞成為另一個詞；使一個經驗成
其為一個經驗的還是詞的意義。」[21]這等於是說，詞和它的意義的
產生，只存在於詩人與外部環境的雙向運動上；每一個詞都是一個
小小的競技場，它自身就有著相反相成、互相辯詰的一面[22]。因此，
火的肯定性和它的否定性從一開始就聯為一體：在它的肯定性到達
詩歌書寫的同時，否定性也無可挽回地到達了詩歌文本。火的存在
有賴於非火。

就是這樣，歐陽江河的詩歌書寫始終處於互相辯駁、詰問和對
抗的駁雜局面之中。在被稱作傑作的《傍晚穿過廣場》[23]裏，歐陽
江河的駁雜達到了令人咋舌的高度：

---

[21] 轉引自凱特琳娜等《米哈伊爾・巴赫金》，語冰譯，中國人民大學出版社，
1992年，第278頁。
[22] 轉引自凱特琳娜等《米哈伊爾・巴赫金》，第269頁。
[23] 劉翔說，《傍晚穿過廣場》是「一首當代詩壇上最優秀的作品之一，它的傑

如果我能用劈開兩半的神秘黑夜

去解釋一個雙腳踏在大地上的明媚早晨——

如果我能沿著灑滿晨曦的臺階

登是虛無之巔的巨人的肩膀，

不是為了升起，而是為了隕落——

如果黃金雋刻的銘文不是為了被傳頌

而是為了被抹去、被遺忘、被踐踏——

　　黑夜與早晨，虛無與明媚，傳頌與遺忘，升起（那是日出的方式，火的肯定性）與隕落（那是日落的方式，黑暗的方向）……等等否定性的辭彙和肯定性的辭彙被暴力式的並置在一起，用的句式是虛擬的、選擇性的，但在骨子裏卻毫不懷疑真正的時代事實會是什麼。這首以廣場為主人公的長詩，空前地賦予了廣場本身以特定的、互否的、與關鍵字的二重性相等同的意義：「一個無人站立的地方不是廣場，」同時，「一個無人倒下的地方也不是」。廣場就是另外一場大火：它既表徵死，也代表永生。火的二重性被特定的廣場借鑒、複製並據為己有。關鍵字互相詰問、辯難的二重性，推動著詩歌的多義性，現實人生在這種看似複雜的多義性中，展示出它特定的、動搖的意念來。曾經被歐陽江河反覆詠歎的愛、美、幸福、豐收、烏托邦……再也不可能成為單一的肯定性，它們都不同程度地被否定性所感染、所廢棄；而另一面，它們自身也在掙扎、在辯解，以致於終不會被徹底消滅：對於蕭邦，你「可以只彈經過句，像一次遠行穿過月亮，／只彈弱音，夏天被忘掉的陽光，／或陽光中偶然被想起的一小塊黑暗」（歐陽江河《一夜蕭邦》）——陽光必然以黑暗為參照，肯定與否定一起被送到；「消失是幸福的：美麗的面孔，／一閃就過去了」（歐陽江河《交談》）——美的消失，就是肯定中的否定；「蠟燭的微光獨自

出成就正在受到越來越多的人的認識」。（參閱劉翔《在歷史語境中的當代中國詩歌》，民刊《北回歸線》，第 3 期，1993 年，杭州）

攀登／那樣一種高度顯然不適合你……／幸福彎腰才能聽到」（歐陽
江河《我們的睡眠，我們的饑餓》）──「高度」是達不到的，攀登
的燭火讓人嚮往，但那裏很可能根本就沒有幸福存在；「肉體之愛是
一個敘述中套敘述的重複過程。／重複：措辭的烏托邦」（歐陽江河
《關於市場經濟的虛構筆記》）；「愛撫或操勞推遲到午後，這世俗的
／冒充的美學」（歐陽江河《快餐館》）；「回家時搭乘一輛雙輪馬車是
多麼浪漫／但也許搭計程車更為方便，其速度／符合我們對死亡的看
法」（歐陽江河《另一個夏天》）……

夠了，不用再列舉這些在程度上逐級遞增的例證了！歐陽江河
是那種一開始就視湯清水白的單純詩意為敵人的寫作者。他詩歌書
寫的複雜性來自於關鍵字的二重性；關鍵字的二重性又來自於時代
的本有特徵。歐陽江河詩歌的複雜性是適合這個蕪雜、讓人理不清
頭緒而又各執一端的時代的特性的。有人稱歐陽江河的寫作是一種
對稱式寫作，我的看法是，對稱式寫作照樣得之於關鍵字的二重
性：肯定性和否定性各執一端，分別佔據對自己有利的哨所，拼力
想將對方拉向自己一邊。鍾鳴為這種對稱性的不平衡找到了一個解
釋[24]，但我的看法是：不平衡的造成歸根結底來源於關鍵字二重性
本身的不平衡。「你首先是灰燼，／然後依然是灰燼。」（歐陽江河
《風箏火鳥》）有著否定性質的現實，在我們這個時代裏，始終比肯
定性質的東西要多得多。時代和生活的雜亂無章，否定性事物和肯
定性事物的糾纏一團難以分辨，這是一方面；值得否棄的東西比值
得肯定的東西存在著更大的波及面，這又是最主要的一方面。要命
的是，肯定性的獲得，並不能依靠對否定性事物的否棄來達成。歐
陽江河同意，否定了黑暗、夜晚和死亡，美、幸福、光明和烏托邦
並不會到來；更何況它們是否定得了的嗎？這就不是歐陽江河敢一
口咬定的了……是否定性事物力量的過於強大，在關鍵字中導致了
二重性本身的不平衡、不穩定。

---

[24] 參閱鍾鳴《籠子裏的鳥兒和外面的俄爾甫斯》，《今天》，1992 年第 3 期。

四、烏托邦的喪失

我們或許可以這樣來描述 20 世紀 90 年代漢語詩歌的主要特徵：和熱熱鬧鬧的 80 年代比起來，它已從對過去的記憶和對未來的渴望、幻想，轉化為對今天、對現在的重視；由較為純粹的抒情轉為成分濃厚的敘述或陳述。通過這一轉換，90 年代漢語詩人有可能把更多的精力，放在對凡庸日常生活的處理上。生活——毫無詩意的、包納了吃、喝、拉、撒、睡在內的凡俗生活，始終是 90 年代漢語詩人寫作中的秘密；它把詩人曾經高遠的飛翔願望強行拉回到地面，讓他們老老實實、腳踏實地、心平氣和地面對它，並要求他們對它表態：有條件地揀起或放棄，承認或拒絕。

同樣的情況也發生在歐陽江河的詩歌書寫中。他曾經精闢地指出過，80 年代的詩人關注的是「有或無」這樣的本體論問題，隨著一代詩人的成熟——是時間和生活教訓了他們——90 年代的詩人更關注的是「輕或重」、「多或少」這樣表示數量和程度的問題[25]。對過去的追憶，對未來的渴望，隱含著現在是不合理的、是醜陋的潛臺詞，它更深的含義在於：合理的、完美的東西（即各種意義上的烏托邦，也就是關鍵字的肯定部分）只會出現在過去（比如被認為是天真無邪的童年）或者將誕生於未來（比如上帝之國總有出現的一天）。過去和未來是有，現在則是一個巨大的無（海德格爾：為什麼在者在而無倒反而不在？）。

90 年代的詩人意識到了，有或無其實只是一個虛擬的問題，過去的已經過去，未來還正在到來的某處，它們都是不可把握的。對於一個深入到生活之謎中去的詩人，「現在」是絕對不可放棄的，它是註定被包圍其間的詩人必須要承受的事物。不過，這個說法的本意，並不是要否認過去和未來對詩人們不發生影響，而

---

[25] 參閱歐陽江河《89 後國內詩歌寫作》，《花城》，1994 年第 5 期。

是說，它們如何被詩人們轉換成今天、它們是否可能並且在怎樣
被轉化為現在。

在歐陽江河那裏，這樣的轉換大大半來自於關鍵字本有的二重性
的交互作用：火的肯定性部分始終是對美好事物、人生或理想境界的
追逐，它有可能既是回憶的（比如歐陽江河《最後的幻像》），又是嚮
往的，這種肯定性直接導致的是抒情成分的相對濃郁；火的否定性部
分始終是對現實人生、凡庸生活的陳述，它有可能既持相對認可的態
度（比如歐陽江河《國際航班》），也持否定的態度（比如歐陽江河《傍
晚穿過廣場》），但更多的則可能持未置可否的態度（比如歐陽江河《遊
魂的年代》）。這種否定性直接導致了敘述成分的相對濃郁。

抒情實際上正是一個「有或無」的問題，敘述恰好是關於「輕與重」
的陳述。否定性始終大於肯定性，這是一個基本事實。正如歐陽江河在
《快餐館》裏寫道的，對於餐館內發生的「這一切詢問，僅有／鬆懈的
句法，難以抵達詩章。」而在《關於市場經濟的虛構筆記》裏，就說得
更加露骨了：「眼睛充滿安靜的淚水，與怒火保持恰當的比例，」「大地
上的列車／按正確的時間法則行駛，不帶抒情成分。」詩題中的「虛構」
二字是值得注意的：詩歌所陳述的事情是現實的、有可能存在的、是根
本就無須虛構的。在火的二重性的相互駁詰中，「現在」被引入詩中，「現
在」的場景被引入詩中；濃厚的抒情被厚重的敘述大幅度置換，也就在
情理之中。歐陽江河在 80 年代末期有一組詩題為《最後的幻像》——
其實應該稱作《最後的抒情》——就預示了這一置換。

說起來真令人悲哀，在這個複製時代和媒體世界裏，幾乎人人都
是自我闡釋的。它有時等於自我推銷，有時又並不。與自我闡釋相反
的不是他釋，他釋只是自釋的反向介入，而是自動呈現。我們現在已
經沒有耐心讓自我向他人呈現，別人也沒有興趣等著你向他呈現了，
在這種我／他關係裏，自我解釋是被共同認可的。不知道歐陽江河是
否會同意，關鍵字的肯定性部分導致的純粹抒情就是一種自我解釋。
其實，關鍵字的否定性部分已經向我們暗示了，生活從很早起，就不
再是闡釋式的，而是敘述式的，它由一連串本來就沒有什麼意義的動

作和對話組成。人數比動作更多，比臉孔更少——米蘭‧昆德拉沒有講錯。因此，與其給生活一些虛構的意義（即闡釋或肯定性運作），不如乾脆放棄闡釋，揀起描繪、敘述。抒情就是一種特殊的闡釋，它把抒情者對生活的主觀渴望看成生活本身，最極端的做法就是導致一種行為藝術：為虛擬的意義不惜去死（海子的屍體已經說明了這一點）。說到底，生活既不值得去為它活，同樣也不值得去為它而死——這就是生活，繁忙的白天，無窮的夜晚，卻滿載著無意義。

從抒情到敘述的轉換，直接促成了歐陽江河詩歌書寫的兩個變化：首先是詩作裏人物的指稱由「我」、「我們」，變為「他」、「他們」，這表明歐陽江河有可能是站在旁觀者的立場，較為客觀地描敘現在的場景；另一個便是大量的被動語態的使用。在當代詩人中，在被動語態的使用數量上，恐怕沒有人比得上歐陽江河。被動語態導源於關鍵字的否定性，它表明，在一個身不由己的時代，人是被裹挾而「前進」的，不是主動邁向某一個「目標」的。被動語態是關鍵字的否定性部分支配下的人生語法，它的內在律令是，人生的句子不可能是詩情盎然的，它僅僅只能是描述的、敘述的：

> 我們被告知飲食的死亡是預先的，
> 是不可逆的，它支撐了生存
> 和時間。
> （歐陽江河《快餐館》）

五、絕對性

蕭開愚在一篇評論孫文波的文章裏有趣地說，四川詩人的第一個特點就是音響洪亮[26]。同樣的情況也出現在歐陽江河的詩歌書寫

---

[26] 參閱蕭開愚《生活的魅力》，《詩探索》，1995 年第 2 期。

中。鍾鳴曾指出,歐陽江河喜歡朝著四周可笑和不可笑的事物哈哈長笑[27]。或許,正是這種品性,使關鍵字火及其二重性與歐陽江河彼此認出了對方。因此,歐陽江河詩歌的聲音總是絕對的、咬牙切齒的、肯定的和決絕的:

> 永遠不從少數中的少數
> 朝那個圍繞著空洞組織起來的
> 摸不著的整體邁向哪怕一小步。永遠不。
> (《快餐館》)

這種語調的確讓人驚奇,它很容易讓人聯想到渣滓洞裏的江姐和文天祥面對元人的斷頭臺。問題是,歐陽江河憑什麼可以用這種語氣發言?誰給了他這種權力?說話人的語氣總是和說者的立場相關,更與他採取的辭彙有關。和許多有成就的詩人一樣,歐陽江河的辭彙也是經過精心挑選的。在他的意識中,火的肯定性和否定性本身是確定無疑的。當他在較早的時期,更主要是受到肯定性的驅使,承認世上還有比個人更高的事物存在時,他那濃郁的抒情意識促使他打量詞語、挑選詞語,並使用這些被挑選的詞語對更高的事物加以肯定、讚揚,並且不留餘地。而當他開始懷疑是否有這種更高的事物存在,但又希望有這麼一個事物存在時,他採取的是拒絕的態度——在這裏,拒絕本身是絕對的,無可置疑的。而當歐陽江河在晚近時期(主要是指 20 世紀 90 年代後半期)更多接受否定性的驅使,承認世上已經沒有比個人凡俗人生更高的存在時,他也同樣以決絕的、肯定的語氣陳述了這一事實,這種語氣試圖表明:它是一個毋庸置疑的事實。有意思的是,在晚近的詩歌書寫裏,歐陽江河加重了問句的使用,而這些問句透露出的資訊恰恰標示出,

---

[27] 參閱鍾鳴《天狗吠日》,《素葉文學》(香港),1990 年第 4 期。

問號可以拉直為代表肯定的感嘆號，或者最好是縮小為表達陳述意味的句號。指出這一點同樣很有必要。

美國一位新歷史主義批評家認為，歷史就是歷史學家描寫過去事情的方式，「歷史主要是由一些文本和一種閱讀、詮釋這些文本的策略組成。」[28]這究竟是詭辯還是智慧？歐陽江河以絕對的語氣抒寫、陳述的這些事實，是否也是詭辯、或僅僅是出於一種策略？他揭示了時代嗎？他揭示了正在變作歷史的那段時間裏發生的真相嗎？有觀點就會有盲點。如果我們站在歐陽江河的視點上，說不定也會得出他思考的那些問題。關鍵在於，他的抒寫，尤其是他的陳述，是否只是臆想的、虛擬的，因而只是一些虛假意識呢？這一切，還得回到歐陽江河詩歌文本的關鍵字上去。一個人的寫作有什麼樣的關鍵字，它的內涵是什麼，不僅和時代有關，與個人有關，更與時代和個人的雙向認證有關；最主要的是，它和這個人站立的位置、視點有關。追溯這個人為什麼會站在這個位置、據有這個視點，是永遠不會成功的。同樣，並沒有理由要求這個人有能力告訴我們他的秘密，這就有如一首古詩所說的那樣：

> 橫江一抹是平沙。
> 沙上幾千家。
> 得到人家盡處，
> 依然水接天涯。
> 危欄送目，
> 翩翩去鷁，
> 點點歸鴉。
> 漁唱不知何處，

28　海頓・懷特語，參閱張京媛編《新歷史主義與文學批評》，北京大學出版社，1997 年，第 56 頁。

多應只在蘆花。

（閭丘次杲《朝中措》）

1998 年 2 月，上海。

從靜安莊到落水山莊

一

人（當然也包括詩人）與時間的不同結合、組合方式，註定會導致不同的時代。我們可以用最簡單、最省力氣的口氣說，時間既內在於人，又外在於人。從內在於人的意義上我們可以認為，一個人就有可能是一個時代；從外在於人的意義上我們可以說，無數個人擁有的不同時代無可置疑又有著相似的、相同的部分，這一部分通常被我們看作是紀元意義上的時代，也就是歷史學上的時代。很明顯，個人的時代與歷史學上的時代並不必然吻合，儘管後者始終都在要求前者必須要向歷史學上的時代折腰和脫帽鞠躬。翟永明就說過：「詩歌在我們的頭腦裏，生活在我們的回憶中，一切的秘訣在於時間」，對於「一個原創的時間（即外在的時間——引者注）和一個存在的時間（即內在的時間——引者注），人們常常不能將它們區別，而藝術就是這兩種寂靜所存留下來的不可磨滅的部分」。[1] 翟永明很敏銳地道明瞭時間在不同的人那裏有著不同的形態，也一舉點清了詩人尤其是詩人的成就和時間的關係。

不少批評家都曾正確地指出過，翟永明是在 1984 年完成大型組詩《女人》後，才算確立了自己的詩人地位。[2] 其實，《女人》的意義遠不止於此；從更寬廣的範疇上說，《女人》開創了一個詩歌寫作的時代。

---

[1] 翟永明《籃中短語》，翟永明《紙上建築》，東方出版中心，1997 年，第 183 頁。

[2] 翟永明自己就說過：「1980 年至 1982 年我讀了大量的書，寫了不少失敗之作，大部分是些風花雪月的胡亂抒情……」（參見翟永明《紙上建築》，第 224 頁）事實也如此，《女人》之前的作品既談不上成熟，也談不上有新的創意，基本上還是對朦朧詩人不成功的仿寫（參閱《紙上建築》，第 222 頁），比如《昨夜，我有一個構思》、《蒲公英》等詩作（參閱民刊《次森林》，1982 年，鍾鳴主編，第 34-35 頁。這差不多算是四川最早的民間詩刊之一），就是如此。

在這裏，在不露聲色的時間面前，翟永明實際上說出了一個遲早都將由她說出的命題：把女人當作女人。而在當時，按「朦朧派」詩人舒婷表達的意思卻是：把女人當作人。——後者當然是更流行的「主題」。這毋寧已經向我們清楚地表明瞭：翟永明的時代與別人的時代是錯位的。也只有當她找到了（準確地說，是機緣巧合地遇到了）與時間結盟的本已方式，她才找到了詩歌寫作內部所需要的時代或時間方式。

鑒於熱衷於詩歌趕集運動的人太多，[3]《女人》中的許多辭彙、情緒被眾多女詩人借用和集體分食，也就在情理之中。[4]翟永明的「策略」非常簡單、也非常幽默，那就是十分隱蔽地在自己開創的路子上繼續深入地走下去，並始終和那些集體分食者保持不失禮貌的距離，或者她就在她們眼前，卻又讓她們找不著她。翟永明對自己的「秘密詩歌通道」充滿了頑皮似的信心。這一「策略」的後果之一是一大批組詩——比如《靜安莊》、《在一切的玫瑰之上》、《死亡的圖案》、《稱之為一切》——的出現。隨著時間把一個多愁善感、歇斯底里的女人塑造成一個飽經滄桑的詩人，翟永明漸漸放棄了早期那種聲嘶力竭的寫作風格，代之以一種相對平緩的、客觀的和戲劇性的風格。這一轉換的直接後果，則是一大批斷章殘片式作品——比如《落水山莊》、《咖啡館之歌》、《小酒館的現場主題》——的出現。我願意把《靜安莊》（它差不多是早期翟永明最好的作品之一）和《落水山莊》（它是晚近翟永明較好的作品）當作翟永明前後兩期作品的象徵性名字：如果

---

[3] 對此，翟永明有一個幽默的說法：「在 80 年代初，寫詩的人多到幾乎我認識的所有人都是詩人。」（見翟永明《紙上建築》，第 222 頁）民諺也可作為參證：「這年頭，扔一塊石頭就可擊中兩個詩人的腦袋。」或者：「中國的每一片樹葉至少有兩個詩人在寫。」

[4] 鍾鳴的話能夠證明上述事實：「翟永明，以她神秘的語言魅力，最終使一代女詩人躲在了她的陰影下，只有少數人能夠倖免。」（鍾鳴《天狗吠日》，香港《素葉文學》，1996 年 4 月，第 49 頁）翟永明則從另一個角度道出了事實：「不知從何時起，更形成了一股『黑旋風』。『黑色』（即翟永明《女人》中的關鍵字彙之一——引者）已成為女性詩歌的特徵，以致於我常常開玩笑說，應該把我的《黑房間》首句『天下烏鴉一般黑』改為『天下女人一般黑』。」（翟永明《紙上建築》，第 232 頁）

翟永明的「靜安莊時代」與紀元上的 20 世紀 80 年代大致對應,「落水山莊時代」則與歷史學上的 90 年代基本吻合。

二

指出翟永明的詩歌淵源也許並不是十分困難的事情,西爾維西‧普拉斯(Sylvia Plath)就堪稱她的詩歌啟蒙師傅。[5]大膽、直露、撕心裂肺的疼痛與漢賦般鋪排的獨白式音調,構成了翟永明早期的詩歌風格;而要指名道姓地說出她晚近詩歌的淵源,顯然是一件冒險的差事。我寧願相信這是時間的作用。時間始終在充當偉大教誨者的角色,是它促成了一個詩人的轉換,通過日常生活,也通過語言。

靜安莊時代的翟永明是獨白的翟永明,她以滔滔不絕的語勢、一瀉千里的激情,訴說著女人的痛苦與渴望,以尖銳的聲調向世界發出了幾近拒絕的回答。這聲音的潛臺詞不是朦朧詩時代集體性的口號「我——不——相——信」,而是純粹個人性的痛苦吶喊「我無助」!圍繞著這一主題,或者說這一主要音勢,翟永明不斷與想像中的世界辯駁、反詰或者自我辯解與辯護。在《女人》中,它甚至看出了母親對女兒的殘忍,亦即一個女人對另一個女人在無意間、在潛意識中造成的傷害,更把那種「無助」感推向了前所未有的境地:

> 聽到這世界的聲音,你讓我生下來
> 你讓我與不幸構成

---

[5] 翟永明在回答藏棣與王艾的書面提問中有這樣的話:「我在 80 年代中期的寫作曾深受美國自白派詩歌的影響,尤其是西爾維婭‧普拉斯和羅伯特‧洛威爾,⋯⋯當我讀到普拉斯『你的身體傷害我,就像世界傷害著上帝』以及洛威爾『我自己就是地獄』⋯⋯時,我感到從頭至腳的震驚。」(見翟永明《完成之後又怎樣——書面訪談》,民刊《標準》,1996 年,創刊號,北京,第 132 頁)

> 這世界可怕的雙胞胎
>
> （翟永明《女人‧母親》）

不排除這是真實的境況，但翟永明在《靜安莊》、《在一切的玫瑰之上》和《死亡的圖案》等主要作品中反覆陳述的這一意念，由於她情緒上的過於猛烈而省略了應有的過程。像許多年輕、易於衝動的詩人一樣，她在滾燙的獨白中忘記了給獨白「淬火」，由於心理需要，獨白也不具備自我「淬火」的能力。在靜安莊時代，她試圖通過對死亡的體認來加強上述事實。的確，死亡幾乎一直都是翟永明詩歌寫作的重要主題，如同普拉斯一樣，她也力圖使「詩歌與死亡成為不可分割的整體」。[6]但在早期，死亡只限於自己的死亡，或者誇大一點，是女人的死亡。翟永明寧願給死亡賦予性別上的涵義。那是一種呈陰性的死。不排除女人的死亡的特殊性，但死亡也是一個過程，不是突然到來的陌生者、異己者。翟永明並沒有給死亡一個過程，也就是說，沒有給死亡本身以充分成熟的時間就迫不急待地把它給呈現了出來。《死亡的圖案》對此有充分的展現，儘管翟永明的組詩分明是在抒寫持續了七天七夜的死亡、有過程的死亡。

與青春年少的激昂獨白相適應，靜安莊時代的翟永明在詩歌寫作中的另一大顯眼點是組（長）詩現象的出現，無論是《女人》、《在一切的玫瑰之上》、《死亡的圖案》，還是《無垠的時刻》、《人生在世》、《顏色中的顏色》，都是組詩，《靜安莊》就更不用說了。組（長）詩現象意味著，她有太多的話要說，有太多的激情、痛苦甚至絕望要表達：

> 我十九，一無所知，本質上僅僅是女人
> 但從我身上能聽見直率的喊叫

---

6 參見 A.Alvarez：「Sylavia Plath」，Review，(October，1963)。

誰能料到我會發育成一種疾病？

（翟永明《靜安莊・第九月》）

正是在這裏，滋生了翟永明詩歌寫作中另一個十分有趣的現象：將空間溶解在時間中。這不難理解。由於她狂熱的獨白，不可挽回地省略了事物發展的過程，時間往往只存在於一瞬，始終處於不斷變化狀態中的卻是空間，也只是空間。在《靜安莊》中，「瞬間」性的「十九歲」包納了「靜安莊」內的各個角落。在《死亡的圖案》中，情形絲毫沒有改變。這一切似乎都在說明，獨白是不在乎過程的，是註定（？）要消滅過程的。這也許正是抒情之所以成為抒情的一大技術特徵。在此，死亡是在瞬間完成的，拒絕、煩惱、痛苦、呼喊、尖銳、激情、絕望……註定只在瞬間呈現——和「見性成悟，直指本心」的禪宗在思路上一致卻在情緒上剛好相反——，它們都僅僅是強辭奪理式的突然成熟。

由於獨白過於濃厚的排他性，在靜安莊時代，翟永明的詩歌寫作有一種天然的單純，即便是看上去較為複雜的《靜安莊》也是這樣。由於主題的單一，具體傾訴對象的喪失（這是獨白之所以成為獨白的根源所在），無依無靠的「我」成為詩中唯一的角色與人稱，[7]使靜安莊時代的翟永明無可避免地有著把世界簡單化的嫌疑。在此，我們不妨說，靜安莊時代與紀元上（即歷史學上）的 80 年代基本吻合：「把女人當作女人」和「把女人當作人」，並不絕然對立。我的意思是，儘管前者是以「我無助」的口氣出現，後者是以「我反抗」的語調現身，但在思維方式上仍然有著較為濃厚的一致性：對自我的重視和對自我的尋找。——雖然我並不否認前者比後者未始沒有「進步」性。在這裏，我們仍然可以看出時間的鬼把戲：內在的時

---

[7] 《靜安莊》最末一節中出現了「他」，但這個「他」更多是詩人自己內心的外化，是立普斯（Theodor Lipps）所謂的「移情效應」。這個「他」實際上就等同於「我」。在早期作品中，翟永明大都使用這種方式來處理「他」，與晚近時期的處理方法絕不相同。詳論見下文。

間與外在的時間儘管表現不一致，但時間本身自有它的恒常品性又
是毋庸置疑的。

　　從 1987 年寫作長詩《稱之為一切》開始，翟永明進入了漫長的
探索期和裂變期。這首明顯有著自傳性質的長詩開始有意識地放緩
了語調，也開始有意識地試圖從獨白中出走，以便進入吵吵鬧鬧的
日常生活的集市去尋找對話者。但翟永明並沒有很快找到適合自己
語勢的手藝和方法。這一漫長的時間階段可以稱作中間地帶。直到
1993 年寫完《咖啡館之歌》，翟永明才開始進入自己的落水山莊時
代。也就是說，她是在 1993 年才開始進入歷史學上（即紀元上）的
90 年代的[8]。在《落水山莊》裏，翟永明寫道：

> 建築師對他的圖案呵護備至
> 不知名的人在擊碎的硝石中尋找靜謐
> 三月風清，我帶來本地的流水行雲
> 窗戶穿越工作者的靈魂
> 氣候和風景浮上他的腦際
> 建築師在保持他的空間經驗
> 形式在朝著多變的方向邁進

　　「我」並不是唯一的詩中主角，因為出現了「他」；因為「他」
的出現，「我」不僅有了可以面對的東西，也徹底修改了「我」的
原意：「我」不再作為純粹的抒情者、獨白者，而是作為一個觀察
者、旁觀者而現身。經過了漫長的中間地帶後，靜安莊時代的獨白
被落水山莊時代的陳述所取代。我們是以客人的身份來到世界的，
卻往往把自己誤認為主人。翟永明或許參透了這一點。因此，從容、

---

[8]　鍾鳴在為翟永明的詩集《黑夜裏的素歌》（改革出版社，1997 年）所作的序
　　中說：翟永明是在 1991 年徹底擺脫了普拉斯的影響，發生了自己的重要轉
　　折。不過，本文認為，遠離了普拉斯並不能說翟永明已進入了 90 年代。這
　　是兩個不同的問題。

大度、冷眼旁觀的客人心態，構成了落水山莊時代的翟永明的主要特色；「讓女人成為女人」也被「讓女人成為人」取代：它的潛臺詞不再是「我無助」而是「我思考，我陳述」，猶如蒙田（Michel de Montaigne）所說「我不指點，我敘述」，或者按照佛吉尼亞・伍爾夫（Virginia Woolf）的話說，「事物在桌子低矮的一端議論起來才最妙。」正如翟永明在《臉譜生涯》中寫道的：「事物有事物的規律／那人說：『願聞其詳』」。《落水山莊》有一個小小的敘事骨架：它描述了這個山莊從草圖到修建成功的過程。「我」目睹了這一切。這就是說，在時間的教育下，飽經滄桑的詩人終於揀起了她曾經省略掉的過程：給事物以成熟的時間；事物和人一樣，它也需要有一個飽經滄桑的經歷。在《咖啡館之歌》、《道具和場景的述說》、《玩偶之家》、《臉譜生涯》、《一個朋友的死訊》、《剪刀手的對話》、《盲人按摩師的幾種方式》、《小酒館的現場主題》……等重要作品中，也都充滿了這一特徵。

死亡主題也不再只具有性別的涵義。它並不只是陰性的。它也同樣具有一個漸進的過程。在靜安莊時代，死亡被看作一件可以吟詠的事情，在必然中竟然有著不可能的性質，而如今，死亡只是一個可以被陳述的事實。這個可陳述的事實，在詩歌營造出的時空之內，幾乎就是伊芙琳（Evelyn Waugh）所謂「賽以斯宅第的母雞下的蛋全英國最好」。這只要把《死亡的圖案》與《一個朋友的死訊》兩相對照就相當清楚了。更為醒目的是，在落水山莊時代，死亡主題已不再處於最耀眼的位置，這毋寧是說，它已被慢慢的、註定要來臨的、正在來臨的衰老與凋零過程所取代。過程是最重要的。衰老的過程更是令人毛骨聳然的，但它又是可以被理解的：是一個理解得服從，不理解也得服從的命定之物。好吧，那就理解吧。——這就是落水山莊時代的翟永明詩歌寫作的口氣。死亡並不重要，衰老和凋零的過程才是實質、才是一切，你我都明白，這同樣是時間的作用，是時間惹的禍！

　　與這種重視過程的平穩陳述相適應，落水山莊時代的翟永明在詩歌寫作上的另一大顯眼點是：組（長）詩現象被斷章殘片現象所取代。這裏的斷章殘片在更大的程度上是個比喻性的說法，它不僅不是指作品的不完整，也不是指就沒有像《十四首素歌》（這同樣是晚近的作品）那樣的組詩出現，它只是說，如今的翟永明已不再是一個滔滔不絕的獨白者，而是一個打撈日常生活的殘章斷片、為日常生活的殘章斷片傾注熱情的人。這意味著，她已經沒有太多的話要講，她不用反問世界，她只是試圖理解構成世界的事件的運動過程，她也不再為單純的抒情奔波忙碌，只為殘章斷片式的生活而沉默。我曾經論證過，一種文體就代表一種觀察世界和生活的角度，代表一種世界感，但它歸根結底代表一種生活方式。[9]組詩長詩是這樣，斷章殘片也如此。它們都是為框架某種生活以及對某種生活的觀感而出現的。關於沉默，維特根斯坦（Ludwing Wittgenstain）曾精闢地指出過：我們想要學會它，首先要學會說很多話。天生的口吃者不會懂得真正的沉默。我的看法是，沉默更是個時間概念，它讓你不得不從滔滔不絕中轉為啞口無言。但這一暗中的轉換對於轉換者卻又有著驚天駭地的內容。——我不知道維特根斯坦是否相信，人也可以在說話中保持沉默。但落水山莊時代的翟永明是承認的，因為殘章斷片本身就意味著，描述過程（即有節制地說話）卻只能抓住過程的片段（即只能相對地沉默），沒有任何人可以獲得整個過程（即滔滔不絕地言說）。當然，為了防他個萬一，我還是承認：狂徒和青春年少者可以例外。

　　在這裏又滋生了一個有趣的現象：詩歌中的時間處理方式。翟永明這一回是將時間溶解在空間中。由於她開始重視過程、描述細部，由於過程從來就不只是一瞬而是一段，因此，在陳述過程中，變化得最多的將是時間，空間則保持了相對的穩定，頂多從一個場景緩慢跳到另一個相對穩定的場景。在《咖啡館之歌》、《小酒館的

9　參閱敬文東《從野史的角度看》，《當代作家評論》，1997 年第 6 期。

現場主題》、《在鄉村茶館》、《走過博物館》……等等作品裏，時間在心平氣和地，然而又是不斷地處於變更之中。在時間近乎勻速的流動過程中，事物——它被相對地固定在某一個空間——在成熟，結果在緩慢來臨，就像櫻桃在期待最後完成的一瞬，事物在等待一個框架它的特定的、穩定的空間。《剪刀手的對話》就很說明問題。翟永明通過對「為了美，女人永遠著忙」、「為了美，女人暗暗流血」、「為了美，女人痛斷肝腸」等主題句的事實性陳述，把女人日漸衰老的過程給充分陳述了出來，在此過程中，空間要麼是相對穩定的，要麼就是乾脆溶解在時間中並且幾乎隱而不現。[10]

　　由於陳述的包容性——不僅包納了「我」，也包納了以「他者」面目出現的別人——翟永明的詩歌寫作具備了相當濃厚的戲劇性色彩。《道具和場景的述說》是個好例子。在詩歌製造出的話語空間中，作為舞臺道具的鼓、琴、幕、台、扇以及作為場景的三種形態——楔子、附錄、注釋——分別得到了詩人的陳述和說明，這首長達六節的詩中充滿了各種人稱的轉換，時而是被陳述的事物，時而是「我」的談論與旁白，使「我」與「物」之間形成的時而緊張、時而緩解的戲劇關係，產生了一種鬆緊適度的張力，詩歌內部結構的複雜性也由此得以呈現：它把靜安莊時代的抒情的簡單性打進了冷宮。

三

　　在獨白性質的靜安莊時代，翟永明的詩歌中缺少一個與抒情主人公交談的對象，「我」的出現是鋪天蓋地的；一切都以「我」為中心、以「我」的出發點，以「我」的眼光和抒情角度來設定世界、界定萬物。時間更多的是屬於自己的，是內在的。但正如美國佬羅

---

[10] 這種說法當然只是相對的，甚至只是比喻性的。因為時空的不可分割性已成科學常識。問題在於，詩人是可以也可能打破這種科學定見的。在空間溶解在時間中這種情況下，時間既是瞬間的，其流逝又是疾速的，因此，空間必然有很多變化，快速地忽東忽西是免不了的；而在時間溶解在空間中這種情況下，時間按正常速度流動，甚至比物理意義上的時間流動得更慢，有如慢鏡頭，這樣，在某一個特定空間「停留」的時間就相對要長一些，空間的變化相對也就少一些。

伯特・佩・華倫（Robert Penn Warren）在《龍的兄弟》中所說：「認識完善的方向便是自我的死亡／而自我的死亡正是人格個性的開始」。認識自我、表現自我，其實與所謂發現自我、暴露自我、發洩自我是一個意思，有著相當多的自私性的個人中心主義味道，毋庸置疑，在不少情況下，甚至還有著法西斯的暴力色彩，儘管它也可能以溫情脈脈的面孔出現。但軟刀子也能殺人，「美女蛇」是所有蛇中最厲害最可怕的蛇！到了落水山莊時代，情況發生了明顯的變化。翟永明意識到了「自我的死亡」的必要性。這就是說，儘管時間首先是內在的，但更不可否認的是，時間同時還外在於所有人，人與時間的結盟方式除了各自不同的內在性外，還有共同的外在性。我已經指出過，相對於整個漢語詩歌的潮流，翟永明進入歷史學上的 90 年代大約在 1993 年。這可以從「人稱」的轉換這個看似渺小的角度來分析。

　　人稱不是隨便使用的，在某些時候——尤其是在我們的說和寫之中——它有著相當的致命性。一個人使用什麼樣的人稱來說話，也就表明了他的立場和態度，表明了他觀察世界、進入世界的角度與方式。翟永明在晚近時期，「我」、「你」、「他」、「我們」等人稱是大量混用的，尤其使用得最多的是「他（們）」。《咖啡館之歌》以後的作品幾乎全部如此。一般而言，我／我關係大都表示獨白和自言自語，有相當的自戀嫌疑；純粹的我／你關係大都表徵著某種傾訴（比如我們向自己的親人寫信），一如馬丁・布伯（Martin Bubber）所說。它表明「我」有痛苦（或幸福）要向「你」傾訴。不排除這中間有對話關係，但它也有著明顯的自我中心成份和自戀成份，卻又是明白無誤的。

　　我／他關係就完全不一樣了。由於第三人稱（「他」）的引入，「我」的立足點變了，「我」再也成不了中心（這當然是在理想的情況下），也充當不了界定世界的法則。我／他關係在更大的程度上表明：「我」站在「我」的位置上（但不是中心）觀察「他」。尤其重要的是，我／他關係還隱含了一個前提：「我」要向「你」報告有關「他」的消

息。在我／他關係中,「你」是潛在的,是我／他關係設定了的。這也就把事情給一舉點明了:時間不僅內在於「我」,也內在於「你」;「他」不僅內在於「我」、「你」、「他」,同時也外在於「我」、「你」、「他」。「我」雖然觀察不到或很難觀察到內在於「他」的時間,但能觀察到外在於「他」的時間,並能準確地向「你」彙報。這是一種誠實、謙遜的方式,一般情況下,也是陳述的本來意思。陳述只需要真相。由此,「我」再也不以純粹抒情的身份內含於詩歌文本,在更多的時候,只是一個人間消息的傳遞者,一個謙遜的信使。這就是翟永明在《孤獨的馬》中說起過的:

> 它的雙眼,借我的光
> 把四周重新打量。

基於對時間與時代的這種方式的體察,翟永明晚近詩歌中的人稱是混合的,就幾乎有它的必然性了。表現方式在許多時候就是我／你／他(們)的和合。在《咖啡館之歌》中,「我」以咖啡享用者的身份從下午坐到第二天黎明,「我」看見了許多別人(即他或他們)的行動,他(們)有聊或無聊的舉止,他(們)說出的有意義或無意義的隻言片語,最後全化作時光中的一縷煙霧,但又同時存在於「我」的眼中,存在於「我」的記錄中。也許這才是真實的生活,人生的真實事境。它不需要痛苦,不需要人為它付出痛苦,更不需要人為它解除痛苦,因為很可能它根本就無所謂痛苦不痛苦。「我」要把「他」(們)的這一切都告訴「你」。即使是全詩結末時出現的那位元與「我」對話的「你」,也不再是「我」要把消息告訴「你」的那位「你」。理由很簡單,在《咖啡館之歌》中,「你」只能是隱含的、假定的、潛在的;而與我對話的「你」,毋寧說只是一個被「我」觀察的「他」,是以「你」的面孔出現的「他」。

長詩《重逢》則有另一番景致:是「我」在對重逢者「你」講話。全詩一共描述了「我」與「你」的六次重逢,每一次重逢都以

「我看見你——」開始敘說。然後是「我」「看見」「你」的一系列
行動。這很容易被誤認為是純粹的我／你關係。但它不是。因為這
首詩設定了一個第三者「他」作為聽眾。不可否認,「我」首先是對
「你」講話,但「我看見你」表明「你」聽不到「我」的聲音,甚
至沒有意識到「我」就在「你」面前,儘管很可能「我」的確渴望
「你」能聽到、能意識到。因此,這個被「我」渴望的「你」,實際
上只是一個「他者」,是「你」身上暗含的「他」,是隱含的「他」。
——很有些類似於巴赫金(Mikhail Bakhtin)所謂「人身上的人」。「我」
只是在描述「你」自己看不見的行動——「他」——罷了。當然,「你」
也永遠感覺不到這一點。這首題為《重逢》的詩作,實際上正是一
個反諷:「我」不是在與現實中的「你」重逢,而是在與「你」的某
幾個動作、某幾個曾經的人生畫面相遇。我想把一切都講給「你」
聽,但這個聽「我」說話的「你」,已不是做出人生動作並與我重逢
的「你」了,而是以隱含的「他」來表現的,即「他」身上的「你」。

　　以上兩種情況是落水山莊時代的翟永明在詩歌寫作中的慣常方
式。由於「他」的引進,完全改變了詩歌的格局。它最直接的後果
是,過程才是一切,對過程的感知、觀察並向他者(即你或他)報
告感知和觀察到的結果才是實質。但「我」的觀察決不是、也決不
會是完整的,因為觀察者並不具備全知全覺的能力,這或許就是落
水山莊時代斷章殘片現象的又一根本緣由。由此,翟永明修改了自
己早期的個人詩學辭典,並為這些詞賦予了落水山莊時代的特殊涵
義。早期的詞是「黑色」、「死亡」、「愛」、「肉體」、「女人」……晚
近時期的則是給它們加了規定過程的定語後產生出來的新詞:「談
談……」(《莉莉與瓊》)、「現在談談……」(《場景對道具的述說》)、
「我看見……」(《重逢》)。黑色、死亡、肉體、愛、女人……中的
每一個詞,都可以填充在上述三個省略號中的任何一個後邊。實際
上,這正是落水山莊時代,翟永明詩歌寫作的幾乎全部內涵。它表
明,早期用來身受式地用作抒情的東西(比如肉體、死亡等等),現
在完全可以被當作一個一個的事實來觀察和談論,黑色、死亡、肉

體、愛、女人……都在一個個不可例外的過程中，走向沒落、凋零。這大約就是飽經滄桑的意思了。

假如只是到此為止，翟永明仍然逃脫不了平庸之嫌。翟永明擺脫平庸的主要方式之一，就是在此之上把「我」轉化為「我們」。這同樣在《咖啡館之歌》後的許多作品中可以得到觀察。它表徵的意思是：雖然對這一切的觀察只是「我」的，但如果大家願意，也都可以觀察到，因為說到底，這一切都與我們有關，不僅和我們的生存有關，也和我們的死亡有關。——難道時間在表徵活著的時候，就沒有表徵死亡嗎？難道時間不是「我們」的地獄形式之一種嗎？而這顯然是在說，靜安莊時代的「我」只表徵「我」一已的情感，還遠不能上升為經驗，到了落水山莊時代，這一切都可能、都可以上升為經驗，而經驗就意味著可重複性，意味著很可能為「我們」所共有。當然，經驗也意味著有限；但有限不正是「我們」這些叫做人的東西的本來面目麼？翟永明發現了這一點，陳述了這一點，也承認了這一點。這也是飽經滄桑的意思，照樣是時間給出的偉大教誨。

不可否認，翟永明確實具有從女性的認知角度來觀察世界的特徵，這一線索實際上穿插在她的整個詩歌作品裏。但這並不表明她的寫作就一定是所謂的「女性寫作」。我反對把一個成熟的詩人說成跟性別絕然相關的詩人。說一種寫作、說某個人的寫作是「女性寫作」並沒有多大意義。因為這很可能並沒有說出更多、更深刻的東西。翟永明在時間的教誨下，理解了時間本身；不僅理解了自己的時間，也理解「我們」的時間，這讓她有可能把女人只看成普通人——而一切所謂的「女性寫作」在這一點上，倒也許持持較為相反的觀點。翟永明說：「男人在思考的問題，女人也在思考。我說的『把女性意識作為一種特殊的詩歌領域來開拓』，只是女人思考方式和寫作方式的一種，但它決不僅僅是女人思考的全部」。[11]因此，在「把女人當作人」（朦朧詩，舒婷）被轉換為「把女人當作女人」之後很

---

[11] 翟永明《紙上建築》，第 241 頁。

久，翟永明通過人稱的轉換為手段，又把這一命題轉化為「把女人當作（普通）人」。這不是對朦朧詩和朦朧詩人的簡單回歸，因為它們產生的背景是絕不相同的，其內涵也各有稟性。我們可以說，這是時間的作用，是時間把「飽經滄桑」設定在翟永明身上之後產生出的直接後果。這種命題的轉換更與辯證法毫無干係，儘管我心悅誠服地承認：辯證法確實很偉大。

1998 年 4 月 20 -22 日，上海。

道旁的智慧

一、成人心態

　　臧棣在一篇後來充任他個人詩集（即《風吹草動》）「代序」的短文中，盛讚過 T.S.艾略特（T.S.Eloit）一個並不十分惹人眼紅的觀點：對於任何一位二十五歲以上仍想繼續寫詩的人，歷史意識幾乎就是不可或缺的。[1]臧棣認為這是後者對詩歌寫作「最了不起的貢獻之一」，並把它引申為現代詩人對自身內部「成熟」性的嚴格要求。[2]之所以有這種故意性的「誤讀」，我以為不妨作如是解：「成熟」問題既是現代詩人（比如臧棣本人）迫不得已的追求目標，也的確是一個成年詩人（比如至少得在二十五歲之後──一如臧棣從艾略特那裏獲得的年齡刻度）才可能面對的嚴峻問題。不同的年齡將會面對不同的事境，[3]也將理解與理解到不同質地的生活。這並不僅僅是說生活變了（生活當然一直在變），更是說，我們通過不同年齡階段隨身攜帶出來的不同心態，進入了前一個年齡階段不可能進入的生活，也得到了前一個年齡階段不可能得到的人生經驗，正如色諾芬尼（Xenophanes）詠頌的：

　　　　諸神自始至終就未向我們暗示
　　　　萬物的秘密；

---

[1] 參閱艾略特《傳統與個人才能》，《艾略特文學論文集》，（李賦寧譯），百花洲文藝出版社，1994 年，第 2-5 頁。

[2] 參閱臧棣《人怎樣通過詩歌說話》，《風吹草動》，中國工人出版社，2000 年，第 1-3 頁。

[3] 「事境」的涵義是：它是圍繞著人發生的所有事件之總和，它也可以等同於現實生活之總和，它是縱橫交錯互相關聯的事件的有機組合。事境和語境是一對相對應的概念，語境只是對事境或完全或不完全的描述和對應。

但隨著時間的推移，

通過探索我們會學習並懂得更好的東西。

詩歌也許並不負責提供真理（提供真理云云可能會閃了詩歌的腰肢），但我們無疑有理由要求現代詩歌（差不多也僅僅是現代詩歌）負責提供智慧。我贊同 N・弗萊（Northrop Frye）的看法：智慧是一種長者的方式。弗萊的言說實際上已經包含了這樣一層意思：智慧也是一種成熟的方式。一個小於二十五歲的人（哪怕這個年齡刻度僅僅是虛指），能稱為長者或成熟嗎？孔子說他四十才「不惑」，五十才「知天命」，其實也是這個意思。英美文學持續了幾百年的浪漫主義，通過情感極度囂張性的揮灑，活生生把詩歌徑直提到了真理和教主的地步；[4] 德國（或德語）浪漫哲學與詩學甚至把「詩」當作了本體論，[5] 按照米利都的泰勒斯（Thales of Miletus）開創出的本體論言說傳統，這樣的「詩」不是真理還會是什麼呢？儘管上述兩種情況在當時的語境中都不無合理性，不過，也正是憑籍從一開始就以微縮的身姿內含於合理性之中的、可以不斷生長和放大的邏輯線路，英美浪漫主義終於在某一天早晨發現，自己確實已經墮落為一種有如和水牛比個頭，拼命自吹自擂最後撐破了肚皮的青蛙那樣的浮誇浪漫主義、一種渾身起泡的腫脹式浪漫主義——看來，它還的確是被真理閃壞了水蛇腰；德國的浪漫詩學也被其後的阿多諾（Theodor Wiesengrund Adorno）——按劉小楓《詩化哲學》的看法，該人就是一位浪漫主義哲學家——指責為：在奧斯維辛之後，誰如果再按原來的方式寫詩，誰就是個原始人。凡此種種，既給其後的詩人預備了開闢新道途的伏筆，讓他們有足夠理由重新審視詩歌的功能、用途和可能標準，也讓他們知道：真理不一定是智慧，但智

---

4 這一點只要看看雪萊是怎麼說的就行了。參閱雪萊《詩辯》，《西方文論選》（下），上海譯文出版社，1979 年，第 51-57 頁。
5 劉小楓用了整整一本專著的篇幅，就是為了試圖說明這一問題，參閱劉小楓《詩化哲學》，山東文藝出版社，1986 年。

慧也並非僅僅等同於真理；真理的口氣是決絕的、青春式的【想一想雪萊（Percy Bysshe Shelley），甚至不無自我調控能力、冥思著和回憶著的華茲華斯（William Wordsworth）】，而智慧在語調上無疑是平和的、寬容的，甚至還有一點蒼老、遊弋和拿捏不定的音色。

人出生，走過，死去。這個用動作來填充的並不算短的過程，會給所有智商大於零的人提供許多感喟的機會，也註定要給不多的人提供言說感喟的理由。詩人就屬於這不多的人組成的陣營。「詩者，志之所之也，在心為志，發言為詩，」甚而至於還要由此張牙舞爪地手之舞之、足之蹈之；[6]偉大的華茲華斯面對華特盧橋則說：「大地拿不出比這更美的風景，／誰看到這一動人的奇觀／而不停留，誰的靈魂就已經遲鈍。」說的不都是一小部分人言說感喟的意思嗎？一個現代詩人，按照臧棣的主張，就是要在他走過的路上，思考、內省、陳述他所見所感的人生風景，並把它轉化為成熟的智慧，而不是（或不僅僅是）浪漫主義式的、青春式的「完美」真理。我願意把這稱作「道旁的智慧」。因為這樣的智慧只能來源於人生之路的旁邊、來源於對人生道旁「明確無誤之事物」進行明確無誤的審視──按照聖維克多的於格（Hugo of St. Victor）的定義，該審視當然就是「觀照」了。[7]

一如臧棣「代序」所表述的，在詩歌的現代性被迫成為一個問題之前，詩歌最主要的目標是追求「完美」。──借用雪萊《詩辯》的口氣來說，不是真理在完美難道還是你在完美不成！道旁的智慧和「完美」（在此處的語境裏，「完美」可以暫時等同於「真理」）相比，毋寧顯得瑣碎、凌亂、充滿了缺陷，但它的確表徵了詩人穿過事境，從事境中採摘局部的經驗並由此構成了一個完整的智慧世界。與任何形式的藝術一樣，詩歌最後也要修築一個存在於質料（比如紙張）之上的完整世界；智慧世界僅僅是所有可能的世界形式中的一種，它或許還不是最重要的一種，但無疑是最成熟的世界形式

---

[6] 《毛詩序》。
[7] 轉引自陸揚《中世紀的詩學》，上海社會科學出版社，2000年，第123頁。

之一種。和真理相比，智慧是一個小詞，它不莊嚴，也不肅穆，用臧棣慣常的造句法，我們可以說它（即小詞「智慧」）雖然「迎風」，卻不「招展」，雖然「深入」，卻並不「淺出」，但它的確是一個成熟的或有關成熟的辭彙。

智慧世界是虛構的世界，是經由詩歌對事境的進入從而獲得的成熟經驗有機組裝出、構造出的分行時空。它不是價值論維度上的情景或意義世界（我們總不好說，對人生道旁的經驗會等同於人生的意義），[8]也不是純粹的修辭世界（經驗不可能構成修辭，或者經驗也許天然就要盡可能剔除修辭才能完成自己）。[9]現代詩歌也不在文本中構築真理世界。真理是一種有著濃厚傲慢性質的奢求，它意味著絕對、霸道與虛妄。我贊同這樣的觀點：集體性的真理不是人間的事物。英美浪漫主義最後之所以走向腫脹式墮落，德國浪漫傳統最後居然直逼原始人的境地，就是因為對真理過於虛妄的追求撐破了肚皮使然——真理屬於水牛，不歸青蛙所有。

二、物象與概括

對臧棣來說，道旁的智慧組成的完整世界，要求詩人動用一種堪稱成人的心態，按照於格（Hugo of St. Victor）所謂對道旁「明確無誤的事物」進行細緻觀照，最後用詩歌的方式去理清現實生活（即事境）的秩序。它具有里爾克（Rainer Maria Rilke）大力提倡過的「客觀化」面孔（值得注意的是，臧棣曾是漢譯本《里爾克詩選》

8　所謂意義世界，實際上就是「情景」。情景、事境和語境是三個相互關聯的概念：事境表徵客觀的、現象學維度上的生活事件網路，情景是對事境進行的價值論維度上的描述，而語境則是對事境或完全或不完全的陳述。情景只有在語境中生成（參閱敬文東《指引與注視》，未出版）。

9　對事境的經驗，並不是對事境的提純，而是透過事境獲得對事境的精確理解，一方面，它不需要修辭（或者只需要臧棣所說的「出於比例的比喻」），因為經驗會在修辭的包裹下變形；另一方面，它不可能構成（價值論上的）意義世界，因為經驗只包含著對現實生活的善意理解，並不具備道德上的籲請，意義世界有一種強烈的道德訴求。

的編選者）。臧棣在《月亮》一詩中寫道：「它（月亮——引者）不
是一幅靜物畫／它有圖騰般的力量，／它的視野不屬於我們中的／
任何人，它絕非只有／一隻眼，但它像／只有一隻眼似地瞪著／你
抬頭看它時猶豫的樣子。」這裏面很可能包含了如下訊息：智慧世
界就是詩歌對表面上雜亂無章的現實生活進行的一次次「客觀」的
秩序化清理，它的結果正如月亮儘管有圖騰般的力量，但又絕不為
我們所擁有一樣。用臧棣的口氣說，秩序化清理就是要揭開事境的
「兩層皮」，為此，詩歌有必要創建、發明或者掌握一種特殊的解剖
學，這樣的解剖學說的是：

> 宇宙共有兩層皮。
>
> 而截止到目前，他們
> 觸摸或揭開它的方式——
> 就好像它只有一層
> （臧棣《宇宙風景學》）

　　然而，這種頗有抱負的解剖學卻不是對事境的過濾和提純，它
只意味著撕開和進入：詩歌在這裏只起解剖刀的作用。而所謂解剖
刀，就是為了讓人看清楚和清楚地看（「觀照」）；組成智慧世界的磚、
石、泥、瓦等材料——即詩人對事境的細小經驗——也不是純化現
實生活的結果（那樣就會組成「純詩」中的完美世界）。[10]貝克萊
（George Berkeley）用他定義過的超級感覺、讓自己站在本體論旁
邊去凌空高蹈純化世界，沒想到最後把世界給弄丟了。貝克萊對此

---

[10] 中國 20 世紀 80 年代的所謂史詩（比如海子的《太陽‧七部書》）、文化詩（比
　　如楊煉的《敦煌》組詩、《西藏》組詩等），甚至「朦朧詩」（比如北島的《回
　　答》、《結束或開始》等）都是沿著建構意義世界的維度進行的。它們都有對
　　事境進行純化的特徵（參閱敬文東《中國新詩現代主義的內在邏輯和技術構
　　成》，《山東師範大學學報》，1995 年第 2 期），只是程度有輕有重。作為詩歌
　　探索，它們無疑是有巨大意義的。

深感詫異。在這裏，我認為老貝的驚悸值得警醒：假如我們過分純化事境——像意義世界為自己接生時喜歡做的那樣——，我們也可能把事境給弄沒了。情景（即意義世界）的確很重要，但情景無疑是對事境的巧取豪奪，是對事境強制進行的價值賦予。情景不是經驗；經驗是在不改變、不扭曲、不丟失事境的前提下，從事境那裏隨手友好拿取啟示的方式——經驗就是按照事境的本有思路和邏輯去清楚地看待事境，並從它那裏領取一份啟示的聖餐。經驗是事境的親密朋友或兄弟，是人生道旁的風景對詩人的饋贈，最終卻無一例外總是對人類的慷慨贈予。但這並不是無條件的，它至少需要一把解剖刀，該解剖刀的主要任務之一，就是要提供一種表達事境（道旁景物）合理的、近距離的修辭學。

解剖學也為如何把道旁事境處理為智慧，提供了方法論方面的建議。解剖學指著道旁景物說，那就是概括。和真理採用的概括一樣，道旁的概括也是為了揭開現實生活的多層肌膚去理清事境；和真理的概括不一樣，道旁的概括並不因此忽略細節、忽略道旁的人生風景。智慧世界由此一方面與「餓死事小，失節事大」、「人生就是戰鬥」、「幸福就是愛上帝」……等等諸如此類的意義世界（即情景）劃清了界限，因為後者恰好要以忽略道旁的風景為代價：情景依靠多重概念偷換，達到了對事境的具體性的高度削減，最後只剩下孤零零的、與事境很難說有上下文關係的純粹人生意義——比如說，你能在「餓死事小，失節事大」中找到事境一丁點的真實面目嗎？另一方面，智慧世界也由此和詩歌中純粹的修辭世界分道揚鑣了，因為後者是在進入事境的基礎上，依靠給出事境眾多遠距離的比喻然後進行自我繁殖的結果。修辭世界最終扭曲了現實生活，因為它並不單單仰仗對事境的經驗透視來完成自身。它自我有絲分裂以便催生自己所需要的條件，無一例外，除了對事境的經驗總還要多出至少一毫克別的東西。

智慧世界卻一如臧棣所說：「青草的喜人長勢／就很能說明問題的實質。」（臧棣《闖將》）「青草」以及它的「長勢」，當然就是道

旁的事物和它受造過程中的暫時狀態;它「說明」的「問題」大概
也只能是道旁的問題,它就是對道旁事物的幽微經驗,是道旁風景
給予詩歌的細小啟迪。以這種方式,附和著解剖學的謙遜要求,臧
棣為了「說明」問題的「實質」,很自然地發明了一種既不忽略道旁
風景,又能理清現實生活秩序的詩歌方法:用道旁的風景中包納的
具體物象來「歸納」、「概括」事境。在《漁線》的前三行,臧棣亮
出了他詩歌方法論的底牌:

> 一片湖,一條鯰魚,一隻氣球:
> 假如用城郊的風景來歸納,
> 我們的關係大致如此。

　　按照意義世界的概括,「我們的關係」至少可以從抽象的、一般
性的或者形而上的天與人、上帝與人、父與子、君與臣⋯⋯等角度
得到定義。毋庸置疑,從這裏獲取了規定性的「關係」早已減去了
經驗的成分,分明有了超驗的「情景」嘴臉:比如說,「君要臣死臣
不得不死」究竟是從哪一個人生側面,通過怎樣的主題偷換才獲得
和人性相符的特徵的?意義世界的創立者對此只舉薦讓人聽從的答
案,拒不提供演算、推導的過程。因為那實在是太沒有面子了。而
按照修辭世界的概括,「我們的關係」也可以隨便動用任何一種近乎
亂倫的因果序列來得到界定——從歐陽江河的著名詩句「如果草莓
在燃燒,她將是白雪的妹妹」(《草莓》)定義出的「關係」中,我們
看到了一種隨意性的聯結,也最終看到了「關係」的隨意性以及它
被扭曲、被強制性地「排排坐吃果果」、背著雙手聽課的痛苦表情,
雖然江河看上去也使用了道旁的物象,但這種物象早已具備了強制
性的形上色彩,不再是單純的道旁辭彙所表徵的具體物象。[11]在此,

---

[11] 「亂倫的因果關係」是我在博士論文《指引與注視》裏解剖歐陽江河時使用的
一個形象化術語,它的涵義是:不在乎因和果之間的真實邏輯承傳,只看重話
言效果的狂歡化色彩;而且在大多數情況下,因和果還可以互相置換。它在最

我沒有能力判斷哪一種概括方式更好，既然它們被創造出來，按照
老黑格爾的說法，總有一些道理吧。我想說的是，在一個現代詩人
對自身成熟性的要求中應該包納的內容之一，必須要有一種可供自
己使用的、適合於事境的、和事境平等友好相處的特殊方法論。我
不敢說臧棣使用的概括方式僅僅屬於他一個人，可以在這裏肯定的
是，這種方式無疑深深打上了臧棣的個人烙印。[12]

　　之所以要用道旁景物中包納的具體物象概括道旁的現實生活，
在臧棣那裏還有另外的理由。這來自正反兩個方面。其一，「人不可
能虛構出他無法／理解的影像。那麼用化身／顯靈吧！……／調亮
男人和女人之間的／對比度吧。使黑的更純正，／使白的更醒目，
更高傲；／總之，讓它們更說明問題吧。」（臧棣《照耀》）其二，「風
景不止是有助於我們／熟悉背景。相對於我們的渴望，／風景是網；
而我們的生活其實是／從背景中產生的。背景離紙更近。」（臧棣《遠
郊》）「紙」在這裏作為詩歌書寫的質料而出現；按照海德格爾《藝
術作品的本源》，書寫質料並不外在於書寫本身——質料也是文本構
架出的完整世界的有機組分之一。如果老海是正確的，那臧棣在此
實際上已經表明了，道旁的「風景」（也包括可以理解的「影像」）
才是我們經驗與親和事境，並組成臧棣式智慧世界最真實的方式之
一。我想我們已經明瞭了，臧棣要用物象概括事境以促成智慧世界
之達成的不無偏執的理由；對一個有能力自給自足的詩人，批評家
牢記維特根斯坦的教導是有必要的：神秘的不是世界是怎樣的，而
是它就是這樣的。維特根斯坦還說，對於神秘的事情最好是閉嘴，
搞不好我們會被套進去的——因為那裏邊有著太多猛具誘惑力的美
女蛇。在這樣前提下，我傾向於相信臧棣對自己詩歌方法論「說明
問題」的能力不無得意的表白，卻對它的具體來源（比如心理的、
身份的、社會學的等等）不聞不問：

後明顯形成了一種修辭世界。它當然有迷人的一面，但語氣上的強制性、隱含
的霸道成分確實顯而易見。上引歐陽江河的詩句，比較典型地表明瞭這一特徵。
[12] 在本文的其後部分，我將詳細討論臧棣實現這一方式的具體步驟。

> 現在我可以解釋那鳥了……
> 他開始像只貓頭鷹似的打量起
> 周圍的一切。那是他的未來。
> （臧棣《香椿》）

三、三重轉換

　　為此，在詩歌技術上，臧棣把人生道旁具體物象之間的三重關係（或稱三重轉換）引入了詩歌書寫。所謂三重關係，就是指臧棣在他的詩歌方法論的指導下，採用的一種構築詩句和詩篇的常見方式：在一行詩中，引入互相界定的三個物象，通過其中某一個物象（一般是第二個）的轉折、轉換作用，既將詩句滾動式向前推進，啟動下一行詩的構築以促成全篇，也「真實」地暗示了道旁物象之間切合事境實際的互相否定又互相肯定的基本關係。[13]三重關係是臧棣詩歌方法論最主要、最具體的表達形式之一。這些具體的物象具有「說明問題」的充足能力。它也是臧棣在行進過程中，從道旁風景挑選出來用於歸納事境、理清事境的物象。《忌器》的最末幾行就很能「說明」這一問題：「……既扮演花貓／又扮演老鼠；把替死鬼涼在一邊。／與此相似的是，／我用木板釘箱子，最後卻發現／我更喜歡把它當椅子用。」花貓、老鼠、替死鬼構成了一組道旁的物象；木板、箱子、椅子則構成

---

[13] 佈雷頓‧波爾卡在《真理和隱喻：作為哲學和文學實踐的解釋》中說：「真理本身是不可知的，只有它的表現形式、它的虛構或隱喻才是可知的，這個事實意味著，一方面經常有可能把真理變成感覺形象或經驗形象，另一方面經常有可能通過淨化使它的形象抽象化，」因此，「真理只有通過它的隱喻──關於我們的生活的一般虛構──才為人所知。」（《哲學家和他的假面具》，（徐友漁等譯），社會科學文獻出版社，1999 年，第 45-47 頁）。臧棣也許並沒有提供真理的奢望，但是，他關於事境的經驗，依然是按照波爾卡所說的那種呈現真理的方式被呈現出來的。和前者不同，他採取了用道旁具體物象系列來概括、歸納事境的「庸常」方法。

了另一組。它們和「一片湖，一條鯰魚，一隻氣球」的歸納功能相似，同樣在概括「我們的關係」。[14]

　　臧棣這樣做的原因，正合佈雷頓・波爾卡（Breton Polka）所說：存在就是被解釋——而且只用自身來解釋；可是，如果你沒有按照指導原則形成的鄰居，也就會在解釋過程內部最終丟失了自身。[15]而克爾凱戈爾（Soren Aabye Kierkegaara）為什麼要在《愛的勞作》裏把鄰居喚作愛的禮物，利科（Paul Ricoeur）又為什麼要在《有限和犯罪》（Pinitudine e Colpa）中，把克爾凱戈爾的「愛的禮物」誤譯成「鄰居發人深思」呢？在此處的語境裏，我認為可以給出某種具體的解答：上述兩組道旁的物象，既是臧棣在詩歌方法論的指導原則下，構築出的對他本人進行解釋的「鄰居」，也充當了他從事境的本有思路出發對事境的鮮活經驗；尤為關鍵的，是臧棣理解了事境中每一個具體可感的物象（比如他本人），都不是單獨存在的，物象和物象之間儘管始終在以互否（比如「花貓」和「老鼠」）為格式達成和諧的肯定，但任何一個物象自身的定義都只能來自於「鄰居」，這就宛若費希特（Johann Gotlieb Fichte）曾經說過的，我們只有在人群中才能成為人。在這個意義上，鄰居對它的規定、定義、概括和歸納就是「愛的禮物」，也的確「發人深思」——畢竟沒有老鼠，花貓就很難成為我們今天所理解、所體認的那只花貓，也不可能在臧棣的詩篇中，充當具有解釋性和概括性功能的物象。雖然在花貓和老鼠互相界定組成的關係中，有一種類似於葉芝（William Butler Yeats）所謂「可怕的美」（《一九一六年的復活節》），但正是它，構成了我們說明、解釋自身的唯一源泉——如果拋開意義世界中高高在上的超驗之物的話。這是詩歌理清事境、揭開現實生活的肌膚，並對它進行客觀秩序化清理的一種可能方式。該方式也明確無誤地

---

[14] 在臧棣的詩歌中，這樣的句式比比皆是，多到了不勝枚舉的地步，請參看《風吹草動》。

[15] 佈雷頓・波爾卡《真理和隱喻：作為哲學和文學實踐的解釋》，《哲學家和他的假面具》，徐友漁等譯，社會科學文獻出版社，1999年，第45頁。

命令詩人既要使用道旁的具體物象來概括事境，又必須要使用近距離的修辭方法：假如「鼠目」只有「寸光」，那人目也頂多只有一丈。就是這個「一丈」構成了我們在大多數時候定義和挑選鄰居的標準，也只有在這個範圍內選用互相界定的道旁物象才是有效的。而鄰居既意味著空間上的近距離，也意味著關係上的「血緣性」。它輕易不允許把燃燒著的「草莓」當作「白雪的妹妹」。

很容易看出，在上述每一組道旁物象的三者之間，都形成了三重關係（或轉換）：花貓（或木板）與老鼠（或箱子）；花貓與替死鬼（或椅子）；老鼠與替死鬼。在臧棣創建的詩歌語境中，這三重關係只有同時出現，對作為事境的經驗的道旁物象系列才會成立，它們之間的關係聯結（比如花貓──老鼠──替死鬼）才不會死亡，因為內中任何一項關係很可能都沒有獨自活下去的本事和勇氣。這是「觀照」的結果，也是瞭解到「鄰居」的重要性後獲得的「長者方式」。它是一個有敏銳洞察力、對生活有透徹理解的詩人才可能領悟到的。為此，臧棣在三重關係中設置了一個意義重大的中間項（比如老鼠、箱子）。因為中間項在此有著多重詩學功能：轉折、換氣、給書寫者與陳述和陳述對象之間設立了具體可感但又決不重合的多重距離，也充當了啟動下一次陳述行為的發動機，宛若翻滾列車從一個最高點下滑到最低點，反而獲得了重新衝向另一個最高點的最大力量。最後一點在臧棣的詩歌書寫中至關重要，因為它既可以被看作是轉折、換氣、設置多重距離合乎寫作學邏輯的結果，也是推動詩行不斷向完整世界（智慧世界）方向發展的動力紐帶。[16]

如果考慮到《忌器》結末幾行之前的全部句子，始終在不斷使用諸如「但我們真正想談的是另一件事」一類的仲介句（中間項）進行反覆轉換，我們就會發現，整首《忌器》實際上已經形成了一個結構更大的三重（或多重）轉換。全詩也在仲介句的詩學功能的

---

[16] 所謂轉折，有兩層意思：其一，轉渡，即把陳述活動轉渡到中間項要它去的位置上（對臧棣來說就是三重轉換中的第三個物象）；其二，構成了對第一個物象的否定。這兩種情況在臧棣那裏都是非常普遍的形式。

促使下，在互否的語氣和物象中扭曲著走完全程。臧棣的詩幾乎不會走直線！而如果我們把分別以「花貓」、「木板」打頭的物象系列形成的三重關係叫做句子中的三重關係，因而從「體積」上看只是一種微型的三重關係，那麼全篇語氣和語氣之間、段落和段落之間不斷切換著的，無疑就是一些型號較大的三重（或多重）關係了。[17]

三在中國文化裏是一個極其神秘的數字。老子說：「道生一，一生二，二生三，三生萬物。」實際上已經透露了這一消息。和老子將「三」看作萬物（世界）的直接起始相似，臧棣也把三重轉換當作了構架詩句、甚至構架詩篇的重要法寶——通過不斷的轉折、換氣，以及由此而來的互否組成的詩篇中的肯定性平衡，形成了臧棣詩歌中十分打眼的基質。要是考慮到每一個詩篇最終都形成了一個獨立世界，我們拿臧棣和老子的類比就更加有道理了。「三」在臧棣那裏既是虛指也可以當作實指（這和他對三聯句的使用方法相契合）。有趣的是，他把老聃先生的「二」變作了詩歌中的中間項，並給了它「鏡子」的名號加以標識。在這裏，可以把「鏡子」當作臧棣詩歌中間項一般形式的「概括」性物象。它可能代表「換句話說」（比如《約瑟布托弗拉裏奇》）、「也不妨說」（比如《東四以東》），也可能就是「我／你／他」結構中的「你」項（比如《魚線》），當然也可能就是鏡子本身，雖然它在有些時候是具象的（比如《鏡子》），在某些時候又是抽象的（比如《和望遠鏡有關的筆記》）。[18]在《計畫外春遊》中，臧棣寫到

---

[17] 臧棣的詩歌中有一個很有趣的現象，可以為此作證，那就是三聯句的使用。不過，我這裏所說的三聯句，不僅僅只是外形上的，而是以三重關係作為指標來看待的。它有的時候確實是三句一段（比如《荒野》等），有的時候則是用一個主導句引出接下來的三行（比如《劃水》），還有的時候「三」則是虛指的——所有這一切其目的都是為了在一首具體的詩歌中的語氣和語氣之間、段落和段落之間甚至在每一句之中都構成一種不確定性（本文稱之為「肯定一切事物的不可肯定性」），這為臧棣詩歌的「成熟」帶來了技術上的支援。中間項不僅存在於詩句、段落，也存在於詩篇。另需指出的是，三聯句在臧棣那裏的使用有越來越明顯的特徵，這只需要我們將《風吹草動》倒著讀就行了——該書所收詩作的順序是和寫作時間基本逆向的。

[18] 這樣說當然不是空穴來風。羅蘭・巴爾特說過，即使「一個詞語可能只在整部

了鏡子。很顯然，鏡子在這裏起著轉渡的功能，因為面對鏡子的那個人在鏡中看到的居然不是他自己：鏡子把他轉向了下一個物象，實際上也就將詩意轉向了下一個接續而來的層次——翻滾列車終於再一次不出所料地獲得了向另一個最高點衝刺的綿長動力；通過這一轉換，得以使三重關係最後成型，並進而促使智慧世界的到來。即使這面具體的鏡子突然碎裂了，臧棣設置的三重關係依然存在，因為鏡子的框還在那裏，並且讓詩人通過空洞的鏡框，反而看到了道旁風景中更深邃的部分、獲得了更多一些的經驗。《維拉的鏡像》說的就是這麼回事。很自然，臧棣通過鏡子的碎裂，找到了一個能夠更加直接「觀照」（看清楚和清楚地看）景物的窗戶。誠如馬克思和結構主義者共同認為的，對於結果來說，中間項（仲介）往往更為重要。

　　鏡子以及它承前啟後聯結並形成的三重轉換，對於臧棣意義重大。對於任何一個優秀詩人，是否進入事境並不構成問題，怎樣進入、依靠什麼仲介進入才是至關重要的。因為中間項會把詩人帶往中間項要他去的地方：中間項既讓我們看到了「鄰居」的重要性，也對我們如何通往目的地、通往什麼樣的目的地有著內在規定性。從詩學功能上看，中間項就是解剖學（刀）的另一種形式，也相當於維特根斯坦的那把「梯子」：只有通過它，我們才能有效刺入事境，清楚地看見和看清楚事境。

　　鍾鳴對於事境中過於眩目的光線太過敏感——他把他身處的時代稱作強人時代，[19] 而強人時代身上天然帶出來的眩目光線，對於他那種不配成為強人的人，只有依靠「眼罩」的濾光作用弱化嚴酷事境，才能安全進入道旁物象；[20] 更重要的是，鍾鳴通過眼罩清楚地看見了

作品裏出現一次，但籍助於一定數量的轉換，可以確定其為具有結構功能的事實，它可以無處不在，無時不在。」（巴爾特《批評與真實》，上海人民出版社，溫晉儀譯，1999 年，第 66 頁），何況「鏡子」在臧棣的詩作裏出現了那麼多次呢？

[19] 所謂強人時代，就是不問手段只問成功的人組成的時代或者只表彰這樣的人的時代。參閱鍾鳴《旁觀者》，海南出版社，1998 年，第 2 卷。

[20] 眼罩在鍾鳴的詩歌中是一個十分重要的辭彙，它構成了鍾鳴詩歌寫作的仲

強人時代的一切動作，由此他把自己行走在強人時代的道旁獲得的智
慧，組裝成了一個充滿智慧的次生世界（次生現實）。次生世界意味
著，在書寫者、陳述和陳述對象之間構成了一種較為恰當的修正比，
不管道旁物象（即陳述對象）在鍾鳴那裏究竟是當下事境還是過往
事境（即歷史內容）。眼罩在鍾鳴那裏隱含的詩學功能是：它是詩人
陳述前的準備活動，是上路前的打點行裝，卻在詩句構架上並不起
（或不主要起）轉渡作用，但它能讓次生世界較之於眩人眼目的強
人時代暗下來。這是一個有才能的詩人才可能做到的事情。而鏡子
在臧棣那裏，卻是陳述當中的主人公，它本身也是動作：既充當智
慧世界大舞臺的道具，又親自參與構造了詩篇，形成了低音量的、
臧棣式（而不是鍾鳴式）的智慧世界。眼罩讓鍾鳴獲得了一種成熟的、
批判與呵斥事境（在鍾鳴處就是強人時代）的較高音量；鏡子卻讓臧
棣獲得了理解事境、理解道旁風景、概括道旁風景的低沉嗓音。僅就
中間項來說，我不贊同在眼罩和鏡子之間區分好壞。

　　由於三重轉換內部中間項的存在，使臧棣的詩句構架免除了絕對
化的音勢。中間項以它天然的詩學功能，讓我們看到了鄰居的重要性、
鄰居對「我們的關係」的致命作用（請注意鄰居和「我」之間的近距
離！）。對中間項異乎尋常的重視，表明了一種長者的智慧，也表明了
所謂經驗不過就是順手從事境那裏友好拿取啟示，由此它排除了我們
每一個人頭腦中至死都存在著的個人中心主義，[21]也排除了音勢上過分
的囂張。也許是在潛意識中，也許是在語言自述性功能的驅使下，臧
棣依靠一個詩人的良好直覺，幸運地做到了這一點。他找到了物象與
物象之間「出自比例的比喻」（臧棣《照耀》）：三個物象組成的系列、

介。只是這個仲介並不如臧棣的仲介那樣僅僅或更多時候是出現在句子的三
重轉換之中，而是籠罩在他的幾乎所有詩作之上。我在《指引與注視》的下
篇裏對此有過詳細論述，此處不贅。
[21] 參閱敬文東《塔里塔外》（《莽原》，1998 年第 3 期）對文學中的個人中心主
義和破除個人中心主義的膚淺論述。

序列不是任意的，因為轉折項在其中起到了緩衝、換氣的功能。中間項（或稱鏡子）規定了寫作者、陳述和陳述對象之間的恰當距離。

拿臧棣與歐陽江河作比在這裏是合適的。江河使用的亂倫的因果關係，一開始就在詩歌文本中（而不是在寫作心態或寫作準備活動上）取消了進入事境的仲介。剩下兩項之間的距離從理論上講，既可以無窮大也可以無窮小（在歐陽江河那裏，更多的是趨向於無窮大一極，只要參考一下「花瓶從手上跌落時，並沒有妨礙夏日」、「第一次凋謝後，不會再有玫瑰」這樣的造句方式就明白了），他取消了為自己設置眼罩、鏡子的意圖。這的確為構築歐陽江河式的詩句帶來了方便，也滿足了江河直接進入事境、用高音勢去鞭打事境所需要的力量（比如在著名的《傍晚穿過廣場》中，這一特點早已表露無遺）。如果一定要給歐陽江河找到中間項，那無疑就是他試圖拷問事境的強烈言說衝動了。很顯然，江河近乎虛擬的仲介就是絕對化的語調本身。[22]我認為，江河由霸道的、絕對化的句式組成的修辭世界，其實正可以從這裏面去找原因——取消了仲介至少為修辭世界的形成，開啟了寫作邏輯上的後門。值得說明的是，歐陽江河的修辭世界仍然是一種強制性的、成熟的、大嗓門的、歐陽江河式的智慧世界。對江河來說，他這樣做有著充分理由，畢竟事境中卑污的成分有著太過強大的力量，的確只有高音勢才可能較為有效地降伏它，誠如美國女詩人莫爾（Marianne Moore）所說：

> 雙手可以把握，雙眼
> 可以張目，頭髮可以豎直
> 如果必須，都樣樣重要，不是因為
> 可用誇張解釋去修飾，而是因為
> 它們有用。

---

[22] 這一特徵在歐陽江河晚近的詩歌中有了明顯變化，按他自己的話說就是「聲音不多了。」（參閱簡寧《「如果草莓在燃燒，她將是⋯⋯」：歐陽江河訪談錄》，《湖南文學》，1999 年第 2 期）

　　由於臧棣始終強調中間項的作用、鏡子的轉渡功能，也同時強調鏡子作為繼續陳述的發動機的能力，所以，他始終語勢低沉，對道旁的一切事物都有一種沒有絕對把握的感覺。這基於如下事實：一方面智慧和對於事境的經驗不是輕易就能弄到手的，它需要清楚地看見（觀照），而這樣的看見——不用說——從來都是困難的，他的解剖刀也不是說有就有的；另一方面，道旁的景物始終在互相否定中又融為一體，詩歌的解剖刀只有劃開了「兩層皮」後，才能看見互否的景物之下再互相肯定的那一面。對此，任何一個按照事境的本有思路去「觀照」事境的詩人，都不能（也無法）為它們之間的誰對誰錯、誰好誰壞貿然下結論。

　　我們當然可以把這種遊弋不定的詩歌語氣看作「老於世故」，因為它的確透露出了一種值得讚賞的老年語調。不過，值得注意的倒是，智慧不是（或不僅僅是）真理的根本之處也正在這裏：道旁的智慧就在於它認識到了各種景物都有道理，道旁景物相互之間的否定或肯定也必然有道理。能輕易判斷孰是孰非的只能是上帝，這也是真理只掌握在天上的上帝或人間的上帝手中的根本標誌。偉大的教父德爾圖良（Tertullian）的教誨誤讀式地用在這裏，也許是合適的：「既已丟臉，便不要臉；故因愚蠢而可信，緣無可能而可疑。」列夫·舍斯托夫（Lev Shestov）認為這句格言開啟了他本人「以流血的腦袋撞擊絕對理性」的行徑，值得每一個人天天誦讀。[23] 而對於臧棣，這歸根結底還是因為他瞭解了道旁景物互相否定和互相肯定之間的平衡術，他在詩歌書寫中設置三重關係（三重轉換）和它的中間項，就是顯明證據。這導致了「有比例的比喻」的出現。這是一種誠實的、謙遜的、近距離的、抿著嘴淺笑的修辭方式。如果說鍾鳴使用眼罩促成次生世界，歐陽江河使用亂倫的因果關係、以拷問事境的強烈言說衝動為仲介促成修辭世界，是詩歌寫作上的勇敢行徑——畢竟他們都對事境中的卑污物象給予了較為嚴厲的駁

---

[23] 列夫·舍斯托夫《在約伯的天平上》，董友譯，三聯書店，1992年，第13頁。

斥，那「老於世故」的臧棣式智慧世界也不能說成膽怯。題贈詩人麥城的《回答》一詩就堪稱好例證，只是通過三重關係的轉換作用，臧棣相對於事境的勇敢被一如既往地隱藏了起來：

> ……而我想用我知道的全部真理
> 發明一種布：它可以被任意
> 剪裁，但就是無法做成短褲。

四、文本中的世界的誕生

請原諒我先在週邊多逗留一些時候，再包抄到本文的主旨上來——

任何一個文學書寫者，都必須要在作者（A）、陳述（B，即佈局成篇的語言）以及陳述對象（C，在本文的語境裏，可以將此稱作「道旁的物象」）之間，至少設置三重距離：書寫者與陳述之間的距離、陳述與道旁物象之間的距離、書寫者與道旁物象之間的距離。它們的總和是 A：B：C。三項之間修正比的不同，產生的效果會大不一樣，在作品中構築出的完整世界也將迥然有別。

當 A：B：C=0：0：0 時，產生的詩歌樣態無疑就是腫脹的浪漫主義，我們從郭沫若《天狗》的咆哮中、從《地球，我的母親》的狂吼濫喊中，已經看到了這種渾身冒泡的浪漫主義的基本特性。在這裏，道旁的物象、陳述過程以及作者本人已經三位一體，簡直到了「萬物皆備於我」的境地，張載「為天地立心，為生民請命，為往聖繼絕學，為萬世開太平」的狂妄吠叫用在這裏，我認為實在是太恰當了。因為它渾身上下都是流淌不盡的真理。很明顯，這裏構成的就是真理世界。因為詩人始終在試圖為時代和事境立法。郭沫若《女神之再生》中就有「我們要去創造個新鮮的太陽」一類的句子；到了《天狗》，他已經把自己看作了「全宇宙 energy 的總量」——我們又一次看到了自吹自擂以致於撐破小肚皮的青蛙。這種氣

派，按照臧棣盛讚過的艾略特的觀點，它無疑是二十五歲之前的詩人才會有的。它是萬丈豪情，是超級真理，卻並不是智慧。

當 A：B：C=0：0：X（X 是大於零的任何實數，下同）時，產生的詩歌樣態導致的結果很可能就是意義世界，並且當 X 的數量越大，意義世界就會越純粹。參證一下歷代神甫、理學家、拉比們的說理「詩」，或者參證一下「文革」期間旨在表彰「大好形勢」的紅色詩，情況就很昭然了。三項之間的比值表明，陳述者和陳述過程已經渾然一體，但又和道旁的景物拉開了距離。並且 X 的數值越大，距離也就越遠。寫作者就是用這種方式，為事境罩上了一層情景的面紗。這毋寧暗示了：當 X 達到一定的指標時，書寫者強制性地為事境賦予的「意義」（情景）與他本人關係不大，只要他願意，隨時都可以從他虛構的危險「情景」中抽身而出。而這樣的寫作者（通常情況下他們都是聖人或者偉人）總是能夠準確把握 X 的數值變化在怎樣的情況下，才會對自己有利。這也就是這種寫作上的老把戲除了朱熹等少數倒楣鬼不幸漏出了尾巴，遭人恥笑，絕大多數都表演得天衣無縫的根本原因。還是讓我們來看看朱聖人露出的尾巴吧：老朱盡可以用他的理學「詩」為現實生活賦予情景涵義，但他本人卻沒有能夠遵守自己定下的規矩──一貫懂得如何關押人欲的朱夫子，就這樣很難堪地弄大了兒媳婦的肚皮。[24]構築真理世界的寫作是所有寫作形式中最狡猾的一種，也是臧棣一類追求道旁的智慧的詩人唾棄的一種：智慧不是（或不僅僅是）真理，但智慧也絕不等於狂妄、吊詭、虛偽和狡詐。順便說一句，從價值論的維度看，意義世界和真理世界其實是一個世界。但從詩歌寫作學的維度，它們卻有著來源上的不同──由於書寫者設置的三重距離的比值不一，表明他們賦予事境以「情景」內涵的方式與過程確實不一樣。這也是此處將它們分開來談的原因。

當 A：B：C=0：X：0 時，在詩歌中出現的很可能就是修辭世界。因為書寫者在陳述和書寫者本人以及道旁物象之間設置的距離

---

[24] 參閱葉紹翁《四朝見聞錄》丁集「慶元黨」條。

是任意的（X 是個變數）。它至少從寫作邏輯上為亂倫的因果關係大開了後門。但修辭世界也可能是智慧世界，這最終取決於 X 的變化：當它被詩人控制在有效的距離範圍內，又能成功地附著在可以作為中間項的言說心態或言說衝動上（如同歐陽江河那樣），智慧世界仍然會被催生出來。正是在這個異常危險的寫作境地裏，歐陽江河用不少優秀詩篇，展示了他作為一個詩人的膽略和才能。不過臧棣的膽略和才能不在這裏，倒恰好在於他使用設置出的三重關係、三重距離之間的獨特修正比，成功地避免了這種險情。[25]

　　當 A：B：C＝a：b：c（a、b、c 均為大於零的實數。三者既可以在數值上完全相等，也可以完全不相等，當然還可以任意兩者之間相等。這為現代詩歌中智慧世界形式上的多樣化提供了基礎），但比值又不等於一時，詩歌中出現的則可能是次生世界。因為三重距離都不為零，這樣就可能為眼罩留下可以進入的廣闊空間。而在眼罩的作用下，詩歌進入道旁物象，創造了既不單獨屬於事境，又不單獨屬於虛構狀態的充滿智慧的次生世界，也就沒有什麼新奇的了。只是由於比值不等於一——這就是說，三重距離並不相等——也最終為次生世界中的聲音帶來了參差多變性。

　　鍾鳴的詩歌是合唱，而臧棣的則是輕聲低吟。這導源於 A：B：C 的比值在臧棣那裏等於一或約等於一。正是這一原因，為臧棣式低語的智慧世界提供了技術支援。在《和望遠鏡有關的筆記》裏，他又一次寫到了鏡子。在這裏，通過鏡子（它雖然抽象但又有可用道旁物象來歸納的具體含義）的緩衝作用，修改了我們對待新事物的態度——它讓我們清楚地看到了事境之「皮」下面裸露出的讓人難以準確判斷的血管。A、B、C 之間的比值幾乎等於一，在這裏既是鏡子的緩衝、

25　臧棣的危險在於，他的確有可能成為一個風格化的詩人，因為任何一種詩歌技術都有它在使用上的界限，最起碼的是，如果不處於隨時變動的境地裏，任何一種高超的技術都會帶來詩歌上的單一性。對這一點我認為臧棣是有明確意識的（參閱臧棣訪談錄《假如我們真的不知道我們在寫些什麼》，《中國詩歌評論》第二輯，人民文學出版社，第 290-295 頁）。

轉渡的結果,也為臧棣詩歌一貫的不動聲色帶來了技術上的指標。——
——這就是說,來源於鏡子的詩學口吻,反過來又為鏡子進入詩句、推
動詩句組建智慧世界,提供了大展身手的空間,也讓臧棣用道旁物象
概括事境的所有修辭手段,都限制在「出自比例」的近距離範圍內。
這種比例,其實就是一種成熟的、「老於世故」的平衡術,一種成熟心
態的語言表現。而對道旁事境的經驗也就在這種近距離的比例中獲得
了形式化,從而變為一種有效的歸納和概括。——臧棣沒有「虛構出
他無法理解的影像」,只是調整了物象和物象之間的「對比度」。

　　臧棣的詩歌至少從表面看上去,不如鍾鳴、歐陽江河、郭沫若
甚至朱熹更有熱情,原因就在這裏。他最終構成的智慧世界有一種
冷靜的、罕見的老年語調。這肯定和他準確設置的三重距離之間的
修正比關係甚大。臧棣本人把這理解為所有成熟形式中的一種,並
非狂妄:因為由鏡子而來的「老於世故」的口氣,一如米蘭・昆德
拉(Milan Kundera)讚揚幽默那樣,肯定了一切事物的不可肯定。[26]
早在 1990 年,臧棣就表達了要這樣做的決心:

> 比起生存,歷史,面具,呼聲
> 比起青春,革命,愛情這新的三位一體
> 比起上述哪一個,我都更有理由佔有結束
> (臧棣《夏天的自畫像》)

　　　　　　　　　　　　　　　　2001 年 1 月,北京看丹橋。

---

[26] 米蘭・昆德拉《被背叛的遺囑》,孟湄譯,上海人民出版社,1995 年,第
　　10 頁。

像樹那樣穩穩站立

一

　　很長一段時間以來，我們總是習慣於把創造性、想像力和個人才華看作成就一個詩人最重要的元素。——從一般的意義上說，這當然也算不得錯。只是這種看法導致的某些重要後果帶來的負面影響卻又不可不察：在諸多後果中，「語不驚人死不休」和「怪、僻、險、重」尤其值得重視。前者的代表並不是人家杜甫（雖然他表達了這樣的決心），倒不如說是李賀，但被李賀所代表著的詩人們最終卻構成了一個龐大的家族；後者的標本當然也不只區區一個韓愈，還有更多的候補隊員和替補隊員在立正等候。在短暫的中國新詩史上，以上兩個方面都有不少自覺的實踐者和繼承者。在這裏羅列他們的名單顯然是多餘的。實際上，又有幾個詩人在他們的詩歌寫作生涯中，沒有或多或少、或長或短地實踐過與遵守過那兩條「戒律」呢？在我看來，創造性、想像力和個人才華只是詩人的及格線、「錄取」標準，頂多只能算是「溫飽水平」（它確實連「小康」也未曾達到），詩人以它們為起點——恰如手腳齊全者才有資格算作正常人——，而不是以它們為目的，更不是以它們為炫耀的資本；只有善於搞笑和熱衷於搞笑的人，才會站在目的地大肆誇耀起點的偉大和慶倖開端的正確，其搞笑的滑稽性，猶如剛剛成形的青蛙向人炫耀當年把自己正確地從蝌蚪擺渡到青蛙的那條小小尾巴，卻忘記了只有掉了尾巴的蝌蚪才配得上「青蛙」的尊號。不過，更加令人好笑的是，在今天的漢語詩歌界，確實存在著大量自命「天才」、自稱擁有「絕對的創造力」和「絕對的想像力」的沾沾自喜者。

　　和許多其他的現代漢語詩人一樣，孫文波也曾經熱衷於、並且還寫出過不少「才華橫溢」甚或「才高八斗」的詩句。但他很快就

對此有了足夠的警醒。1997 年，在題作《改一首舊詩》的詩篇中，
孫文波略帶幽默感地檢討了自己早年的詩歌觀念和詩歌癖好（只有
不斷反省自己的詩人才有能力做到這一點），預示著一場個人「詩歌
革命」的即將來臨：

> 重讀舊詩，我感到其中的矯揉造作。
> 第一句就太誇張：「他以為自己的
> 鬍鬚推動了一個時代的風尚。」
> 一個人的鬍鬚怎麼可能推動時代的風尚？
> 想到當年為了它自己頗為得意，
> 不禁臉紅。那時侯我成天鑽研著
> 怎樣把句子寫得離奇。像什麼
> 「阿根廷公雞是黃金」之類的詩句
> 寫得太多啦。其實，阿根廷公雞
> 是怎麼樣，我並沒有見過；黃金
> 更是不屬於我這樣的窮詩人。寫它們
> 不過是覺得怪誕，可以嚇人一跳……

當然，在寫《改一首舊詩》的時候，孫文波其實已經（假如不
是說「早已」的話）明白了，誰也不會被他「怪、僻、險、重」和
「語不驚人死不休」的詩句嚇一跳，搞糟糕了的，只能是他自己。
正如他所說的，經過漫長的詩歌學徒期，他終於學會了從身邊的事
物——而不是從「我並沒有見過」的事物——當中去發現需要的詩
句，比如「搖晃的公共汽車」或者「大雪天凍得人要死」；他也弄清
楚了，這些句子雖然看起來十分平淡，但只要按照生活的真實性與
心境的真實性對詩歌的內在要求，將它們安排妥帖，照樣會並且馬
上就會產生驚人的力量（參閱孫文波《改一首舊詩》）。這就宛若蘇
東坡說一個人晚年的寫作總是傾向於由絢爛歸諸平淡。蘇東坡暗示
說，那是因為平淡自有平淡的力量。想一想張牙舞爪的《少年維特

之煩惱》和《浮士德》第二卷分別出於不同年齡的歌德之手，也許就不難理解蘇學士上述看法的內在意蘊。現在我傾向於相信，平淡（或者更加準確地說是洗盡了鉛華的「平淡」）確實是一種不易發現的、不易掌握的、也難以馴服的並且是隱藏起來的力量，是在「語不驚人死不休」和「怪、僻、險、重」統攝下待機而動的「在野力量」。在孫文波晚近時期的詩歌觀念裏，對「搖晃的公共汽車」、「大雪天凍得人要死」之類句子的妥善使用產生出的震撼力，較之於「阿根廷的公雞是黃金」、「他以為自己的鬍鬚推動了一個時代」顯然更有分量。作為對這種詩歌觀念的理論表述，孫文波在某處更是直截了當地說過：「寫作是趨近，是理解，是建立一個對於個人而言有效的面對世界的機制，是說話。」這中間的關鍵就是要看到和看清楚距離自己最近的事物，並試圖充分理解它。[1]正如他在另一首新近完成的詩歌中所寫的：「我們經歷了什麼就應該說出什麼。」（《和某 X 關於童年的對話》）。——很明顯，孫文波有意識地拋開了「像大海一樣充盈」的「絕對的想像力」和「絕對的創造力」。

與許多張牙舞爪的、惡向膽邊生的詩歌心態相比，這顯然是一種誠實的態度、謙遜的態度。在有些人眼裏，甚至會被看作無能的絕好體現。順便說一句，在有些時候，尤其是在囂張的當下中國，謙遜、誠實作為一種美德，本身就具有濃厚的美學意義和詩學意義。至遲從 1997 年寫出《改一首舊詩》開始，孫文波徹底將目光移向了身邊的事物。這種並非突如其來的轉變，[2]催生了為數不少看似簡單實則相當優秀的作品。[3]在這些數量甚多卻又看似簡單、看似能夠輕易得來的詩篇裏，由於詩人始終把理解力與隨時間、生活而來的經驗，貫注在和自身生存境遇相關的人與事身上，在理想的時候，那

---

[1] 孫文波《上苑札記：一份與詩歌有關的問題提綱》，《詩探索》，2001 年第 3-4 期合刊，天津社會科學出版社，第 324-325 頁。

[2] 關於孫文波此前詩歌的基本特徵，我曾有過較為詳細的論述，也基本說明了這種「轉向」的由來。參閱敬文東《在新的命名法則指引下》，《中國詩歌評論》第一輯《語言：形式的命名》，人民文學出版社，1999 年，第 271-297 頁。

[3] 參閱《孫文波的詩》，人民文學出版社，2001 年，第 77-150 頁上的相關詩作。

些看似平易的句子被自然地和近乎完美地串了起來，並產生出了震撼人心的力量。實際上，孫文波的詩歌一向就有一種笨拙的質地，在他某些堪稱傑出的詩作裏，其傑出正是看似非常矛盾地體現在他詩歌寫作技術的笨拙性之中。[4] 我覺得《遺傳學研究》（作於 2000 年）正是這方面的一個顯例（但又絕不是唯一例證）：

> 隔壁，父親和兒子已入睡，
> 我的工作剛剛開始。
> 想像支配我
> 在這時離開他們。我的眼前升起幻景：
> 我看見祖父的墳邊長滿了荒草。
> 我看見他的臉從荒草中顯露，
> 轉瞬間變成蝴蝶，扇動翅膀，很快消失。
> 我感到有什麼把我從這裏拽走。
> 但我不想走。另一個我輕輕在屋內移動，
> 借窗外路燈透進的微光打量熟睡的父親和兒子。
> 我知道我飛了起來，分身在更多地方，
> 幾千年前我跟隨衛惠孫營造他的封邑。[5]
> 在北京我走在上苑村邊的河堤上。
> 我知道是愛造就了我。在這裏我就是
> 父親通向孫子的橋樑。有了我，死亡不會發生。

這裏邊的所有「意象」——如果它們還夠格稱得上「意象」的話——無一不是身邊的具體物象，與「怪、僻、險、重」甚至「語不驚

---

[4] 有關這方面的論述請參閱敬文東《在新的書寫工具的擠壓下》，《莽原》，1999 年第 5 期。

[5] 孫文波在此有一個小注，為了加深對全詩的理解，照抄如下：「唐《元和姓纂》載『周文王第八子衛康叔之後，至武公和生惠孫，惠孫生耳，耳生武仲，以王父字為姓。』孫姓一支由此而來。」

人死不休」毫無瓜田李下之嫌。但經過詩人的「妥帖安排」，它們都穩穩當當地站立了，而不是飛翔了。很難設想，篇末那行堅實的、有似結論的詩句「有了我，死亡不會發生」會被當作是飛翔的，而不是穩穩站立的。相當有趣的是，作為一個詩人，孫文波似乎很少把一個句子寫飛起來過——他沒有像有的人稱頌狄金森（Emily Dickson）那樣寫出過「向右上角飛揚的詩句」。不是說他缺乏那樣的「創造力」、「想像力」和「才能」，而是說他始終在盡可能地想方設法忠實於自己對生存境遇的理解。在孫文波那裏，意象、物象、詩句直至整個詩篇，只要站得扎實、沉穩、盡可能的不坍塌就足夠了，其他一切幾乎都是次要的——在這裏，詩歌不需要別的裝飾品。詩歌也不是裝飾品。

　　基於此，孫文波十分強調詩歌的「真實性」也就沒有什麼不可理解的了。他曾經說過，他從不小看詩歌寫作中「真實」一詞的分量。而詩歌的真實性，在他看來，應該是指想像的真實，首先是指「它與事物的外形一致」，其次「也是指我們能夠在多大程度上使事物既是它自身，又超越了自身」。[6] 這毋寧是說，想像力始終是存在於詩篇的（沒有想像力的詩篇是不可想像的），但它又被成功地隱匿起來了（或者被別的什麼替代了）；對生活的想像也是存在的，但那並不是為了讓我們從生活中飛升而出，而是讓我們活得更沉穩、更堅實、更不容易轟然坍塌。詩歌最後要帶給我們的——在孫文波眼中——，就是依靠這種真實性讓我們擁有更為穩固的立足地，讓我們始終存身於有效的、安全的限度之內（福科：我們最好不要去冒犯任何界限）。詩歌的真實性就是提供地平線或海岸線——無限的東西、無邊無際的東西（比如一望無涯的大海）對我們凡人來說始終是危險的。詩歌和其他文學樣式一樣，始終是有限度的寫作，也是遵守限度的寫作。

　　從這個意義上說，孫文波「笨拙」的詩篇既配得上我們這個艱難的時代，與我們的時代有著及物的上下文關係，也稍微糾正了甚至是打擊了我們這個表面的、膚淺的偽浪漫主義時代的囂張氣焰。孫文波

---

[6] 孫文波《我的詩歌觀》，列印稿，未刊。

質樸的詩句表明了：一個時代可以膚淺、可以平庸、可以浮華，構成一個時代的膚淺、平庸和浮華的原因卻並不膚淺。任何一個浮華的偽浪漫主義時代裏的生活，都不會因為表面的「盛世繁華」降低艱難度，而任何艱難的生活無疑都是沉重的，在大多數情況下也是深刻的。孫文波通過對那種並不膚淺的原因的深入陳述，找到了也構成了穩穩站立的詩句和詩篇。孫文波的詩歌寫作和我們的時代之間有著很大的摩擦力，這種摩擦力是足夠的大，以致於給了他的詩篇以穩當站立的資本。而這，仍然基於孫文波詩歌寫作的「笨拙性」。

　　所以，詩歌就是理解，就是說話，就是真實地對這個世界說出詩人對這個世界的真實理解，由此，詩歌就是為了有效緩解人在這個過於沉重的世界肩負起過於重大的生存壓力卻又不至於被壓垮。孫文波穩穩站立的詩歌——依靠某種沒有「才能」的笨拙性——充分表明了：所謂對周邊事物的理解，就是把自己降到與周邊事物平等的地位上。這歸根結底意味著人並不比物更高——但又與任何型號、任何形態的「齊物論」毫無關係——，人應該把自己放在一種低姿態的水平線上，與看似無言的事物甚至是看似庸常的事物對話。[7] 由此，詩歌不是表態，不是發表宣言，也不需要表面上的「語不驚人死不休」和「怪、僻、險、重」。後兩者顯然在不少時刻（當然也不是在所有時刻）確實具有華而不實的特性，在某些更有搞笑能力的詩人那裏，相對於一個看似浮華實則艱難的時代，還顯得過於不嚴肅、不負責任甚至殘忍。就更不用說那些「向右上角飛揚的詩句」了（此處沒有諷刺狄金生的意思）。而理解，就是在某種笨拙的謙遜中，不懷惡意地原諒奴役我們的生存環境中隱含的惡，就是善意地發現它的腹腔中暗含的善，就是去尋找它偶爾可能（僅僅是可能）顯露的美，更重要的是明瞭它一直在沉默中試圖考驗我們的耐心和意志的那種「惡劣」秉性。甚至是愛上它，將它當作我們生

---

[7]　孫文波說：「詩歌與現實的關係是一種對等關係。這種關係不是產生對抗，它產生的是對話。」參閱孫文波《我的詩歌觀》。

活與生命中的必需品，最後，就是充分明白了：除了它，我們別無親人，也身不長物。總而言之，所謂理解，就是哪怕是笨拙地將朝夕相處的「敵人」當作親人，是將外物看作我們體內的器官，是將對它的仇恨轉化為對它的愛，是將它對我們的奴役帶給我們的痛苦盡量轉化為快樂，是將過往的痛苦的滋養看作是記憶中的美好事物和甘甜的營養品，也許它真的是美好的、爽口的，無論是幻象還是曾經的真實，因為《簡‧愛》精闢地道出了一個生存中的小常識：人活著就是為了含辛茹苦──

> ……我所做過的一切說明不了什麼。
> 就像我花費了很大力氣學習生存；
> 洗衣、煮飯、安裝燈泡、疏通下水管道。
> 我就此學會了生活嗎？就像我母親希望的那樣。
> （孫文波《遷移》）

二

　　孫文波 2001-2002 年年初寫成的組詩《六十年代的自行車》，既是《改一首舊詩》所預示的「個人詩歌革命」合乎「邏輯」的成果，也是孫文波本人迄今為止集大成式的作品，是他的個人「經典」。我非常願意將這組多達 38 首的「套曲」看作近年來漢語詩歌的真正成就之一，因為《六十年代的自行車》絕好地體現了孫文波謙遜、誠實的詩歌態度，更加重要的是，它也準確地落實了、肉身化似地推演了孫文波的詩歌觀念（即「理解」與「真實性」）。《六十年代的自行車》是能夠讓當代漢語詩歌驕傲與自豪的作品。

　　如果說在此之前孫文波的詩歌寫作主要針對當下事境，是對近在眼前、身邊的人與事的醉心沉入與「理解」，《六十年代的自行車》則明顯是懷舊的、更加個人化的，是對往事的追憶和懷念。整組詩的時間「重心」是「文革」，空間「重心」是孫文波曾經生活過多年

235

的成都。但時間重心和空間重心聯結在一起，主要框架的則是孫文波的童年生活。因此，我們可以大而化之地說，《六十年代的自行車》懷舊似地「描敘」了一個詩人成長經歷中一些細小卻又意義重大的片段。它直到今天依然還在詩人身上發揮作用。從不太精確（但又是可以容忍的不精確）的意義上說，《六十年代的自行車》算得上有關成長的詩篇。在《序曲》中，孫文波寫道：

> 我的童年：文化大革命。同樣目睹了
> 很多混亂的事件：大街上呼嘯的
> 汽車上揮舞槍棒的紅衛兵，破四舊
> 推倒的皇城牆。這些也深深嵌入
> 我的記憶……

　　對於我們這些飽饗五穀雜糧的凡人來說，記憶始終是一個有限的容器，它只盛放印象足夠深刻的事物、人物和事件；記憶始終需要回憶來打通與啟動──沒有回憶的能動作用，對於當下事境，記憶就是毫無用處的：回憶是記憶的招魂術。孫文波本人在《六十年代的自行車》中，顯然充當了招魂術的具體實施者。與他詩歌觀念中對詩歌真實性的要求相一致，孫文波在實施招魂術時，並沒有把記憶中有關自己童年的任何事件有意拔高，也沒有讓它們過分「昇華」以證明今天的事境（無論是正向的證明還是逆向的），雖然回憶確實一貫具有「昇華」的癖好，雖然回憶確實是當下事境需要求證的產物。孫文波只是「笨拙」地通過回憶打開了記憶之門，讓過往事件重新回來──最好是來到眼前成為距離詩人最近的事物──以便招魂術的實施者能夠細細打量它。《六十年代的自行車》中的許多過往事件，看上去幾乎是帶著原樣重新被召喚回來的。這一境況，正如孫文波在組詩的最後一首的最末幾行所寫道的：

現在，恰恰是現在我的童年不可能用花來裝飾
我的大腦裏，刺耳的槍聲由我的學校傳出
一個中彈倒在牆角的人，血從他的脖子汩汩流出
（孫文波《與某 X 關於童年的談話》）

一如 1997 年以後寫出的大多數詩篇，孫文波在「理解」的基礎上，真實地寫出了文革中的童年令人難忘和值得懷念的一面──並且這一面始終是組詩試圖陳述的真正重心之一。和許多習慣於批判文革、習慣於讓文革中人懺悔的「黑馬」作家們較為相反，孫文波「真實」地（當然是孫文波詩歌觀念裏的真實）寫出了文革中的童年的歡樂性質：他用彈弓惡作劇般地打擊奶牛場的公牛（《記憶中的奶牛場》），在成都的洪災中看到被水沖過來的傢俱、死豬、死狗、死雞興奮不已（《一九六六年夏天》），借飯館養活了一條品位不高的狗，從而在打架鬥毆中有了強有力的幫手（《名叫「黑狼」的狗》），在迎接「最高指示」的儀式上穿行於密匝匝的人群如饑似渴地看著別人跳「忠字舞」樂而忘返（《那天晚上》），故意讓老師為他的調皮搗蛋而頭痛不已（《翹課》）……凡有過童年的人都願意相信上述種種都可能是真實的，是我們每一個人都曾經歷過的或似曾相識的。同樣地，這裏的所有陳述也和「怪、僻、險、重」以及「語不驚人死不休」沒有任何裙帶關係。它們一以貫之地展現了孫文波謙遜、誠實的造句能力。很顯然，孫文波在《六十年代的自行車》裏提供了新的文革記憶，不同於殘忍的、血腥的、令人頓生恐怖的文革記憶。而這，同樣得力於孫文波詩學觀念裏的「理解」的幫助，得力於孫文波謙遜的、不擅長也不願意「昇華」的回憶的幫助。

文革中一個頑童對文革的種種反應，構成了詩人孫文波成長經歷的重要部分──它是他的營養品，存在於他的記憶和血管之中。不是說孫文波不知道文革的傷天害理和殘忍，也不是說孫文波在讚美文革（他怎麼會如此荒唐、無知和昧良心呢？！），而是說，文革中的許多場景──比如全民發瘋般地遊行、迎接最高指示時的瘋

狂、全體學生儀式性地拋開書本去「學工學農又學軍」、為毛主席送
來的一隻芒果隨全城發狂的人而發狂等等──確實為一個頑童的童
年帶來了狂歡節，帶來了對無法無天的肆意享受。那是對於頑童來
說充滿歡樂的時光段落。正如詩人森子曾經寫到過的：在文革，最
讓孩子們激動的──

> 還是遊大街
> 給地主、右派、小偷、破鞋
> 脖子上掛一塊牌子，頭上糊一頂
> 紙帽，煞是好看，年輕人
> 鳴鑼開道，像是過愚人節或
> 動物狂歡節……
> 　　　　（《鄉村紀事・林家》）

　　但《六十年代的自行車》的成功，並不在於提供了對文革的極
具個人化的追憶，而是基於對過往事件的深入理解。更有甚者，它
還提供了重新領悟過往事件的獨特方式：將醜陋的轉化為美妙的，
將殘酷的轉化為溫情脈脈的，將不堪忍受的轉化為可以承納的、可
以寄居的。但又從不把醜陋、殘酷、不堪忍受的事物的惡劣性質一
筆抹殺。這從表面看上去有那麼一點一分為二的意思。不過，它們
始終都是共存的，是連在一體的，正如我們無法把一件事物的糟粕
從它的精華中剔出來，孫文波也沒有能力將「文革」所蘊涵的截然
相反的諸種成分分開。因此，在這裏，我們甚至可以不無誇張地說，
《六十年代的自行車》提供了（而不是發明了）一種回憶往事的有
效的「方法論」。
　　這種方法論建立在「理解」的基礎上（我說過，「理解」是孫文
波詩學觀念的核心之一）。通常說來，批判一件事物並不難，咒罵一
件事物更加容易，但要同情一件值得批判和咒罵的事物卻並不那麼
簡單。人們往往忘記了時代──哪怕它叫「文革」──更值得人同

情，因為畢竟所有的時代都是屬人的時代，所有時代都是人弄出來的「事物」。和作孽的人比起來，時代是無辜的。《六十年代的自行車》不僅僅是在同情文革、悲憫文革，更重要的是，它在同情與悲憫之中，從一個人的成長經歷的特殊維度，也找到了它對一個孩童（或一代人的孩童時代）暗含的善——這個善的精華部分就是歡樂，就是森子所謂的「動物狂歡節」。而在一切同情與悲憫的所有構成要素之中，最重要的也許就是理解了。而理解，誠如狄爾泰（Wilhelm Dilthey）認為的，就是再生，就是一切都開始於一種直覺的同情運動。孫文波獨特的「方法論」在更高的層次上，重新詮釋了普希金「一切過去了的都將留下美好的回憶」的正確性。「文革」就是供他縱橫馳騁的一個舞臺或意象。

但《六十年代的自行車》也同樣提供了沉重的傷感。這種傷感首先是一個童年的傷感，而不是成人的傷感——成人的傷感總是後置性的，但在回憶中，成人的傷感卻往往是童年的傷感的前提和理由。在這裏，正如克爾凱戈爾（Soren Aabye Kierkegaara）所描述的那樣，是兒子最終生出了父親而不是相反。童年的傷感中的沉重性質，正是成人的傷感反向給予的。在《六十年代的自行車》中這一情緒比比皆是，並最終構成了一種普遍而持久的詩歌氛圍。而氛圍，正如 N.弗萊（Northrop Frye）所認為的，始終是文學要著力展示和構造的「事物」。和許多別的詩人較為不同，孫文波確實是依靠他找到的回憶往事的獨特「方法論」來營造這一氛圍的。《六十年代的自行車》中有一首很棒的詩，說的是在「我」父親燒了「我」正在如飢似渴閱讀的「危險」書籍時，「我」的魂魄早已被書攝去，「我」只有一次次在想像中回到書頁裏邊：

> 一次次，我在想像中返回消失的書，在文字中行走；
> 它說是城堡，我就走進城堡，
> 它說女主人公美麗，我就盯住她的身體。
> 它說戰爭，我的耳中就傳來炮聲。

> 一段時間，我成為另一個世界的常客。
> 一段時間，我希望我不是我。
> 一段時間，我像一個詞而不是人。
> （孫文波《一本蘇修小說的故事》）

　　不過，這種傷感與其說是傷感，倒不如說是狂歡節的隱蔽方式：它使一個對「危險」有著天然愛好的頑童有了另一種恣意享受冒險的機會。毋庸置疑，文革的特殊事境也為這個孩子提供了絕好的契機。作家莫言關於中國古代酷刑的看法正好可以用在這裏作為參證：「酷刑的建立，是統治階級為了震懾老百姓的，但事實上，老百姓卻把這當作了自己的狂歡節。酷刑實際上成為了老百姓的隆重戲劇。執刑者和受刑者都是這個獨特舞臺上的演員。」[8]所以，對文革在傷感中的感恩相當隱蔽卻又清晰可辨地構成了孫文波的潛在心態，這也是對他的「方法論」一個很隱蔽地使用：因為無論如何，《一本蘇修小說的故事》中顯而易見的沉重的傷感情緒，歸根結底就是來源於成人的傷感的逆向給予。

　　真正的傷感或最深的傷感來源於死亡和對死亡的體認。過早目擊到死亡對於童年來說意義重大。它能夠讓文革為一個孩子帶來的狂歡節轟然坍塌，從而轉化為記憶容器中最深入的「事物」。在《夏天的浮木》裏，孫文波「描寫」了他們無法無天地在成都府南河的浮木上恣意嬉戲時，一個同伴掉進河中再也沒有出來的「事件」（他被浮木壓在水下了），接下來的詩歌陳述中有如下看似淡而無味的幾句：

> ……事發之後
> 我坐在岸上，望著密密匝匝浮著的木頭，
> 在它們的晃動中發現：
> 眼皮下的死亡就像陽光，晃眼。

---

[8]　莫言《文學創作的民間資源》，《當代作家評論》，2002 年第 1 期，第 9 頁。

　　死亡是最大的人生哲學啟示者，它在我們每一個人的童年中都充當過教師爺和啟蒙者的角色。這種能讓童年和狂歡節戛然結束的重大啟示，不用說，在孫文波那裏，也是文革提供的。因為文革首先給他和他的同伴提供了可以那樣無法無天的機會，因為文革始終在號召他和他的同伴放棄學業走向無人管束的狂歡境地。在此，我們可以說，在《六十年代的自行車》中，文革作為一個重要的「意象」，其內部是相互否定的——通過狂歡節和沉重的傷感之間的互相滲透為方式——，類似於巴赫金（Mikhail Bakhtin）所謂的「正反同體性」。順便說一句，這也為組詩在回憶往事的方法論特性方面再一次提供了有力的支持。

　　但童年的傷感最終在記憶和回憶中被處理為成人的傷感。在《尖厲的鳥叫》中，孫文波寫到：「多年前，一覺醒來／我的右耳塞滿混亂的眾鳥合唱；／三天之後失去了聽力。走路時／我發現人在傾斜，看見的物體／也在傾斜。從此以後，我用一隻耳朵／聆聽世界擁擠的聲音，很多聲音／像鐵錨沉入海底在我的身體內／沉了下來。」在《一位女同學》中，面對一位小學同學過早去世的消息時，孫文波更是驚心動魄地寫道：「她頻頻來到我的身體內，強迫我打開記憶之門，／每一次都使我恐慌。我不得不／一再驚問：為什麼為什麼？好像我們／同齡，她死了我還活著就是罪孽。」把這兩段詩放在一起，實際上已經相當明白地顯示了：童年經歷的成人式傷感，只有在回憶中才能存在，但歸根結底仍然來源於當下事境的加入。同時，也符合孫文波本人為真實下的一般定義：想像力的隱蔽性注入。記憶和回憶永遠只對眼前有效，它是當下需要的產物，而不是相反——「需要」永遠是「產生」的真正主語。本著這一目的，《六十年代的自行車》中出現如下句子，就來得意味深長了：

> 對蛾子和蚊蟲
> 我已無動於衷，在這個夏夜，
> 即使坐在屋內我也明白

世界是由什麼組成，
也瞭解自己是在什麼地方生存。
（孫文波《地理學札記》）

三

　　《六十年代的自行車》的真正主題是消失以及將消失的東西重
新召喚回來。所以《六十年代的自行車》歸根結底仍然是有關當下、
現在的詩篇。但這種被重新召喚回來的東西只能出現在回憶與記憶
中。因此，「打開記憶之門」就成了這組詩最常使用的方法。在消失
以及將消失的東西重新召喚回來之間，起橋樑作用的是回憶和記憶
之間的互動關係。孫文波詩學觀念裏的「理解」與「真實性」就是
這個互動關係的關鍵。──而這同樣得力於對孫文波有關回憶的獨
特方法論的具體運用。我們甚至可以說，正是回憶與記憶的互動關
係、回憶與記憶按照一定的比例相互搭配，才使得將消失的東西重
新喚到眼前並進行近乎真實地觀察與理解成為可能。

　　這顯然涉及到遠與近的辯證法。孫文波也顯然在有意無意之間
用到了這一方法。一般說來，記憶確實有這樣的能力：它能在轉瞬
之間將遙遠的往事轉化為眼前的或正在發生的事件；記憶能夠施展
它特有的能力，將時空轉化為多重的。這就是說，遠與近的辯證法
使《六十年代的自行車》始終處在多重時空的構架之內，它從來都
不是單一的，而是複合的：當孫文波在當下事境的催促下，在回憶
童年往事、訴說自己的成長經歷時，過往事件（「遠」）也就變成了
當下事件（「近」）。這同樣把看似遙遠的人與事拉到了身旁，把消失
了的事物轉變為存在的事物，從而成為距離當下寫作者最近的「風
景」，可以讓詩人從容觀察繼而書寫。

　　基於有關回憶的方法論的特殊運作，並在遠與近的辯證法的
幫助下，整個組詩獲得了一個結構嚴密、「體系」完整的「身體」：
《序曲》（即組詩的第一首）之後，幾乎每兩首具有回憶童年性質

的詩篇之後或之前都會穿插一至二首有關當下的詩篇，甚至在同一首詩內部，也是回憶性的童年時空與當下的成人時空的相互雜呈。而這恰好形成了遠與近在組詩中的波浪式推進或曰變奏。彷彿回憶童年只是為了當下事境，而書寫當下事境也是為了從童年中吸取養分。這樣，童年的傷感與成人的傷感就很自然地像波浪一樣被貫穿在整個組詩之中。——實際上，它們相互補充、相互問候、此起彼伏，波浪式地向前推進，正是對遠與近的辯證法的上佳運用。

> 早晨，赤裸著待在屋內，涼像薄紗
> 輕貼在皮膚上。點燃一支香煙，
> 我坐下來，把昨天沒讀完的書重新翻開；
> 愛爾蘭小鎮上，貝克特度過他的童年；
> 一九一六年，父親帶他到都柏林，
> 一場起義燃燒的大火讓他驚恐，
> 嵌入他的記憶，成為一生都困擾他的情景。
> 我的童年：文化大革命。同樣目睹了
> 很多混亂的事件：大街上呼嘯的
> 汽車上揮舞槍棒的紅衛兵，破四舊
> 推倒的皇城牆。這些也深深嵌入
> 我的記憶⋯⋯
> （孫文波《序曲》）

　　由當下的、成人的早晨（第 1-7 行）而寫到童年往事（第 8-12 行），組詩一露頭就亮出了孫文波構架詩篇的一般方法。即使是在同一首詩內部，孫文波也幾乎是嚴格遵循了他「發明」出的遠與近的辯證法：《序曲》代替組詩一開始就把當下與往事之間、成人傷感與童年傷感之間的依存關係一下子點明了。同時，這也照樣體現了孫文波的誠實和謙遜：他幾乎是笨拙地將回憶、「打開記憶之門」的原

因合盤托出了，把整個組詩的幕後心態也亮了出來。當然，這也是一個自信的詩人才敢這麼做的。

和《序曲》的內部構架一樣，《六十年代的自行車》中的每一首詩都幾乎像是沒有寫完一樣，還有待於另一首詩來對它進行完善和補充。每一首都在期待下一首的到來，開頭一首在期待結尾一首。整個組詩有著內在的高度謹嚴性。這真是一個引人入勝的現象。從《序曲》開始，《六十年代的自行車》中的每一首詩幾乎都是未完成的，幾乎都留下了有待發展和補充的空間。如果我們試著把其中的不少詩從組詩的整體上拆解出來，它們幾乎都是不完善的，某些詩作甚至是難以成立的。也就是說，它們離不開由它們共同組成的整一身體，正如心臟不能離開人體單獨跳動。按照生物學規律，越高等的生物，其器官的獨立性越弱，各器官彼此之間的依賴性卻越強。與此相似，《六十年代的自行車》正是這樣一首發育完好、結構嚴密的組詩，是依靠三十八首短詩相互之間的共同作用構成的真正的組詩。應該說，這並不是每一個詩人都能做到的，也不是每一個詩人都敢這麼冒險的——從這裏，我們照樣能看出孫文波的勇敢。

由此，形成了《六十年代的自行車》極其打眼的、看似不具備詩歌外形結構的詩句構架。那就是詩句與詩句之間詩歌涵義的空白的相對消失。我曾經說過：「文字以詩的形式分行排列，是人類認識上的一大發明。詩歌彷彿是處在一座巨大的廣場，卻只佔據著其中很小的一部分，它把其他部分定義為空白。它所有力量中最大的力量，就是造成空白的力量。」[9] 而空白，它最真實的涵義就是將情緒分段處理或跳躍式處理，有如原子理論中電子的躍遷，以調動情緒的跳躍性。孫文波卻認為，他關心的是詩篇而不是詩句。《六十年代的自行車》基本上在行與行之間沒有形成多大的空白，詩歌情緒是連續的、非跳躍的，而不是通常情況下被分段處理的，也就是說，空白基本上消失了。但它又被回憶與記憶的互動關係給填滿了。這

---

[9] 敬文東《指引與注視》，中國文史出版社，2001 年，第 254 頁。

正是孫文波的一大發現，他通過這組詩的寫作，賦予了記憶與回憶獨特的、有效的詩學涵義。記憶與回憶的互動關係填滿了詩行與詩行之間通常情況下應該具備的空白，使整首詩、整個組詩的情緒始終是平緩地、連續地向前推進，也徹底拋棄了對「語不驚人死不休」製造出的噱頭的依賴。這組有關成長的詩篇也由此為自身贏得了成長的機會：它看上去就像是自然生長出來的一樣。孫文波依靠這種由字詞構成詩句，由詩句組成詩篇的方式──顯然有一種倔強的笨拙性──，拒絕任何飛升、飛翔的可能，其結果是讓每一個句子都像深植於土地中的樹苗，而整個《六十年代的自行車》則像一大片連續的、穩穩站立的樹林。

被時人稱讚為成就一個詩人最重要的元素之一的「絕對的想像力」，在《六十年代的自行車》中就這樣被回憶和有關回憶的方法論以及遠與近的辯證法所取代。由於遠與近的辯證法在其中的作用，使回憶始終在為詩句的沉穩站立添磚加瓦，就使得想像力好像不存在了，就像創造性和個人才華也倏然消失了一樣。

2002 年 3 月，北京豐益橋。

時間和時間帶來的

一

　　早在 1997 年（按照時髦的話說，那已經是上一個世紀了），西渡就彷彿知天命般地說過：「寫作是在與一個沉默的對手較量，而這個對手正是時間。」在同一篇文章的前幾行，西渡已經預先地、近乎固執地為他的詩歌寫作主題定下了基調：詩歌中的主題不是情感，不是信仰，甚至不是經驗，「而是時間。」[1]饒是如此，西渡還是謙遜地承認[2]，一個青年詩人在剛開始寫作時，確實很少會自覺地把時間作為主題，儘管無處不在、無孔不入的時間作為主題早已經滲透到他的所有詩篇之中[3]。我們有理由認為，西渡的如許言論確實有著濃厚的現身說法的意味——畢竟西渡也曾經歷過那個叫做「青年詩人」的創作階段。

　　如果我們較為仔細地檢索西渡迄今為止的詩歌寫作[4]，就會發現他曾經深受過同為北大出身的詩人海子的影響[5]。這種影響在一度時間裏是如此嚴重，以致於我們幾乎可以大而化之地把西渡的這一寫

---

[1]　西渡《時間的詮釋》，西渡《草之家》，新世界出版社，2002 年，第 321 頁。

[2]　謙遜是西渡一貫的品德，這一點十分重要，因為它不僅是西渡日常生活中的重要德行，而且是他詩歌寫作中的一貫品質，並且構成了西渡詩歌寫作中的美學特色。參閱敬文東《謙遜的涵義》，敬文東《寫在學術邊上》，雲南人民出版社，2002 年，第 134 頁。

[3]　西渡《時間的詮釋》，西渡《草之家》，新世界出版社，2002 年，第 321 頁。

[4]　目前能看到的西渡的最早的詩作是寫於 1985 年的《為我》，最晚的是寫於 2000 年 9 月的《秋歌》。到目前為止，西渡已經出版了兩部詩集：《雪景中的柏拉圖》（1998 年，文化藝術出版社）和《草之家》（新世界出版社，2002 年）。

[5]　關於這個問題，西渡在不少地方都作了誠實的、甚至是動情的回憶，參見西渡《燕園學詩瑣憶》、《死是不可能的》等文，西渡《守望與傾聽》，中央編譯出版社，2000 年。

作階段稱作他的「海子時期」。這一時期的結束的準確時間是 1992
年 3 月 20 日，就是在那一天的某個時刻，西渡寫出了對他有著轉向
意義的作品《殘冬裏的自畫像》。和幾乎所有初學寫作的人一樣，西
渡之所以找到一個具體的摹仿對象，不僅因為被摹仿者確實很優
秀，更是因為摹仿者和被摹仿者之間有著某種相通的東西，正如一
個人之所以選擇這種人生理念而不是那種人生理念，僅僅因為他是
這個人而不是那個人那麼簡單、那麼不可解釋一樣。和不少終成大
器的寫作者相彷彿，西渡的「海子時期」在「仿寫」海子時，既顯
示了他不凡的、卓越的寫作才能，也在相當程度上繼承了被摹仿者
詩歌中的時間形式，儘管當年的西渡也許並沒有明確地意識到這一
點——一如西渡誠實地說過的那樣。在只有三節的短詩《歌謠》中，
西渡分別以「語言依舊」、「月亮依舊」、「愛情依舊」來開頭。這顯
然透露出的是一種近乎靜止的時間[6]，是時間被創造出來就沒有再改
動和變遷的那一瞬；在許多青春勃發的人那裏，它幾乎可以被認為
是恒常存在的：依靠詩人強大的、對抒情性的強力追求，這一瞬被
較好地和較成功地固定了下來。

　　赫西俄德（Hesiod）在《神譜》中寫道：「首先請你說說諸神和
大地的產生吧！再說說河流……無邊的大海，閃爍的群星，寬廣的上
天。」[7]屈原也異曲同工般地問道：「遂古之初，誰傳道之？上下未形，
何由考之？」[8]凡斯種種，其實都是在追問時間的起點。起點雖然只
存在於一剎那，但在青春年少的人那裏，往往更願意將它理解為永
恆，將它理解為靜止不動，從而成為抒情和吟詠較為容易捕捉的對
象。很難設想，面對流水驚呼「逝者如斯夫！」的孔子會是一個翩翩
少年；而站在幽州臺上詠歎「念天地之悠悠，獨潸然而涕下」的那一
刻的陳子昂，也肯定過了意氣勃發的少年階段——畢竟被想像成「永

---

[6]　海子有很多詩作都採用了這樣的時間形式，比如《亞洲銅》、《阿爾的太陽》、
　　《秋》等。以上詩作都收入了《海子詩全編》，1997 年，上海三聯書店。

[7]　赫西俄德《神譜》第 107-110 行。

[8]　屈原《天問》。

恆」的東西或所謂「剎那即永恆」的東西最容易勾起一個青少年的無限遐想；我們曾經年輕過的歲月和那些歲月裏發生過的感情能夠做證：青少年的無限遐想、對詩意的追求也情願將時間始終定格在不動的一剎那，對所謂的邏輯、概念演算要麼聞所未聞，要麼不屑一顧。西渡的三個「依舊」分別帶出的物象（或意象），也都先在地沾染了那種永恆的時間方式帶出來的和定義過的絲絲縷縷。一切都是亙古不變的，無論是「語言」、「月亮」還是「愛情」。和許多有著同樣創作經歷的青年詩人較為類似，青春勃發的西渡依靠對抒情的追求，在《歌謠》中，無意間（？）說出了一個近乎真理的事實：無論時間怎樣變化，總有一些東西是不變的，或者總有一些致命的東西在我們的希望中被認為是不變的。它們反過來又讓流動的、變化的時間始終成為源頭，成為某種起源性的時間方式。而起源之所以能有說服力、闡釋力和煽動力，恰如卡爾‧克勞斯（Karl Kraus）說的：「起源即目標」，也恰如某些論者認為的，正是因為起源所具有的神性，因為起源在青少年的想像中所具有的抒情源頭的特性。

在每一個例證中我們都可以看到，所謂起源（即第一）都意味著神[9]。對起源（第一剎那）的遐想和追溯，幾乎從來就意味著形而上學（伯格森：「時間是形而上學的關鍵問題」）。它也被認為和我們今天的一切相關（卡爾‧克勞斯：「起源即目標」）。而形而上學在不少時刻與其說是哲學，毋寧說是詩，因為它天然能勾起人對自己命運的想像。和康德說每一個人都具有形而上學的衝動相彷彿，正是出於對自己命運的想像，開啟了和引發了人的抒情衝動。這種抒情衝動至少在少不更事的人那裏，可謂是致命的。無論是西方早期的哲學還是中國早期的哲學，對起源的遐想歸根結底都採取了一種詠頌的方式（即詩的方式），所以赫西俄德在《工作與時日》一開篇要代表哲學詠歎道：「皮埃裏亞善唱讚歌的繆斯女神，請你們來這裏……」赫拉克利

---

[9]　參閱雅克‧施蘭格等《哲學家和他的假面具》，徐友漁等譯，社科文獻出版社，1999 年，第 51-53 頁。

特要說：「世界是一團燃燒著的活火……」《伊利亞特》要祈求道：「詩歌女神啊……」我們的《尚書》也才會說：「啊，我擊石拊石，使百獸相率起舞……」[10]正如人類有自己的初民時期，每一個成長著的人和正在時光中逐漸老去的人都曾有過自己的青、壯年時期。人類學和心理學早已假定過甚至證明過，一個人的成長經歷和一個種族的變遷經歷有著許多暗合之處。維柯（Giambattista Vico）、列維—布留爾（Lucien Levy-Bruhl）和皮亞傑（Jean Piaget）早已在他們的著作裏暗示過這一點。事實也正是如此，無論是海子（他如此年輕就自殺了！）還是「海子時期」的西渡，他們的詩歌都是飛翔式的、歌唱式的，和人類初民時期的歌唱特性有著某種相似性：

> 語言依舊
> 在歌曲中居住
> 的地方，社長的兩個兒子
> 從魚婦中回來，鹿皮
> 短褂、銀色的槍
> 走在
> 玉米地中央
> （西渡《歌謠》）

在《歌謠》接下來的另外兩節中，分別是社長的「兩個女兒」、社長的「一對兒女」走在「谷地中央」、走在「大水中央」。在起點被固定下來或被想像為靜止不動的情況下（即「XX 依舊」句式所昭示的），「中央」也是固定的、靜止的。這顯然是歌唱本身導致出的後果之一：歌唱在許多時候確實傾向於將運動的處理為不動的，或者將巨動的轉換為旋律中僅僅左右微晃的。它宛若電影中的遠景鏡頭，某一個人走在「玉米地」、「谷地」或「大水」中，從遙遠的

---

[10] 《尚書・堯典》。

地方或從漫長的時光的那一頭看上去，就像是沒有走動或僅僅是在微晃一樣。

而在「海子時期」，西渡同樣接受了海子詩意的時間形式。詩意的時間形式不同於靜止的時間形式，儘管應和著青春年少的心理要求，它仍然是歌唱式的。詩意的時間形式是流動的，但這不是一般的流動：它始終在幻想之中、在超驗之中流動。而流動，正是在歌唱需要的情況下，將靜止的時間形式導致出來的歌唱中的「左右微晃」給放大了，是雙倍的或多倍的「微晃」。但歸根結底，詩意的時間形式在海子和早期的西渡那裏，本身就是幻象，是超驗的和詠頌著的。在作於 1988 年（請注意這個時間刻度）的《黎明》一詩的結尾，西渡「唱」道：

> 白馬白馬，它就要敲響
> 黎明這面大鼓。

按照《聖經》的看法，神創造了天地（當然是在一瞬間創造了天地），緊接著就創造了光。「神稱光為晝，稱暗為夜。有晚上，有早晨，這是頭一日。」[11] 在青春年少的人那裏（而不僅僅是在詩人那裏），黎明也是一個頗能撩撥想像的時間概念或時間段落。考慮到海子詩歌寫作的基督教背景，他把黎明理解為超驗的早晨，甚至看作神性的早晨，是可以想見的[12]。這裏不是說西渡一定是在同一個維度上接受了海子「詩意的時間形式」，而是說，他在此時所構造的詩歌作品中的詩意的時間形式和海子對時間的理解有一脈相通之處。這同樣是由青春的抒情衝動帶出來的結果。而歌唱，在這裏徹底給了西渡的「黎明」某種超驗之動（比如「敲響」）。和「月光依

---

[11] 《創世紀》1：1。

[12] 海子曾經在一篇詩學文章裏寫道：「但是我……我為什麼看見了朝霞？為什麼看見了真實的朝霞？！」參閱海子《詩學：一份提綱》，《海子詩全編》，上海三聯書店，1997 年，第 903 頁。

舊」等等很不一樣,「敲響」顯然是放大了若干倍的「力量」,時間
(在此處就是「黎明」)也在這種被放大了若干倍的力道面前開始了
它的顫動——既然按照西渡的看法,黎明正好是一面可以被敲動的
「大鼓」。

值得指出的是,西渡的詩歌寫作中還有一個短暫的博爾赫斯
(Jorge Luis Borges)時期。和他接受海子的影響較為相同,從時間
主題的角度說,他之所以接受博爾赫斯的影響,原因之一也許正在
於博爾赫斯是一個杜撰和玩弄時間的大內高手。《但丁:1290,大雪
中》(之一)、《但丁:1290,大雪中》(之二)以及《但丁:1321,
阿爾卑斯山巔》差不多算得上是對博爾赫斯近乎完美的「仿寫」。和
博爾赫斯有些一致,西渡將過去的某一個時間段落帶到了眼前,把
過去當作了今天;或者,他潛伏回了過去,把今天當作了已經消失
的某一瞬,把正視今天轉化為回顧今天或者回憶今天[13]:

> 我來到了世界神秘的誕生地,在那裏
> 時間不再被機械的指標分割,過去和未來聯姻
> 誕生了嶄新的生命,伴隨著暴風雪
> 我的精神正在越來越趨向遼闊和無垠……
> (西渡《但丁:1290,大雪中》之一)

在這裏,在時間的縱橫交錯(即讓今天與過去混淆邊界)之
中,要抵達的仍然是最初的一瞬。西渡對源頭的渴望竟然和部分
的博爾赫斯一樣頑固!在較為漫長的詩歌學徒期間,西渡一如他
自己所說,他的詩歌作品中的時間形式的確是不斷移動的、遊弋
的、搖擺的。這正是青春期的重大標誌之一:對時間敏感,但在

---

[13] 博爾赫斯明確說過:「……時間是永恆的流動形態。如果時間是永恆的形態,那麼未來就成了心靈的前進運動。前進就是回歸永恆。」參閱《博爾赫斯文集・文論自述卷》,陳東飆譯,海南國際新聞出版中心,1996 年,第 196 頁。

倉促之間又難以找到自己更為準確、有效的時間形式；在這種情況下，許多初學寫作的青年人往往傾向於將時間看作「幻象」，傾向於將時間看作詩意的、想像的，或者，將時間看作詩意和想像的源頭或源頭之一。在這個意義上，與其說西渡「繼承」了海子詩意的時間形式，不如說西渡和海子共同分有了一個性質相同的青春。但無論是靜止的時間形式還是詩意的時間形式，西渡一開始只是給了它（們）定性的範疇。這種定性的範疇顯然來源於青春期的抒情衝動和形而上學衝動；這種定性的時間形式是混沌的而不是清晰的時間形式，它整個兒就是詩意的、超驗的而不是具體的、現實的。在這一時期（即寫出《殘冬裏裏的自畫像》之前），西渡所使用的大量意象——比如「黎明」、「白馬」、「玉米」、「雪」——基本上不具備現實事境中的物象的真實成分，只大體上和框架它們的時間形式相吻合。

值得注意的是，在《但丁：1290，大雪中》（之一）裏，靜止的時間已經和詩的時間聯繫在了一起，因為抵達源頭（即詩中的「誕生地」）正是為了追溯出生的過程。那顯然是一種回溯式的追索。但西渡在近乎「歌唱」中也看清了出生後的實質：「伴著暴風雪……」這是對出生後的時間（那流動的時間）的歌唱式陳述。不過，西渡在此仍然把它處理成了對超驗的精神的嚮往（「我的精神正在越來越趨向遼闊和無垠」），儘管這首寫於 1992 年的詩作已經隱隱約約透露了對現實的時間的展望。

二

但西渡較為漫長的詩歌學徒期終於結束了。這個結束的標誌之一就是他寫於 1992 年的《殘冬裏的自畫像》。順便說一句，即便如此，西渡仍然比許多我所瞭解的詩人都更為早熟。在這首詩中，西渡基本上放棄了青春寫作中濃厚的詩意的時間形式和靜止的時間形式，不再將時間僅僅處理為幻象，不再定性地處理時間，而是定量地處理，也用沉思取代了部分的歌唱。他把海子曾經交給他的有禮貌地還給了海

子，儘管他也扣留了其中最寶貴的部分作為自己隨身的行囊和營養。在《殘冬裏的自畫像》中，西渡以比較堅定的口吻說：

> 開始可以肯定也就是結束，因此
> 困難的是我們要怎樣獻身給生活。
> 結束是不可能的……
> ……但開始仍然是不可能的：在我們內心裏
> 一種即將復活的希望開始被淫雨淋著。

　　而在被西渡本人認為的轉向之作《輓歌》（也寫於 1992 年）裏，他更是明確地寫道：「時光迅速成熟，把我們推向／生命永恆的困境。」這顯然已經預示了：時間不再是詩意的，更不是靜止的或神性的，時間既沒有起點，也沒有終點（「結束是不可能的，」「開始仍然是不可能的」。）；時間只是我們的宿命和「困境」，是一件實實在在的、需要我們加以解決和克服的事物。正如西渡在另一處精闢地寫到過的：「那最痛苦和最甘美的／在時間裏有相同的根源。」（西渡《櫻桃之夜》）但在此時，所謂的「根源」已經不再是「起源」或「黎明」的意思了，它毋寧表徵的是類似於善惡同體的那種一致性。而對這一切的理解的來源——在西渡那裏——，最終要落實到如下一個嚴峻的事實上：「那天堂之門就要在我們之前關閉／而時光要迅速過渡到嚴峻的正午。」當然，正午，在已經「轉向」和「告別」的西渡那裏，既不是開始的那一瞬（比如「黎明」），也不是結束的那一刻（比如晚上）。它需要我們真實的而非比喻意義上的、非超驗的行為和動作去填滿它。西渡在沉思中（而不僅僅是在歌唱中）小心翼翼地寫道：

> ……天明醒來，
> 你將步入一個謹慎的年頭，一些細小的變故
> 將給你致命一擊。脆弱的中年，「綠葉成蔭

子滿枝」，壓彎了傷痕累累的舊枝。

（西渡《新年》）

此時此刻，此情此景，時間再也沒有資格成為詩意的或者靜止的，而是現實的。現實的時間形式意味著它是塵世的時間，凡人的時間，它給了我們凡俗的生活一個特定的框架和形式，給了我們塵世生活（即事境）一個推演自身的舞臺。這是定量的時間，是經過沙漏一點一滴量度過的時間（在組詩《格列佛遊記》中，西渡用隱喻的方式專門寫到過沙漏的功用）。這裏的「天明」僅僅是天亮，是生活中具體的一天的開場與序幕，是一個休息得也許還算不錯的人「醒來」邁向生活的那一刻，它不是混沌的、超驗的，而是具體的、清晰的，具有實體的性質。在這個具體的時光所組成的舞臺上，每一刻實際上都是「正午」，是需要我們嚴正以待的時間，因為它包納的是我們艱難的生活事實。正是這樣，時間最後終於成了我們必須要面對的敵手。但這個對手太強大了，以致於讓我們預先從這種註定不會成功的角力中領有了失敗的命運：

……和時光競賽腳力
像一隻富於獻身精神的螞蟻
下定移山的決心，誰會給予安慰？
勇氣可嘉，只是過於魯莽。
（西渡《新年》）

時間始終是最後的勝利者！老去的終歸是我們，而不是某些自大的、矯情的詩人認為的那樣會是時間本身。西渡在看清了時間的這一戰無不勝的實質後，時間在拋棄了「青春寫作」的西渡那裏，只能如此這般地成為現實的時間，不再具有超驗的性質，也不再具備開端或結束的特性。所謂的結束和開端的確是歌唱和抒情的策源地，但它或許不是老老實實地對待時間的方式，也不

是老老實實的時間中所存在的生活形式。因為結束和開端對於我們這些渺小的凡人來說，始終是不可知的。《從天而降》說的也許正好就是這麼回事情。在《從天而降》中，西渡精確地「描繪」了他從飛機上下來，從鷹的高度下來，經過民航班車回到家裏的情形：

> ……一個半小時後，我推開家門
> 恢復了塵世的身份：一個心事重重
> 的丈夫和父親，敬業的小公務員
> 面對一大堆商業和時事公文

這在量杯中測定過的時間（即「一個半小時」）顯示了時間的具體性。相對於具體的、現實的生活，也只有定量的時間才是有效的。這種時間是長滿了肌肉的時間，它的肌肉就是活生生的生活內容，看似瑣屑、無聊但並非毫無意義的生活內容。和靜止的時間形式、詩意的時間形式相比，這顯然是一種老老實實的時間形式。儘管後兩者也是長滿了肌肉的時間，但由於它們的超驗性質，它們的肌肉在大多數情況下（如果不是說在所有情況下）只是虛擬的，具有濃厚的形而上學特性。形而上學討厭具體的運動，討厭具體的、帶血的肌肉。

對西渡或者對我們這些 20 世紀 60 年代中後期出生的人來說，這種現實的時間又是來得太早的時間。作為對手，它過早地來到了我們的身體之內，來到了我們對自身的闡釋的境域之內，來到了我們對自身的被迫認同的意識之內。《文化大革命結束的日子》在較為詳細地描述了年幼的「我們」在集會上歡呼文革結束後，西渡精闢、精確地寫道：

> ……在我們解散之前，遠遠地
> 弟弟和妹妹在隊伍後面跟著：像
> 一串省略號後面那個幾乎被漏掉的

> 後引號——這使我們成為兩代人，我相信
> 我們之間的差別就是從那個早上開始的

「那個早上」和「兩代人」之間構成了時間上的對照。但這決不僅僅是時間長短的對比。「兩代人」的區分是在一瞬間產生的。西渡精確地給了現實的時間形式以某種中國特色，因為文化大革命既是中國的事件，它要求具有和自身特色相適應的時間形式，又是給許多中國人（比如「我們」、「我們的弟弟妹妹」）以特殊意義的發生在特定時間中（即定量的時間中）的特定事件。在這首詩中，西渡把時間的精確性——無論是定性的還是定量的——推向了一個相當的高度。

也正是從諸如此類的時間的對比中，讓人陡覺時間的殘酷，但即便如此，時間對我們也並非沒有安慰。事實上，對時間敬畏和俯首稱臣的西渡也感到了時光的饋贈，正如他在一首「描寫」我們這一代人的十四行詩中寫道的那樣：「但無論如何，生活已教會這一代人／思考的能力，並且有那麼幾個懂得珍愛自由。」（西渡《朋友們》）除此之外，讓人驚訝的是，一貫謙遜的西渡還帶著悲憫試探著去解放時間，因為在西渡那裏，時間同樣是無辜的，時間同樣是蒙難者：

> 我從一杯茶中找到塵世的安慰
> 讓它從微小的苦悶填滿的歲月中
> 拯救出午後的一小段光陰。
> （西渡《午後之歌》）

解放時間，在西渡那裏，實際上就是解放我們自己；拯救時間，也就是拯救我們的生活。當然，這樣的行為並非沒有用處：對時間的敏感最終也拯救了西渡的詩歌寫作。正是在對時間的不斷領悟中，西渡找到了單單屬於自己的詩歌聲音、語調、韻律、句式和辭彙的綜合體。對時間主題的不斷挖掘，也給了西渡的詩歌寫作以最大程度的獨立性以及這種獨立性引發而來的詩歌的傑出，或者按照

西渡自己的話說，通過詩歌寫作，他有機會創造出和創造了「另一個自我」。他自己生下了自己。這是一個有能力和有運氣的人才能完成或碰見的事情。

時間在西渡的寫作中有著十分重大的意義。早在20世紀90年代初，他就寫下了這樣的句子：「我發現我寫下的詩句，比時光本身消失得更快。」（西渡《格列佛遊記》）是的，相對於我們的寫作，時光更具有不敗的性質。更甚於此的，還在於時間更快地改變了我們，改變了我們的情感內容和我們的情感方式。在時間的撫摸下，沒有不敗的事物，更沒有一個叫做永恆的東西存在。有了「另一個自我」的西渡對「海子時期」的西渡顯然持一種反對的態度：沒有什麼會是「依舊」的，無論「愛情」、「月亮」或者「語言」——

> 兩年的時間，生活已悄悄改變了我們
> 朋友之間已經隔著一道不曾道破的沉默的牆
> （西渡《揚州三日》）

越到後來，西渡越洞明瞭一個事實：除了現實的時間能讓我們懂得和把握住時間的一點點涵義，我們對時間其實是一無所知的。不管已經有多少詩人和哲學家歌吟過和沉思過時間（比如海德格爾、艾略特、張若虛和屈原），我們除了知道在時間中註定要消失的事物的一點點消息外，對於時間我們唯一能做的，就是感激它，承受它，領受它授予我們那枚註定會讓我們得到的、表徵我們失敗的勳章；這枚勳章的最大作用，按照西渡的看法，就是或者僅僅是讓我們懂得對時間的觀察：「在世界的快和我的慢之間／為觀察留下了一個位置。」（西渡《一個鐘錶匠人的回憶》）在這個位置上，我們也許真的可以像西渡所希求的，能較為清晰地「看見」在時間中消失的事物身上那一點點消息帶給我們的有關時間的些微涵義，而不再像年輕時過於自信的那樣，我們既能「……預見到／一千年前，羅馬兵團在沙漠中全軍覆沒」（西渡《螞蟻和士兵》），又能「預見到兩千年後／美洲的一場雪、一次火災、以及我們微

不足道的愛情……」（西渡《雪景中的柏拉圖》）時間教育了西渡，或者，在對時間主題的深入發掘中，西渡通過詩歌寫作，並通過自己的作品對自己的薰陶，懂得了生活的涵義、時光的涵義，當然，還有詩歌的涵義。

<h2 style="text-align:center">三</h2>

應和著時間主題的不斷變遷，應和著對時間的不同形式的理解，西渡迄今為止的詩歌作品系譜具有了某種整一性：西渡的全部詩作從前至後有了一種自然生長起來的特性。這不是每一個詩人都可以輕易做到的事情。它需要更多的耐心、審視、思考、磨練和運氣。除此之外，更重要的是得力於時間的功效：時間不僅是詩人西渡在寫作中的基本主題，時間更充當著啟蒙者和教育者的角色。在時間的教育下，西渡懂得了「開始」和「結束」的雙重的不可能（《殘冬裏的自畫像》），他把歌唱很好地抑制起來和隱藏起來了（而不是全部刪除了）；在時間的打整下，西渡明白了「飛翔的極限」（《輓歌》第五首），懂得了「一切流血的生靈，／都逃不過來自高空的懲罰」，因而放棄了不及物的「高度」（《鷹》），他也由此把曾經歌唱著的目光修改為沉思著的目光，把仰望改變成了向下看。在這裏，神性的時間（即靜止的時間）、詩意的時間理所當然地也變作了（或先於西渡的理解而變作了）貼近地面、並框架人間事境的形式。

時間對於西渡有一種強制作用，但也並沒有徹底改變他詩歌中的基本品質，這裏所說的基本品質實際上就是歌唱和仰望。如果說西渡早期（即「海子時期」）的詩歌是較為純粹的歌唱和仰望，出於對時間形式的不斷深入理解，在他較為晚近的詩作中，則是歌唱與沉思、仰望與向下看的不同比例的混合與搭配。在某些堪稱傑出的詩作裏（比如《雪》、《一個鐘錶匠人的記憶》等），西渡宛若一個高明的調酒師，懂得各種成分在同一件作品中的修正比。正是這一點，形成了西渡詩歌的鮮明特色。[14]在被一些朋友認為是西渡的轉向之

---

[14] 對此的由來，西渡在《面對生命的永恆困惑》中有過很好的陳述：由於少年

作的《寄自拉薩的信》裏，這一點顯得尤其突出。儘管這首詩是屬於那種修改神性的時間、詩意的時間為現實的時間的典範之作，儘管詩作中對凡俗的現實生活有著過多的陳述，但西渡與那個曾經入主過布達拉宮的六世達賴——倉央嘉措——較為相反：後者的情歌表達了神性對人間生活的嚮往[15]，而前者依然是試圖飛升與仰望，以及試圖對凡俗生活的超越。

> 我同意你的決定，把孩子生下來
> 我願意和你一起把他撫養成人
> （《寄自拉薩的信》）

　　這一特點越到後來，越得到了加強。西渡顯然意識到了純粹歌唱與仰望的不可信，但拋棄這兩者則更為不幸。即使是在組詩《大地上的事物》裏，西渡仍然沒有把那些大地上的事物（比如蛇、蘆葦、蟑螂）僅僅處理為完全貼近地面的。他仍然給了它們低飛的姿勢。這種方式的處理顯然是有道理的：儘管時間確實在不斷強化我們在它老人家面前的失敗感，但我們並不一定自甘失敗的命運，有限的超越、可信的超越仍然還是我們發自內心深處的渴望。在《雲》的結尾，西渡很好地代表我們這些匍匐在地面而又始終試圖仰首望天的人表達了這一渴望：「我似乎能聽到一聲召喚來自天上／並感到一陣永恆的渴意。」很顯然，海明威（Ernest Hemingway）的名言「人不是生來就被打敗的」可以用來描述西渡的這一詩學追求。

　　西渡詩歌中（尤其是晚近的詩歌中、「轉向」之後的詩歌中）的意象也沾染了這種雙重性。無論是風、雨、雪，還是蛇、蟑螂，都是沉思與歌唱、仰望與貼近地面的不同比例的混合。在「轉向」之

時代「鄉村生活的貧窮、寂寞、單調以及對死的過早認識，都使我更易被那些堅定、不朽、超越時間的東西所吸引，而對即時的、表面的東西缺少興趣。」參閱西渡《守望與傾聽》，第 258 頁。

[15] 參閱《倉央嘉措情歌及秘傳》，民族出版社，1981 年，第 11 頁以下。

後的西渡那裏，所有這些意象既是凡俗的、有血有肉的，也是超越性的、飛翔式的。西渡的寫作表明了：儘管在時光面前沒有不敗的事物和人生，儘管「空虛和黑暗／遮沒了星空和大地」（西渡《馬》），但也並非沒有局部成功的旅行，正如西渡說的，即使枯萎的花朵也會「夢見自己的枝頭上／漸漸長出了新的花枝。」（《瓶花》）

　　風、雨、雪是西渡詩歌中的主要意象[16]。西渡之所以大面積地寫到這三樣東西，肯定是這三樣東西暗合了天堂（高處）和地面的混合，神性的時間與現實的時間的混合，對於一個有著充沛想像力的詩人來說，畢竟雨和雪是來自天空的，畢竟風既在天上行走，又在地面奔跑。長詩《雪》是這方面值得分析的範本。在這首長詩開始後不久，西渡就寫道：

> 從上面飄落下來：雪花紛揚
> 從上帝的牙縫間擠出、滲下
> 混合著唾液、病痛和曖昧的願望
> 降落到空曠的大地上。但是否
> 真有一個上面使我們永遠
> 處於它的下方？在天空中橫渡
> 一個巨大的引擎牽引著秘密的心願
> 孵出一枚晶瑩的宇宙之卵

　　在此出現了「上帝」，但這顯然已經是較為凡俗的上帝了；上帝身上的時間也由於「擠出」、「滲下」而成為微動、微晃的時間。上帝的造物（雪）也降落到了地上。接下來，雪已經開始在大地上行走，具有了現實的時間形式，被現實的時間形式所定義和框架：它

---

[16] 西渡的兩本詩集（《雪景中的柏拉圖》、《草之家》）中所收詩作都大面積地寫到了風、雨、雪，這些意象一開始應和著靜止的時間形式、詩意的時間形式，其詩學特徵是抽象和歌唱，而後來則有著明顯的變化。本文後邊只以「雪」來說明這些變化。

飄落、溶解、消化，開始成為大地的一部分。在這個過程中，西渡顯然把時間也看成了大地的一部分，把時間也當作了大地上的事物。在這裏，西渡對自己的寫作來了一次有趣的、完善的總結：《雪》綜合了從上（天空）到下（大地）的轉渡，體現了從靜止的時間形式、詩意的時間形式到現實的時間形式的轉渡，與此同時，也將歌唱降低了，加重了沉思的比重。

和風、雨一樣，雪作為一個重要的意象，在西渡那裏具有雙重性──既是凡俗的，又是超越的。它是上與下、神聖與卑俗的統一體。這種雙重性使西渡在注重現實和現實的時間形式時，始終沒有忘記超越，就像他反覆寫到雪在大地上的漂泊這一事即時，始終沒有忘記雪（當然還包括「雨」）也有讓我們慚愧的特性──因為雪讓我們看清了自己的處境，雪也始終具有寬恕我們的缺陷與局限的胸懷。

最重要的是，對時間的體認讓西渡有能力寫出我們這一代人最隱蔽的憂傷。這是一個誠實、謙遜、才華卓著而又不屈的（詩）人才能做到的。在談論普魯斯特（Marcel Proust）的文章裏，W.本雅明（Walter Benjamin）用飽經滄桑的語氣說：「我們沒有一個人有時間去經歷我們命中註定要經歷的真正的生活戲劇。正是這一緣故而非別的使我們衰老。我們臉上的皺紋就是激情、惡習和召喚我們的洞察力留下的痕跡。但是我們，這些主人，卻無家可歸。」[17]的確，相對於時間，我們是過早衰老的一代。我們還有很多想去的地方，我們還想愛更多的人，我們還渴望欣賞更多的風景。但時間，現實的時間不會額外給予我們這樣的機會，不會讓我們走得更遠。而讓我們活在充滿遺憾的有限中，正是定性的時間隨身攜帶出的涵義和指令。在我們還來不及「看見」（即西渡所謂「觀察」）更多的美景、美貌之前，一切都消失了。這是我們的失敗，也是世世代代人的失敗。西渡在陳述我們在時光面

---

[17] 《本雅明：作品與畫像》，孫冰等譯，文彙出版社，1998年，第95頁。

前的失敗時，也陳述了古往今來所有人的失敗；在陳述了我們這一代
人的憂傷時，也陳述了所有人的憂傷：

> 疲倦的肉體啊，紛飛的落葉從體內開始
> 伴隨著群鳥飛離枝頭的紛亂的聲音
> 我們越來越接近那提坦神的緘默：他的失敗
> 作為奇跡，已暗中成為我們心底的信仰
> （西渡《輓歌》第五首）

　　但現實的時間還是教導了西渡（當然也教導了我們），行走在灰
色的、現實的時間形式中的人也可以在渴望和幻想中嚮往更高的東
西。時光讓我們失敗、毀滅，但「永恆的渴意」與幻想則引導我們
飛升。這也許就是我們的小小勝利，是我們臆想中的了不起的「成
功」。相信下面這些有力的句子，包含著我們這一代人幾乎全部無
奈、無助和憂傷的句子，不是所有被稱作詩人的那些人都能寫出的：
「與我們一樣易受傷害，會因流血而死去」的鷹——

> 使我終於相信我們
>
> 同樣可以在天空飛翔，屬於神和屬於天空的
> 也屬於我們：我們之間的區別僅僅是
> 立足點不同，你的起點是高高的岩石
> 而我們始終待在大地上，從未設法
> 讓自己像鐵一樣飛起來，與你並肩
> （西渡《鷹》）

2002 年 7 月 1-3 日，北京豐益橋。

和《盜花賊》有關的七條不連貫的注記

小引

　　本文的目的既不全在論述森子，也不在闡明某種理論，只在借森子的新詩集《盜花賊》調整和清理自己的批評思路。本文以下七條注記彼此之間只有鬆散的聯繫，因此，本文根本就不是論文，甚至連札記都算不上。這只能證明：本文作者的無能和膽大。但這並不損害森子這本詩集的任何價值。

寫

　　若干年來，雖然我們的祖先（也包括我們自己）已經寫出了浩若煙海的文字，喚作哲學、歷史、散文、詩歌、小說、社論、法律或戲劇……也由此生產出了大量或喜或悲的相關事實，但寫的可能性（即寫如何成為可能）卻一直處於較為晦暗不明的狀態當中。長期以來，寫的可能性在大多數情況下，僅僅被當作一個不證自明的公理，在寫的實踐中被暗自挪用——這確實有點類似於政治和經濟活動中的暗箱操作——，以致於很少有人察覺它的重要性甚至存在性。[1] 人們普遍認為：自從有了文字（或語言），而人又有寫的衝動，寫就理所當然地發生了。這難道還有什麼疑問嗎？

---

[1]　當然，我的意思並不是說從來就沒有人察覺這個問題，實際上，僅就中國而言，至少鄭玄、馬融、王夫之等人就對此做出過不少精闢的論述。我的意思是，寫的可能性作為一個重要問題，始終沒有得到理應得到的討論規模。很遺憾，本文的目的也不在此。

其實，寫如何成為可能至少包括如下三個相互關聯的問題：一，為什麼寫？二，寫什麼？三，怎麼寫？

為什麼寫是寫的基礎性來由之一，它歸根結底和人的意志有關。T.S.艾略特（T.S.Eliot）正確地說過，一個二十五歲以上的人還想成為詩人，一定有他迫不得已的原因。[2]艾略特深刻地揭示出了這樣一個問題：在掌握了寫的技巧的人那裏，人的意志最終的體現之一是寫的意志；或者，寫的意志的真正來源在於人的意志。人的意志，即人對世界的要求、人對自身的期待、人對世界合乎實際或合乎理想的想像、人對他人以及遠方的渴望等等，最終將轉化為寫的意志，轉化為寫的衝動。寫的意志越強烈，寫的衝動越飽滿，「寫」出來的「語言」也就越富有張力。這是寫的基礎性問題。

寫什麼是寫的意志的實現。但它不是全部的實現。它只是給寫的意志找到了縱橫馳騁的疆域，給寫的意志找到了現實的目標。寫什麼是為什麼寫的表演舞臺或演兵場。在這個演兵場上，也只有在這個演兵場上，寫的意志和寫的衝動才有了「發洩」或者「射擊」的對象，無論是動用公式、分行文字的方式還是採用論述的方式。「寫什麼」給「為什麼寫」找到了生死攸關的「及物性」。

如何寫至少涉及如下一個至關重要的問題：寫如何「切中」（treffen）事物、事實。寫如果不「切中」事物、事實，寫就有了偏差，也就失去了明確的演兵場和標的，寫的衝動、寫的意志也就喪失了目標，為什麼寫也就落不到實處。實際上，從最根本的意義上，「寫」應該被看作一種嚴肅的認識行為（有關這一點，各種老牌的「文學概論」有過相當多的申說），因此，至關重要的「切中」問題在此也就成了曾經苦苦折磨胡塞爾（Edmund Husserl）的那個嚴重問題：「認識如何能夠確信自己與自在之物一致，如何能夠『切中』這些事物？」[3]胡塞爾試圖通過現象學還原和本質還原來保證思維對

---

[2] 參閱艾略特《傳統與個人才能》，《艾略特文學論文集》，李賦寧譯，百花洲文藝出版社，1994年，第2-5頁。

[3] 胡塞爾《現象學觀念》，（倪梁康譯），上海譯文出版社，1987年，第7頁。

事物的「切中」能最終實現。按照胡塞爾的縝密論證，現象學還原和本質還原的上下其手和互為體用，也許是一條行之有效的途徑，但很可能並不是唯一的途徑。

無論如何，「切中」問題所關涉到的一切也許都還需要歸約到語言上。這就是說，我們需要拼卻我們並不靈動的腦筋，想盡千方百計在詞與物之間建立一種真實的而非幻象上的，切合實際的而不是虛構中的對應關係。正如森子在新近完成的詩集《盜花賊》中所說，對於油菜花的香味，我們的「嗅覺已提前繳械，遁入／集體無意識的廚房／除了讚美，還有更好／的詞可以烹飪嗎？」（森子《盜花賊·油菜花》）森子在此的潛臺詞之一也許是：詞與物的對應關係在終極處還應該是也最好是一一對應的。我衷心祝願胡塞爾的現象學還原和本質還原有能力保證這種一一對應關係的實現，但我們也不妨從別處找找看。

動作

但上述三個互相關聯的問題還必須有一個更堅固、更基礎性的支撐物。這個支撐物就是對「寫」有效的動作構成。這一點似乎被人全方位地忘記了。但不管怎麼說，人如果沒有手，也就不會發明和手相匹配的筆（廣義的筆而不僅僅是狹義的筆，比如鋼筆，毛筆），[4]寫就不能成為現實，為什麼寫（即寫的意志）也就喪失了成立的機會，寫什麼和如何寫更不知從何談起。這或許就是肉身狀態的手以及手所完成的動作對於「寫」的最原始的意義。

古往今來，人們賦予了雙手的形成以莫大的意義，[5]也給了雙手的功勞以無數的讚美。傳說納粹初主德國時，哲學家海德格爾

---

[4] 有關這一點，請參閱敬文東《在新的書寫方式的擠壓下》，《莽原》，1999 年第 4 期。

[5] 李澤厚《人類起源提綱》，李澤厚《批判哲學的批判》，安徽文藝出版社，1994 年，第 453 頁。

（Martin Heidegger）顯得非常興奮。另一個哲學家雅斯貝爾斯（Karl
Jaspers）給他潑了一盆涼水：像希特勒（Adolf Hitler）這樣一個沒
有受過什麼教育的粗人如何能夠領導德國？以思維繁複著稱的海德
格爾的回答據說是這樣的：「教育根本無關緊要，你就看希特勒那雙
手，多麼了不起的手！」[6] 不過，諸多讚美手的言論在通常情況下，
每到關鍵時刻，似乎都沒有了肉體的影子，剩下的只是手的運作帶
出來的合乎目的的效果，或者只是有關手的隱喻義。這一境況不僅
表明了我們對手的葉公好龍，更表明了我們對動作的輕視。靈肉的
二分法（其基本涵義是靈魂高於肉體，肉身只是靈魂的暫時居所），
給了我們輕視動作的經典理由；人類對語言的過多讚美（比如「太
初有言」，「天雨粟，鬼夜哭」等說法），更給了看不起動作或在無意
識中掩蓋動作的功勞的直接理由。

　　馬克思在《資本論》中把「勞動」抬到了極高的（但不是最高的）
地位，但馬克思的真正目的是要用勞動這一可見的「事物」來為商品
的價值和商品在凝結了勞動之後的種種可能行為作證。馬克思的偉大
意義在於：他令人信服地證明了交換商品實際上就是交換勞動。不
過，我們似乎還可以將勞動再進行更細緻的拆解：勞動，就其本義而
言，在最基本的層面上，首先是也必須是一系列合目的性與合規律性
的動作的集合。因此，交換商品，在最原始的層次上，實際上就是交
換動作。而在所有屬人的動作中，有相當一部分要歸功於雙手。沒有
雙手，人類的動作將失去大半。沒有雙手，不僅寫難以成立，估計馬
克思所醉心的商品本身也不可能出現。和創造商品一樣，寫在最原始
的意義上是由寫的動作即手做出的動作來驅動的。這基本上是在說，
為什麼寫、怎樣寫、寫什麼首先是包涵在寫的肉身動作之中，體現在
肉身動作之中，但它也同時體現在語言或者話語之中，寄居在語詞的
中央。畢竟寫是合目的性與合規律性的認知行為。因此，從最原始的
意義上看，所謂語境（context，即文本間性），實際上首先是也必須

---

[6]　參閱陳嘉映《海德格爾哲學概論》，三聯書店，1995 年，第 16 頁。

同時是「動作間性」；所謂對話，實際上首先是也必須同時是「動作間的相互往還」。正是在這個意義上，如果我們在此斗膽下結論說，「動作間性」是「文本間性」的基礎，「動作間的相互往還」是「對話」的根由，我認為不會有太大的失察。

「寫」作為人類特有的動作之一，正如我們所知道的那樣，在屬人的諸種動作中佔有極其特殊的地位。自從我們有了語言——它被認為是思維的外殼——，寫差不多成了人類的中心動作之一。言語／行為理論的如下觀點我們可能早已耳熟能詳：話語本身即可生產話語意欲生產的事實。假如這個判斷有理，寫在人類動作寶庫中的重要位置也就更加昭然：因為通過寫的運作，通過寫的動作構成和話語本身的上下其手，能「發明」無數具有嶄新涵義的嶄新動作。

費爾南‧布羅代爾（Fernand Braudel）曾經充滿感情地說到過我們的行為（即動作的集合體）：這些行為其源有自，源遠流長，「確實是在我們充分的意識之外進行，」對於它，「任何人都不用事先決定是幹還是不幹。」[7]這大約是在說，最古老的動作（比如寫）及其基本涵義對今天的動作及其基本涵義還有警示作用。動作有自身的遺傳密碼，有其自身的嚴格規定。這個遺傳密碼存在於「其來有自」的動作的基本涵義當中。但我們也在不斷發明新的動作，我們也在不斷修改動作身上其來有自的遺傳密碼，始終讓遺傳密碼處於變異甚至突變的狀態之中。正是在這個過程中，寫佔據了核心位置：在和話語結盟後，寫成了人類用雙手為自己發明新動作的策源地，寫是動作變異的重要來源。但願這樣說，並沒有減弱語言和話語在寫作過程中的重要性。我認為，這倒剛好表明了語言和話語的領袖地位：因為和「寫」有關的肉身動作的目的，最終要由語言或話語來表達。

---

[7]　費爾南‧布羅代爾《資本主義的動力》，楊起譯，三聯書店，1997 年，第 4-5 頁。

詩人森子在《盜花賊》中這樣寫道：

> 在山谷，詞語也膽怯
> 行走比說話重要
> （《油菜花》）

森子大概是在說，動作（比如「行走」）即使不比詞語更重要，至少也是同等重要，儘管森子的原話似乎有矯枉過正的面孔。到今天，動作和語言的關係似乎已是老生常談了，但人們談論得越多，這個問題也就越晦暗不明。本文也沒有讓這個問題「澄明」的野心和能力。不過，時至今日，有一點似乎可以肯定：一個詞的涵義，最終是由動作的變遷和語言本身的運動邏輯共同給定的——維特根斯坦（Ludwing Wittgenstain）好像已經近乎完美地證明了這一點。如果我們一貫強調話語本身的重要性，卻忘記了寫的動作構成即肉身支撐的原始性，[8]我們很可能要犯下一些低級錯誤。今天的許多人迫於知識的壓力和慣性，逐漸開始成為語言拜物教的信徒，新歷史主義者竟然膽敢像 S.Diamond 所指責的那樣，把歷史「僅僅等同於文獻」，正不妨從這中間去找原因。

動（詞）

> ……如果
> 我獲得了自由抒情的能力
> 就不怕直面破碎的鏡子，將咒語
> 的迴紋針贈於每一個

---

[8] 卡洛琳・考斯梅爾（Carolyn Korsmeyer）有一本相當有趣的書《嗅覺》（吳瓊等譯，中國友誼出版社，2001 年），專門用很大的篇幅談到過這個問題。本書從柏拉圖的哲學開始，全面檢討了西方哲學對低級感官和肉身動作的忽視，而專門重視靈魂和語言的歷史。

行動的衣襟……

（森子《盜花賊・薔薇》）

森子憑直覺把「咒語」和「行動」聯結在了一起。在上引的詩行中，「咒語」有「迴紋針」的複雜外形，「行動」也有「衣襟」般的扭結外貌。而聯結「咒語」（即語詞）和「行動」（即動作）的動作則是「贈予」。在這個聯結過程中，在森子有意或無意（？）的語詞搭配中，顯透出的意義決不僅僅是海德格爾所謂語言作為一種禮物被送給了人，更關乎詞與物之間的關係。具體到我們這裏，就是動作和語詞的關係。森子非常精當地表明瞭：複雜的、有如「迴紋針」一樣曲折的「咒語」有它自身的複雜空間，這個複雜空間通過動作（比如「贈予」）到達了另一個複雜的動作（比如「行為」）。咒語複雜的語義空間和動作的複雜細微（比如「衣襟」一般的外貌）是相匹配的，因此「贈予」這種表面上充滿了善意的動作才有了真正所指的對象，也才不顯得過於誇張和煞有介事。

所有的動詞都應該擁有所指的對象。動作之後必然伴隨著期待中的效果。在理想狀態下，所有的動作都能得到大致的語言描述，這就是動詞所擁有的指事功能。約翰・朗肖・奧斯丁（John Langshow Austin）認為，言語中有兩類語句，一類是敘述句（constative），是對非真即偽的狀態的陳述；一類是行為句（performative），無所謂真偽，只有恰當和不恰當之分。奧斯丁認為，與通常的情況相反，敘述句只是行為句的一種特殊形式。[9]考慮到動作對於話語和寫的可能性的原始作用，我們有理由認為奧斯丁的見解是精闢的，因為奧斯丁不僅深諳言語和行為之間相輔相成的關係，同時也給了行為（即動作）一個至少和話語平起平坐的地位。正是在這個意義上，

9　奧斯丁的觀點得到了德里達的批評。20 世紀 70 年代末和 80 年代初，德里達又和 J.塞爾（Jhon Searle）等人就奧斯丁的理論展開了激戰。參閱《一種瘋狂守護著思想：德里達訪談錄》，何佩群譯，上海人民出版社，1997年，第 55-66 頁。

此人才說陳述句是行為句的特殊形式，而且判斷行為句是否有效的標準不在真偽上，而在是否恰當上。奧斯丁的理論的真實涵義或許是：行為句描述了行為從發生到完成的過程。奧斯丁差不多是在強調：在詞與物之間的一一對應關係是否能成功，如何能成功。

再回到「迴紋針」一樣的「咒語」如何通過「贈予」到達「衣襟」一般扭結的「行為」上去。實際上，只有在語詞（此處指動詞）的複雜空間和動作的複雜性相匹配時，肉身動作對話語的支持作用才能得到實現，寫的可能性也才能顯現出來，奧斯丁所謂行為句的恰當與否才有了依據。當然，說的可能性，看的可能性以及行走的可能性就更能在「寫」中被「恰當」地呈現出來。通過動詞對動作的指事功能，一切可見和不可見的動作的可描述性，才能得以「恰當」地存在。

這很容易讓人聯想到海倫‧凱勒（Helen Keller）的故事。海倫是一位自兩歲開始就又聾又啞的小女孩。不幸的海倫多年後在《我生命的故事》中寫道：

> 有人在吸水。我的老師把我的手放在水龍頭下。當清涼的水流沖洗著我的一隻手時，她在我的另一隻手中寫下「水」這個字，先是慢慢的，然後漸漸加快。我在那兒一動不動，全部精神都集中在她手指的每一次移動上。突然，我覺得好象模模糊糊記起了一些已經遺忘的東西——我感到一種往事重來的顫慄，那語言之謎一下子迎刃而解。我知道了「水」就是指流過我指掌的那美妙涼爽的東西。

老師在手掌上「寫」下了「水」，另一隻手感知到了物態的「水」，接著「語言之謎一下子迎刃而解」。這個珍貴的故事充分能夠說明奧斯丁的行為言語理論的一些要旨，也能說明本文中屢屢提到的詞與物之間的相配問題。

說

同樣的道理，說要想在話語空間中被呈現出來，除了必須要有說的動作發生，另一個條件是：必須要有框架說的話語空間。前者是後者的基礎。讓我們先引用一段已故學者熊偉先生的一段話：

> 「我」究竟在不在？
> 在的。不在，「我」還思？
> 「我」究竟思未思？
> 思的。不思，「我」還在？
> 「我」在，「我」思。「我」思，「我」在。
> 並不是：我思，「故」我在。
> 是：我在，我思，「故」我說。[10]

熊先生提到了「說」的條件，最後的結論是「我在，我思，『故』我說。」——說的最後基礎是「在」（存在）。而存在，從最簡單的意義上說，就是動作，是動作的必須和必然發生。海德格爾一句耳熟能詳的話是這樣的：人的一切行動都已本己地包含了對存在的領會；人是首先仰仗動作而並非首先依賴理論去領會存在。這就意味著，一切觀念實際上都可以還原為動作。如果我們聽從海德格爾的教誨，我們也許可以得出如下結論：說的動作不僅在支撐有關說的話語方式，說的動作本身也在呼喚可以框架自身的「恰當」的行為句式。森子在《盜花賊·辛夷花》中寫道：

> 說你是燈泡，會委屈
> 那不是傻瓜的別稱嗎？

---

[10] 《自由的真諦——熊偉文選》，中央編譯出版社，1997年，第24頁。

> 你不傻，也不聰明
> 聰明人願意待在
> 袋鼠的上衣口袋裏
> 張望而不費力氣
> 說你像鴿子，也不妥
> 你不隨地大小便
> 只散發香氣
> 入藥、泡茶，可以吃
> 所以，我不說你像什麼
> 只和你打一聲招呼……

我們一直以為說是一種輕易而舉的行為，描述說和說的內容則似乎更為簡單。這種簡單的來源之一就是忽略了說與描述說之間的「切中」問題或奧斯丁所謂的「恰當與否」的問題。森子幾乎是從現象學的角度陳述了說的艱難。他充分考慮到了「切中」的問題。說也許簡單，因為存在著大量言不及義的說；描述說也可能比較簡單，因為有了那麼多修辭不立其誠的描述（比如各種虛構的、經不起檢驗的學說）。但在說與描述說之間建立一種切中關係則十分艱難。

不幸的阿伯拉爾（Abelard）在致他的情侶愛洛伊絲（Heloise）的信中，提到了祈禱（一種特殊的「說」）的威力。他希望愛洛伊絲能在上帝面前為他祈禱，因為在阿伯拉爾看來，「上帝曾說到人們應該受到折磨，但人們祈禱的力量使得他沒有兌現自己的諾言。」[11]除了上帝的仁慈之外，阿伯拉爾這樣說話，還充分考慮到了語言（此處就是祈禱）的重要性，因為語言是上帝最珍貴的發明，用上帝發明的語言在上帝面前謝罪，一定能得到上帝的寬恕。但阿伯拉爾這樣說還有一個潛在的理由：必須要將說和說出的言辭相互切中，只

---

[11] 參閱《聖殿下的私語：阿伯拉爾與愛洛伊絲書信集》，岳麗娟譯，廣西師大出版社，2001年，第13頁。

不過阿伯拉爾認為在祈禱中切中遇到的難度要小一些。但只有克服了相互切中所遇到的種種困難，說和說出的言辭之間才能擁有「恰當的關係」，說出的話才能讓上帝滿意。森子的《辛夷花》沒有什麼神學背景，但在說到辛夷花時，卻感到了用說去切中辛夷花的難度。森子準確地、恰當地描述了作為動作的說在切中事物時的難題，無奈之下他只好「說」：既然說不出辛夷花究竟是什麼，就只好去和辛夷花「打一聲招呼」。這是一個絕妙的「寫」法：因為打招呼也是說，只不過打招呼僅僅意味著問候或僅僅意味著稱呼出辛夷花的名字。在一種欲說還休的「危急」關頭，這也許不失為一個折中的好辦法。也就是說，這也是一種切中，只不過是另一種切中而已。

看

在同一首詩（即《辛夷花》）中，森子提到了另一個問題：既然說——無論是作為純粹肉身動作的說，還是作為被「恰當」句式描述的說——十分艱難，那就乾脆不說，「打了一聲招呼」後，僅僅去「看」：

> 早春，上班的阿姨
> 捧一樹爆米花
> 給流鼻涕的孩子。所以
> 我要做孩子的舅舅
> 借接孩子的機會
> 去看你。

無論是作為純粹肉身動作的看，還是作為被「恰當」句式描述的看，是不是就更簡單呢？初看起來，情況是這樣的。因為我們可以純粹地看，為了看而看，無所駐心地看，不用把看到的東西說出來。比如李太白所謂「相看兩不厭」，陶淵明所謂「此中有真義，

欲辨已忘言」。但這也有問題。因為我們看，歸根到底還是為了說
或者寫。

按照布羅代爾（Fernand Braudel）的說法：「自己看，也讓別人
看，這已經意味著完成了（寫）的一半任務。」[12]但完成了一半的
任務得有兩個相關的前提：首先要有「看見」的肉身動作的發生，
其次要把「看」的動作本身以及該動作所包納的內容用恰當的話語
形式給包裹起來。森子在《辛夷花》中遇到了這個問題，但他也解
決了這個問題。解決的方式是這樣的：既然說也難，看也難，就乾
脆在「寫」中娶了那株辛夷花，並到「街道辦事處」去登記註冊。
森子用了一種具有喜劇色彩的方式，解決了說與看的艱難。或者更
準確地說，森子通過「寫」下「為一棵樹（即辛夷花——引者）而
結一次婚」，才解決了說與看的艱難。在此過程中，陶淵明「欲辨已
忘言」無疑擁有了新的涵義，新的面孔。

從柏拉圖（Plato）開始，西方哲學和文學給了視覺以崇高的地位。
有人稱它是心靈的窗戶，有人稱它是哲學的器官，柏拉圖本人在《理
想國》裏甚至說視覺是一切人類器官中最類似於太陽的東西。這些有
趣的說法卻並沒有減輕「看」的難度，倒增加了看的困難，既然看被
賦予了如此深重的任務。而要把看到的內容用話語的方式恰當地描寫
下來，恐怕就更加艱難了。這裏只用和森子的詩集有關的一小點來加
以申說，那就是森子在另一首詩中提到的看的方向性問題。

在《盜花賊‧臘梅》裏，森子也寫到了說的艱難。全詩用簡潔輕
快的句子描述了臘梅和前來拜訪臘梅的小蜜蜂，並寫到了「我」和「女
兒」坐在院子裏「談論」臘梅的「隱私」與「來歷」。但結果是：

> 但我啥也沒說，只挪了挪
> 椅子，換了一個角度。

---

12 費爾南‧布羅代爾《資本主義的動力》，楊起譯，三聯書店，1997年，第
13頁。

　　當然是換個角度以便「看」了。這兩句詩是全詩的結尾。但說的艱難並沒有因此被祛除：因為轉換了一個角度繼續觀看，按理還有繼續需要言說的內容。森子讓詩歌的陳述戛然終止，把轉換了「看」的「角度」之後更加加深的說的艱難給截斷了。毫無疑問，這同樣是通過對「轉換了角度」的「寫」來完成這一終止的。

走動

　　在《盜花賊》中，森子還描述了「走」。蒲公英在飛，「像勇敢的傘兵」，而「我」「投身中原／等於原地未動」。（森子《盜花賊‧蒲公英》）在森子的陳述中，之所以走了那麼多路，還是原地未動，主要是因為我們的「腿在飄，手在蹈」，「讓我們輕易上不了天。」（森子《盜花賊‧桂花》）也是因為我們只能在大地上行走所致。

　　走動是人類最常見的動作。對走動的純粹肉身動作的描述也長期被我們忘記了。我們注意到的只是走動帶出來的結果，比如有人走向了科長的前程，紅軍用雙腿最終走出了新中國等等。和雙手所遭遇到的命運有些類似，我們讚美過大腿，但一到關鍵時刻，我們也把活生生的大腿給弄丟了。我們只覺得走動純粹是一種肉身行為，卻忽略了走給寫帶來的太多的可能性。森子在《盜花賊》中多次寫到了走（走的肉身動作以及該動作上包涵的隱義）。我覺得這不是無意的。走是對遠方的渴望，但它首先基於肉身的動作。

　　松巴特（W.Sombart）在《資本者》一書中，曾有趣地論述過走。松巴特說：「前資本主義的人，是自然人。這種人一如上帝所創造的那樣。這種人還沒有頭腳倒立並保持平衡，還沒有用手跑（今天的經濟人士便在用手跑），而是用雙腳牢牢站在地上、用雙腳踏遍世界。」[13]這或許就是我們今天的「走」的肉身來源甚至本義。

---

[13] 參閱馬克斯‧舍勒（Max Scheler）《資本主義的未來》，羅悌倫譯，三聯書店，

這是一種現代性的走：兩眼平視，卻忘記了上天。《哥林多前書》
說：「我播種，阿波羅澆灌，但上帝讓它長成。」[14]在松巴特誠實
的論述中，我們已經看出了「上帝讓它長成」的不可能性。所以森
子才會寫道：

> 遠方是匹紫色野馬……
> ……馬藍花
> 姐姐的花，出嫁那天
> 她哭了，哭──自衛性的武器
> 你把它藏得很深。翻身
> 上馬，腳踹空氣的吊環
> 一路狂奔，不久
> 你就在鞍橋上趴下
> 遠方不是一個位址
> 你不是一封能到達的信
> （《馬藍花》）

在這裏，大腿的跑動，作為純粹的動作，它跑了等於沒有跑，
因為遠方不僅僅是距離；作為動作帶出來的隱義，在森子利用動詞
的指事功能所做的恰當描述中，它意味著根本沒有走動。這是我們
今天的困境。奇怪的是，就是在這種現代性的走動中，森子似乎找
道了有關走的「現象學」：我們的走動越來越傾向於純粹的動作，走
動天然應該帶出來的隱喻和實質性的效果幾乎被徹底刪除了。我不
敢說這是森子一個人的發現，但它確實算得上一種發現。

1997 年，第 4 頁。
[14] 《新約·哥林多前書》，3：6。

花的現代性

現在終於可以回到《盜花賊》中的「主人公」即各種各樣的花了。在森子的心目中，他之所以要寫花，一個重要的原因是，通過對花的描述，來給話語消腫。

> 因為有了花
> 話語有了消炎
> 的性質，沿街的叫賣
> 有了瘦下來的可能性
> （森子《泡桐花》）

早在幾百年前，洛普・德維加（Lope de Vega）在說到黃金時代的馬德里時就說過：「在那裏，一切都變作了店鋪。」但這還不是「沿街的叫賣」的最早起源，只是今日的「沿街的叫賣」較早的祖先。因為買賣，我們使用了過多的言辭和動用了過多的嘴巴，也採用了過多的大腿的頻率。這些花，無論它叫紫丁香還是野葵花，都具有了現代性的面孔。在森子的陳述（即寫）中，桃子只是用於吃（森子《盜花賊・桃花》），不再和「人面」「相映紅」；紫丁香只是某些人貧窮的象徵（森子《盜花賊・紫丁香》），不再「空結雨中愁」；野葵花只是我們的怯弱的表徵（森子《盜花賊・野葵花》），不再帶領我們向太陽；無花果只是不孕的代名詞（森子《盜花賊・無花果》），它代替我們放逐了愛；野菊花當然也不再是高潔的象徵，只是枕頭的原料或枕頭面子上的裝飾性符號（《野菊花》）。月季也被沿街的叫賣修改了生育時期，可以按照人的旨意隨時開放，以備交換使用。——月季花「哭過，但沒人聽見。」人通過自己的雙手的勞作，修改了月季花的品性，而這，卻是通過森子的雙手的勞作（即寫），才得以呈現在我們面前。

不是每一種花在古代都可以入詩。但森子打破了這一禁忌。因為他是現代人。他瞭解現代的花,現代的動作。在現代,對各種花進行讚美已經失去了可能性。我們必須要有別的東西。那些別的東西已經有一小部分被森子寫下來了。

2003 年 1 月 19-22 日,北京豐益橋。

一切消逝的東西都不會重來嗎？

　　在 1986 年前後長達數年的時間裏，四川省沐川縣文化館的小幹部，20 出頭沒多少時辰的小青年宋煒，一個面色清臞、蓄有稀疏髯鬚的當代古人（我碰巧在一本書上瞻仰過宋煒當年的照片）[1]，居然一反來自於力比多（libido）內部的狂亂教誨，一門心思沉迷於從土地中生長出來的各種古舊的事物，至少從表面上看是反對力比多的那些事物：節氣、雨水、青草、農事、毛竹、蓑衣、司南、善意的疾病、草藥、絲綢、亮瓦（四川鄉下用於房間採光的玻璃瓦）、天籟和發黃的、手感柔軟的經卷……似乎一切可以用古典中國的術語來指稱的事物，一切可以用農耕中國的術語來稱謂的心緒，都是他感興趣的，都能讓他如癡如醉，神魂顛倒甚至口若懸河[2]。

　　說起來真有些令人驚訝，即使是在 20 世紀 80 年代，那個一切向西方看齊的「新」時代，古舊的事物看起來仍然在向少數人發出籲請，倔強、固執、平心靜氣又契而不舍，一直在請求他們繼續留居在它身上，請求他們相信它尚未死去，請求他們相信它仍然具有自身的價值。出於對這種籲請的主動回應，那時節，宋煒和其他許多年輕詩人一道（比如張棗、海子、柏樺、趙野等）[3]，正一門心思懷念士大夫清貧、安靜、高雅而落寞的生活，心系古物卻心態平和，

---

[1]　參閱楊黎《燦爛》，青海人民出版社，2004 年，第 32 頁。

[2]　從宋煒按年度編選的個人詩集（未出版）來看，這段時間持續了大約 5 年左右（尤其以 1986 年至 1989 年為最），這段時間的主要作品有組詩《家語》、《戶內的詩歌和迷信》、《戊辰秋與柴氏在房山書院度日有旬，得詩十首》、《下南道：一次閑居的詩紀》、《留備過冬的十首詩》等。此處所說的口若懸河，指的是四川詩人在詩歌寫作中具有的那種典型的雄辯特性（參閱敬文東《指引與注視》，中國文史出版社，2001 年，第 17-25 頁）。

[3]　比如在 20 世紀 80 年代，張棗的《鏡中》、海子的《亞洲銅》、柏樺的《在清朝》、趙野的《春秋來信》等都是這方面廣有影響的作品。

鮮有劍拔弩張、情緒衝動的極端時刻[4]。1988 年盛夏之時的某個下午或黃昏[5]，宋煒，在詩歌想像中渴望與先人的生活相重疊、相交彙，甚至願意回到古代和山高水長一起吟嘯、一同爛醉如泥的宋煒，對他臆想中患有輕度「道德昏迷症」的妹妹喃喃自語：

> 還有你，我一直愛護備至的妹妹，
> ……
> 願你此刻便及時醒轉，
> 某一日絕早起來便隨我出走。
> 但你同時須要牢記：
> 你和我，不會這麼永遠浪跡。
> 我們將經歷他們所有秘密的異地，
> 傷痕累累卻心地潔靜，
> 走過天涯就定居。

> （宋煒《戶內的詩歌和迷信·組詩中唯一的一篇勸導文》）

這應該是宋煒首次在詩中提到天涯、提到浪跡。儘管按常理估算，他 20 出頭，理應熱衷於天涯，鍾情於和天涯裙帶相連的浪遊。但早在 1987 年，在著名的組詩《家語》中，宋煒卻出人意料地對天涯和浪跡持明顯否定的態度：「我想起多年以前的這一天，另一批／身形消瘦的人，手捧書卷和司南，／渡海前來，勸我拖帶一家老小／遷居繁華的州城。／如今時光流轉，他們多數已有功名，／我還是這樣起身迎客，／聽他們講述驚天動地的事蹟；／大夥納頭

---

[4] 據鍾鳴介紹，在 20 世紀 80 年代的四川詩人那裏，喜好古舊的事物，以較為古舊的情懷寫作，是很常見的事情（參閱鍾鳴《秋天的戲劇》，學林出版社，2002 年，第 24 頁；鍾鳴《回顧，南方詩歌的傳奇性》，民刊《北回歸線》，1995 年號）；蕭開愚則從地域文化的維度較為成功地解釋過這種現象（參閱蕭開愚《南方詩》，《花城》，1997 年第 5 期）。

[5] 自 1986 年以來，宋煒在每首詩後都附有準確的寫作時間，有時甚至連時辰也不放過。

便拜，思謀落草，／然後擺下酒席，擊掌高歌，／燈火通宵達旦。／天明時我送走他們，大風又起，／我心裏已經一片安寧。」（宋煒《家語・好漢》）這樣的好心境當然是有來歷的，因為在那時節，他臆想中那種古舊的士大夫生活足夠完滿、平靜、悠長、柔和與細緻，一個人應該擁有的美好價值似乎無一例外都能在庭院中找到，都能在目力所及的範圍內被人觸及：「足不出戶的日子多麼來之不易，／讓人圍住烤火的爐灶，又可以／搓手取暖，無一多事可做。／我自顧想念某本書中的人物，／他們也靜守家中，不分名姓，／只管寫字和飲酒。」（宋煒《家語・病中》）出於對布洛赫（Herman Broch）所謂「絕對塵世」（the earthly absolute）的完全信賴，出於對庭院生活中明擺著的完滿抱暗中拜服的態度，他，宋煒，抑或詩歌中那個平心靜氣的抒情主人公，根本沒有必要外出浪跡，沒有必要把獵獲完善價值的希望寄放在天涯身上。界限這邊足夠美好、圓潤與完善，何必費力杜撰一個彼岸或遠方？那時節，天涯、浪跡最多只是供庭院中人想像的事物，不是供他們費力踐履的對象。但16個年頭之後的2004年，當宋煒情緒激昂地再次提到天涯時，情況顯然發生了巨大的變化，比他第一次提到天涯時要嚴肅、嚴重、嚴峻和嚴厲得多：

> ……現在就算我們一道
> 往更早的好時光走，過了天涯都不定居，
> 此成了彼，彼成了此，我們還是一生都走不回去。
> 看呀，千百年後，我依然一邊趕路一邊喝酒，
> 坐在你的雞公車上，首如飛蓬，雞巴高高地翹起[6]！
> （宋煒《還鄉記》）

---

[6] 筆者迄今為止見到的對這句詩的有眼光的讚賞來自秦曉宇（參閱秦曉宇《七零詩話》，敦煌文藝出版社，2006年，第101-102頁）。

　　依照詩中所述，妹妹的「道德昏迷症」，一個純屬農耕時代的小小疾病，僅僅來自於她竟然天真地相信，這個世上還存在著既清高又富貴的尤物，並較為荒唐地對這類人「所代表的世事敬愛無比」。看起來，一個在臆想中抱持著士大夫情懷的道德潔癖愛好者，對妹妹身上那點幾乎稱不上道德迷失的病症都無法容忍，也不願容忍：在詩中，宋煒，或宋煒不費吹灰之力就炮製出來的那個抒情主人公，在輕輕責備妹妹「為何也這般不分清白」；為了蕩滌妹妹身上的道德污點，還揚言要帶她先「浪跡」，途徑所有「秘密的異地」，然後「走過天涯就定居」——出於對一個道德潔癖愛好者的正確呼應，為的是將妹妹帶到一個道德潔淨的處所。因此，天涯是一道顯明的分界線：它的一邊代表潔淨的生活，不虛偽，不誇飾，本色、自然，合乎「道」的要求；它的另一邊則代表不那麼純粹與潔淨的生活，但跟上述那一邊所裏挾著的全部情形相比，唯一稱得上嚴重情況的，不過是界限這邊輕微的虛偽和不經意間出現的小小誇飾——儘管在經過了「他們（即那些既清高又富貴的人——引者注）所有秘密的異地」之後，我和妹妹很可能會「傷痕累累」，但這個惹人心煩的旅途終歸是有限的，是很快就會結束的。很明顯，在 1988 年盛夏，潔淨處於一個毋庸置疑的明確方位：它就位於一過天涯之後最多一米的那個位置上——潔淨安居其中，樂意讓每一個涉過天涯的人前來認領、居住或安息。

　　而在《還鄉記》中，「我們」之所以悲劇性地「過了天涯都不定居」，僅僅是因為「我們」想「往更早的好時光走」，遺憾的是，無論「我們」如何努力邁動步伐抑或機關算盡，「我們還是一生都走不回去。」和 1988 年的天涯相比，2004 年的天涯顯然是一道虛擬、含混和晦澀的分界線，一道性質極為嚴重的難題：它既要呼應「走」從而標識出地理／空間維度上的界標，又要呼應「更早的好時光」，因而始終無法豎起分辨好時光與壞時光的界碑——地理／空間維度上的天涯，不可能構成測定好時光和壞時光的度量衡。在後一種情況下，情緒飽滿、激昂、滿腔衝動的《還鄉記》早就暗示過：天涯

早已成為一個漂浮的、不定的、動態的浮標，永遠沒有固定的那一刻，永遠沒有被完成的那一瞬，因為我們手中被借貸而來的光陰，缺斤短兩的光陰，讓我們沒有任何機會抵達好時光和壞時光之間那條秩序井然的分界線，連讓我們撞到分界線上當即死去的那種細小的幸運都不可能存在，也不允許我們通過虔誠的祈禱將它呼喚出來。在這裏，「過了天涯都不定居」的那個「天涯」是一道不斷退讓、不斷後移的分界線，儘管從《還鄉記》的最初層面看好像不是這麼回事——實際上，「過了天涯都不定居」只能理解為根本「過不了天涯」，因為天涯始終是陸地上的最後一個邊界；至於如何退讓與後移，完全取決於我們對它進行追逐的具體情形——這跟追逐的決心、力度和激情密切相關。

我和妹妹的天涯表徵的是道德和倫理的分界線，儘管它首先隱含著地理／空間維度上的明確分野（畢竟這才是天涯一詞的原始語義），但它在抒情主人公的臆想中分明是固定的、明晰的、不可更動的，我和妹妹不需要「這麼永遠浪跡」就能抵達那座界碑，抵達自然、質樸、潔淨的生活境地，所以「走過天涯就定居」；我們的天涯因為語義上的含混，正好明確無誤地說明了：那條劃分好時光和壞時光的分界線永遠不會出現，永遠不會成為現實中的尤物——儘管它在地理／空間維度上也許是清晰的、最好是清晰的、但願是清晰的。我們奔向它，就像夸父奔向落日，它永遠奔走在氣喘吁吁、疲憊不堪的我們的前邊：我們跑得快，它也跑得快，我們慢下來，它卻一如既往地傾向於加快步伐，所以，我們「過了（地理／空間維度上的）天涯都不定居」——事實上，既不可能定居，也無法定居；事實上，那條分界線的遊動位置始終取決於我們對它進行追逐的程度。

構造我和妹妹的天涯時宋煒僅僅二十餘歲，嫩得能一把擰出水來，對善惡的明確分界有篤定的看法，根本不值得責備——誰又沒有過 20 餘歲的極端絕對主義和輕率呢？構造我們的天涯時宋煒已經年屆四十，邁入了庸俗、平凡、經不起推敲的中年，距離「對生

命的拙劣模仿」【波伏娃（Simone de Beauvoir）語】已經相去不遠。多年放蕩不羈、花天酒地的日子既掏空了他，也從嚴厲規訓（discipline）的角度上塞滿了他[7]。這全部的意思僅僅是：即使善惡之間有明確的分野，我們這些凡人也無力觸及那個偉大的、幾乎不可能存在的分界線。但時光碰巧（？）替我們改變了問題，時光在暗中挪動了生活的位置與生活的疆界，時光偷換了語詞的涵義，時光替我們改換了世界的面貌、打發了令人惱火的障礙：因此，我和妹妹的天涯是靜止的，因為善惡是固定的（它甚至能清楚地將每一個細小的道德污點給監測出來，比如妹妹的「道德昏迷症」），地理／空間上的分野總是被認為亙古不變；儘管我們的天涯在地理／空間上的分野方面也靜止不易，但我們的天涯中劃分好時光、壞時光的那部分語義卻始終和時間相關，和消逝相關，更何況好時光與壞時光天然以善惡，尤其是以善惡的雜呈與糅合為內涵[8]。一邊是多年前不會「永遠這麼浪跡」下去的樂觀，一邊是短暫樂觀後「一生都走不回去」的心緒上的絕對荒蕪，因此，我們的天涯既包容了我和妹妹的天涯，又修改了後者的原始語義：不僅善惡的界限不再靜止不動，較之於妹妹那小小的「道德昏迷症」，那個天真的小「污點」，我們的天涯還有更多的秘密，更深的內涵，更複雜的情緒，更辛酸的指稱。

我們的天涯在骨殖深處意味著：在界限這邊，在我們的天涯這邊，生活發生了可怕的、悲劇性的徽變——那是一種刺鼻的、足以讓人發瘋狂奔或徹底麻木不仁的徽變。我們通過透支自己謀取生活的片段，從表面上看，我們透支了多少，就能讓那個片段在體積上增加多少；我們通過自我扭曲收取蠅頭小利，扭曲的幅度有多大，據各種利益詞典和利益理論保證，我們的利益的額度就有多大。在

[7] 關於宋煒在現實生活中的狂放、荒唐，可以參考老威的有趣描述（老威《底層訪談錄》上卷，長江文藝出版社，2001年，第103-111頁）

[8] 有關這個問題可以參考理查·麥爾文·黑爾（Richard Mervyn Hare）在《道德語言》（商務印書館，萬俊人譯，2004年，第90-105頁）中的論述。

界限這邊熱火朝天的摸爬滾打中，在經歷過令人難以置信的爾虞我詐、偷雞摸狗、竊國竊鉤，在經歷過無窮多的烈日、火焰、鮮血和淚水之後，我們並沒有贏得渴望中健康的生活，甚至連渴望中想要賺取的財富都不過是「短斤少兩的散碎銀子」（宋煒《還鄉記》）。「短斤少兩」在界限這邊的世界上固然是失敗生活的超級物證，大把的銀錢是否有能力證明界限這邊的生活的成功與健康？《還鄉記》對此不屑一顧，只用一句話就將這個無聊的問題給徹底打發掉了：「富裕即是多餘」。在「新」時代，無論有多少人從表面上看生活得多麼光芒萬丈，都不能改變我們的生活是如此破敗、我們的生活破敗得如此徹底這個基本事實。

依據我們的天涯的固有內涵（它包容了我和妹妹的天涯的全部語義），我們的天涯還同時意味著：在界限這邊的生活發生黴變時，我們唯一有效的自我救贖，或許只存在於對我們的天涯的熱情追逐之中，正如同那個悲愴的誇父一般——因為宋煒的還鄉根本就不是荷爾德林的還鄉，宋煒的鄉村根本就不可能有上帝或別的神靈[9]，因為中國人，尤其是像宋煒這樣只願意生活在人間的中國人，根本就不相信超驗的神靈；即使他在另外的詩作中別有用心地提到過「某個星君」，但那個人格化而非超驗化的「星君」，也是為人間作證、為鄉村做見證時，才能來到他的詩歌寫作之中：

> ……某個星君
> 會在後半夜從上往下打探，
> 看見擁擠的房事，漣漪顫動的水缸，
> 和連夜長起的草木，瞬目間
> 就蓋過了屋頂：這是連神仙也看不盡的人間。
> （宋煒宋煒《土主紀事》）

9　關於荷爾德林在天地人神的維度上的還鄉，可以參閱海德格爾的精闢論述（海德格爾《荷爾德林詩的闡釋》，孫周興譯，商務印書館，2000年）。

我們的天涯既是測度我們的生活肌體健康與否的精密儀器，對它的熱情追逐又構成了修復我們有病的生活肌體的唯一方式。這是《還鄉記》這首輝煌的長詩得以成就自身的邏輯起點，是它得以讓自身邁入傑作王國的那條令人側目的地平線：所謂還鄉，就是追逐我們的天涯時邁出的第一個步伐，是那個最初始性的動作，第一記心跳，是那個完成了一次深呼吸的第一個肺泡伸出的第一個短促、有力且必不可少的懶腰——

> 其實我從來不曾離開，我一直都是鄉下人，鄉村啊
> 你已用不著拿你的貧窮和美麗來誘拐我。
> 我想也許你豐收的時候更好看。
>
> （宋煒《還鄉記》）

對「其實我從來不曾離開」的唯一正確的理解只能是：「我」離開過但眼下「我」又回來了。出於對第一個步伐、最初始性的動作、第一記心跳和那個短促的懶腰善解人意地應和，所謂還鄉，更準確地說，就是從遠方歸來以便與鄉村匯合、與鄉村結盟，進而將單數的我變成複數的我們，就是要和鄉村一道共同奔赴我們的天涯，那道不斷移動、不斷退讓的地平線。單數轉渡為複數是意味深長的：我有病的生活需要鄉村來醫治，但僅僅只有一個鄉村又是絕對不夠的。因此，與鄉村結盟最多只意味著自我救贖的起點：在生活徹底毀滅之前，在指日可待的毀滅即將來臨的那一剎，拖著病體殘軀，從熱火朝天而又腐爛發黴的生活中抽身而出（但肯定不能全身而退），儘管鄉村從來都是既貧窮又美麗的。是的，它是貧窮的然而它美麗；是的，它是美麗的可它依然貧窮。但這正好構成了一個質地優異的藉口：引誘一個生活在「富裕即是多餘」的界限這邊的人與鄉村結盟的絕佳藉口。

我們的天涯：「我」和鄉村的天涯，它既不是「我」的，也不是鄉村的，它是「我」和鄉村共同擁有的，是還鄉人與鄉村本身的共

同財富，是「我」和鄉村有意結盟的直接結果，是「我」和鄉村要共同面對的那個遙遠的、永遠不會到來的烏托邦。這構成了還鄉這個從表面上看如此輕易而舉的行為得以成立的邏輯起點，異常悲壯的邏輯起點，因為還鄉的目的——《還鄉記》無處不在暗示——並不是要重新寄居在鄉村，實際上，它只是一件蓄謀已久、處心積慮的事件的開篇、引言和楔子。但另外一個看似隱秘實則無比彰顯的悖論恰好是：還鄉者與鄉村匯合、結盟是一件值得慶倖的事情，畢竟當我們在界限這邊的生活發生廣泛的黴變時，還能找到自我救贖的有效方式；但從骨殖深處觀察，卻是一件至為悲哀的事情：它表明，我們永遠生活在一個不義的辰光，永遠生活在以惡為主要元素組裝起來的時間段落，我們唯一能自救的方式就是邁向鄉村，「走上了多年以前多年以前多年以前走過的路。」[10]我們唯一僅存的希望就是鄉村的健康，希望它還能像從前那樣接納我們、善待我們、繼續按原樣養育我們，否則，還鄉、結盟的意義和價值不用說就要大打折扣。在比喻的層面上，這或許就是施米特（Carl Schmitt），那個在法理上兢兢業業為納粹張目的施米特所說：「人是一種陸地生物，一種腳踩著陸地的生物。他在堅實的陸地上駐足，行走，運動。那是他的立足點和根基；他由此獲得了自己的視角；這也決定了他觀察世界的印象和方式……我們所有此岸的存在，幸福與不幸，歡樂或痛苦，對我們而言皆為『屬地的』（irdische）生活，地上的天堂或者地上的苦海，這要看具體的情形。」[11]

但還是瞧瞧中國人眼中的天地吧，它們被中國古人異常直觀地認為各有其德：「今夫天，斯昭昭之多，及其無窮也，日月星辰系焉，萬物覆焉。今夫地，一撮土之多，及其廣厚，載華嶽而不重，振河海而不洩，萬物載焉。」[12]在人世間的所有事物中，一如中國古人互

---

[10] 韓少功《山南水北》，作家出版社，2006年，第11頁。

[11] 施米特《陸地與海洋——古今之「法」變》，林國基等譯，華東師範大學出版社，2006年，第1-2頁。

[12] 《中庸》。

古以來堅定不移地認為的那樣，惟有土地（或泥土）所居有的位置
才是最低的，甚至連支撐海水、讓海水有機會肆意咆哮的也是土地，
那個看似只有「一撮土之多」卻能「萬物載焉」的土地，否則，從
泥土中就不可能生長出任何肉眼能夠看見的事物。事實上，土地不
僅孕育了鄉村、盛納了鄉村，還一併把拯救的方式預先提供給了我
們，尤其是提供給了那些願意還鄉的人、還有興趣還鄉的人、還相
信鄉村的人。出於對地之德所飽有的謙遜品格的高度尊重，那個還
鄉人，那個抒情主人公，與鄉村結盟的方式是令人欽佩的：

> ……我終於活轉了過來，用我的泥腿子
> 在田埂間跋涉，甚至跌了一個筋斗：一下子看見了你。
> 鄉村啊，我總是在最低的地方與你相遇，並且
> 無計相回避——因為你不只在最低處，還在最角落裏。
> （宋煒《還鄉記》）

　　或許只有與地之德相匹配的謙遜的結盟方式才算得上可靠，因
為這是一個渴望自我救贖的人與鄉村唯一的結盟方式、唯一的相見
方式，因為這是一件「無計相回避」、「不得不如此」（貝多芬語）的
事情。這一切的由來，僅僅是因為地心引力不僅在把鄉村往最低處、
最角落裡拉，也在將還鄉人往那個幽暗的位置上拽，因為渴求救贖
的還鄉人早已大徹大悟：「既然明知過不去，」他就根本沒必要，當
然也沒有能力「與地心引力過不去」（宋煒《在中山醫院探宋強父親，
旁聽一番訓斥之言，不覺如履，念及亡父。乃記之成詩，贈宋強，
並以此共勉》）。這是作為陸地動物的還鄉人在土地上獲得自己的觀
察視角後，得出的十分自然的結論。

　　我們的天涯跟時光相關，跟消逝相關，但消逝了的決不僅僅是
時光，還有隨時光而黯淡、而老去、而滅亡的事物，那古往今來讓
人始終惋惜不已的事物。從回盪在《還鄉記》中哀悼與讚頌相雜呈
的語調推測起來，消逝顯然是一個選擇性的概念：是好時光的消逝

而不是壞時光的消逝，是時光中美好事物的消逝而不僅僅是時光本身的消逝。但讓還鄉人難堪的是，永遠都是好時光和美好事物在消逝，壞時光和腐朽的事物倒是長存於世，而且還在不斷地被發明、被製造、被大批量地生產出來。「停一停吧，你真美麗！」浮士德博士要挽留的決不只是片刻的美好光陰，而是那片刻的光陰裏邊包裹著的美好景致；在宋煒的《還鄉記》裏，時光的好壞始終要靠以時光為披風的事物的屬性來測度。在還鄉者的腦海中，所謂消逝，似乎從來都是美好事物的固有屬性。

我們的天涯：「我」和鄉村共同的天涯。還鄉者在土地的最低窪處和最角落處與鄉村相逢、結盟的最初一刻，就心知肚明：鄉村，那個土地最輝煌的受造者，之所以像還鄉者一樣也需要天涯，也需要一個遙遠的烏托邦，僅僅是因為屬於鄉村的好時光已經隨風飄逝了：「啊，這麼多的雞塒，這麼多的雞不吭一聲，一齊忍住了禽流感；／這麼多的敝豬兒，這麼多的甩菜，這麼多的脆臊面！」（宋煒《還鄉記》）伴隨著消逝而來的是疾病，永遠都是疾病：「不，隨這哄動的春心而來的／是時疫：疫者，民皆疾也，就像這台／人人都赴的田席：五穀生百病，百草咸為藥。／啊，時疫得寸進尺，更傾向於夏天。」（宋煒《土主紀事》）看得出來，在眼下，在時疫統治的土地上，曾經自足的庭院並不是自足的，它並不擁有 16 年前在完滿方面的自足性；要命的是，在還鄉人的目力所及之處，似乎土地上生長的一切都正在喪失它悠長、細緻、平靜與柔和的特性：

> ……鄉村啊
> 我知道這麼說的時候，有很多植物
> 都認為我的脾氣變壞了，因為它們的綠葉子
> 變黃並且飄零。我估計你對此也有相近的看法，
> 因為船在疾行，魚在追趕，河水卻凝滯不前；
> 你的頭上，一只風箏靜止，天空不知飛去了哪裡……
> （宋煒《還鄉記》）

　　鄉村被敗壞了，連綠葉都隨季節的轉換「變黃並且飄零」。但這一切是如何來臨的？是什麼促成了鄉村中美好事物的消逝？我們在界限這邊已經發黴的生活僅僅是時光的錯抑或僅僅是我們的錯？在人與時間結盟、在人的罪惡與時間結盟的過程中究竟發生了什麼事情？我們在界限這邊把慾望發揮到極致，卻將善毫不猶豫地剔了出去，當然是我們而不是時間促成了鄉村也需要一個天涯這個陰險的事實。鄉村無法拯救還鄉人，它甚至連自己都拯救不了，它需要還鄉人的攙扶，需要我們相互攙扶，才能往我們的天涯趕去，朝那條永遠遊弋的分界線趕去。事實上，在界限這邊的所有惡當中，那些饒舌的「思想者」要承擔大部分責任：他們像麻雀一樣嘰嘰喳喳，慫惥無知之徒——更多的時候是膽大妄為之徒——掏走鄉村的五臟六腑。看看鄉村中最普通的事物之一——紅薯——是怎麼被敗壞的，就知道鄉村被敗壞的大部分原因了：

> 今天，對紅薯的態度將人們分為兩類，一類是「新左派」，一類是「自由主義」。「新左派」緬懷過去的紅薯，誇大過去的紅薯的美學價值，批判今天的紅薯時尚，將它妖魔化。「自由主義」迷戀今天的紅薯，批評過去的紅薯，義憤填膺地控訴過去的紅薯的罪狀。他們的觀點針鋒相對。這種「紅薯社會學」弄得世道澆漓，薯將不薯……[13]

　　在這裏，紅薯的被敗壞剛好是鄉村被敗壞的一份大綱，事實上，鄉村正在按照「紅薯社會學」規定的路數一步一步走向腐敗。鄉村的好時光的消逝實在是一件處心積慮、蓄謀已久、其來有自的事件，庭院中完善價值的消逝和庭院自身無關，而妹妹那純屬農耕時代的「道德昏迷症」倒是被成功地改變為「新」時代的道德麻木症。

---

[13] 張檸《土地的黃昏》，東方出版社，2005 年，第 117 頁。

　　時間始終在朝著正軸方向流逝，在流向未來；我們的天涯卻處在無限遙遠的相反的方向上。追逐我們的天涯，我們那唯一自我救贖的事件，只能在這個方向上去進行。儘管還鄉者在和鄉村結盟的最初一刻就知道，他們連撞線的一絲希望都沒有，但他們必須儘快上路，不能有任何耽擱。

　　《還鄉記》在「我」與鄉村一道出發奔赴我們的天涯那一刻戛然而止，這是《還鄉記》以尋找消逝之物為主題的隱秘證據。它設置了一個往後看、朝種子的方向看的坐標軸，天涯處在這個坐標軸的最終端，儘管那是個無法抵達的最終端、不斷後移的最終端——無論是對於還鄉人還是對於被敗壞的鄉村，情況都是這樣。《還鄉記》再一次向我們證明，所有的詩篇都是關於消逝之物的，所有偉大的詩篇都是對消逝之物的悲壯尋找，它們指向過去、過去、永遠都是過去，那個埋藏種子的地方：

　　　　你在河流中看到岸上的我，這種短暫的相遇，你可以認為是
　　　　一種告白，我在這個世界上無處可去所以又撞見了你……[14]

　　　　　　　　　　　　　　　2007 年 12 月 9-13 日，北京魏公村。

---

[14] 路內《少年巴比倫》，《收穫》2007 年第 6 期，第 198 頁。

有一種被遺忘的時間形式仍在召喚我們

一

　　作為土地的基本元素和構成單位，泥土遍佈大地，支撐著塵世間所有苦難的生靈，大千世界因它的仁慈和慷慨而絢爛多姿。泥土意味著生育，它是大地子宮的卵細胞，直接呈現在土地之表，以便於受孕。雖然泥土未能給中國古人孕育出似乎更為管用（？）的一神教，以收納無數孤苦無告的痛苦靈魂[1]，但它生育了眾多災難迭出、含辛茹苦、在土中刨食的中國人，以及跟他們的身份相匹配的動作／行為；儘管泥土不能生育時間——它歸根到底只是時間的產物——但它能夠生育一個古老的農耕民族對時間的恰切理解，這種特殊的理解剛好從一個隱秘的角度，修復了一神教的缺失對靈魂產生的可能性傷害。「時間是我們的生命，卻是一些看不見的生長和死亡，看不見的敞開和關閉，看不見的擦肩而過和驀然回首，除了在現場留下一些黑乎乎的枯葉，不會留下任何痕跡。」[2]但春耕、夏種、秋收、冬藏，這種依照季節轉換而來的農耕模式，卻是泥土饋贈給中國古人的永恆的時間形式，不斷循環、不斷向起點回歸的時間形式，一種農業性的、帶著泥腥味的時間形式。毫無疑問，起點意味著源頭，意味著種子；向起點回歸，就是向源頭返進，向種子的方向回返。這種特殊的時間形式有能力提醒所有的中國古人：在那個神秘的起點處，埋藏著一個質地優異的黃金時代，埋藏著永遠不會消逝的美好事物，並且是世間所有美好事物的集合。

---

[1]　對這個問題李零有十分精闢的分析，參閱李零《中國方術續考》，中華書局，2006年，第5-8頁。

[2]　韓少功《山南水北》，作家出版社，2006年，第262頁。

　　無論是在最為隱蔽的意義上還是在最為彰顯的角度上，詩歌最重要的主題都應該非時間莫屬，其他一切主題——比如死亡、愛情等等——都是時間主題的派生物，就像卡繆（Albert Camus）一本正經地說，只有自殺才是唯一值得關注的哲學問題。因為時間，只有時間，才是人類最難以戰勝和克服的終極敵手。儘管時間始終在敦促萬物生長，但它也在不斷催促萬物的消逝：「未曾生我誰是我？／生我之時我是誰？／長大成人方是我，／合眼朦朧又是誰？」[3]這樣的說法也許對時間並不公正，因為相對於時間，我們並不擁有公正的能力。在它的場域中生長，在它的場域中消逝，又有什麼不合理的呢？但詩歌有能力化解我們對時間的抱怨，也能讓時間理解到：我們對它的不公心態其實具有相當大的合理性。同其他所有藝術形式一樣，詩歌也是人類追尋消逝之物的工具，是收集消逝之物的器皿，而一切消逝了的，才是我們最不願意放手的美好事物——這不僅僅是個心理問題，更是一個心理事實。美好的事物之所以會消逝，端在於時間的不可逆轉性，端在於我們面對時間油然而生的巨大的無力感；而在時間的慫恿下，一切事物都傾向於消逝殆盡。這就是寄放在人類骨殖深處的最大悲哀和最大宿命：我們想要的早已被時光沒收，我們不想要的卻始終在脅持我們。因此，作為一種昂貴的人造物，「所有的詩篇都必須是關於消逝之物的，所有偉大的詩篇都是對消逝之物的悲壯尋找。」[4]詩歌之所以被人類器重，仰仗的就是它具有這樣的功能。儘管這個功能是人類有意識地賦予給它的，但它確實既能緩解我們對時間的抱怨，也為我們的抱怨收穫了難得的合理性。時間因此有義務原諒我們對它的不公正，寬恕我們的忘恩負義。

　　同古典中國固有的時間形式相比，今天的時間流逝得實在是太快了，遠遠超過了正常的物理時間和我們對它的心理承受能

---

[3] 愛新覺羅・福臨《贊僧詩》。

[4] 敬文東《一切消逝的東西都不會重來嗎？》，《新詩評論》，北京大學出版社，2008 年第 1 期，第 38 頁。

力；但現代人還在變本加厲地追逐速度，為時間的加速流逝鼓掌、喝彩和叫好，希圖從時間更為快速地流逝中，敲詐出更多的利潤和利益。面對這種典型的、強行擠壓時間按鈕的現代疾病，作為詩歌的重大任務，對消逝之物的挽留、對時間的呵斥就顯得尤為急迫。但挽留消逝之物並不是讓時間坐在椅子上或蹲在地上靜止不動，以致於讓它的翅膀停息下來；所謂挽留，不過是動用回憶喚醒消逝已久的美好事物。它們全被囚禁在記憶的閘門之內。喚醒它們就是解放它們，這顯然是一種善意的舉止，但它也趁機安慰了我們：「如今它們都消逝了，那些／我們以為不會降落到自己身上的日子已經來臨」（They are all gone now,the days／We thought would not come for us are here）[5]。而喚醒過去的最極端、最終極的目標，不過是讓今天重返祖先的居住地，重返被祖先不斷肯定的、消逝於時間之冥河的美好之物，是要讓過於快速的今天回返祖先曾經器重的時間形式，一種源自於泥土的時間形式，以便讓它拯救今天過於變態的時間的流逝，進而讓祖先樸素的情致、祖傳的風度和古舊的氛圍以細節為方式，溶解在今天的生活之中，在分子的水平上重新整合我們的生活。儘管這一切只能發生在想像領域，但它的重要性顯而易見。無論現代漢語詩歌的體式、腰圍和相貌在未來的歲月裏如何千變萬化，它最重要的任務在理論上應該永遠不會發生任何偏移：按其本意，詩歌總是傾向於「改變工程，但不更動計畫」[6]。

伴隨著一維的、線性的現代性時間形式而來的，是進步和發展的神話[7]。它有能力誘惑越來越多的人集合在它的魔下，因為自誕生的那一刻起，它就在矢志不渝地向我們許諾：將來會有一個黃金

---

[5]　Kenneth Rexroth，Collected Shorter Poem，New York：New Directions，1967，p154.

[6]　奧古斯丁（Augustine）《懺悔錄》卷一。

[7]　本文不涉及對進步、發展觀念的評判，拉瑞・勞丹（Larry Laudan）早就對這些問題展開過別具特色的批判（參閱拉瑞・勞丹《進步及其問題》，劉新民譯，華夏出版社，1999 年）。

時代、一定會有一個黃金時代。同祖先們信奉的不斷輪迴的時間形
式截然相反，未來代替過去，成為我們獲取生活意義的最重要的保
證與理由。它是我們生活意義的集散地和發源地。在現實生活中，
向祖先的方向回歸、對消逝之物的喚醒、朝美好事物的稠密地帶返
進，有充足的理由被認為是絕對荒謬的事情：在「未來神話」的逼
視下，泥土終不免暴露出它腐朽和自我污染的特性。順應著寄居於
現代性時間形式內部的邏輯要求，自 20 世紀 90 年代以來，詩歌的
本意並沒有得到善待，就像在「破四舊」運動中所有古舊的事物沒
有得到善待一樣；在「崽賣爺田不心疼」的眾多詩人那裏，詩歌的
本意被故意扭曲了，以介入現實、書寫當下、反芻日常生活為藉口，
詩歌充當著歡呼時間不斷向前滾動之集團軍的屜弱組成部分[8]。在
對詩歌之本意一無所知的「便條集」詩人、拉罐詩人和衛生巾詩人
的眼中，唯有成為集團軍的組成部分──哪怕是最屜弱的一部分─
─漢語詩歌才可能得到人民的重視，語言性的詩歌和詩人才有可能
從絕對的邊緣之地，走向萬眾矚目的、視覺性的電視和廣場。這樣
的異想天開註定要自取其辱，上個世紀九十年代以來沒有必要在此
提及的眾多詩歌醜聞，絕好地證明了這一點。在現代性時間形式劫
持了所有人和所有行當拼命奔向未來的情況下，詩歌和其他藝術一
道，更應該遵從自己的本意，說服驅使它的人響應自己的號召，向
種子的方向大幅度返進，在美好事物的稠密地帶採摘已經消逝了的
花朵，就像「飛鳥在地上行走也讓人感到有翅翼在身」[9]一樣。事
實上，現代漢語詩歌並不缺乏這樣的傳統；遠在民國年間的事情不
必說了，肇始於 20 世紀 80 年代的第三代詩歌運動，已經部分性地
給出了例證。

---

[8] 當然，在這方面最惡劣的事情發上在 1949-1976 年之間的漢語詩歌寫作當
中，但此處不準備對此有所議論。

[9] 勒米埃爾（Lemierre）語，轉引自普魯斯特（Marcel Proust）《駁聖伯夫》，王
道乾譯，百花文藝出版社，1992 年，第 103 頁。

二

　　我要講述一件可能已經被人遺忘了的事情，要提及一位差不多快被遺忘的詩人。1982 年的國慶日，來自成都、四川南充市一些高校的現役大學生，在重慶西南師範大學舉行集會，討論現代漢語詩歌何去何從。美麗的縉雲山以它的滿山秋風，接納了這夥熱血沸騰的愣頭青。在共和國短暫的歷史上，20 世紀 80 年代是一個奢侈、豪華的時代；詩歌作為過於市儈的今天一個不值一提的渺小問題，在那時卻是關乎靈魂、左右文化路向和格局的大問題[10]。一群少不更事卻心比天高的年輕人，裏挾著青春和熱情，面對普遍的廢墟，自認為已經肩負起了歷史的重任，「彷彿一切都是真的，沒有懷疑／沒有猶豫……」（趙野《1982 年 10 月，第三代人》）[11]在這群人中，就有那位如今快被遺忘的詩人趙野。整整 26 年後，趙野在自述中，對那場熱烈的、狂歡式的討論有過十分樸實的描寫：

> 這場精神狂歡的高峰是在一個黃昏，大家在嘉陵江邊點燃篝火，熱血沸騰，青春呼嘯，真有風雲際會的感覺。此前我們已一致決定要成立一個聯合的詩社，要辦一份刊物，要形成一個新的流派，以區別於當時對我們有著絕對影響的朦朧詩，也提出了很多新的主張。那晚聚會的主旨是命名，一次革命的命名，一代人的命名。我們都自覺是開路先鋒，在淘汰了一批各色各樣奇奇怪怪的名字後，「第三代人」這個註定要進入歷史的名詞，得到了與會所有人的首肯。我們的分代簡單卻格局宏大，1949 年前的不算，1949

---

[10] 參閱查建英《八十年代訪談錄》，三聯書店，2006 年，第 67-84 頁。
[11] 本文中所有引述趙野的詩句都出自趙野的詩集《逝者如斯》（作家出版社，2003 年）。

年到文革前是第一代，北島們的朦朧詩是第二代，而我們
是第三代[12]。

　　代際劃分只是一個象徵性的事件，不免沾染了那個年代特有的
革命意識形態的餘緒和餘唾，打倒前兩代人才是它的潛臺詞：「一
群斯文的暴徒，在詞語的專政之下／孤立得太久，終於在這一年揭
桿而起；」（周倫佑《第三代詩人》）「這就是胡冬、萬夏或趙野們
／鐵路和長途汽車的革命者，詩歌陰謀家，生活的螺絲釘……」（趙
野《1982 年 10 月，第三代人》）代際劃分發佈的只是獨立、弒父
或弒兄的宣言，展示的是一種決絕的姿態，渴望對詩歌藝術做出超
凡的貢獻，卻並不表明第三代人在漢語詩歌的立場上真的擁有多少
一致性[13]。對一致性的設想忽略了中國廣袤的土地、不同的地理和
氣候塑造出的不同秉性。那是以一己之力對河流與山川的徹底否
定。實際上，在更多的第三代詩人回應現代性時間形式而聒噪不止
的三岔路口，趙野卻悄悄地同祖先們器重的時間形式接上了頭，樸
素、覥腆，卻又「像一個小氣的暴發戶和守財奴，對自己的突然發
跡秘而不宣」[14]：「我讀書、散步、冥想古代／古老的故事使我感
動不已。」（趙野《冬天》）雖然明面上的和暗中的同道並不多——
或許柏樺、張棗、宋煒、萬夏和早期的歐陽江河算是罕有的例外，
但在 20 世紀 80 年代中期的某個黃昏或半夜，趙野似乎決心已定，
因為「……一些我們執著的話題／會更溫柔地待我們，更深情地／
款款而來，像黃昏的明亮的雨／淋濕我們卻並不感到寒冷……」（趙
野《十四行詩》）執著於什麼呢？執著地向祖先們大為稱道的時間
形式致敬，它歷盡時光的砥礪，卻仍然以鮮活的面目出現在我們面

---

[12]　《趙野自述》（2008 年），未刊稿。
[13]　1986 年的地下詩歌大展算是第三代詩人的一次集體公開亮相，在展出中，出
　　　現了上百個所謂的流派，詩歌觀念無奇不有，表明一致性從一開始就是缺席
　　　之物（參閱徐敬亞、孟浪主編《中國現代主義詩群大觀 1986-1988》，同濟大
　　　學出版社，1989 年）。
[14]　韓少功《山南水北》，第 311 頁。

前，土地仍然是新鮮的，仍然具有生育能力，就像第一次受孕一樣；執著於「古老而溫馨的話題」（同上），因為它古老，但它溫馨，因為它古老而溫馨，所以我們面對的話題和祖先們面對的仍然是同一個話題，它無視時間的流逝，抹去未來的召喚，它躲在過去卻不是躲在暗處，始終在希圖被現代性時間形式綁架的人重新回家，走上通往種子的道路，同美好的事物擁抱，以便加添土地的生育能力——詩歌的目的之一，就是催促作為土地之元素的泥土快快生育。在詩歌寫作上幾經周折的趙野，在八十年代的某一個拐彎處，聽懂了古舊的話題向詩人和詩歌發出的籲請：

> 我這樣理解：過去在時間裏
> 會變成永遠，像一棵樹
> 褪盡葉子和水份，像一個
> 純粹的玄學命題，因此
> 無論堅持或揚棄，罪惡的事
> 可以成為歷史，不再血腥
> 像三世紀的屠戮，十世紀的饑餓
> 我們充滿好奇而不是憤怒
> 我們緬懷而不是仇恨
> 因為時間會使血冷卻……
> （趙野《時間·1990》）

一切消逝了的事物之所以有資格充任美好之物，就是「因為時間會使血冷卻」，進而抹去血腥，刪除血腥所表徵的罪惡。在人類的心理作用中，時間是一個高明的魔術師，它能把醜惡封存在自己的暗室，或者交付給未來的人去享用——這就是我們天天生活在醜惡之中的部分緣由——只把最精華的部分扣留在過去，堅決不予放行，以供少數有心的後人前來瞻仰或緬懷，就像博爾赫斯說的：「黑夜有一種神秘贈與和取捨的習性，將事物的一半放棄，／一半扣留，

那是黑夜半球的快樂。」[15]依照這一心理轉換而來的結果，依照對
美好事物的心理性定義，趙野在他的同行們咆哮著分泌詩行的當
口，有膽量拋棄線性的、不可回返的時間形式，在一個看起來加速
流逝的、完全不可能有所作為的時代，重新揀起早已被遺忘的祖傳
的時間形式。他迄今為止的全部作品，都在為這種時間形式和它所
包納的精彩內容而謳歌，平易、節制、中庸和彬彬有禮，鮮有第三
代詩人在力比多的指引下因高潮而發出的嚎叫[16]；通過對時間主題
的反覆陳述，遵從詩歌的本意，利用通過心理轉換而來的成果，趙
野在想像中——而不是在現實中——成功地將自己送回了古代，同
祖先們生活在一起，跟最美好的事物身心交融，細心查看泥土的生
育過程，甘心充當不斷輪迴的時間形式的俘虜，由此引發了他作品
中濃郁的古典性。「趙野的意義，遠遠不止像一切優秀詩人那樣，是
較早地獨立於『朦朧詩』和『第三代詩』，進入到個人寫作的空間，
更是以一種獨特的個人天賦找到了適合於現代詩人的古典抒情方
式。他的努力不僅接通了中國古典抒情傳統，而且啟示了更多未來
的詩人尋找到有效的當下抒情模式。」[17]在認領過不斷輪迴的時間形
式之後，所謂詩歌，就是熱烈響應遠古發出的召喚，甚至直接就是
來自前朝的陽光和陽光中的樹木。在《詩的隱喻》中，趙野至為明
確地寫道：「趟過冰冷的河水，我走向／一棵樹，觀察它的生長／／
這樹幹沐浴過前朝的陽光／樹葉剛剛發綠，態度懇切。」不僅僅是
樹幹、樹葉構成了詩的隱喻，上述幾個句子共同營造出的氛圍，更
有能力影射詩歌的牙齒：祖先投過來的目光，態度尤為懇切。所謂
古典性，不過是一種濃郁的氛圍；不斷輪迴的時間形式炮製了氛圍，
氛圍則從氣場的角度回報、呈現和呼應了不斷輪迴的時間形式。這

---

[15] 《博爾赫斯文集・詩歌隨筆集》，陳東飆等譯，海南國際新聞出版中心，1996
年，第 57 頁。

[16] 第三代詩人在嚎叫和大嗓門方面最典型要數所謂的莽漢主義（參閱敬文東
《回憶八十年代或光頭與青春》，《莽原》，2001 年第 6 期）。

[17] 顏紅《白雪掩埋的火焰——論趙野的古典抒情》，《當代作家評論》，2005 年
第 2 期。

就是在泥土的幫助下,《詩的隱喻》生產出的另一個隱喻,關於詩歌古典性的隱喻。

1984 年夏天的江南之行很可能對趙野有一些「神秘的影響」。2008 年,趙野對此有過坦誠地申說:「在無錫太湖邊,在蘇州園林,在杭州西湖,我都能感到一種古意。單『江南』這個詞就能給我一種幻覺,『春水碧於天,畫船聽雨眠』的美和柔情。」[18]但僅有「前朝」、「古代」、「前世」、「皇帝」或「恰似一輪明月照東風」(趙野《時間‧1990》)一類充滿古趣的語詞或詩句,還不足以構成詩歌的古典性的來歷,因為古典性「必須是個人內在延續著的、體驗著的、永無結束的神秘經驗……它和歷史事件一樣,在日曆時間上是不可重複的,但在內在結構上,它卻可以重複,具有原型的意味,既生疏又必需」[19]。多虧了趙野擁有的和謳歌著的時間形式,讓他從一開始就不曾以「仿古崇高」為工具,去鍛造他的詩歌的古典性,也不曾像海峽對岸傑出的詩歌愛好者余光中那樣,照貓畫虎地在詩中公開叫賣古典意境。

數學的參天大樹長成後,少數敏感的數學家才意識到,這棵大樹的根基可能是有問題的——那麼多的假說和祈求支撐著越長越高的樹木,它會不會因為假設的弱不經風、祈求的渴望性質轟然倒下呢[20]?儘管踏上回歸種子、尋找消逝之物的路途是在回應詩歌的本意,但在上個世紀八十年代,趙野依然面臨著必須要回答的問題:通過怎樣的渠道回返?僅僅避免仿古崇高就足夠了麼?回歸是不是一種虛構或想像?寫作者唯一的現實就是紙和筆,在寫作者和他的現實之間,唯一可以通約的只有語言和文字。趙野敏銳地將解決問題的方案聚焦於文字和語言顯然是正確的,因為在古老的漢語和古

---

[18]　《趙野自述》(2008 年),未刊稿。

[19]　鍾鳴《秋天的戲劇》,學林出版社,2002 年,第 50－51 頁。

[20]　關於這個有趣的問題,請參閱王浩在《哥德爾》(康宏逵譯,上海譯文出版社,2002 年) 一書中的論述。

老的漢字的內部，為後人奇跡般地保存了奇特的時間形式、素樸的
生活氛圍：

> 在這些矜持而沒有重量的符號裏
> 我發現了自己的來歷
> 在這些秩序而威嚴的方塊中
> 我看到了漢族的命運
> ……
> 每個詞都被錘煉千年，猶如
> 每片樹葉每天改變質地
> 它們在筆下，在火焰和紙上
> 彷彿刀鋒在孩子的手中……
> （趙野《漢語》）

　　但奇特的時間形式、素樸的生活氛圍早已被死死凍結，儘管它
們仍在替祖先向後人發出籲請，替渴望生育的泥土向詩歌發出籲
請，但那是凝固了的嘴唇和傳遞到半路上就已經結冰的聲音；經過
現代性時間形式的高度擠壓，它們都收縮著身子，泥土的生育能力
被迫降到了最低點，它自我污染的特性倒是越來越明顯。這樣的態
勢讓一個回返者倍感痛心。啟動被凍結的時間形式和素樸的生活氛
圍，是回返之人必須要做的工作，哪怕這是異常艱難的工作──事
實上，在這條路途上倒下的又何止業餘詩人余光中；在邁上回返之
途不多時，趙野就明白啟動的極端重要性。但古老的漢字要求作為
一種特殊動作的啟動擁有正確的姿勢：餓虎撲食會嚇壞漢字，覥腆
膽小地撫摸又激不起漢字的衝動。和許多有同樣欲求的人大不一
樣，趙野憑藉天賦和直覺，採用了居中的姿勢即默想：「整整一個冬
季，我研讀了這些文字／默想他們的構成和願望。」（趙野《字的研
究》）關鍵是古老的漢字的「構成」，關鍵是古老的漢字的「願望」，
更關鍵的是漢字的構成和願望在按怎樣的偏旁部首相互搭配，部

首、偏旁和構成、願望在按怎樣的比例相互融合。這是默想必須直接面對的任務。作為一種和古老的漢字配合默契的動作與姿勢，默想是完成啟動的必經之路，正如「研磨是一種機械手段，我們立刻就能理解它的性質」[21]。用「整整一個冬季」完成了這道必不可少的工序後，漢字的閘門被成功地打開了，被凝固的記憶湧動著，美好之物撲面而來。趙野驚訝地發現，古老的漢字在他面前煥發出了奇異的容光：「它們放出了一道道光華，我的眼前／升起長劍、水波和搖曳的梅花／藍色的血管，纖美的脈絡／每一次暗示都指向真實。」（同上）默想帶來了匪夷所思的結果，但又是最正確的結果。這些令人「炫目的字」、異常「生動的字」、「準確的字」、「規範的字」、「沉著的字」，「哦，這些花萼，這些雲岫」（同上），它們根本不是字而是古老的生活氛圍，不是語言的記號而是古老的時間形式，是消逝之物的聚集地，是時間在變幻魔術時扣留在過去時段中的事物的精華。默想是啟動的前奏，但被啟動了的凝固之物、凍結之物，從此對遵從詩歌本意的人具有致命性的影響：

> 我自問，一個古老的字
> 歷盡劫難，怎樣堅持理想
> 現在它質樸、優雅、氣息如蘭
> 決定了我的復活與死亡
> （趙野《字的研究》）

字的光華完全值得信賴，因為它「歷盡劫難」卻仍然「質樸、優雅、氣息如蘭」，即使在被凝固、被凍結時也「堅持理想」，它因此有能力決定回返者的「復活與死亡」；作為一個以稟賦和才情成功解開了漢字之外衣的回返者，趙野心甘情願地把自己的命運託付

---

[21] 巴什拉（Gaston Bachelard）《科學精神的形成》，錢培鑫譯，江蘇教育出版社，2006 年，第 130 頁。

給裸身的漢字，託付給漢字開闢出來的回返之途：道路承載著意欲回家的人從容地走回過去，濃郁的氛圍出現了，古典性因漢字的閘門被打開，水到渠成地來到了紙張之上，成為快樂或平靜的詩行。很顯然，《字的研究》展示了回返者在啟動漢字的過程中，同古老的漢字（它是漢語的記號）展開的無聲搏鬥──「我的白晝的敵人，黑夜的密友／整整一個冬季，我們鍾愛又猜忌／我們衣袖或心靈的純潔。」（同上）而當回返者終於勝利，或者說，當漢語和漢字中包納的時間形式、素樸的生活氛圍終於認可了回返者的誠意，那些「被錘煉千年」的字詞接納了向祖先致敬的回歸之人，願意決定他的復活與死亡。這是漢語和漢字對回返者的仁慈，帶有泥土的體溫和泥土因生育而來的胎液，在那裏，「每根小草都不斷生長，幸福異常！」[22]

通過《字的研究》和《漢語》，趙野為自己踏上回歸之路、採摘美好的事物找到了堅實的根基，他二十多年漫長的詩歌寫作中呈現出的古典性才有了基礎，他遵從詩歌的本意，奮力展現時間主題才有了出發點，雖然這一切都發生在他同祖先接頭之後的若干年裏──就像數學長成參天大樹，人們才想到去查看它的根基一樣。一邊是來自遠古發出的籲請，一邊是遵照詩歌的本意試圖回返的人，兩者之間的聯繫源自於漢語和漢字的寬宏大量、深仁厚愛，被消逝之物重新接納的人是幸運的，被遺忘了的時間形式再度認領的人是有福之人，能和祖先打成一片是一件幸運的事情。作為一個小小的例證，趙野的寫作為詩歌的本意給出了看似靦腆實則勇敢的說明，這是他的幸運，他因此比許多所謂的第三代詩人更有資格成為詩歌的說明書。

三

就像現代性時間形式強調的那樣，時光確實在加速流逝，而且永不回頭，這是現實生活中無法更改的事實，具有濃厚的強迫性質。

---

[22] 陀思妥耶夫斯基《白癡》，耿濟之譯，人民文學出版社，1982 第，524 頁。

「我知道這個世界是以加速度變化著，我們所有的經驗和價值觀都緣於我們農業時代的趣味和標準，這眼花繚亂的一切，與我們根本沒有關係。好多東西都一去不復返了——童年時清澈的天空和河流，年輕時純粹的友誼和情懷，也包括那些優雅理想和偉大志向……」[23]僅僅記錄時光加速流逝這個事實的不是詩歌，承受這個事實的也不是詩歌，讓時光減緩速度最多只是詩歌的一半，逆著時光回返才有可能是詩歌的整體：詩歌就是對時間的反抗，就像「諸神被發明出來為的就是懲治秘密的罪行」[24]。自作為詩歌運動的「第三代詩人」煙消雲散以來，更多的漢語詩歌在記錄時光的加速流逝（比如「便條集」詩人）、在書寫自己對時光加速流逝的隱忍承受（比如拉罐詩人和衛生巾詩人），還有少部分人在拼命拽著時光的尾巴，細細咀嚼時光的瞬間涵義。這是詩歌被現代性時間形式綁架之後生產出的必然後果。在這種形式的時間面前，漢語詩歌潰不成軍，儘管詩歌江湖上仍然在不斷冒出大佬、舵手和幫主，關於他們製造出偉大詩篇的消息不斷敲擊著我們早已結痂的耳膜。

「如此間接的原動力、如此模糊的回憶和如此眾多的中繼站，會讓人迷失在一個由錯綜複雜的規定和關係構成的網中。」[25]事實上，最近十餘年來的漢語詩歌對消逝之物普遍採取了漠視的態度，主動呼應被遺忘的時間形式的詩人不多，自覺接受這種時間形式的統領的詩人少之又少，現實生活的巨大引力吸引了詩歌的眼球，迷亂了詩人的心智。人們僅僅是在抱怨新詩沒有自己的傳統，接不上古典的源頭[26]，卻違背詩歌的本意胡亂把脈，亂開藥方。這樣的局面實在令人難以接受。詩歌醫生到處都是，因為發生癌變的詩歌確實大規模地存在著；詩歌道德家如同「環滁皆山也」一樣到處都是，

---

[23] 《趙野自述》（2008 年），未刊稿。

[24] 瓦萊里（Paul Valéry）《文藝雜談》，段映虹譯，百花文藝出版社，2002 年，第 65 頁。

[25] 瓦萊里《文藝雜談》，第 63 頁。

[26] 參閱鄭敏《關於詩歌傳統》，《文藝爭鳴》，2004 年 3 期。

因為穿開襠褲露出下體的詩歌確實在四處橫行，但漢語詩歌並沒有因為醫生和道德家的存在有所好轉。

不過，這樣的局面不值得悲觀，因為令人欣喜的詩人依然存在，主動向被遺忘的時間形式靠攏的詩人並沒有消逝殆盡。不需要號召，不需要打招呼，更年輕的一批詩人（比如臧棣、西渡、桑克、朱朱、清平、蔣浩、森子、姜濤、林木等）已經悄悄叩響了古典的門扉，懷著驚訝的目光打量農耕時代遺留下來的傳統。他們同多年前的趙野一樣，需要新的默想、新的啟動，需要新的語言、新的氛圍。古典性並不是余光中理解的那樣，只是膚淺地使用現代漢語賣弄古物和古趣，因為它關注的目光依然是當下和當下的生存。但當下的生存需要祖先和泥土的護佑。儘管更年輕一輩的詩人是當今漢語詩人中的少數，但他們是漢語詩歌真正的希望——相對於詩歌的本意，只有少數人的存在才是它的希望之所在；剩下的人只需要「群眾」一詞就可以將之徹底打發。和第三代詩人中的少數人（比如張棗、柏樺、宋煒等）一道，他們是詩歌的地下工作者而不是革命者，他們靠暗語聯絡，共同相信還有一種被遺忘的時間形式仍然在召喚他們；他們因此有希望把斯蒂文斯（Wallace Stevens）多年前的預言化為現實：「所有人類是同一個詩人。」[27]當他們作為回返者重訪故地，會發現一切消逝了的事物都重新包圍了他們，他們有機會看見自己的前世和來生，而泥土將會在他們的欣喜中辛勤地生育：

> 看，我們的泥土是懷孕了！
> （杜谷《泥土的夢》）

2008 年 9 月，北京魏公村。

---

[27] 斯蒂文斯《詞語造成的人》，孟猛譯，《外國現代詩選》，油印本，1983 年，成都。

回憶八十年代或光頭與青春

一、大腿和腦袋

　　如果 W・本雅明「捕捉過去就是捕捉過去的形象」的教導是正確的，如果時代也有它自己的腦袋和大腿，那麼，中國二十世紀八十年代的腦袋，無疑是由一幫自稱「精英」的知識份子們代表著。他們是時代之頭的肉體化版本。他們反對時代的夢遊和恍惚性。的確，儘管他們營養不良，但仍然還是用盡吃奶的力氣，稱職地說出了時代之「頭」想要思考和想要說出的話：為一個滿目瘡痍的民族與國家輸入新的思想血液，在廢墟之上努力重建一個民族與國家的價值和信仰。他們放眼觀看，從現實到書本，從歷史到現在，從眼下到未來；他們開動了每一個腦細胞，把思緒伸向了時代的大腦之中，並和時代之頭達成了共振。然後，他們說出；然後，他們集體逃亡。「畫圖臨出秦川景，親到長安有幾人？」就這樣，他們把八十年代留在了身後，也將它變作了專供我們憑弔和回憶的歷史與遺跡。

　　而八十年代的「大腿」毋庸置疑則是由另一幫「沒文化」卻更為激進、更加血氣方剛的青年人代表著。他們宣稱自己「反文化」。他們以打、砸、搶的方式，揮霍自己的才情和力氣，吼叫著自己的憤怒，時而痛苦不堪，時而放蕩不羈，時而嘻皮笑臉，時而又龜縮在自己的皮膚裏。他們把時代隱藏起來的，還來不及伸展、蹬踢的大腿給現實化了。與此同時，他們既反對時代之頭，又反對時代之腿，同時也反對自己。他們和生活打架，也和時代鬥毆。誠如李亞偉所說，他們是莽漢，是潑皮，也是英雄。這夥一時間找不到對手就把自己或自己的影子當作對手的傢伙，無疑是八十年代最奇特的風景之一。

　　對一個經常處在大變更之中的國家和民族，時代將是最重大的主題，也是最打眼的問題。因為經常性的變更帶來的劇烈震盪，使得一個時代還未充分完成自己，另一個時代已經迫不及待地趕往前臺，或高聲吼叫，或悄無聲息，要著手將前一個時代掃地出門。如同掃帚和灰塵的關係。在經常性的大變更中，時間、時代始終是變更本身的同盟，這使得變更之中的所有時代都顯得同等重要：它們都是一個個未知目標的樞紐和過渡。時間向來就沒有固定的、明確的目標，但時代卻有它特定的內容和要求，儘管它從來就不能成為有目的的歷史。對於八十年代，如此的頭和腿都是它所需要的，因為如此的頭和腿，充當了八十年代自我表達、自我成長以致於自我完成的最佳工具。雖然它很快就被另一個新興的時代取締了。

　　頭搖身一變成為嘴巴，或者它按照自己的需要有意識地凸顯了嘴巴，替時代說出了它自己的主題。它把時代之頭無聲的冥想給聲音化了。八十年代對於自己的腦袋來說，無處不是巨大的廣場：腦袋躲在暗處，縱容自己的代表們在大江南北、黃河上下、長城內外，用他們表達頭顱的莊嚴嘴巴，到處宣講自己冥思出的成品，教導、唆使和引誘了集中在廣場上的整整一代人。時代之頭佔據了要塞。與此同時，時代之腿也躲在暗處，像看不見的荷爾蒙，像隱藏在群眾隊伍中的階級敵人，在縱容它的代表們四下跑動，直到把腳印變作他們的傳單。瑪格麗特·米德描述過的情況在這裏依然有效：「全世界的學生暴亂使他們與其 40 歲上下的父母們分道揚鑣了。他們以全新的眼光對他們的所見所聞進行思考和判斷，去審視一個以前從未有過的世界。這是一個全體青年人同時踏入的世界，不管他們的國家如何古老，如何不發達。」李亞偉代表那些「腿」們說出的話，比米德對西洋鬼子的描述要來得更加具體，當然，也更加痛快：「我行遍大江南北，去偵察和臥底，乘著酒勁和青春期，會見了最強硬無禮的男人和最軟弱無力的女人。我打入了時間的內部，發現了莽漢主義沒有時代背景也沒有歷史意義，英雄好漢也沒有背景和意義，美女佳人也沒有背景和意義，他們只是一種極端的搞法，對庸

夫俗子、醜惡嘴臉和平凡生活反它媽。只是這種搞法是徹底和天生的，使我在涉川跨河、穿州過府的漫漫長路上一直感到一股刺鼻的勁兒！」──當然，倒更不如說是青春和粉刺的腥味。是教育引發出來的反向的「臭味」。

因此，頭指向的始終是廣場，是人民，是人民待洗的腦袋，儘管八十年代的大腦因為自身的營養不良，也有著強烈的夢遊特性；腿聽從了八十年代內部的峻急號令，卻揮戈直指城市最骯髒的角落、鄉村最沒有詩意的田埂、車站、渡口（由於貧窮所以不包括飛機場）和一切可以用於撒野的地方，指向了自己的雙腿，雙腿帶出來的快疾速度以及它弄出來的巨大聲響。馬塞爾‧雷蒙曾經告誡另一群時代之腿和它的代表們說：放慢你們的腳步，記住時間的停頓吧。在過去與未來之間，自我不再被夾得像個瘋狂的羅盤，你看，「現在站住了腳，流入靈魂，而靈魂也不再受他的尖刺的折磨了。」這無疑是上好的景致了。可李亞偉號召大腿們──當然也號召他本人──要充滿快意地弄傷自己的肌肉，在暫時找不到敵人的情況下；而詩人馬松，眾多大腿中那條比較短小的大腿，大吼著否決了雷蒙的建議，也否決了八十年代的教育詩：老子們──

> 以前選擇不過來
> 現在是標本
> 然後要變成寄生蟲
> 我們蹲下　我們跳起來
> 把見不得陽光的角落一腳踢出體外
> （馬松《殺進夏天》）

八十年代適合回憶，也只能回憶。無疑這是一種憂傷的回憶，也是關於憂傷的回憶。事隔多年後，李亞偉代表倒退著「改邪歸正」的腿們，說出了不無感慨的話：「如今，這些詩人均已年過 30，分居各地，娶妻養家，偶爾見面，頗有些生活中的過來人和修身、齊

家的衣冠味兒，一邊感歎虎氣和青春的流逝，一面翹首思考著成熟
和原則，神態猶豫而又狡計。」……八十年代就這樣只好存在於記
憶之中了，遙遠得像地獄的磷光，像他鄉到故鄉的距離，像病人和
醫院之間的航程，也像花蕊與果實之間的漫漫長路。

二、青春，力必多

　　正當時代之頭的各類肉體版本，夢遊一般行走在廣場上，對聚
集在那裏的人民進行宏大的啟蒙教育時，不安分的腿們跑動起來
了。時代之腿變作了李亞偉、張曉波、萬夏、郭力家、馬松、胡冬……，
以及他們的各種變體、變種和亞種。他們不需要時代之頭對他們進
行「啟蒙」，他們有自己的啟蒙導師：青春和過於旺盛的力必多。聖
瓊・佩斯說，啊，偉大的時代，我們來自大地上的每一處岸邊。我
們的血統屬於古代，我們的顏面無以為名。而時間早就知曉我們曾
經是哪一類人（聖瓊・佩斯《年代紀》）。的確，彷彿是在一夜之間，
這夥人就從時代的各個角落，從歷史的每一處暗影裏冒了出來了。
──李亞偉說，這些毛頭小子個個都像當好漢的料，大吃大喝和打
架鬥毆起來如同是在梁山泊周圍，毛手毛腳和不通人情世故更像是
春秋戰國中人，使人覺得漢、唐、宋三朝以後逐漸衰敗和墮落的漢
人到如今似乎大有復辟當初那種高大、勇猛的可能。他們呼朋引伴，
四處出擊，聚眾鬧事，把八十年代弄得呼天搶地，也讓廣場上的各
類牧師──不管是來自左邊還是來自右邊的牧師──痛心疾首。他
們向時代大喊道：「我來了／和大蜥蜴翼手龍一起來了／和春秋戰國
／和古代的偉人跑步而來／聽著吧，世界、女人、21 歲或者／老大
哥老大姐等其他什麼老玩意……」（李亞偉《二十歲》）在力必多粗
暴的指引下，他們對腦袋進行了調笑，也和所有 40 歲以上的老大
哥、老大姐等等老玩意分道揚鑣了。──誠如米德所說。
　　他們全身上下都是力必多，借用李亞偉的句式，他們就是行走
著的裝滿力必多的「高腳酒杯」。力必多既是他們大腿的發動機，

也是他們本身。在八十年代的暗中慫恿下，青春就等同於力必多。
──這點道理在此來得更加正確無比。因此，他們的大腿、跑動、
臥底、偵察、打鬥，全依靠自己的本能。青春就是由這夥人的本能
踢踏著的舞臺，而八十年代也為青春提供了這樣一個可以用於夢遊
的遊樂場。在八十年代的廣袤背景下，場景、背景在這夥人那裏後
退了，凸現出來的永遠只是大腿。而快速帶動他們奔跑的大腿也等
同於力必多。

　　這是一夥流氓無產階級，按照格拉尼埃・德・卡薩納克《無產
階級與資產階級的歷史》的話說，他們無疑構成了一個亞人類階層
（Sub human）──想想他們和八十年代的精英知識份子之間的差別
吧──，是由盜賊和妓女交配產生出來的。而盜賊和妓女永遠指向
的總是像鯉魚一樣活蹦亂跳的力必多。相對於八十年代，尤其是八
十年代的腦袋和它的代表者，這夥人也是魔鬼，是勒美特爾曾經定
義過的那種魔鬼：一方面是萬惡之源，另一方面卻又是偉大的被壓
迫者，偉大的犧牲者。正是這樣，那條在極其偶然之間被命名為「張
曉波」的大腿，才準確地說到了他（們）自己：

> 我們向這個世界租了我們自己
> 付給它錢，然後歸還
> 手臂垂下來
> 飛鳥的巢穴被鶩霸佔
> 他們都死在途中
> 飄回來的羽毛是一種聲音。就是這樣。
> （張曉波《閃電消息》）

　　他們不屬於他們自己，他們只是一筆偶爾漂到他們手中的贓
款，是世界和時代的出租品。他們是犧牲者，是被壓迫者。李亞偉
在跑動中也無奈地說過：「我們僅僅是生活的雇傭兵／是愛情的貧
農。」（《硬漢》）他們毋庸置疑屬於這個時代和世界，但反過來說也

就毋庸置疑的不正確了。有趣的是，正是基於這個原因，他們才把雙腿弄成了驚嘆號，以倒栽蔥的方式一頭扎進了時代——既然它不屬於自己，就先狠狠地弄一弄它再說。馬松寫到了四季、鳥、草、樹木、歷史、古物，而這些被他一股腦兒隨意抓來的似是而非的東西，全部變作了粗暴的、快速遊動的精蟲：它們奔跑、撕咬、鬥毆，為的是第一個射向那唯一的卵細胞——至於這個卵細胞究竟意指什麼，就不大清楚了（參閱馬松《砸向秋天的話》、《我們流浪漢》等詩作）。李亞偉幾乎是以迫不及待的語速高叫道：「我也是一個開飛車的人！駕駛詩句、女人以及駕駛自己的性命因為年輕和車技不高而累累發出尖嘯、帶起塵埃一腳踩住。因為我碰到了阻礙和險境，我要調換方向，因為我看見了酒店、河流和星辰，我要駐足流連，我原地打轉兒或是倒車、像被弄痛了一樣從邪惡的地方縮回來，我被假像搞蒙了，我被錯誤嚇壞了，但這並沒有使我不知所措，感謝急剎車，它使我避免了葬身意義和風格，它使我仗著性子超過了淺嘗輒止的境地。我一邊倒車一邊在心裏想著沒準兒要熄火，但一切還好，我說，這車還真他媽頂用。」當然，在互相糾纏和充滿矛盾的跑動過程中，他的腿、他的力必多也真他媽頂用！他的青春也真他媽頂用！那些在並不表徵任何意義和價值的力必多的指引下的流氓無產者，那些大腿和魔鬼們，就這樣，以特有的「莽漢」方式展開了自己有限的人生、嚎叫和暴亂。

　　力必多是渾濁的，它永遠都指向暴力和促成莽漢。所謂「莽漢」也者，就是喪失了方向感的隨意高叫。在方向不明的途中，卻又恰恰意味著到處都可能是方向。他們成了無頭蒼蠅，用迂迴包抄的游擊戰術，揮灑著青春，卻並沒有任何固定的目標。青春本身就有著隨意游擊的嚴重性。當八十年代已經成為過去，李亞偉在回憶中深有感慨地說：那時，我們的荷爾蒙在應該給我們方向的時候卻正在打瞌睡。因此，「我到底去哪兒，你用不著管／我自己也管不著。」（李亞偉《給女朋友唯一的一封信》）荷爾蒙的如許特徵，使它所導致出的眾多結果之間存在著相互矛盾的、含混的、出爾反爾的性質。

還是李亞偉自己揭示了莽漢們左腿向右腿施絆子，右腳踹向自己左腳的悖論境地：

> 我有時文雅，有時目不識丁
> 有時因浪漫而沉默，有時
> 我騎著一匹害群之馬在天邊來回賓士，在文明社會忽東忽西
> 從天上看下去，就像是在一個漆黑的論點上出爾反爾
> 伏在地面看過去，又像是在一個美麗的疑點上大出大落
> （李亞偉《寺廟與青春》）

　　方向感的喪失正是八十年代青春期典型的修辭現象之一。方向感的獲得永遠來源於腦袋，而腿只是將方向感化作現實的工具。當青春期在逆反心理的催眠作用下，把雙腿既當作工具又當作目的時，方向感的喪失就是必然的了。有意思的是，八十年代的腦袋往往指揮不了它自己的大腿——這一點和實利、實惠、勢利的九十年代遇到的情況完全不同——，因為青春期（力必多）的暴力與昏霍傾向有著更為強大的力量。因此，青春期的修辭現象也具有了強大的威力，它把李亞偉引上了危險的急刹車道路，讓馬松四處踢踏（馬松《砸向秋天的話》），讓張曉波到處亂咬（張曉波《人之路》），命令郭力家渴望流血的特種兵（郭力家《特種兵》），唆使胡冬乘上一艘慢船到巴黎的「雞巴宮」去（胡冬《我想乘上一艘慢船到巴黎去》）……而此時此刻，此情此景，大腿永遠都是第一位的。

三、教育

　　正當一個古老的民族從長久的自我麻醉中蘇醒過來之後，由於多年來教育事業的巨大失誤，使得八十年代進校的大學生——他們在那時被稱作「天之驕子」——一方面嚴重饑餓，另一方面卻是教師素質的極端低劣，以致於讓「天之驕子」們食不果腹。李亞偉直

接把「不學無術」的判詞獻給了他的老師們。在一次酒局上，他曾對我說，當年他在外國文學試卷上隨便杜撰了一個外國作家的名字，而判卷的老師卻不敢認為不正確。……教育曾經欠下的債務，莽漢們的行為早已證明了，那決不是一代人能夠還得清的。

饑餓的大腿們不是不想成為時代之頭的肉體版本——這不符合八十年代的整體背景，而是那些不學無術的教育者弄出了一些滑稽的、荒唐的、似是而非的「知識」，來餵養這些胃口極好的大腿。錯誤的飯菜要麼會培養出錯誤的面孔，要麼將敗壞健康的腸胃。難怪伊拉斯謨在描寫「愚人舞」時，讓似是而非的「學者」們佔據了很大的位置。這樣的知識明顯有一種愚蠢的瘋癲性質。老掉牙的說教，發黴的「文學規律」，腐朽的講義，構成了八十年代大學文學教育假冒知識身份的荒唐嘴臉。蘇珊·朗格曾在某處說過：「知識沒有過錯。問題是：什麼樣的知識。真正的知識可以解放人，它使人接觸現實，使人看到事實的真相，使人接觸自己的時代、自己的良知。這樣的知識應該為人們所共有。」而在八十年代的語境中，知識的過錯是一些號稱掌握了「知識」的不學無術之人，強加在知識之上的。我敢說，這一問題直到今天仍然沒有得到應有的解決。而這同樣是幾十年來荒唐的教育的罪過。

李亞偉說了，如果有朝一日他寫回憶錄，一定會驕傲地宣稱，他一生中最得意的事情就是大學四年蹺課達三年以上：因為「文學教材的枯燥無聊和中青年教師的不學無術到了讓求知慾強的學生避之惟恐不及的程度。」那些似是而非的「知識」只能把大腿們引上邪路；如果它有能力使大腿變作腦袋，最終也是一顆有病的腦袋，如同一顆有病的鴨梨。「我的手在知識界弄斷了。」（李亞偉《給女朋友唯一的一封信》）李亞偉呻吟著說。這夥人因此渴望在力必多的指引下走出該死的中文系，「走出大江東去西江月」（李亞偉《中文系》）；或者只好陽奉陰違地在古漢語課上寫情書，試圖以橫衝直撞的力必多來沖淡腐朽的「知識」；為了躲避這種可悲的教育，他們寧願當個身強力壯的蠻夷，也不願意做出學貫中西的樣子（李亞偉《畢業分配》）。

　　正被青春期的修辭現象（失去方向感）弄得躁動不安、痛苦不堪的毛頭小子，急需要明確的方向時，教育不僅沒有能夠給予他們正確的道路和驛站，反而是想以自己的荒唐、錯誤和愚蠢，去切割、規範力必多，妄圖使它走到一條有來歷的老路上去。應該說，教育大部分地達到了它自己的目的。教育始終認為，力必多是一種瘋癲現象，而它自己則是紀律和法則。按照福科的諷刺性看法，當人放縱自己純粹的力必多時，他就與世界隱秘的必然性面對面了；出沒於他的噩夢之中的，困繞著他的孤獨之夜的動物就是他的本質，它將揭示出地獄的無情真理；那些關於盲目愚蠢的虛浮意象就是這個世界的「偉大科學」（Magna Scientia）。八十年代的教育詩就是按照這樣的戒律對力必多進行了圍剿；而力必多也按照這樣的模式，在那夥被稱作「莽漢」的傢伙們身上發揮了威力：他們拒絕接受這樣有病的教育。對於這種有違青春期修辭現象的拙劣教育，詩人柏樺曾經有過上好的抒寫：

> 家長不老，也不能歌唱
> 忙於說話和保健
> 並打擊兒童的骨頭
> ……但冬天的思想者拒受教育
> 冬天的思想者只剩下骨頭
> （柏樺《教育》）

　　長期以來，我們的教育不過是要讓人四平八穩，在既定的軌道上滑行，做一個平庸的、在各方面都沒有任何鑒賞力的好公民。而毫無方向感的力必多必然是慘遭刪刈的對象。的確，正如我們所知，在教育的輪盤賭中，力必多變質、變酸了。但八十年代的部分大腿們、那些被教育的無能嘲笑過的大腿們、那些根本無法如此這般忍受「知識」的大腿們，幸運地擁有了新質的力必多；當然，八十年代中國特殊的歷史境遇，也為新質的力必多提供了試管，它允許它

317

沿著自己的軌道瘋狂前進。──儘管這個試管無論是容積還是體形都相當有限，卻無論如何構成了過來人回憶和懷念的對象。

因此，在八十年代之「頭」大肆宣揚知識就是力量時（其實他們中的許多人也搞不清楚，這樣的「知識」會帶來什麼樣的方向感。），這夥被稱作「天之驕子」、被時代之頭寄予了無限希望的傢伙們，卻在青春期的修辭學的指引下，完全喪失了方向感。他們橫衝直撞，最終擺出了一副反知識、反文化的桀驁架勢：「因為大夥都才 20 歲，年輕、體壯，也許因為八十年代初的文化背景，應該批評和自我批評一起上，在跟現有文化找荏的同時，不能過分好學，不能去找經典和大師、做出學貫中西的樣子來仗勢欺人，更不能寫經典和裝大師，要主動說服、相信和公開自己沒文化。」面對此情此景，以文化授受為使命的教育，當它充分顯示了在力必多與青春期面前的徹底無能，眼睜睜看到大腿們一個個都變成了「無惡不作」的莽漢時，它要不要長歎一聲呢？

四、詩歌

「莽漢主義」植根於青春和力必多，也植根於教育的反動性。莽漢主義的新質力必多和腐朽、板滯的教育，構成了一種可笑的、可悲的正比關係：教育的腐朽與板滯性越嚴重，力必多的威力也就越大。他們之間的關係遵循著牛頓的作用力和反作用力定律。這真是一個引人入勝的力學現象。莽漢主義者也由此修改了佛洛德的性欲昇華學說：如果他們寫詩，不僅是要把力必多釋放在語言中，而且是還要原生態地釋放。這顯然構成了莽漢主義詩歌中的打、砸、搶行為。但他們也忠實地實踐了佛洛德主義：力必多果然「昇華」（倒不如說是直接爆炸）成了分行的文字，而且這些文字就是他們的「白日夢」。在此，莽漢主義詩歌就等同於喪失了方向感的「夢游」（李亞偉：莽漢主義不僅是詩歌，更是一種生活方式。）。而夢游的發動機永遠安放在暴烈的力必多之中。按照德國醫生海因洛特

（Heinroth）半人類學半宇宙學的意見，具有瘋癲性質的力必多就是人身上晦暗的水質的表徵。它是一種晦暗的無序狀態、一種流動的混沌，是一切事物的發端和歸宿，是與明快和成熟穩定的精神相對立的。莽漢主義詩歌中的黑李逵作風，有力地證明了那位德國醫生的精彩分析。

莽漢主義詩歌就是對力必多的直接引用，它是力必多的直接引語。莽漢主義詩歌對力必多的引用是整體性的，這和學術上的引用完全不一樣：後者只引用於自己有利的觀點和文字，它永遠只是局部的、斷章取義的，往往是經不起全盤考究和追問的。莽漢主義詩歌對力必多的引用是一種直接性的引用，和大批判文字轉彎抹角的引經據典完全不同：後者的拉虎皮為大旗，只是為了在臆想中打倒臆想的敵人，是在亂舞花槍之中陡然的圖窮匕首見，是為了假想中的見血封喉，有著濃厚的間接性；而力必多並不能構成莽漢主義詩歌的堅實屏障，也不能成為它的虎皮大旗，它的肉體性質構成了莽漢主義詩歌的界限和疆域。一旦越過了這個疆域，力必多就和莽漢主義失去了直接的關聯，莽漢主義也就不存在了。這約等於是說，莽漢主義詩歌永遠被限制在肉體的範圍之內。而夢游從來指的就是身體，它是對力必多進行直接引用後必然的和現實的產物。李亞偉大聲宣佈道：「搗亂！破壞！以至炸毀封閉式或假開放的文化心理結構！莽漢們老早就不喜歡那些吹牛詩、軟綿綿的口紅詩！莽漢們本來就是以最男性的姿態誕生於中國詩壇一片低吟淺唱的時刻！」話已經說白了：寫詩、詩歌只是力必多和青春期的副產品而已。它是青春內部的換氣現象；從某種意義上說，它也是青春的拯救者，是青春的救命稻草，它避免了青春可能引起的自我爆炸。

莽漢主義詩歌當然也是對八十年代隱蔽之腿的直接體現。恩格斯曾經表達過這樣一個觀點：歷史總是在必然性中前進的；在必然性終結的地方，也正是歷史完蛋的處所。但歷史肯定不僅僅只有符合因果關係的必然性，它還有著自身內部的悖論性質：既有理性的腦袋，也有非理性的大腿——正如我剛才所說。而且腦袋往往不一

定指揮得了大腿，正如一個強姦犯，他的腦袋明知道如此這般是沒
有好下場的，而在力必多的指引下，大腿總會夢遊一般把他帶往有
女人的地方，從而引起飽具快感的犯罪。力必多的核心定義之一就
是追求身體上的廣泛快感。歷史和時代也有自己的快感原則和對快
感的渴望本性。追求狂歡化恰好也是時代的癖好，人不過是幫助它
完成了這一願望而已。這是因為歷史和時代也有它們自己的力必
多。就這樣，莽漢主義者的力必多與八十年代內部的力必多很偶然
地吻合在了一起。正是在此基礎上，李亞偉、馬松、劉太亨、胡冬、
二毛、梁樂等人（也包括被李亞偉等人看作是「一撥人」的張曉波、
郭力家），才有可能直接引用和自己的力必多有著同樣頻率、波段的
八十年代內部的力必多，並把它們最終體現為腳板亂翻的大腿。莽
漢主義和莽漢主義者就是對八十年代內部的力必多的正確表達，莽
漢主義詩歌也是八十年代內部的夢遊的語言體現。寫詩、詩歌本身
就是夢遊，是夢遊在文字上的現實化。

　　也許是非常巧合，八十年代本身的夢遊特性，被莽漢主義者很
偶然地發掘出來了。我相信，這在莽漢主義者那裏，肯定是無意識
的和不自覺的；他們也許並不知道，自己都幹了些什麼更有深意的
事情。八十年代本身的夢遊是鋪天蓋地的，甚至那些時代之頭的肉
體版本也只是在夢遊中思考，或者在思考中夢遊——他們寫下的文
字，在今天看來有著明顯的囈語特性。那真是一個全民做夢的時代，
隨處都有可能是時代的方向，而處處也都可能是死胡同。事實很快
就證明了這一點。八十年代是古老中國遲到的青春期，它所具有的
青春期的修辭特徵，和莽漢主義者青春期的修辭現象有著驚人的一
致性：八十年代的荷爾蒙也正在打瞌睡。那也是一個「詩歌不夠寫
的時代」，「命不夠活的時代」（李亞偉語）：青春，時代的青春和個
人的青春在等待新的相遇，渴望新的交接。他們一拍即合了，像兩
個幸福的狗男女一樣。而對於一個夢醒之後的時代和夢醒之後的個
人，夢遊無疑是值得回憶和懷念的。因為它直接構成了我們生命中
的黃金歲月，是我們貧瘠的中年和老邁的暮年的反諷與嘲笑。我們

極其需要這樣的嘲笑。當然，此時此刻，詩歌本身更是一種典型的青春期現象：

> 我早就決定了
> 和 20 歲一起決定了，和我的鋼筆投票
> 一致決定了好死不如賴活
> 明天就去當和尚剃光頭反射秋波和招安
> 我要走進深山老林走進古代找祖先
> 要生長尾巴，發生返祖現象
> 要理解媽媽的生活
> 要不深沉，不識時務
> 要酒醉心明白
> 要瘋子嘴裏吐真言
> （李亞偉《二十歲》）

> 我們仍在痛打白天襲擊黑夜
> 我們這些不安的瓶裝燒酒
> 這群狂奔的高腳杯！
> 我們本來就是
> 腰間掛滿詩篇的豪豬！
> （李亞偉《硬漢》）

「腰間掛滿詩篇的豪豬」，把莽漢主義詩歌和莽漢們的青春期連接起來了；這是一個準確到位的意象，它表明了夢遊的方式、特徵和粗暴的感嘆號形象；它宣告了莽漢們的浪遊、浪遊途中的饑餓。也畫出了時代內部的恍惚特性。他們就這樣和迷途的八十年代一起上路了。

五、流浪

著名的酒徒、法蘭西的同性戀者、天才的詩人蘭波寫下了一句
不朽的名詩：「生活在別處。」這同樣有關乎青春，但它不是青春的
故事，它只是青春故事的一句引言。在這句引言後邊，青春的眾多
故事早已揭竿而起，而青春的故事首先是一支流浪軍團的故事。「豪
豬」們也證實了一個亙古不變的規律：青春是在流浪中完成的。青
春推崇流浪。而這種流浪往往又先天地喪失了方向感。這一點倒和
歷史很相象。海德格爾講過，歷史的本質空間就是迷霧。這毋寧是
說，歷史就是最大的流浪者，是集體的流浪。這顯然涉及到流浪的
方式：原地踏步的流浪、號稱有明確目標的流浪、在循規蹈矩之中
的流浪。但無一例外總是沒有方向感，總是充滿了迷霧。流浪和夢
遊是時代的真正潛意識，是歷史深處奔湧不息的力必多，並充當著
那只看不見的手，指揮我們的行動，而我們卻並不自知，反而和歷
史一道對此拒絕承認，正如 C・米沃什曾經詠頌過的：

> 在恐懼與顫抖中，我想我才能結束我的生命
> 只有在我當眾懺悔
> 在揭穿我自己和我的時代的虛假之後：
> 我們被允許在侏儒和惡棍的舌尖上尖叫
> 但不允許喊出純正而又慷慨的詞語
> 在這種嚴酷的刑罰下哪個敢宣稱
> 他自己是個迷路的人。
> （C・米沃什《任務》）

莽漢主義者在普遍的饑餓中恰好對應了八十年代的潛意識，他
們是八十年代的潛意識本身挑選出來以便代替它完成自己的大腿和
大腿的快速奔走。李亞偉根本就不顧歷史和時代羞羞答答對此的拒

絕，早就領悟了這中間的含義，他的青春期本能早就教導了他，使得他甚至希望用「鳥錢」修建一條長長的道路以供他流浪（李亞偉《給女朋友唯一的一封信》）——和有著形而上性質的青春期的流浪比較起來，號稱「金」錢的東西的確只配得上「鳥」字。

八十年代的潛意識假借青春和青春的修辭學，慫恿一部分人成為了莽漢主義者。八十年代的潛意識把青春當作了長槍和大炮來使用，它永遠是青春暗中的司令。不管李亞偉和他的同志們是否體察到了自己的被支配地位，反正他倒是很早就在這麼幹了，請看他的十八歲吧：

> 十八歲這一天
> 我東倒西歪地走過了很長的路
> 從這一天起
> 路永遠都是東倒西歪的了。
> （李亞偉《十八歲》）

這種路永遠只配青春用來閒逛，它東倒西歪的特性，和夢遊的內在音色有著驚人的一致性。成長的道路就這樣被八十年代的特殊歷史境遇給提供了出來。李亞偉上路了，而在上路之前，他也沒有忘記要向起點告別——「告訴那些嘻嘻哈哈的陰影，」「告訴那些東搖西晃的玩意兒，我要去北方；」而他的目的卻十分奇怪：「我要到很遠很遠的地方，／去看看我本人／今兒個到底怎麼啦。」（《進行曲》）李亞偉說出了一個「真理」：自己在遠離自己很遠的地方！自己在自己之外！這不僅僅是蘭波所說的「生活在別處」，更是一種喪失了根基的現實境況。自己在遠方，需要自己經常去拜訪、探問，這是青春的另一種修辭格。但八十年代在李亞偉失去根基之前，已先在地喪失了自己的根基。如此的莽漢和如此的時代的和合，其運算的結果只能是：八十年代不可能給李亞偉等人提供堅實的底座。
——想想時代和歷史的夢遊特徵也許就不難理解了。李亞偉本能地說出了他的結論：「南方的樹很多／但不能待在一塊兒／因為它們有

根／有根的東西就不容易去看朋友。」（李亞偉《南方的日子》）而這個朋友與其說是別人，毋寧說是身處自己之外的另一個「我」，如同「I」的朋友永遠只能是「Me」一樣。這實際上表明了，李亞偉以及他的莽漢同志們之所以要四處踢踏，就是因為根基的永不存在。根是一種烏托邦，它或者存在於天空，或者植根於地面；但無論在哪裡，事實早已證明了它們的居所是臆造的。畢希納嘲笑說：「您看，這是一個美麗、牢固、灰色的天空；有的人可能會覺得有趣，先把一根木橛鍥到天上去，然後在那上面上吊……。」馬克思在《路易·波拿巴的霧月十八日》裏，也諷刺了那些試圖在天上和地上尋找本根的荒唐舉動：「蒼天是剛才獲得的小塊土地的不壞的附加物，何況它還能創造著天氣；可是，一到有人硬要把蒼天當作小塊土地的代用品的時候，它就成了一種嘲弄。」是啊，整部人類史就在證明我們的失根性，歷史和時代在它們自己的潛意識的指引下，從來就不存在一種叫做方向和目標的東西。就這一點而論，李亞偉加入了由畢希納和馬克思等人組成的長長的佇列之中。

在毫無方向感的流浪途中，青春隨處都充滿了饑餓，由於「精神體能」上的原因，它需要偶爾的停頓和換氣。如同深海之中的鯨魚，之所以要在海面上弄出高大的水柱，是為了更好地在大海之下尋找浪遊和浪遊所需要的能量一樣。李亞偉也有自己的換氣現象。因為他的肺和量儘管很大，還沒有達到能讓他一生只呼吸一次，就可以走完全部人生的程度。因此，李亞偉在急促的走動中，偶爾也會放慢流浪的節奏，也會想到舊時的意境和才子情懷，緬懷著古舊的流浪和流浪者，一方面試圖區分他們的流浪和自己的流浪之間的差異，一方面也試圖在對比中獲得休息，獲得來自於遙遠同類處的鼓勵。 他是在走動之中展開自己的休息的。而處在休息和換氣狀態中的李亞偉寫出了非常不那麼「莽漢」的詩歌，它們充斥著腐朽的事物、意境、情懷，也充斥著老掉牙的意象。但它們和一個高叫著的流浪者的身份是吻合的。歇息狀態中的莽漢李亞偉顯得格外溫良、謙順。但換氣現象永遠的指向卻是繼續大吼著漫遊、流浪，並誓死要把這一革命事業進行到

底。是的，換氣很好地表達了這一決心。他的傑出組詩《野馬與塵埃》就是這種短暫換氣與休息之後的猛烈衝刺：

> 他要渡過塔里木河……
> 這樣的人翻過了天山
> 像是一心要為葡萄乾而死，我管不了他
> 他純粹不需要自己，只想利用自己渡河
> 紅花在天山裏開了又開
> 他又騎了一匹含情默默的馬
> 這樣的人，渡河之前總來到信中
> （《野馬與塵埃‧天山敘事曲》）

……青春是易於流逝的階段。相對於八十年代，莽漢們是終將要老去的一代；但相對於時代深處潛意識和力必多，總會有新的青春補充上來，以他們毫無方向感的流浪和夢遊，承擔來自歷史和時代深處的命令。在組詩《航海志》中，李亞偉寫到了許多遙遠的地方，但它們不是他的大腿能夠走完的，它們只存在於想像之中，充當著青春期流浪行為的未竟事業。當李亞偉在這組詩中仍然聲嘶力竭地吼叫時，我們卻從中聽出了暗含其間的某種蒼老音色。這預示著他就快要走完他的青春期了，他已經知道了自己的大限：儘管還有很多沒有去過的地方，儘管還有很多流浪方式還來不及施展，但青春本身卻開始腿色，讓他進入了無聊的中年。到了這時，單憑流浪途中的換氣和休息，已經沒有任何作用。新的時代身上古老的力必多和潛意識，註定要在莽漢們之外尋找新的青春。

六、饑餓

這一切當然都和饑餓有關。對於時代之頭的肉體版本來說，他們的嘴巴是替時代說出它想說出的話；這樣的嘴巴莊嚴、神聖、帶

325

有普遍的光環。而對於時代之腿的代表們，他們的嘴巴的功能僅僅
是表達了饑餓。應該說，時代之頭的肉體版本們的營養也並不是很
充足，他們是被時代挑中的人，有著趕鴨子上陣般的滑稽性：他們
說出的言辭，帶有十分明顯的營養不良的神情。他們自己也面帶菜
色，只不過人民的菜色更深。因為精英知識份子們擔負著宏大啟蒙
的艱巨任務，他們嘴巴上的動作僅僅是吐出：吐出關於啟蒙的言辭，
把話語流傾泄在廣場上的人流中，使他們被教唆、被教育；而大腿
們的嘴巴在動作上卻要複雜得多：它既要吐出，又要吞吃：

> 我讀著雨中的句子在冬季的垂釣中尋死覓活
> 旋即又被糧食擊碎在人間
> 我從群眾中露出很少一部分也感到餓
> 感到歉收和青黃不接
> 只有回到書中藏頭露尾，成一種風格
> （李亞偉《餓的詩》）

聲嘶力竭卻又中氣不足的精英之聲刮了過來，而大腿們卻走開
了，因為他們一開始就感到了饑餓，他們要在流浪的途中去尋找食
物！他們是一群在食物的沙漠上尋找食物的困獸！情況已經十分明
顯，那些精英們苦口婆心的勸導並不能充當果腹的食物，更不用說
這其中本來就充斥著的似是而非的知識、具有瘋癲性質的說教以及
帶有夢遊特徵的教育詩了。莽漢們需要的是糧食，能把他們擊碎在
人間的糧食。據說李亞偉寫過一句「名詩」：「樹上長滿了鹹鴨子。」
在一個饑餓的夢遊者那裏，樹上當然不僅有鹹鴨子，還應該有一切
可用於嘴巴來吞吃的東西。這就是一個流浪者、一個夢遊者充滿暈
眩的心理學。

吞吃是饑餓引起的慣性行為；而饑餓才是青春期的普遍特徵。
不管怎樣，饑餓最起碼表徵了腸胃的健康，它暗含著積極的表情。
八十年代從根本上說就是一個饑餓的時代：一方面它沒有準備足夠

的食物提供給青春期的腸胃，它只讓青春期吃了個半飽；而對於那些張牙舞爪的莽漢，半飽比一點也沒吃更加嚴重。另一方面，時代本身的饑餓又必須要挑選一些人來分擔、體現它的饑餓。現在我們知道了，它挑中的人就是「莽漢」。而「莽漢」，按照李亞偉所說，只是群眾中暴露出來的一小部分，更多沒被挑中的基本群眾卻被掩蓋了。那正是時代和歷史最殘忍的部分之一。

這是因為莽漢們有著基本群眾所沒有的高音量：他們在大口吞吃時，也在大聲吐出——他們在流浪的途中，大聲喊出了他們的饑餓，把饑腸的咕嚕聲直接從嘴巴中吐了出來，並砸在了紙上。現在我們也明白了，那就是高音量的莽漢主義詩歌。「莽漢」們是那種敢於大聲喊出也有能力喊出自己饑餓的少數人。最終很可能是莽漢而不是什麼精英知識份子們提供了八十年代的饑餓證據，莽漢就是饑餓的八十年代的最佳物證；而莽漢主義詩歌，則是那些能夠走動的物證們為時代錄下的口供。——和精英知識份子們的「吐出」完全不一樣，莽漢們的「吐出」僅僅是青春期對於饑餓的抗議。但它首先是呻吟，是失掉了根基之後的叫喚。

時代之腿的代表們的嘴巴所吐出的內容，就是莽漢主義詩歌；而為了尋找食物展開的流浪和對食物的吞吃則表達了饑餓的嚴重程度。對莽漢們來說，詩歌是以饑餓為前提的，而饑餓則由八十年代提供：教育的失血，信仰的化膿，人事分配制度的生銹，精英們面帶菜色的說教……，構成了八十年代的饑餓的眾多來源。因此，莽漢主義者的詩歌書寫僅僅是饑餓的嘔吐物。據李亞偉揭發，1984年夏天，當他、梁樂、胡玉「從不同地方巡邏到四川雅安馬松處聚眾喝酒時，莽漢詩歌已極大豐富起來，形成了猛烈的創作勢頭，其標誌就是馬松站在一家餐館的酒桌上朗誦了『把路套在腳上走成拖鞋』的《生日進行曲》。」這個鮮明的意象實際上早已證明了詩歌、饑餓與青春之間的全部關係，其力量勝過了所有號稱具有超級解釋能力的理論。因此，沒有必要怪罪莽漢主義詩歌的兇神惡煞，也沒有必要鄙棄它在藝術上的有意粗魯，因為由饑餓引起的嘔吐在實施嘔吐

之時是根本就來不及考慮時間、地點、場合與風度的。因為嘔吐不
會押韻，所以莽漢主義詩歌也不會押韻，但它有自己的精神韻腳，
它的節律僅僅聽從饑餓的節律，聽從大腿在快速的浪遊中弄出來的
巨大聲響。詩歌接受饑餓和流浪的轄制。當一個饑餓者不是低聲呻
吟，而是站起來抗議時，誰擁有指斥他們的高音量和大聲武氣說話
的權力？即使是詩歌本身也不擁有這樣的權威性。

　　李亞偉說得對，莽漢主義代表了一個詩歌時代；但我們有理由
說，莽漢主義更是八十年代的重要物證：它把青春期關於饑餓的憤怒
全部吐出來了；正是這些吼叫著的大腿，充當了精英知識份子得以存
在的合理性──精英們是正確的，他們的啟蒙工作也是有道理的。就
這樣，八十年代最有文化的腦袋和最「沒有文化」、最反文化的大腿
終於會師了，它們聯為一體，共同構成了八十年代的整一身體。

七、酒

　　因為饑餓，他們上路流浪了；由於在青春期的指引下，流浪天
然渴望著巨大的聲響，所以酒精出現了。酒與詩歌、青春有著明顯
的一致性：酒的涵義之一就是在它貌似溫柔的流動身體中，包含著
狂暴和使飲者喪失方向感的力量。酒是一個巨大的誘惑，如同力必
多之於青春一樣。這同樣是一個有關青春和大腿的故事，和其他許
多相似的故事一樣，它提出的問題將會在其他故事中找到答案，而
且這些相似、相關的故事彼此不可分割。正如艾倫‧奇南（Allan
B.Chinen）所說：「每一個單一的故事都不是完整的，它們必須彙聚
在一起，就如同拼盤遊戲一樣。」也只有如此，我們才會得到一副
有關莽漢主義、有關莽漢主義詩歌與八十年代的整體圖案。就是這
樣，性情暴烈的波德賴爾才會說：「一個人必須總是喝醉。一切都至
於此；這是絕無僅有的道路。時間壓垮了你的雙肩，使你頭顱低垂，
要你感覺不到這樣的重負，你就必須毫不遲疑地喝酒。」所以早已
行走在流浪途中的李亞偉才會對他的女友說：「若干年後你要到全世

界最破的／一家酒館才能找到我。」(《給女朋友唯一的一封信》) 酒館是莽漢們真正的客棧，他們像將要上景陽崗的武松一樣，把「三碗不過崗」的勸戒抛在了腦後。馬克思曾經談到了巴黎的小酒館和無產階級密謀家們的關係：他們從一個酒館轉到另一個酒館，考查工人的情緒，物色他們所需要的人，他們的大部分時間就是在小酒館裏度過的。「本來就和巴黎無產者一樣具有樂天性格的密謀家們，很快就變成了十足的放蕩者。」馬克思肯定會同意，之所以如此，是因為酒精中包含的暴力和使飲者喪失方向感的力量，和革命家以及革命本身隨身攜帶的力必多一拍即合了：酒精激發了他們的力必多，終於使目的明確的革命家喪失了應有的方向感。與此結果相似但方向相反，莽漢們在酒館裏卻是有意識地要讓酒精去啟動力必多，讓它更為眩暈，好讓莽漢們在流浪途中更具有夢遊特徵。——彷彿只有雙倍的夢游才更適合流浪、更適合解決饑餓。李亞偉醉醺醺地對酒館老闆說：

> 我想跟你發生不可分割的關係
> 有時你躲不掉，我的傷口在酒店裏
> 揮動插在上面的匕首向你奔來
> 我用傷口咬死你老闆
> （李亞偉《酒店》）

這實際上是在和老闆親吻：莽漢們在表達親熱之情時也會使用一貫的莽漢動作。因為正是酒館老闆在莽漢們流浪的途中，為莽漢們準備了職業：飲酒恰好就是青春的火暴職業之一。的確，眩暈、夢遊般毫無方向感的流浪，是青春的專職工作，酒館為這種職業的實現提供了工作作坊。但作坊主永遠不是酒館老闆，而是那些莽漢們。酒店老闆僅僅是青春職業、青春故事稱職的看門人。

莽漢們流浪的路徑也由此成了一條酒之路。我們說，這條路的確讓青春感到痛快，但它也的確十分危險：因為青春已經夠瘋狂了，

加上酒精的力量，瘋狂勁就遠不只是原來的兩倍。但莽漢們對這條東倒西歪的酒之路卻感到非常滿意。雅克・阿達利（Jacques Attali）說：「街道引導熟悉情況的人回到家中，使他們能夠發現外人，亦即看樣子迷路的人，失去理智的人。每一條路都像是一個秘密，但同時也隱藏了邂逅的希望。」真是這樣的啊。李亞偉也幾乎是在語無倫次中真實地說出了這個意思：「真正的酒之路，乃本質與變態間的中庸之路乃醉之路仙與人徹底折中／醉之路乃感情之路起伏於人體血脈穿過大街小巷乃詩人之路爬上人類的肩頭藐視所有邊緣和中心，藐視怯懦，藐視勇敢！／醉之路乃最富足之路慷慨之路乃人民東路拐過火車站乃愛人之路幽會半途而廢之路結婚之小路常攔腰殺出／人生之酒浩蕩於青春期的高原，糊塗胸悶於酒杯之外，癲痛於峰頂。今宵酒醒何處？」（《酒之路》）看來這條路是必須要繼續下去了，既然它和流浪的青春有著如此合拍的曖昧關係。

由於力必多的高速運轉、被大量生產，失去了酒，莽漢們也就意味著失去了流浪的路途。力必多在酒的激發下，已經越來越依賴於酒精的力量。青春對酒上癮了。那真是八十年代的重大景觀，那真是一個全民敞開肚皮喝酒的奇特年代。不管是物態意義上的酒，還是隱喻意義上的酒。由於此前的幾十年裏，中國人連喝酒都是定量供應，而供應量不僅對青春和酒鬼不夠用，即使對一般的飲者、節日、喜慶和喪葬也難以滿足。八十年代之前的那幾十年，由於酒精嚴重不足，所以青春替代性地熱戀上了武鬥、抓特務和上山下鄉。八十年代解除了對酒精的限制，與此同時也合乎邏輯地解除了對武鬥、抓特務和上山下鄉的熱愛。力必多有了新的同謀，因此，酒精也把六、七十年代的「紅衛兵」變成了八十年代的莽漢──這真是酒精的勝利。與此同時，時代也在酒的幫助下取得了它自己的勝利。當然，這同樣也稱得上是時代的失敗，因為它在除了酒精之外，並沒有生產出另外對力必多有效的催化劑──想想啟蒙廣場上那些面帶菜色的大腦們就明白了，而正是這些人被時代勉為其難地推到了前臺，像那個倒楣的丹麥王子一樣肩負起了扭轉乾坤的責任！

　　就是在這個大背景下，莽漢們等同於酒和酒杯。酒就是莽漢自己。到了現在，到了流浪的「醉之路」途中，力必多和酒精的界限已經完全被抹去了。李亞偉如下的詩句，我們已經很難分清其中的「我」究竟是酒精呢還是他本人了：「請你把我稱一稱，看夠不夠份／請你把我從漏斗裏灌進瓶子／請你把我溫一下／好冷的天氣／像是從前一個什麼日子。」(《夜酌》)當然是那些忙於趕路、流浪、撲向酒館的日子了。所謂「酒壯英雄膽」，莽漢們之所以要如此行事，其目的就是要在青春期還未消失的情況下，「走很遠的路摸黑而又摸／很寬很遠的黑呢。」(同上)此時此刻，青春、流浪、力必多、酒精、道路早已變作了同一件東西，共同用於對付饑餓和充滿瘋癲的教育。

　　李亞偉曾經對我說，他在寫《硬漢》的過程中，喝了兩瓶酒，昏睡了兩天；醒來修改《硬漢》時，又喝了一瓶，剛修改完，結果又醉在了詩稿邊。的確，我們能從《硬漢》等詩作裏聞到普遍的酒味。李亞偉和他的同志們一起，把酒精所包含的隱蔽涵義全部直接移入了詩歌書寫之中：當他邊喝邊醉邊寫時，由於酒精與力必多的結合產生的狂暴，會使他大喊大叫，而這就是《硬漢》、《我是中國》、《野馬與塵埃》、《困獸》；而當他醉醒之後，由於力必多也疲乏了，這時他會低言低語，有氣無力，而這就是《夜酌》、《酒聊》、《酒眠》。從酒的內在涵義以及它對力必多的作用這個角度，去觀察前莽漢李亞偉的詩歌書寫，為我們提供了理解莽漢主義詩歌的有效線索：莽漢主義詩歌明顯可以分為兩大類，一類是邊喝邊醉邊大吼的作品，它把力必多的暴烈特性全部噴發出來了；另一類是酒醒之後的低音量作品，它構成了前一類作品的休息狀態。它們相互作為對方的過渡，在青春期的彈性限度內，休息卻永遠是為了指向噴發。誠如醉後醒來的李亞偉說的：

　　太陽一下子把我的眼皮揭開啊
　　這下見底兒了原來我好淺你這樣的酒杯
　　比那些酒杯更容易見底其實

太陽也不深它難道不知
不外乎另找職業再不寫詩就行了可
另找職業不外乎是又去酒館
（《酒眠》）

八、打架

悖論出現在了打架之中：因為饑餓才走上流浪途中的莽漢們，卻有的是力氣鬥毆。打架是青春期與力必多的可能性修辭：當沒有外力來約束青春時，當沒有有效的外力來約束青春時，當沒有讓青春本身覺得有效的外力來約束青春時，無所事事的青春只有一件事可做：信仰自己和信任自己的力必多。而青春本身是沒有方向感的，它左衝右突、閃轉騰挪、具有瘋癲性質的力量天然就需要一個突破口，誰讓它的自我生產能力那麼強呢。這就是打架在莽漢們那裏的本體論意義。而有效的外力必須要徵得青春的同意。只可惜八十年代以及八十年代普遍而僵滯的教育，在青春期和力必多面前一文不值。青春通過自己的吞吐吸納，把悖論轉換成了合理：正因為力必多強勁有力，所以他們在具有如此特徵的八十年代感到了普遍的饑餓；正因為饑餓，所以要打架。打架是另一種意義上的流浪，另一種意義上的喪失方向感。G·畢希納大聲吼道：我覺得自己彷彿被可怕的歷史宿命論壓得粉碎！「個人只是泡沫，偉大純屬偶然，天才的統治是一出木偶戲，一場針對鐵的法律的可笑的爭鬥，能認識它就到頂了，掌握它是不可能的……」德意志的短命天才、青春時期的畢希納的這段話，可以一字不漏地用在一百多年後中國的莽漢們身上。

饑餓是普遍的，時代的饑餓和青春的饑餓是一致的；時代和人打架的場面由於始終被掩蓋住了，所以我們長期以來忘記了它，但它又通過青春的打架鬥毆被表達了出來。啊，那麼多打架的人，我們看見了古往今來那麼多打架的人，他們一個個衝上前來，不分青

紅皂白,大打出手;當一群鬥毆者老去後,另一群嘴上長有絨毛的傢伙在流浪中又組成了打架的集團軍。在《臭聞偵探》中,司各特·菲茨吉羅德(Scott F.Fitzgerald)說:「有些代人同下一代人緊密相連,有些代人和下一代人之間的鴻溝廣闊得難以跨越。」菲茨吉羅德肯定搞忘記了說,打架之於青春永遠都不會有什麼代與代的分別──儘管他們打架鬥毆的理由很可能會各個不一。在八十年代,饑餓和無所事事才是莽漢們鬥毆的主要理由,因為八十年代只為這夥人提供了酒以及酒之路。李亞偉記載了這樣一件事:八十年代一個夏天的晚上,在武漢,馬松走進一家酒館點菜、要酒,吃飽喝足後卻告訴老闆他沒錢該怎麼辦,老闆「好說」之後揮手便上來兩三個男人,將馬松一陣好弄,又出了酒館。「馬松額頭頂著一個青包找到我要了5塊錢要回去結帳,一手拿著錢一手提了塊磚頭,就在老闆伸手接錢的時候馬松一磚頭把他悶了下去。」短腿馬松用實際行動,證明了饑餓、流浪和打架與八十年代的內在聯繫。

儘管李亞偉把這個小情節放在了他回憶性文章的結尾,但打架卻不表明是莽漢行動的結束,而是一個伴隨著整個青春的動作,具有先天的倒敘特徵。除了極少數的時代,絕大部分的歲月對於青春的最大功能就是促成饑餓。八十年代在一些人(比如「腦袋」的肉體版本)那裏,顯得異常緊張、堅硬、時日無多與只爭朝夕,而在另一些人那裏,由於饑餓、流浪的普遍存在,倒反而顯得無所事事。在莽漢們那裏,它甚至直接等同於饑餓。因此,莽漢們根本看不起無所事事的生活,也看不起那些對這種生活很滿意的人:「我搔小子的眉心/我不想看他那付生活/還過得去的樣子。」(李亞偉《打架歌》)在這個意義上,打架成了力必多必須要消耗的糧食,能將他們擊碎在人間的糧食。李亞偉一語道破了這中間的「理由」:

只要你看我的眼
我就會正面看你個夠

> 從出生到現在我都閒著沒事幹
>
> (《我活著的時候》)

很顯然，荒唐的教育和接受這種荒唐的教育不可能成為莽漢們生活中實際發生的事件：它只有虛擬的影子，也無法充當可口的食物；而詩歌也由此不過是打架的副產品，如同它是喝酒、饑餓的產物一樣。這當然是青春系列故事中的又一個故事。李亞偉理解得很正確，莽漢主義首先不是詩歌，而是在一個饑荒的時代、在一個值得我們在回憶中憶苦思甜的時代中的巨大行動。青春在否棄了失血的、荒唐的、板滯的教育，否棄了時代故作的莊嚴嘴臉後，打架成了十分正常、正經的一樁事業，它甚至可以填飽「肚皮」。李亞偉在詩中寫道：「我擦掉臉上的血／我不知道國家和／國家打起架來帶不帶勁／反正打完之後／我還是挺和氣挺和氣。」（李亞偉《打架歌》）因為左衝右突的力必多終於在食物的沙漠上，找到了可以填飽肚皮的食物。在這裏，青春擁有了一張有趣的嘴巴：力必多需要被吐出，青春的腸胃才會被填滿。這就是力必多所擁有的特殊邏輯，通過這個隱蔽的邏輯，我們看到了莽漢們那裏具有本體論性質的打架行為以及它與莽漢主義詩歌之間的水乳關係。

九、憂傷

1985 年前後，李亞偉寫了一首回憶他自己十八歲生日的詩歌：他在那天喝酒、打架、進局子、找女朋友，一句話，青春期該有的東西、該具備的特徵在那天都有了。很有意思的是，在那首並不十分重要的詩歌的結尾，李亞偉寫道：

> 我那時沒錢
>
> 這輩子也不會有幾文
>
> 我算過爺爺和父親的開支

> 我這輩子大概有五角吧
> 生日那天我花掉了一角八
> （《十八歲》）

「錢」當然不只是金錢的意思，其實更多的是指生命的「本錢」。精神分析的紅衣主教、「江湖騙子」佛洛伊德認為，支配人類全部行為的潛意識就是「本我」；本我是黑暗的，它的集結就是性慾，是神秘而不斷湧現的黑暗之流。佛洛伊德把黑暗的本我分為「快樂原則」和「死本能」的對立，然後再窮追猛打，頗富想像力地將死本能社會化為攻擊性和破壞性原則。其實，青春也有它自己的死本能；這正是意氣風發之年就自殺身亡的馬雅柯夫斯基在臨終前所說過的：「然而我／克制自己／把我的腳後跟／踩在我自己的／歌吼上。」我們也完全可以在此基礎上說，死本能社會化後的破壞性和攻擊性原則，同樣是青春的基本特徵：為了保持青春，所以要破壞，為了葆有容顏，所以要進攻。李亞偉用「錢」這個奇特的、複合型的說法，給了「死本能」和攻擊性本能一種特殊的轉換，也在暗中通過自己詩歌中的低啞聲音，給了它們另一個集結性的名字：憂傷。是的，這是憂傷的申訴。

李亞偉依靠他的本能和天生的敏感，無意之中暗示出了一條定律：憂傷是青春的真正底色之一，憂傷正是在失去了方向感的流浪、打架、酗酒的過程中產生的複合型情緒；也是得之於青春本身的憂傷，暗中慫恿了流浪、打架和酗酒的青春期修辭學——在這裏，李亞偉和他的十八歲一道遇上了類似於闡釋學循環的困境。青春期獨有的闡釋學循環是青春期的無奈性嘴臉，也是青春期內部自我扭結的產物，它表明了青春自我矛盾的內在質地。而憂傷，無論是在李亞偉和他的莽漢同志們那裏，還是在他的青春那裏，都是一個總結性的符號。很有趣的是，李亞偉在大腿的快速跑動過程中，也寫下了許多舊時的才子意象：美女、桃花、寶馬、狂狷之士……這些都是他在流浪中走過暴亂的青春期的手邊之物，是青春期的換氣現

象,也就是憂傷本身,並且因了這些意象的腐朽質地而更顯憂傷。它們讓人想起了西施、貴妃、武松的酒、青樓的簫聲、柳永的放浪、荊軻的易水、侯嬴的熱血、大刀王五、古代的狂士和風花雪月。但他們都消失了,永遠不會再在二十世紀的八十年代重現。這是一個擁有同樣青春的後起之輩對前輩莽漢的哀悼,也是對青春本身的唁電,但它首先來自於青春本身:

> 美人和英雄就這樣在亂世相見
> 一夜功夫通過涓涓細語從戰場撤退到知識界的小子
> 我生逢這樣的年代,卻分不清敵我
> 把好與歹混淆之後
> 便背著酒囊與飯袋揚長而去
> (李亞偉《血路》)

這實際上已經意味著,憂傷早已成了「揚長而去」的流浪青春的暗中質地。憂傷也在大腿的邁動中,變作了一組組照片,是固定下來的流浪動作,但它早已稀釋在流浪之中。我們於此之中,也完全可以把李亞偉看作一個「傳統主義者」,這倒不是因為他寫了那麼多腐朽的才子佳人意象,而是他對這一切都進行了莽漢式的改寫:他把蘇東坡、司馬遷等人都改寫了,那些莫須有的事件,按照莽漢主義對憂傷的理解所杜撰出的事件,那些從來不曾真實存在於這些人身上的東西,都被李亞偉給栽贓在他們頭上了(參閱李亞偉《司馬遷軼事》、《蘇東坡和他的朋友們》等詩作)。這是對歷史的有意虛構,卻正好是詩歌的實質之一。

但憂傷不是一件永恆的事業,它和青春期一樣短暫。李亞偉深刻地發現了這一特質。在非常優秀的組詩《島・陸地・天》裏,李亞偉的詩句變得短促、破碎;語言因了憂傷而變得相當透明,像一條吐完了絲的老蠶。這組詩提前宣告了一個青春事件:憂傷進化了,憂傷快要過完了。這組詩也由此變成了對青春即將逝去的悼詞,如

同迴光返照的將死的病夫一樣，這組詩是李亞偉所有詩歌中把憂傷推向了極致的詩歌。

值得注意的是，憂傷也是八十年代的廣泛徵候之一。一代人因為方向感的喪失更加加深了時代本身的迷途感。應該說，方向感的喪失，既給時代提供了狂歡化嘴臉，也為莽漢主義者的生活提供了條件，但莽漢主義者的憂傷遠不止是他們個人的憂傷，也不僅僅是大腿們的憂傷，它表徵了整個八十年代。從詩歌寫作的維度說，正是憂傷為莽漢主義提供了暗中鼓勵他們如此行動、如此寫作的地下美學、在野美學。在李亞偉的所有詩歌中，其實都有兩條暗線：一條是大喊大叫的所謂破壞性原則（倒不如說發洩性原則更合實際），一條是相對暗啞的憂傷音調。這兩條線索的交織，它們在詩歌寫作中不同比例的搭配，甚至有時妙到毫顛的平衡性搭配，是李亞偉詩歌遠遠高出其他莽漢主義者的關鍵要領。《島・陸地・天》正是這方面的傑作。它既是對將逝未逝的青春的憂傷式哀悼，又有強烈不服氣的音色在內。《陸地》中反覆出現的「怎麼啦」，就是這種不服氣的典型音色，有如一個小兒哭鼻子歪著頭大喊「怎麼啦」一樣。急促的長句（其實它是由不加標點也就是不換氣的若干短句和合而成的）與相對平靜、憂傷的短句，結合在了一起，共同把憂傷推到了高峰。也把八十年代的憂傷氣質給甩了出來。

十、語言

莽漢主義詩歌的語言是一種青春期的語言，它的發動機永遠在青春那裏。迄今為止，李亞偉最優秀的詩作——同時我也得說，正是這些優秀詩歌構成了整個八十年代中國詩歌的實績之一——《島・陸地・天》、《野馬與塵埃》、《紅色歲月》，仍然是對青春期與力必多的直接摹寫。這些詩歌一方面才華橫溢，另一方面也構成了對才華的浪費與揮霍。它們在快速的語言轉換中，用雜亂無章的筆法、句式，對應了八十年代喪失了方向感的雜亂事實以及雜亂的青春行為。

誠如李亞偉所說，莽漢主義者是從「天上掉下來的語言打手」
（李亞偉《薩克斯》），這些打手們繼承了漢語中隱含的暴力和狂歡
特質；他們的高音量既得自於青春，又得之於漢語中肉感的高音量
與暴力的部分。兩者終於在八十年代勝利會師了。誠如我們所知，
漢語實際上是一種獨白式的語言，它最典型的語氣就是祈使性的命
令語氣。塔德說：「在語言被用於會話以前，它早已是酋長發佈命令
的仲介，或者是醒世詩人用字譴句的仲介。總之，語言首先是，也
必然是獨白，下一步才形成對話。」這話彷彿就是針對漢語的特性
所發的感慨。莽漢主義詩人從這裏邊吸取了無盡的養分。

海德格爾錯誤地認為語言的本質就是「語言說」，實際上，語言
的本質更在於「語言流浪」、「語言懷孕」。——這是莽漢主義詩人對
語言本質的一大發現，他們深入了語言中真正的詩性部分，遠遠勝
過了抓住雞毛當令箭、扛起常識當深奧真理的海德格爾。正是在流
浪中構成了語言的狂歡化和青春質地，也正是語言具有懷孕的本質
性特徵，它才孕育了在青春的射精作用下產生出的莽漢主義詩歌。

有趣的是，正是仰仗著這種獨具莽漢特質的語言本質性定義，李
亞偉在他的晚近詩歌中愈來愈生成了一種二元對立的面貌：甚至連自
我也一分為二了（參閱李亞偉《野馬與塵埃‧自我》）。這就是李亞偉
反覆說到的：「從出門到回家……，兩個方向，一種混法。」（李亞偉
《島》）這種對語言的有意分裂，不僅反映了青春期的暴力、分裂傾
向，實際上也對應了語言的懷孕本質。對語言的本質進行一分為二的
處理，在李亞偉那裏關係重大：一方面它們自身彼此交媾，在流浪的
途中分別射精和懷孕以促成詩歌；另一方面，兩值化處理也在它們的
相互交接過程中快速嬗變，組成了李亞偉詩歌中的快速特性。《野馬
與塵埃》、《紅色歲月》就是這方面的典範之作。而這也同樣對應了大
腿快速的邁動，對應了值得回憶、也適合回憶的八十年代。

2000 年 4 月，北京看丹橋。

六十年代的「懷鄉病」

一

　　二十世紀六十年代出生的中國詩人在寫到自己的故鄉時，除了少數人，幾乎是一致地把故鄉定格在農村和鄉間小道，定格在農村之所以被稱之為農村的事、物、人身上，偶爾也把準星瞄向了被農村廣泛包圍和分割出的一個個小鎮——在六、七十年代，它們只是農村的苦膽和盲腸，有著最高來源的病毒通過它們經常性的病變，常常會引發整個農村肌體的休克和幽閉。它們在與農村基本相似的同時，也稍帶一些與真資格的農村有所區別的異質成分：商品糧、單位、上班、星期天、照相館、佈滿泥濘的街道、蓋滿公章和鋼印的城鎮戶口本……等等。這是廣泛的意識形態大面積的、故意性的做法，帶有某種喜劇色彩；奇怪的是，它又是以故意性地製造病變來表達自身的。六十年代出生的中國詩人把自己的故鄉定格在鄉村和小鎮，這一現象其實相當容易得到理解：在一個農業國家和一個全新的、大一統的並且在彼時彼刻還相對封閉的國家裏，對於在六十年代出生而在七十年代度過童年的中國詩人，他們中的大多數幾乎都是農民的後代，有著幾乎相似的教育背景和成長經歷，幾乎都是一邊玩尿泥，一邊從「毛主席萬歲」、「我愛北京天安門」開始了娛樂、識字和讀書。

　　啞石寫道：「天空，一個更遼闊的所在／那吹鳴的模糊雲團，彷彿成長的隱喻。」（啞石《回憶童年：坪橋寨》）然而，我們這一代人的成長是不需要隱喻的（請原諒我這麼說，因為我不幸也是六十年代末出生的，我瞭解這一代人），一切都來得過於直白，幾乎沒有隱喻藏身的空間和機會。而他們其後的城市人身份，通常情況下是通過求學、求職、被體制性的人事制度分配而追加和獲得的。在他

們身上，無可奈何地保留著一條農民的尾巴、半腔農民的鮮血。「水紋珍簟思悠悠，千里佳期一夕秋。」（李益《寫情》）正是這樣，使得居住在高樓大廈裏的中國詩人們有時不無尷尬地在詩歌中回憶起了故鄉。西渡就這樣寫道過：

> 故鄉是一種酒的牌子，正如家
> 是另一種酒的牌子
> （《月光之書》）

西渡的「家」在中國計劃經濟委員會設在北京三裏河的職工大廈內，三室一廳，裝修堂皇；他的故鄉則在浙江農村，曾經被公共時代的菜園和計劃經濟時期的愛情長期佔據。在西渡創造的詩歌語境中，這是兩種不同牌子的酒，但同時被西渡偶爾品嚐和經常性地引用。這個酒量不大的人沒有被高度混雜起來的、幾乎不透明的液體結果，全仗著西渡用詩句把它們給排解掉了，彷彿危險一經說出就不再危險了似的。這同樣基於我們這一代人的童年經歷。在故鄉廣袤的、人煙稀疏的、傳說中的鬼魂不斷出沒的、令人孤單和恐懼的田野上，通過和小夥伴們大聲說話、對著大山狂喊或者自言自語，我們孤單和恐懼的內心得到了解放。我看到我們這一代人中的許多朋友，至今還在使用同樣的方法或經過組裝和改造過的該種方法對付內心的驚悸。就像藍藍對著鄉間的渺小事物所說的：「……親愛的綠楊樹，你來，／還有你，躺倒的麥穗／請讓我在你們身上／靠一會兒。」（藍藍《五月》）——這是我們這一代人的故鄉帶給我們的基本遺產。

因此，森子才會說，故鄉只是他的祖籍，是填在各種表格中死去而又巋然活著的一行字（森子《鄉村紀事·呼蘭》）；故鄉是一種習慣，但它更加孔武有力（森子《鄉村紀事·康金井》）；因此森子從一根火柴的味道中就能想起故鄉呼蘭，「因此，我的臉就像黑土地一樣黑裏透紅／並影響到我的女兒。」（森子《鄉村紀事·呼蘭》）。

這也是解除危險、驚恐和孤單的方法之一，但它仍然是對故鄉基本遺產的改造和修整。在一篇不值一提的小文章中，我也曾經鸚鵡學舌地寫道過：「我們每一個人的身後，除了留在陽光下的陰影外，註定還有一束暗中投來的目光，這目光有好有壞，但更多的時候呈中性，然而它的涵義是深長的。這束光有時可以叫做命運，有時也可以被稱作故鄉。對任何一個人來說，故鄉都是一種無法選擇的宿命。故鄉是人生的預言。對絕大多數人來說，他們之所以有這樣的人生，他們的故鄉的品貌起了極大的作用。」的確，故鄉是一個值得我們終生回憶的處所，因為它不僅僅給我們提供了解除驚悸的遺產，還有更多的東西有待於我們去瞭解、發現甚至發明。

在桑克的「還鄉」詩中，則出現了如下故意性的戲謔式場景，和西渡、森子、藍藍、啞石的陳述大異其趣卻又異曲同工：「我拎著行李出站臺／纖弱美景如槍出膛／田園風光恍兮惚兮／差點兒誤是烏托邦」……而面對故鄉，「我滿臉堆笑像老鴇／哄得大眾挺到飯好／暗中卻算返城佳期／直罵盧梭是個傻冒。」（《劉大還鄉》）這無疑是說，一整條農民的尾巴，半腔農民的鮮血——這兩種不同牌子的酒——，只有在城市的摩天大樓裏（更多是時候是在平房裏）才能被有效地品嚐和引用。我們是引用故鄉的內在指令給我們開出的邏輯線路展開了我們的人生軌跡。在更多的時候，故鄉的確已經給我們預支了道路，那無疑是微縮的、隨著我們的成長不斷放大和成型的道路。它鼓勵我們往前走，同時又在暗中用一根看不見的絲線栓著我們，調控我們，使我們跳不出它老人家的手掌心。故鄉即行囊。

> 從大海的一滴水到山東的一個小小的村落
> 從江蘇一份薄產到今夜我的臺燈
> 那麼多人活著：文盲、秀才
> 土匪、小業主……什麼樣的婚姻

傳下了我？我是否遊蕩過漢代的皇宮？

（西川《虛構的家譜》）

　　儘管西川對故鄉和一代代傳下自己、讓自己成為既成事實並擁
有今天的命運的子宮充滿疑惑，頗有尋根問底的決心與衝動，但故
鄉仍然是不能回返的。對於詩人來說（其實又豈止是詩人！），所謂
返鄉，就是消滅了故鄉。一如桑克《劉大還鄉》暗示的，故鄉只是
回憶的對象，在更大的意義上，它其實也是回憶的產物。它只是另
一種牌子的、近乎虛擬的酒。常識告訴我們，幾乎不會有人在故鄉
而思念故鄉，因為那無疑就是騎驢找驢的傻旦行徑了。桑克在另一
首長詩中寫到了他的農民父親，該人多次冒著生命危險拒絕了士兵
生涯，最終回到了故鄉，繼續他的農民身份，因為他認為（實際上
是桑克代他認為）：

　　……我更適合做個農夫
　　安靜地守著幾畝薄田，幾間破爛的草房
　　研究種花的手藝，就夠我消耗一生的才華
　　（桑克《一個士兵的回憶》）

　　這樣的人是決計不會思念故鄉的，他一門心思只是想把有故鄉
的日子打發過去，因為故鄉就在他身邊，是他上手的事物，是留居
的空間。海德格爾說：「『居家』中的家鄉存在就在於，詩意創作的
靈魂逗留在『源泉』的近鄰。」桑克（當然還有他的同輩人）基本
上是微笑著否定了這一結論，但又從更深、更久遠的角度證明了這
一結論。里爾克寫道：「一個庇護所撐在他們的渴望中，／它的一個
入口在風中顫慄——／在他們聽力的深處，你建造了一座神殿。」（里
爾克《獻給奧爾弗斯的十四行詩》第一首）假如存在於農村的故鄉
可以充當六十年代詩人「渴望中」的「庇護所」、「神殿」，那它也只
能存在於回憶和想像之中。「啊，立陶宛，我的故鄉，你像健康一樣！」

這樣的呼喊肯定是一個在遠方混得遍體鱗傷的倒楣鬼的夜半呻吟。故鄉在六十年代出生的中國詩人筆下——由於他們出生和成長年代的特殊性——大多數時刻只是用於回望的，是回憶和城市中的生活質地上下其手，最終造就了故鄉的品貌，這是重新發明、在原有的基礎上進行裝修的、貼了醒目瓷磚的故鄉：

> ……我只管做夢、尿床、驚醒，就像今天
> 我從不把居住地稱作故鄉
> （森子《鄉村紀事・康金井》）

這是空間的故鄉，當然在我們的「居住地」（也就是西渡所謂的「家」）之外，它留給六十年代出生的中國詩人的是略帶憂傷的回憶，它的美好也只存在於這種質地的回憶中，而不是在返鄉中。返鄉是一種消滅故鄉的行為或狀態。太多的事實和文字證明了這一命題。因為故鄉並不美好（否則詩人們也不會紛紛跑到城裏去了），也不是什麼烏托邦（作為一種中間價值的物化形式，它也是不可靠的、並不值得信任的）。當然我們都同意，我們也沒有任何理由和權力要求故鄉具有美好的烏托邦性質。但即便如此，它仍然足夠我們廝磨、消耗一生了。

二

六十年代出生的詩人很自然是在農村消磨掉童年生涯的。如果說老家是空間上的故鄉，那童年就是時間上的。鑒於這一代詩人普遍的、幾乎是相似的成長背景，童年在他們筆下呈現出許多相似性，就可以被充分理解了。那實在是一個整齊劃一的時代，從大江南北到長城內外，連遊戲都被意識形態的遊標卡尺丈量過，連撒野的步子、清脆的「童罵」都是從一個模子裏邊鑄出來的。對這一代詩人來說，那首先是農業定義過的童年，是被生產隊、大隊、公社和到小鎮上賣豬都要請假定義過的童年。西渡、

桑克、森子、啞石等人在這方面有過較為相似的陳述。農業性的
童年在西渡那裏，意味著憂鬱和希望的雙重性（《公共時代的菜
園》）；在桑克那裏，意味著堅實和基礎（《一個士兵的回憶》）；在
啞石那裏則意味著某種消骨的秘密，直到今天依然在對他發揮作
用（《回憶童年：清蓮庵》，《回憶童年：坪橋寨》）。而在森子那裏，
故鄉和「吃」有關，和「餓」有關。那是一個普遍饑謹的時代。
我甚至看見了至今讓我感慨不已的一幕。那是在農村，我不小心
將一碗米飯倒在了地上，兩個和我一般大小的孩子（他們是我的
堂兄弟）馬上爬在地上抓起米飯就往嘴裏塞，邊費力吞咽邊露出
專注的、滿足的笑容。直到今天我也未曾稍有忘記。這樣的經歷
在我們心中儲存、發酵，讓我們對饑餓、嘴巴與吃記憶良深，讓
我們對「吃」的的童年始終有所顧忌。而在森子那裏，它發酵的
結果是強忍著做出來的幽默以及某種程度上的放棄。在《挖鼠洞》
裏，森子就用略帶幽默和憂傷的筆調「描述」了自己如何與二哥、
三哥一起和老鼠展開搶奪口糧的搏鬥。那實在是一場在「人鼠之
間」展開的生死搏鬥，最後以童年的失敗而告終。類似的經歷無
疑給我們時間上的故鄉打上了恐怖的烙印。

　　我們在時間上的故鄉是饑餓、貧瘠的故鄉，它讓六十年代出生的
詩人發育不良，讓他們擁有了一個瘦瘠的童年（我至今也沒有從他們
中間發現幾個胖子，而這一點和七十年代出生的詩人有著重大區
別）。在那個普遍饑謹的年代，正如海因用充滿悖論的語氣說出來的：
「這些孩子二十年前像我，／二十年後才像他們自己。」（海因《對
山村小學的期望》）也正如林木所說的：「十五年前，你在一盞油燈下，
／仔細閱讀撿來的紙片。／讀完一天的收穫，就蒙頭大睡。／兒時的
溫暖從你的左耳根，／悄悄地爬向早已消瘦的腳趾頭……」（林木
《1993 和 1994》）這當然不是什麼修辭學，而是我們這一代人的時間
上的故鄉的本來面目。它是精瘦的故鄉，是渴望吃飽的時間段落。和
空間上的故鄉一樣，時間上的故鄉也是六十年代出生的詩人將在其後
不斷引用和徵用的「精神資源」。而在饑餓中湧現出來的溫飽和希望

中可以得到的溫飽，則構成了對時間上的故鄉的經典回憶。這就是西渡為什麼會充滿暗暗的喜悅寫到公共時代的菜園的隱蔽原因，因為它是「被公共生活開除的部分」，因為它身上居然偷偷摸摸地長了黃瓜、豆角、番茄，「它們的種子是從我們的皮膚中分泌出來的。」

> 而菜園中綠汪汪的油菜像一群莽撞的孩子
> 提前進入了一個疑慮重重的新時代：
> 一個時代結束的消息在菜園中
> 散佈開來，像一場春雨淋濕園中
> 韭菜，那想像的花園中的詩行
> 充滿了生長的巨大願望
> （西渡《公共時代的菜園》）

與此相連帶的，值得充分注意的，是六十年代出生的詩人的成長背景：他們是在鋪天蓋地的革命和紅旗中度過童年的。這無疑是紅色的童年。我們的遊戲：抓特務、鬥地主；我們的作業：學工學農又學軍、喊口號、用整齊劃一的童音朗誦不被我們完全理解或完全不被我們理解的革命詩篇和毛主席語錄；我們喜歡的顏色無一例外總是紅色，因為我們的紅旗是紅的，大人們張口就來、閉口就到的革命是紅色的——儘管我們只是一跟頭撞在了革命的尾巴上，沒有機會深入到它的內部和核心。我們的童年起始於革命的尾巴，也在回憶中（且只在回憶中）結束於革命的尾巴———如西渡在上引的詩行中所說（「一個時代結束的消息在菜園中散佈開來……」）。五十年代出生的詩人張曙光對此的敘述，對六十年代出生的詩人同樣有效：「那一年電影院上演著《人民戰爭勝利萬歲》／在裏面我們認識了仇恨和火／我們愛看《小兵張嘎》和《平原游擊隊》／我們用木製的大刀和手槍／演習殺人遊戲／那一年，我十歲，弟弟五歲，妹妹三歲／我們的冰扒犁沿著陡坡危險地滑著／滑著，突然，我們的童年一下子終止。」（張曙光《1965年》）因為森子也有同樣的描述：在紅色的故鄉，在童年的故鄉——

最讓人激動的還是遊大街

給地主、右派、小偷、破鞋

脖子上掛一塊牌子，頭上糊一頂

紙帽，煞是好看，年輕人

鳴鑼開道，像是過愚人節或

動物狂歡節，除了過年

鄉村沒有啥節日，13 歲

我離開林家，再沒回去過

（《鄉村紀事·林家》）

　　也就是說，他從 13 歲就徹底地告別了童年，把時間上的故鄉留在了身後。這是對我們這一代人的準確描述。假如張曙光那一代詩人正好撞上了革命的頭部，那革命的尾巴並不比革命的腦袋更沒有力量，因為米哈伊爾·巴赫金開玩笑式地說過，頭部就是臀部，小丑就是國王。我們的童年結束得太早，我們時間上的故鄉來得太過疾速，全仰仗了這種「愚人節」和「動物狂歡節」。當那些想從農村中尋找家園，當一幫老不長進的所謂詩人還在美化鄉村的時候，我們當真存在著一個時間上的故鄉值得我們去頂禮膜拜、去憧憬和留戀嗎？在《一個鐘錶匠人的記憶》中，西渡從側面提出了這個問題，而在整首長詩光滑的腹部上，它又是一個高高隆起的腫瘤，如此醒目、打眼，表徵著我們這一代人似淡還濃的「懷鄉病」：

在夏天爬上腳手架的頂端，在秋天

眺望：哪裡是紅色的童年，哪裡又是

蒼白的歸宿？

　　「紅色的童年」無疑給六十年代出生的詩人打上了廣泛的印記。儘管它從來就不可能作為歸宿，但它依然還在我們身上，還在對我們發揮作用。它讓這一代詩人在很長一段時間內熱愛革命，卻

又深深地害怕饑餓再一次來臨。饑餓、紅色，或者用紅色定義過的饑餓，無疑會給我們這一代人留下更多的、更寶貴也更令人窒息的資源。它構成了這一代詩人身上的悖論、矛盾，它也讓這一代詩人習慣於提起自己的右手扇向自己的左臉。有趣的是，西渡在此使用了「眺望」一詞。是的，眺望。與故鄉天然相匹的動作就是它，而不是回返或返鄉。下邊是朱朱卡在喉嚨深處的、變形了的眺望：

> 賣貨郎從南方來。人們向他打探親人
> 在哪裡生活或在哪裡被埋葬
> 直到口中的硬糖融化。
> （朱朱《小鎮的巴羅克》）

很顯然，眺望在這裏是一種回溯的姿勢，卻並不僅僅是為了記住。

三

正如西渡在詩中暗示的，「家」和「故鄉」對他們這一代詩人來說是分離的、異地的；按照桑克的暗示，那就是城市（「家」）和農村（「故鄉」）的區別。也正如森子所說：「我從不把居住地稱作故鄉。」在一個有著久遠農耕傳統的國度，「家」與「故鄉」的分離從來沒有像今天這樣普遍，這正是所謂六十年代的「懷鄉病」主題的由來。故鄉意味著出發和出發點（西川：「我們將在廣大的世界展開鬥爭」），它是我們母親的子宮之外的另一個子宮。故鄉把一切別的地方都定義為他鄉和異鄉，無論是時間上的還是空間上的；它也天然規定了我們用之於故鄉的正確姿勢和動作。古人在回首和眺望故鄉時，偶爾的得意和失意幾乎都建立在有無顏面回見江東父老，幾乎始終和建功立業聯繫在一起。清人汪景祺檢討說：「余今年五十有三矣，青春背我，黃卷笑人。意緒如此其荒蕪，病軀如此其委頓。間關歷數千里，貧困饑驅，自問生平，都無是處……」（汪景祺《讀書堂西征隨筆·自序》）這位老兄當然是有故鄉而不大敢回了，果然，

他慘死在了異鄉的屠刀下。而前亭長、小混混劉邦高歌「大風起兮雲飛揚」而回鄉，得意於「某之業所就孰與仲多」（《史記・漢高祖本紀》）；項羽無顏再見江東父老自刎烏江。大體上都是這個意思。六十年代出生的中國詩人對此卻有別的看法。

　　一個在「家」裏生存的人，在「眺望」與「回首」故鄉時，本身就包含著某種辛酸、喜悅、無奈、茫然無措、方向感的喪失甚至是失敗感。為了逃避某種無聊的工作倉皇「逃竄」到北京的海因，在一首詩中說起過，他在旅居北京的某一天無所事事，與同伴一起在京城四處瞎竄，直到那位呈陰性的同伴喊了一聲「呼家樓」，他才彷彿找到了目標，直奔呼家樓而去：「於是，我們登上 801 路電車——／僅僅為了一個名詞（呼家樓）我們就付諸了實踐／這也許就是我們渴望的傳奇生活吧？」這就如同我們在故鄉時總是思念和憧憬遠方一樣，總以為在遠離故鄉之外的某個位置，存在著我們渴望已久的「傳奇生活」。正是因為有了這一點，故鄉的出發點地位才得到了實現、鞏固和加強。孫文波說：「我年輕，心存著一個倔強的念頭／離開肉體，活在另一種境界／在那裏我將不再受地域／受一切有形事物的局限。」（孫文波《曲城》）在孫文波那裏，故鄉就這樣成了本質上的、活動著的展覽品，但它仍然存身於孫文波的回望之中。在我的長詩習作裏，也有類似的敘述：「那時我年輕、貧窮，滿腦子／遠走他鄉的可怕念頭／為終有一日會老死故鄉擔驚受怕。」（敬文東《劍閣》）而在「他鄉」北京乘車直奔呼家樓的海因寫道：

> 前面是美好的，而左側也基本上是不錯的。
> 我們指指點點乘坐 801 路電車駛向呼家樓
> 而呼家樓一開始就不是我們的歸宿。
> 　（《呼家樓》）

　　盲目的他鄉目標不是歸宿，那故鄉是嗎？海因在同一首詩中還說：「一個真實，一個虛構」。所謂的家，與故鄉相比，毋寧是互為

真實和虛構的關係，更何況一個把家背在背上的人。我見過海因，他高挑、瘦削，略帶間或的浮腫，彷彿被背上的「家」壓得喘不過氣來。在一個喪失了更高目標的時代，「呼家樓」只能是盲目的，但它又是必需的，正如沒有信仰的人會將花裏胡哨的愛情當作宗教。這顯然涉及到了某種換位關係。「他鄉」在充當身居故鄉之人的理想和目標時是美好的，因為那無疑也是一種回憶和眺望，只不過是在回憶和眺望將來。但在身居他鄉的人那裏，故鄉的面孔就突然呈現出來了。這是一種換位。通過換位，故鄉才可能呈現，故鄉的「所是」和「應是」才可能在回憶中被哄抬出來；通過換位，年輕時對故鄉的詛咒和渴望遠行的盲目性才可能出現。這種對於他鄉、異地的盲目性（一種名詞的盲目性），明顯昭示了六十年代出生的詩人徹底的無根狀態。他們始終願意在故鄉與他鄉之間反覆搖擺，缺乏一條道走到黑的決心，既對故鄉心有留戀，又對盲目的他鄉目標付出了太多的津液；對於故鄉與他鄉的陳述，也有著廣泛的恍惚、搖擺和猶豫。換位以及它帶來的尷尬，從側面補充和完善了六十年代出生的詩人身上的自相矛盾，也暗示了他們何以總是習慣性地提起右手打向自己的左臉。對此，桑克頗為振振有辭：

> 高速公路上的車轍
> 像信仰一樣清晰，但我不能
> 認定信仰是存在的
> 我不希望自己還有獲救的
> 可能。尤其在前面法拉利
> 空翻 360 度躺在坡下回憶
> 醉生夢死的光榮的時刻。
> 當雪化了，車轍就撤了。
> （桑克《冬》）

　　當然，信仰如果真的不存在，可以想見，桑克老兄的局面就會更加麻煩。而西渡面對換位帶來的盲目和盲目引發的失敗感，有著較為淋漓盡致的表達。在《一個鐘錶匠人的記憶》中，存在著童年／成年、故鄉／家的普遍分離。西渡在詩中杜撰了一個童年時期在故鄉青梅竹馬式的愛情故事。和許多類似的故事和故事中的主人公一樣，西渡同志的「愛情」也破產了。「我」後來雖然在電視上既看到過「她」在城市裏大露頭角的風光，也看到了「她」不明不白的死法。整首長詩在西渡筆下有一層包裝，那就是快與慢的不斷換位與變奏：童年與故鄉（以及在那裏發生過的「愛情」）是一種慢，「我」也希望它是一種慢；而城市與成人、異鄉則是一種快。時間在這裏，有了愛因斯坦向人解釋相對論時開玩笑的面孔。愛因斯坦說，當你和一個姑娘坐在一起時，時間就過得很快，但你寧願它慢；當你和一隻爐子坐在一起時，時間就過得很慢，但你肯定希望它能夠快一點。因此，對於在城市的「家」中眺望「童年」、「故鄉」，西渡說：「此刻，我同意把速度加到無限。」這是衝向終點的速度，還是衝向起點的速度？西渡沒有明說，不過，還需要明說嗎？

　　失敗感是六十年代出生的詩人至關重要的主題，我們甚至可以從所有詩人幾乎所有題材的詩作中找到這一主題。雖然失敗是人類的亙古宿命，可是在六十年代出生的中國詩人那裏，仍然有其特殊性。紅色的童年（那是時間上的故鄉）和農業性的故鄉（那是空間上的故鄉）給他們帶來了理想主義的天然基因，讓他們在對付城市裏凡庸的、令人窒息的生活時，有了可以依靠和憑恃的精神資源，畢竟鄉間經歷和鄉間風光在想像中還是足夠美好的。就像魯西西所說：「讓我記住牧童的午後和夜晚。／讓我隨著你所經歷的神奇的往事，遠遠離去，／像一個返鄉的人，你的腳印中，／讓思念的渴慕伴著多年以後這重逢／像豎琴彌漫，在夜的暗影中。」（魯西西《返鄉》）但是，作為清醒的現實主義者（在都市的「家」中，沒有人膽敢不是現實主義者），六十年代出生的詩人也清楚地知道，故鄉作為精神資源是不可憑恃的。失敗感就在這種普遍的矛盾中產生了：那

不僅僅是在現實生活中碰壁之後產生的失敗感,而是精神上的;那種名詞的盲目性宣告的不僅是「家」或「故鄉」的破產,而是雙方的同時破產,並且只有這兩者聯在一塊時,這種破產才是有效的:一方的破產需要以另一方的背時倒灶為前提。那是「故鄉」對「家」的相互失敗,是灰色的成年對紅色的童年的相互撲空和相互失敗。何房子的詩句在這裏是有效的:「是否應該這樣判斷/故鄉總會不停地替換,有時是籍貫/更多的時候則是你根本不能抵達的地點。」(何房子《一個人和他的城市》)究竟是不是這樣呢?這個問題要搞清楚,毛主席說,這個問題不搞清楚就要變修正主義。

四

海德格爾在解釋荷爾德林的《追憶》時認為,到異鄉的漫遊本質上是為了返鄉,即返回到他詩意歌唱的本己法則中去。對於六十年代出生的中國詩人,他鄉目標的盲目性已經否決了從漫遊中的返鄉(這有桑克的詩作為證),否決了他鄉轉化為故鄉的可能性(海因的「詩意」訴說可以為此充當支撐物),除此之外,是不是還存在著別的辦法呢?哪怕它是折中的辦法?儘管迫於嚴重的、城市「家」裏的繁重生活,迫於都市中清醒的現實主義,大多數六十年代出生的中國詩人都把返鄉和消滅故鄉等同起來,都在不無遺憾中掉頭離故鄉而去,或者僅僅採取眺望的姿勢,讓故鄉至少能對自己遇到的精神險境起一種威懾作用——不管這在本質上是虛幻的還是近乎於真實的——,但仍然有人把故鄉看作了我們精神上的本源。海子抽象的、頗有些形而上學性質的故鄉(在他的詩歌系譜中就是村莊和天堂),就像源頭一樣沉睡著:

> 夜裏風大,聽風吹在村莊
> 村莊靜坐,像黑漆漆的財寶
> 兩座村莊隔河而睡
> 海子的村莊睡得更沉。
> (海子《兩座村莊》)

　　「眺望」帶來的結果天然就沾染了「美好」的涵義，海子只不過是佔有了「眺望」的最高高度，卻仍然是「眺望」本有屬性的展開、放大。這個來自安徽農村的性急少年有著這樣的勇氣。奇怪的是，海子在這裏並沒有習慣性地做過分的「過度闡釋」。成名於八十年代、大盛於九十年代的西川，對故鄉的追憶也是詩意的。儘管他的故鄉徐州（彭城）歷來都是兵家必爭之地，是仇恨的故鄉和集散地，但同時也是愛的故土──這與許多別人的故鄉性質一樣。更重要的是，它也是源頭，是這個世上某些人的子宮──這和海子的詠頌有異曲同工之妙，但又基本上放棄了對「眺望」最高高度的佔領，有著更為清醒、更為理性也更為堅實的根基：

> 但是一切誕生的源泉
> 並不因此而乾涸，還有更多的哭聲
> 從子宮裏飛出：從人民醫院的
> 產房傳到解放路的人行橫道
> （西川《致彭城》）

　　故鄉意味著出發，意味著存身於不遠處或很遠處的世間轟轟烈烈的戰鬥。尤為重要的是，在西川那裏，故鄉還是一個在既成事實上有幸被發明出來、自行生長的事物。但它仍然只存在於眺望之中。儘管一貫清醒的西川知道故鄉並不是美好的代名詞（西川：「與我一同走出那座城市的人們／是我的兄弟和仇人」），但故鄉在他的回望中，依然在自顧自成長，並不在乎那麼多的否定之辭，並且有著光明、美好的希望與可能性──雖然它是贏弱的、只剩下幾根骨頭的希望和可能性。是的，故鄉不可能成為宗教，但與世間一切美好、容易破碎的事物一樣，仍然有望保持它的美好風度。在我們有了農業性的故鄉和紅色的童年之後，對故鄉保持這樣的信任是需要勇氣的。我得說，西川從來就有這樣的勇氣：

吹號人我的兄弟於我離去後誕生
城市啊，正如巴比倫城的
伊斯泰門終將被曙光照耀
你終將像夜間的水銀一樣光明

就為這個信念我樂於再生
（西川《致彭城》）

　　故鄉需要我們的信任，它也要由此增強自己的信心。西川對故鄉的如此信任，彷彿是對一個頑皮、自卑的孩子的鼓勵，儘管它建立在懷疑的根基之上，但依然是我們這個時代最寶貴的東西。西川的勇氣的意義在於：故鄉不能回返與故鄉對我們終生的調控作用之間的矛盾，得到了較好抑制——他既照顧到了我們對於故鄉的複雜感情，也照顧到了我們對故鄉清醒的、理性的認識。西川的把握是精准的，他詩藝上精湛的平衡術在這裏再一次發揮了威力。而與海子、西川的憂傷、凝重相反，李亞偉則在嬉皮笑臉中表達了重回農村的決心，當然，這是一個根本不可能回到農村、也不願意再回到農村、僅僅是在農村的邊緣眺望農村的傢伙撒嬌式的宣言；有趣的是，在李亞偉狂放不羈、口若懸河、戲謔性的意緒中，表達出來的正是西川的平衡術想要表達的意思：

我只有從種子中進入廣闊的天地
我請求節氣和風水，請求胡豆和草藥把我介紹到農村
我請求一年中最好的太陽把我曬成農民的老大
我請求電話、火車、拖拉機把我送到公社
讓最小的豌豆和蘿蔔給我引路
讓最瘦最黑的二貴、鐵鎖、小狗子或別的小兄弟
把我領到隊長家裏，接受他的再教育
（李亞偉《懷舊的紅旗》第十首）

在《分析的時代》一書中，懷特海曾經說過，粗知哲學，很容易走向無神論；而精研哲學，則會皈依宗教。仿照他的話，我們似乎也可以說：種種跡象表明，粗知故鄉，我們很容易傾向於消滅故鄉，而精研故鄉，我們也會在有限制、有條件的情況下，像海德格爾說過的那樣，回到故鄉的懷抱中去，無論是西川式的，還是李亞偉式的。

2001 年 9 月，北京看丹橋。

「沒有終點的旅行」

　　二十世紀七十年代出生的中國詩人（他們被稱作「70後詩人」），現在已經開始引起人們的注意。但要對他們的寫作實際進行較為公允、準確的描述，顯然是困難的，就更不用說較為到位的分析與評價了。因為他們正處在日新月異的成長期，是正在進行時態的，而描述——正如我們通常所理解的那樣——永遠都是過去時的。實際上，「70後詩人」中的絕大多數隨時都處在變動、調整之中；即使是已發生的變化，由於批評者不可避免的視力問題，其實已經受到了某種忽略。因此，輕易對他們進行描述，很可能他們第二天早上六點鐘的自我蛻變就會讓描述者目瞪口呆、面紅耳赤，畢竟世上沒有誰真的擁有先知先覺的本領。《聖經》說，對於未來，我們只不過是瞎子。牢記這一點，對我這號向來喜歡明知故犯的人無疑是必須的。

　　我對所有真資格的創造充滿敬意，但本文不可能將「70後詩人」一網打盡。這既囿於鄙人的孤陋寡聞，也受制於筆者對於詩歌藝術的偏好——此所謂「你的美食佳餚正是我的穿腸毒藥」。而選擇即放棄。費希特說得好，你選擇什麼樣的哲學，完全取決於你是什麼樣的人。本人正好不幸被姓費的說了個正著。

一

　　在一篇應時的短文中，我曾經說過，一個動盪的社會，經常是時代出沒的地方。在中國這樣一個翻手為雲覆手為雨的國度，兩三歲的年齡差距其實就可以把人分為兩代。[1]「70後詩人」基本上是80年代中末期或90年代初期接受中學教育，90年代初中期進入大

---

[1] 參閱敬文東《蛇怎樣越冬》，載《讀書》2000年第12期。

學的。在他們成長的關鍵時期，幸運地避免了 1989 年所帶來的可能傷害。由於 1989 年把此前、此後的時間分別劃分為理想主義的和世俗主義的，因此這種傷害的可能涵義之一就是：它把理想主義和世俗主義共同賦予了某種可稱之為跨時代的人（當然不是「70 後一代」），使他們隨時都處於兩種方向相反的力的拖曳之中從而造成某種程度的心理尷尬和身份尷尬。正是肇始於 1989 年的 90 年代造就和培養了「70 後詩人」基本的、勇敢的、單向的人生（至少在目前，我還看不出這個判斷的錯誤）。平心而論，這當然怪不得「70 後詩人」，也怪不得時代本身，這裏正好用得上張載的大話命運：「行同報異，猶難語命，語遇可也。」（《河南程氏遺書》）畢竟誰也不能選擇自己的父母和時代。正如「70 後詩人」中一位佼佼者在詩中「描述」的那樣：

> 70 年代出生，80 年代當選為校際之花
> 歲月忽忽，出落成美人已經到了 90 年代
> 她們在風格中成功地實驗出時尚
> 所餘不多，一杯胸部扁扁的隔夜茶
> 遞向學院牆根下尚待發育的新生代……
> （姜濤《三姊妹》）

「她們在風格中成功地實驗出時尚」其實可以倒過來說，也許倒過來說將會更加準確：時尚培養（或實驗出）了她們（70 後詩人）的行事風格。這種風格中包含得更多的是現實主義、現世主義和世俗主義。追求個人在現世中的享樂甚至狂歡，成了「70 後詩人」比較打眼的外在標誌。他們的動作是較為私人化的；甚至可以說，他們的私人性動作是中國歷史上第一次以群體的方式出現的。他們成長的關鍵時期是在 90 年代，90 年代的時尚餵飽了他們。套用巴赫金某個公式的口氣說就是：是「70 後詩人」摹仿了 90 年代，而不是 90 年代摹仿了他們。而這仍然是張載「語遇可也」的內在音色。

1967 年出生（請注意這個時間刻度）的詩人桑克自稱是「最後一個浪漫主義者」，他認為自己的詩歌基本可以用「浪漫主義精神」來命名，並不無調侃地將自己這樣做稱作「犯賤」。[2]我想桑克這麼說，無疑有一個極為隱蔽的參照系，那就是「70 後詩人」。作為桑克的同代人，我完全理解他的尷尬。一方面他趕上了 80 年代末的理想主義尾巴，另一方面又遭遇了 90 年代初的世俗主義的端部。畢竟 1989 年——按照歐陽江河的看法——，是一個非常特殊的年頭，是屬於那種加了著重號的、可以從事實和時間中脫離出來單獨存在的象徵性時間。[3]因為 1989 年宣告了中國近百年來全民理想主義、浪漫主義的結束。緊隨而來的是俗氣的 90 年代。怎樣避免這一尷尬，我想決不是桑克本人能夠自主的。這同樣是「語遇可也」的的注。而 90 年代才在學院的牆根下成為「新生代」的「70 後詩人」，也不會再有桑克一類詩人的尷尬：既需要照顧、留戀自己的「童年記憶」（80 年代的理想主義尾巴），又不得不直面自己的「成人經驗」（90 年代的世俗主義開頭）。在「70 後詩人」身上，似乎不存在兩個異質的時代帶來的向相反方向拖曳的力量，他們至少在目前還能夠依照時代的內部指令，下定一條道走到黑的決心。他們也能在一個對他們而言全新的、不斷明媚展開的、精神上無牽無掛的 90 年代大展手腳，全無羈絆。畢竟「人握住什麼，就得相信什麼」（歐陽江河《咖啡館》）。對於他們，時代仍然是不可選擇的。姜濤說得好極了：

> 70 後一代
> 偏愛的是小說
> 更喜歡袖口一樣伸出生活的格言
> ……

---

[2] 參閱桑克、西渡《最後一個浪漫主義者——桑克訪談錄》，載《北京大學研究生學志》（文學增刊），1999 年 12 月。
[3] 參閱歐陽江河《89 後國內詩歌寫作：本土氣質、中年特徵與知識份子立場》，參見歐陽江河《誰去誰留》，湖南文藝出版社，1997 年，第 231-261 頁。

> 　　如同游泳池渾濁的深度
> 　　滿足了初學者對大海的比擬性衝動
> 　　（《三姊妹》）

　　在這裏，「伸出袖口的格言」，完全可以理解為被新的時代豢養出來的一代人爭相使用的迅捷性「時尚」，它的名字可以叫網上聊天、咖啡屋、情人居、OK廳，也可以叫耶誕節（不是春節）、情人節（也不是春節）、九百九十九朵玫瑰（少一朵多一朵都不行，因為流行歌曲就是這麼唱的）；「游泳池」和「大海」之間的對比——承續上邊的理解——，也可以被誤讀為快速的生活與深入的生活之間的叫勁。畢竟時尚只是過眼雲煙，用不著深深咀嚼。畢竟離我們越近的東西離開我們的速度也越快。畢竟時尚的涵義就是拒絕深度參與，鼓勵平面化的加入。因此，和桑克、西渡等「老一代」詩人們享受到的分裂性尷尬不同，「70後詩人」的現實土壤給了他們勇往直前、無暇後視、在大多情況下也不屑後視的勇氣，因為他們直到現在還沒有機會享用夾在兩個異質時代之間的尷尬。到目前為止，時代賦予他們的，仍然只是方向相同而不是方向相反的力組成的合力。方向相同的兩種力之間是一種雪中送碳的關係，而桑克、西渡遇到的方向相反的兩種力之間，卻是互相撕扯卻又無法有效抵消的關係。這無疑加重了桑克等人的負擔。如果說桑克、西渡等人詩歌中的浪漫主義（以理想主義為支撐），是對自身尷尬處境的一種追溯、回望和回憶，那麼「70後詩人」在一邊飽饗此時此刻的時尚，一邊把頭扭過去順便張望一下烏托邦（同樣以理想主義為支撐），則大有可能只是春秋時期某諸侯伐敵國不成在歸途上作為泄火的「滅滑而還」。猶如姜濤說過的：「命運是一隻愈來愈輕盈的布帶／從糧店到酒店，使低飛的長老們輪流感到了榮耀。」（姜濤《京津高速公路上的陳述與轉述》）很明顯，我們從此之中也感到了調侃、輕鬆的反諷，而全不似桑克、西渡等人的切膚之痛。

二

　　徹底從時尚之中獲得快樂的是胡續冬，一個調皮搗蛋、聰明絕頂、玩世不恭又讓人心生歡喜的毛頭小子。他是新的「莽漢」，儘管他身材瘦小；他的詩歌是新的「莽漢詩歌」，儘管句子羸弱。他總是在哈哈大笑，當然有的時候只是在嬉皮笑臉。赫爾岑的話用在他這裏真是再合適不過了：「殘暴行為的熱病剛一過去，人們又開始笑了。……如果准許下層人當著上層人的面笑，或者他們忍不住笑，那麼下級對上級的尊敬也就沒了。強使聖牛嘲笑上帝，這意味著使它從神聖的高位還俗位普通的牛。」[4]在胡續冬那裏，赫爾岑所謂的「上層人」、「上帝」，正好是遭遇到尷尬的西渡、桑克等人一直較為看重、不得不看重的東西。胡續冬本人就是那條還俗之後的牛。為了完成這種較為徹底的快樂，那個叫胡續冬的傢伙一忽而將時髦的電腦術語直接鑲進詩中，一忽而將較為古老的四川土話絕妙地插在詩句的勒骨，更多的時候是土話與洋話齊飛，地方黑話與時尚語言共長天一色：

> Hola，胡安。他們把
> 你的文學史尊稱 DonJuan
> 讀成了一個小家碧玉：董娟。
>
> ……有人相信沉默是金，有人
> 只相信沉默地射精。而你
> 聒噪中的空白卻是一團
> 烏賊的汁水，噴向沉默本身。
> （胡續冬《Hola，胡安》）

---

[4] 轉引自巴赫金《拉伯雷的創作與中世紀和文藝復興時期的民間文化》，李兆林等譯，河北教育出版社，1998年，第107頁注釋1。

> 他回到屋裏，傷心地
> 上網，在美國黃色網頁上
> 看到家鄉妹子巴心巴腸。
> （胡續冬《川籍學人某某》）

這廝曾公開揚言：「如果有什麼基本要求的話，我就是要儘量讓自己快樂。並且從邊寫邊讀中享受到快樂，跟以前力圖通過文字的組合所要求的快樂有著本質的區別。我現在是十足的文字的享樂主義者。」[5]不同質地的辭彙——古老的土語和 90 年代的時髦用語及黑話——的互相交媾，的確給胡續冬從 90 年代的時髦事境儘量獲得快樂帶來了不可忽視的力量。但胡續冬對上述狂歡性的辭彙並不是沒有選擇的。在他看似大大咧咧構建出的詩句中，明確遵循了某種辭彙搭配的「原則」。誠如加斯東·巴什拉所說：「首先，在日常生活中，語言中所有的詞都在忠實地扮演著自己的角色。其次，那些最常用的詞，那些直接與平庸現實生活相關的詞，並不因此而失去它們的詩意。」[6]但同樣需要詞語的煉金術從中作伐。而另一個詩人馬驊走得並不比胡續冬更不遠。面對如斯年頭，他甚至號召自己（當然也包括他的同類）要以毒攻毒，用砒霜去打擊癌症，用愛滋病去對付肝硬化：

> ……「毒汁灌溉的
> 肥碩的花蕊，正是你的
> 解毒劑。以毒攻毒，以毒
> 養毒。」毒啊，毒啊
> 打磨著堅韌的鋼腸鐵胃，消損著

---

[5] 姜濤、胡續冬、冷霜、蔣浩《四人對話錄》，載民刊《偏移》，第 9 期（2000年，北京），第 198 頁。

[6] 巴什拉《空間的詩學》，參見弗朗索瓦·達高涅《理性與激情：加斯東·巴什拉傳》，尚衡譯，北京大學出版社，1997 年，第 66 頁。

生鏽的金剛不壞身。

（《邁克的冬天》）

　　作為對「70後詩人」本有特徵的有效回應，也作為對胡續冬快樂邏輯的某種變形承續，在馬驊看似破罐破摔的陳述中，分明已經有了隱隱的沉痛，雖然在外表依然包裹了一層戲謔的糖衣面具。其實，從胡續冬那些可以被羅蘭·巴爾特稱作「快樂的文本」的下面，我們已經發現了這種情感基質（比如他嬉皮笑臉著的《住院記》）。更多的「70後詩人」同樣觸及到了這個問題：

在我與愛人整夜的歡娛中
夾在門縫裏的骯髒的小新聞
我為又一個十年的罪準備刀和沉默
我喝了酒，為了護衛將去的孩子和
他（她）輕小無言的媽媽。
（高曉濤《被迫的態度》）

關於水，你知道得比我多。有的從天而降
有的在精緻的茶杯裏浸泡著南方。而我
只見過硬邦邦的灌木叢，沒有朋友
粗糙地生在大壩上，只見過和耳朵
一起凍傷的腦殼，煮豬下水剩下的黑油。
你說粉嫩，我說倒了個兒的輪船
你說聞著桂花長大的黃鱔，我說漫街洪水中
逃荒的圓木盒──你說黃昏中我們做什麼
我說那些濃橙色的黃昏。

> 再一次，我談起那些濃橙色的黃昏
> （最後一次了，親愛的）
> （曹疏影《我談起——》）

　　這究竟是怎麼一回事？難道這夥被稱作「新新人類」的詩人們的快樂竟然是偽裝的？為什麼在放縱之中竟然出現了傷及骨髓的東西？理解這一點其實並不困難。這一切的基本來源乃在於掩蓋在狂歡之下的對「道路」的茫然。假如說曹疏影是在回憶現在，而不是正視現在，那高曉濤無疑就是在回憶將來，而不是在展望將來。並且他們共同把「展望」（或「正視」）修改成了「回憶」，彷彿他們事先已經經歷過了，或者還要再一次經歷一樣。他們是動詞「回憶」的主語。他們立足於自己的年齡，和所有時代的同齡人一樣，也妄想著他們這個年齡的人尚在憧憬卻又望不到的事情。他們中的大多數還沒有足夠的能力知道自己的大限在什麼地方。他們目前還不需要考慮這個問題。這就是毛主席說「你們是早上八九點鐘的太陽」的涵義之一。所以他們的沉痛還幾乎算不上感傷的烏托邦（畢竟他們還知道眼前其實就是一切），而是對未來的茫然，是在追逐快樂的途中猝不及防之時暗中到來的沉痛——那只暗中的手（不管它叫什麼名字）並沒有忘記他們。不過，他們總能找到更多的快樂來抵禦該死的沉痛。實在不行，「70後詩人」還可以善意地「挖掘某人身上的洋相以佐餐」。（胡續冬《另一個》）他們隱隱的沉痛是因為他們試圖全方位地觀看，最終卻只看見了眼前易逝的快樂，除此之外，暫時還只能看見未來的某些輪廓或邊緣：

> ……四周沒了他人，此時還是你
> 放下逃生的梯子，
>
> 並且在信裏說：「不知為什麼
> 這裏根本看不到邊際。」
> （姜濤《看》）

三

　　一九三六年，美國《生活》雜誌創刊時，其創始人從「觀察」的維度給它一錘定了性：「看看千里以外的事，藏在牆後的房間裏的事，危險即將來臨的事，男人所愛的女人，無數的孩子。去觀察，然後在觀察中獲得愉悅。去觀察，然後驚訝。去觀察，然後學習觀察……」[7]「70 後詩人」雖然很想這樣做，也在這樣做，卻顯然還不具備這樣的心理閱歷。歸根到底，「看」的茫然基於一個簡單的事實：時間對於「70 後詩人」來說，是正待展開的、是不知其大限在何處的。即使像胡續冬那樣哈哈大笑之後，時間仍然處於無始無終之中。這並不是說這樣的問題只讓「70 後詩人」給迎頭撞上了，而是說在他們那裏，問題顯得較之於在他們的前輩那裏要嚴重得多。這種時間有時是客觀的、物理的，但在更多的時候是心理的。「70 後詩人」按照自己的時代語境的本己要求，將物理的、客觀的時間轉化成了與他們有上下文關係的、存在於詩歌之中的心理時間。他們的時間不是象徵性的時間，也不是可以脫離事境而單獨存在的時間。

　　胡續冬的組詩《小叮噹和小玲瓏逸事》，通過虛構的、心造的新新人類在不同場景的戲謔性「描述」，充分表達了「看」的茫然。他們代替胡續冬本人四處溜達，到處窺探，並把快速轉換的時間濃縮到自己的身上，達成了和事境的高度一致。這同樣是想像的時間，同樣是在回憶將來和回憶現在。只是這裏的「將來」有著多重「現世」的影子。胡續冬的快速、迅捷，猶如李亞偉曾經描述他自己年輕時那樣，「感到路不夠走，女人不夠用來愛，世界不夠我們拿來生活。」[8]但無一例外都是從時間的角度在觀看場景。在胡續冬那裏，時間是呈多方位的、多角度的，但各個角度的時間的集束，卻並不

---

[7]　轉引自楊小彥《用影像建構歷史》，載《讀書》2000 年第 12 期，第 86 頁。
[8]　李亞偉《流浪中的「莽漢主義」》，載民刊《創世紀》，1993 年第 1 期。

直接聚焦在小叮噹和小玲瓏身上，而毋寧說是散射的。不過，我們完全可以說，正是「70後詩人」年齡的局限，閱歷的局限以及由此帶來的詩人本人的無往而不變，使得小叮噹和小玲瓏幾乎成了「70後詩人」寫在紙張之上的時間的肉體版本。

正因為時間在「70後詩人」那裏喪失方向感，從而帶來的不確定性和「看」的茫然，使他們並不像他們的長輩詩人那樣，對現存事境採取劍拔弩張的架勢。也就是說，他們批判性地介入事境的程度並不高。他們既不把時間處理成中性的（他們需要狂歡），也沒有把時間處理成完全批判性的。這既不是說他們沒有正義感，也不是說他們對飽含污七八糟的事境很滿意，而是意在強調他們掌握了一種有別於他們長輩所掌握的時間方式。但這種時間方式又不是全新的，只不過是他們的特殊年齡與時代的特殊內容合盟後產生出來的特殊形式。狂歡是年輕人的天性，因為年輕人有更多的力必多，而正義也並非只為長者所具有。假如以上判斷並不全錯，我們就可以說，「70後詩人」中的許多人首先在詩歌中或自覺或不自覺地營造了一種狂歡的、有限度的批判的時間段落。這種時間段落，既區別於北島等正義凜然的時間段落，又區別於孫文波等自嘲、反諷的時間段落。當然也區別於西川、王家新、西渡等人營造出的嚴肅的、程度不等的純潔的時間段落。

如果胡續冬的時間是狂歡的時間，只是在狂歡之後成功地掩蓋了偷偷的荒涼，那麼姜濤的時間就是靦腆著臉進行微弱批判的時間，只是在批判之後、之中，仍掩飾不了狂歡的神色。《京津高速公路上的陳述與轉述》、《慢跑者》就是明證。在「70後詩人」中，姜濤具有處理雜亂、瑣屑、龐雜素材的罕見能力。在上述兩首篇幅較長的詩作中，他通過各種渠道，拉進了陳述者在京津高速公路上、在晨練的慢跑途中見到的轉瞬即逝的雜亂場景，在經過多重變形、看似毫無轉換的多重轉換中，獲得了對事境的戲謔性調侃。在姜濤這裏，調侃即批判。只是在這種批判中，明顯帶有靦腆的神色。但這種靦腆並不是羞澀，而是覺得天下興亡並非

與他這個「匹夫」必然相關。有趣的是，無論是在高速公路上，還是在慢跑途中，時間總是處在慢速流動中，它比客觀的、物理的時間稍慢，但與心理的時間剛好合拍。這種無可名之的作品中的時間保證了、有效地對應了批判的時間段落。也就是說，這種時間方式彷彿一個訴說一件醜陋事情的老人那樣慢條斯理，並不時夾雜著不皺眉的嘲諷的神色。

與姜濤在作品中處理時間、構造新的時間方式相彷彿，蔣浩構築時間的方式似乎和批判無關。蔣浩提供了另一種構造時間的方式。在《陷落》裏，蔣浩動用了大量的獨白、內心引語、自撰的引文，來描述一個人從下午下班到深夜十二點所經過的場景。需要指出的是，蔣浩的場景更多的不是依靠對外部場景的描摹與變形，而是對內心場景的嘔吐。與姜濤、胡續冬等人大不一樣，蔣浩的狂歡總是被壓制在內心，他有意想將內心場景引向一個更高的位置。實際上，無論「上帝」一詞在他那裏是以正面的形象出現，還是以戲謔性的方式出現，往往都是蔣浩營構的時間段落裏最後出場的形象，儘管在更多的時候只剩下了一個輪廓。

在「70後詩人」中，蔣浩的打眼之處在於：他為詩歌注入了古典主義精神。這當然不是他的發明。我想說的是，即使蔣浩不把詩歌當成詩歌，僅僅是將之當作某種精神，也不是他的發明。他只不過聽從了內心對於詩歌的理解發出的指令。《沒有終點的旅行》構造的簡直是一種極端的、抽象的、靜止的時間。在這種時間段裏，死亡、傷痛、人性深處的本質性內容得到了令人感動的呈現。對於死亡，對於永遠的傷痛和人性深處的本質性內容，與其說時間在永恆運轉，倒不如說是永遠靜止的。和辯證法的口氣有些不同，蔣浩在某些時候的某些詩作裏，相信靜止才是永恆的。這一如他對古典主義的理解。他「古典主義是一個常量」的精闢之論，指征的就是問題。蔣浩是「70後詩人」中罕見的、過早接觸到了人性古老品質的詩人。從某種意義上說，蔣浩的方向可以充當「70後詩人」努力的方向之一。蔣浩在倒退著走出「70後一代」，倒退著進入詩歌精神。

四

「70後詩人」中偶爾也有幾位成熟得令人吃驚的人物，韓博就是其中之一。這位寫出了極其優秀詩作的詩人，據他的朋友馬驊說，實際上作品產量相當低。我不太清楚韓博早年的習作究竟是什麼樣子，但就我看到的最近一些詩作，已經足夠讓我驚奇。我們可以從許多角度去討論韓博的詩歌（比如他對家譜近乎於烏托邦的處理，比如他詩歌的有意複雜等），但限於本文的題旨，只抽出幾個對韓博本人來說也許並不重要的問題來討論。

韓博的詩在經營場景時，戲劇化的成分相當濃厚。他把一個劇作家構造戲劇場景的某些基本素質拉入了詩歌寫作。韓博本人就有過夫子自道：「我需要現實性的場景、細節與結構來幫助我完成超現實的主題。從某種程度上來說，對戲劇的移情別戀反倒使我意外地獲得了一種結構詩篇的力量，可以避免那種虛弱的平面化的抒情。」[9]尤其值得注意的是，和許多同齡的詩人大不一樣，他特別重視空間轉換在詩作中的作用。不妨看看下列段落：

> 同類，向後，向後有你的同類
> 所有無法向前的，向後。
> 他們等在夜路上，拄著骨頭。
> 你挖呀挖，鏈開月亮的根須，為大理石的天堂
> 掘出一個倒立的支點。
> （韓博《到後面去》）

> 別忘了還有頭頂的風箏
> 它專門釘在天空上，一動不動。
> （韓博《未成年人禁止入內》）

---

[9] 韓博《忠貞問題》，載民刊《偏移》總第 9 期（2000 年，北京），第 46 頁。

這當然不難理解。通常說來，戲劇最打眼的成分似乎不是表演，而是表演者寄居的空間。並且在這個空間中，時間彷彿已經退場了。在這個意義上，如果允許我們剔除韓博在很多詩歌中的空間的具體性，就可以抽象出這樣一些成分：高／低（即上／下）；左／右；前／後。高、左、前各方位在韓博那裏明顯透露了烏托邦的消息，而低、右、後各方位則規定了烏托邦消息的有限性。誠如這個內斂著激情的詩人所寫道的：「誰願意沒有咖啡和紅茶，以川劇開口／為了身外的一寸起伏就此擱筆？」（韓博《平面》）也正如希姆博爾斯卡所說：

> 雖然烏托邦之島上
> 有許多美好的誘惑
> 但它卻是一個無人的島
> 島上只有過去留下的足跡
> 這足跡一直延伸到了海邊
> 一去不復返地沉入了海底
> 這就是人生的真諦。
> （希姆博爾斯卡《烏托邦》）

當然也是烏托邦的真諦了。對韓博來說，永遠處於上方、前方、左邊的烏托邦才是詩歌的根本主題之一；而囿於 70 年代出生者的先天特徵，對烏托邦又不能採取一種無限信任的態度。正如烏托邦（Utopia）在詞源上正好是由「無」（ou）與「地方」（topos）結合而成的一樣。無論如何，韓博是「70 後詩人」中少數幾個窺見到了人生大限的詩人（否則，他就不會反覆在詩歌中寫到虛構的家譜了，也不會有倒退回母親子宮的念頭）。由此，他的詩歌實際上走入的詩歌精神，而不僅僅屬於「70 後詩人」。韓博的近期努力表明他在努力掙脫「70 後詩人」的身份，他終將證明「70後詩人」是一個荒唐絕頂的頭銜，畢竟一個真正意義上的詩人永遠都應該是超越時空的。

　　我不知道韓博是經由怎樣的心理渠道進入這種有著形而上學特色的空間詩學的。但我似乎還能明白他詩歌寫作的主旨。在《結繩宴會》中，韓博依靠精湛的戲劇才能，杜撰了一大堆虛構的人結成的繩子。它暗示了我們只有這樣，我們才不會感到饑餓，才會感到安全。尤其讓人驚心的是，詩中人物相互之間答非所問式的對話，才是保證我們生存下去的根本。如果說對話（即相互之間的理解）才是處於上方的烏托邦，有限的烏托邦，那麼，答非所問就只能算是對烏托邦的摹仿——畢竟人家還在那裏答非所問式的「對話」嘛。事實就是這樣，對人來說，烏托邦是一個極高的目標，人只需要求得它的摹本就夠了。這就是韓博要說的話：

> 沒什麼意思，他攤開手心
> 我和她，在同一個結裏編著各自的夢
>
> 真的沒什麼意思，我只是聽說
> 饑餓的人，都是脫了結的繩子
> （韓博《結繩宴會》）

　　也許韓博的憂傷就來源於此。他隱隱看見了生活的實質、烏托邦的不可獲得以及人在未來的大限，卻又完全不可能找到解救的方法。這一特質在他堪稱個人經典之作的《沐浴在本城》裏，有著淋漓盡致的表達：

> ……我洗浴著，我蒸發著，我陰乾著
> 我提著壺，我運著勁，我掀開鏡子，我取出帽子
> 我忍受著怪味、汗水、疲憊、厭倦，我點上
> 一支煙，然後又掐滅，我失足跌進水池。
> 敘述與替代使我蘇醒，我扳動了
> 流水的軸，它就在那裏，它改變著沖刷的速度

　　它衡量著快樂的密度，它為肉體的田野作證

　　它是蘭湯，它是時光，它就是容納我衰老的渾濁。

　　明白了這一點，我們就能談到韓博從高低、左右、前後等相互映襯、對照、對立的關係中，通過一系列詩歌技術的轉換窺見了人的渺小以至於無。這種幾至於無的人已不僅僅是虛構的人了，而是在場景與空間中顯得類似於灰塵的人。但無一例外總是在烏托邦面前的渺小，甚至直接就是在烏托邦的摹本面前的渺小。《馬上》一詩就是這樣講的：最先出場的是好幾個人，而隨著詩句的推移，我們甚至已經搞不清楚這幾個人之間的相互關係。他們互為陌生人嗎？他們為何又要走在一起？他們只是一個人的眾多變體嗎？否則他們為什麼又要互相對話？而到了最後，伴隨著上述疑問的只剩下了一個人，而且這個人也在走向空無和星星。順便說一句，韓博詩歌中的人稱轉換有一種曖昧不清的性質，但正是這種曖昧對應了日常生活中的某些真相：因為歸根到底，我們都是虛構的人。我們都找不著北。

　　「70後詩人」因為特殊的教育背景、文化背景、時代背景，使他們的詩歌中有狂歡，有憂傷，有覥腆的批判，但卻很少給人真正的感動。這是中國詩歌進入90年代後最大的問題之一，倒並不僅僅專屬於「70後詩人」。

　　有三種感動：一種是純技術帶來的感動。我現在傾向於相信，「70後詩人」在經過「影響的焦慮」之後，他們在詩歌技術方面的繼承和發明，並不比他們的前一代差到哪裡去。實際上，除了少數人，「70後詩人」在一開始都是技術主義者。他們對技術有著一種先天的親和力。對於寫作，這當然是必不可少的。技術的感動的涵義是：詩人通過對技術的徹底追逐，是為了保證詩意的完美出現。這種感動大多時候是使作者自己感動。

　　從「70後詩人」的眾多已成文本中，我分明看到了技術的感動已經不成其為問題。這倒不是說他們在詩歌技藝方面已經盡善盡美、完美無缺了，而是說他們所掌握的技術已經基本夠用。他

們甚至沒有把已掌握的基本技藝用在最需要使用的地方。「70 後詩人」的優秀詩作單單從詩歌文本的角度觀察，其實已經基本上無懈可擊，但它的致命之處在於缺少另外的感動。而這，決不是技術問題。

第二種感動就是詩歌中的倫理學帶來的感動。這種倫理學不是教人棄惡從善的倫理學，也不是對事境作出或是或非的價值判斷的倫理學。詩歌中的倫理學感動指的是：它通過對人的傷痛的撫摸，通過對人性的軟弱的維護，讓人感到詩歌有可能成為一種無用的麻醉劑。這才是詩歌真正的倫理學和詩歌帶來的真正感動。也許正是體悟到了這一點，蔣浩才會厭倦純粹的技術感動（它類似於自我撫摸），他也才會寫出相當優秀的旨在表達轉向決心的組詩《厭倦》，才會有《厭倦》之後的大量優秀詩篇（比如《小悲哀》、《旅行記》、《新成都》等）。正如對傷痛的所有撫摸都是無聲的，蔣浩的詩作也洗去了「70 後詩人」固有的熱鬧和狂歡從而走入了沉靜。技術掩蓋在倫理學之下，讓人幾乎感覺不到它的存在。

第三種感動是本體的感動。所謂本體的感動就是詩歌觸及了人之為人的那種最深厚的東西之後，給我們帶來的感動。這顯然就觸及到了命運，而不僅僅是靈魂。命運是靈魂的核心，靈魂團結在命運的周圍並由此把自己弄成了靈魂。我不知道是否存在一種叫做本體命運的東西，但命運無疑是人的真正本體。就是在這個維度上，詩歌才可能真正成立。最大的寫作愉悅也許不是從事境本身獲得的放縱和狂歡，而是對命運的窺探。詩歌在它的最底部，其實就是對命運的偷視。正如蔣浩所寫的：

> ……風再大些，再猛烈些
> 我們身邊的樹傾斜著，抽出了
> 翅膀，還是半扇窗？
> 剩下的月亮
> 一次次，扔了出來

向上，它仍然勇敢地跟著它！
根卻遭到了岩石的抵抗
像凍在內裏的閃電
向下一些，天空一些
對著我，一閃！

這首疑問著、乞求著，而又被蔣浩取名為《雕塑的背景》的詩作，毋寧暗示了：人的背景從根本上說永遠只能是命運，或者人只是命運的扇形展開，人和命運的關係是一種乞求和被乞求的關係。在這樣的境界裏，我們才能看到詩歌之於人的作用。

本體的感動也許和技術的感動、倫理的感動之間有著或直接或間接的關係。我相信，技術的感動、倫理的感動是本體感動的可能前提，但後者在何種程度上促進或限制了技術的感動與倫理的感動，則是我不敢輕易妄言的。

從上述角度看，「70 後詩人」的根本變革，也許就是如何走出「70 後詩人」的身份——這差不多是我唯一可以妄言的。

2001 年 5 月 12-18 日，北京看丹橋。

後記

因為熱愛詩歌，我走上了跟文學直接打交道的道路；因為同文學打交道，我有了混飯吃的機會，才不至於在這個虎狼世界落得餓死的下場。為此，我必須感謝詩歌給予我的全部恩惠。歸根到底，它才是我的領路人。當我今天編定這部文稿時，我再一次感到了詩歌給我帶來的深恩厚澤。

這部書中的文章，曾結集於我的三部個人文集當中：《被委以重任的方言》（中國人民大學出版社，2003 年）、《詩歌在解構的日子裏》（北京大學出版社，2008 年）以及《靈魂在下邊》（河南大學出版社，2009 年）。此次將它們集結在一本書中，而且還用了「詩學文集」這樣一個嚇人的名字，為的是給自己一個總結的機會，倒不是說這些文章本身有多麼優秀。我從來只將自己當學徒；這部書稿，就是一個看起來還比較勤奮的學生的期中作業。我斗膽將它貢獻出來，目的是想得到列位高手的指點，以便促使我以後稍有寸進。

我知道臺灣有不少優秀的詩人；20 世紀八十年代初期和中期，我這個年齡的中國大陸讀書人曾對臺灣現代詩歌充滿了熱情，我至今還記得那個時候閱讀臺灣詩歌時的某些場景。從某種意義上說，臺灣詩人對於剛剛改革開放的中國大陸詩歌有類似於啟蒙的作用。因此，我始終對臺灣詩人充滿了敬意。現在，這份期中作業即將在臺灣面世，我希望我曾經的老師們給出嚴格的批評。也想讓他們判斷一下，二十多年過去了，那些曾經受益於他們的人是不是真的稍有進步？

感謝「秀威」和蔡登山先生與責編千惠女士，但願我的作業沒有辜負「秀威」與蔡先生的慷慨和仁慈。

敬文東

2009 年 8 月 19 日，北京魏公村。

語言文學類　PG0448

道旁的智慧
——敬文東詩學論集

作　　者 / 敬文東
主　　編 / 蔡登山
責任編輯 / 林千惠
圖文排版 / 鄭佳雯
封面設計 / 蕭玉蘋

發 行 人 / 宋政坤
法律顧問 / 毛國樑　律師
印製出版 / 秀威資訊科技股份有限公司
　　　　　114 台北市內湖區瑞光路 76 巷 65 號 1 樓
　　　　　電話：+886-2-2796-3638　傳真：+886-2-2796-1377
　　　　　http://www.showwe.com.tw
劃撥帳號 / 19563868　戶名：秀威資訊科技股份有限公司
　　　　　讀者服務信箱：service@showwe.com.tw
展售門市 / 國家書店（松江門市）
　　　　　104 台北市中山區松江路 209 號 1 樓
　　　　　電話：+886-2-2518-0207　傳真：+886-2-2518-0778
網路訂購 / 秀威網路書店：http://www.bodbooks.tw
　　　　　國家網路書店：http://www.govbooks.com.tw
圖書經銷 / 紅螞蟻圖書有限公司
　　　　　114 台北市內湖區舊宗路二段 121 巷 28、32 號 4 樓
　　　　　電話：+886-2-2795-3656　傳真：+886-2-2795-4100

2010 年 10 月 BOD 一版
定價：480 元
版權所有　翻印必究
本書如有缺頁、破損或裝訂錯誤，請寄回更換

國家圖書館出版品預行編目

道旁的智慧：敬文東詩學論集/敬文東著.
-- 一版. -- 臺北市：秀威資訊科技, 2010.10
面 ；　公分. -- (語言文學類；PG0448)
BOD 版
ISBN 978-986-221-596-8(平裝)

1. 中國詩 2. 當代詩歌 3. 詩評 4. 文集

820.9108　　　　　　　　　99016685

讀者回函卡

感謝您購買本書，為提升服務品質，請填妥以下資料，將讀者回函卡直接寄回或傳真本公司，收到您的寶貴意見後，我們會收藏記錄及檢討，謝謝！

如您需要了解本公司最新出版書目、購書優惠或企劃活動，歡迎您上網查詢或下載相關資料：http:// www.showwe.com.tw

您購買的書名：＿＿＿＿＿＿＿＿＿＿＿＿＿＿＿＿＿＿＿＿＿＿

出生日期：＿＿＿＿＿年＿＿＿＿＿月＿＿＿＿＿日

學歷：□高中 (含) 以下　　□大專　　□研究所 (含) 以上

職業：□製造業　□金融業　□資訊業　□軍警　□傳播業　□自由業
　　　□服務業　□公務員　□教職　　□學生　□家管　　□其它＿＿＿

購書地點：□網路書店　□實體書店　□書展　□郵購　□贈閱　□其他

您從何得知本書的消息？

　　□網路書店　□實體書店　□網路搜尋　□電子報　□書訊　□雜誌
　　□傳播媒體　□親友推薦　□網站推薦　□部落格　□其他＿＿＿＿＿＿

您對本書的評價：(請填代號　1.非常滿意　2.滿意　3.尚可　4.再改進)

　　封面設計＿＿＿　版面編排＿＿＿　內容＿＿＿　文／譯筆＿＿＿　價格＿＿＿

讀完書後您覺得：

　　□很有收穫　□有收穫　□收穫不多　□沒收穫

對我們的建議：＿＿＿＿＿＿＿＿＿＿＿＿＿＿＿＿＿＿＿＿＿＿

＿＿＿＿＿＿＿＿＿＿＿＿＿＿＿＿＿＿＿＿＿＿＿＿＿＿＿＿＿＿

＿＿＿＿＿＿＿＿＿＿＿＿＿＿＿＿＿＿＿＿＿＿＿＿＿＿＿＿＿＿

＿＿＿＿＿＿＿＿＿＿＿＿＿＿＿＿＿＿＿＿＿＿＿＿＿＿＿＿＿＿

11466
台北市內湖區瑞光路 76 巷 65 號 1 樓

秀威資訊科技股份有限公司　　　收

BOD 數位出版事業部

⋯⋯⋯⋯⋯⋯⋯⋯⋯⋯⋯⋯⋯⋯⋯⋯⋯⋯⋯⋯⋯⋯⋯⋯⋯⋯⋯

（請沿線對折寄回，謝謝！）

姓　　名：＿＿＿＿＿＿＿＿＿　年齡：＿＿＿＿　性別：□女　□男

郵遞區號：□□□□□

地　　址：＿＿＿＿＿＿＿＿＿＿＿＿＿＿＿＿＿＿＿＿＿＿＿＿

聯絡電話：(日) ＿＿＿＿＿＿＿＿＿＿　(夜) ＿＿＿＿＿＿＿＿＿＿

E-mail：＿＿＿＿＿＿＿＿＿＿＿＿＿＿＿＿＿＿＿＿＿＿＿＿